ALEXANDRA CAROL

SHADOW OF LIGHT

Gefährliche Krone

IMPRESS

© Nadine Malzkorn

Alexandra Carol lebt mit ihrer Familie (dazu gehören auch die Vierbeiner) in einer kleinen Gemeinde im Sauerland. Schon seit der Schulzeit ist die Leidenschaft zur Schreiberei stets ein Teil von ihr gewesen, auch wenn es lange Zeit nur bei dem Traum vom Autorendasein blieb. Die Geschichten, die sie gern mit ihren Lesern teilen möchte, handeln von Romantik und der großen Liebe.

Königin Naliessa

Anna

»Die nächste links.«

Ich konzentrierte mich auf die Straße vor mir und versuchte schnell genug zu fahren, damit wir nicht schon wieder hier mitten in der Stadt von einem anderen Wagen überholt wurden. Aber bei dem Kommando stieg ich abrupt auf die Bremse. »Das geht nicht! Das ist eine Einbahnstraße!«, wetterte ich und starrte auf das blaue Schild mit der deutlichen weißen Schrift.

»Herrgott«, schimpfte mein Fahrlehrer, während hinter uns schon alles hupte. »Ich sagte *links!*«

Oh! Ja! Da bemerkte auch ich endlich, dass die Einbahnstraße rechts abging. Noch nie war ich sonderlich gut darin gewesen, rechts und links voneinander zu unterscheiden. Bei den Fahrstunden machte sich das nun leider ganz deutlich bemerkbar.

Voller Reue, mit knallrotem Kopf, setzte ich den Blinker links und bog ab, nachdem uns mindestens drei Autos überholt hatten. Das mit dem Anfahren und Schalten klappte doch wenigstens schon ganz gut.

»Die nächste Straße auf drei Uhr«, zog er mich nun auf.

Sehr witzig! Na ja, zumindest funktionierte es – fast ohne nachzudenken, setzte ich den Blinker rechts. Der Parkplatz des Bankhauptgebäudes war zum Glück so gut wie leer. Es bereitete mir keinerlei Schwierigkeiten, eine Lücke zu finden, die groß genug für meine Fahrkünste war. Erleichtert drehte ich den Zündschlüssel.

Mein Fahrlehrer öffnete die Tür und betrachtete den weißen Streifen, der rechts von uns mindestens eineinhalb Meter entfernt die Parklücke markierte.

»Na ja«, brummte er. »Das mit dem Parken üben wir dann beim nächsten Mal.«

Ich wusste, er meinte auch das übernächste Mal. Ganz sicher. Mein Magen war schon ganz flau bei dem Gedanken daran.

»Okay, dann also bis Dienstag«, erwiderte ich kleinlaut und bedankte mich auch noch brav dafür, dass er mich hatte hierhin fahren lassen. Dann stieg ich aus und zog den Reißverschluss meiner olivgrünen Daunenjacke bis ganz nach oben. Meine Nase versteckte ich hinter dem Kragen. Es war schon März, aber in diesen Tagen war der Winter noch einmal mit Macht über uns hereingebrochen – mit viel Schnee und eisigem Wind. Wahrscheinlich war es die Retourkutsche für den herrlich warmen Herbst, den wir in dieser Welt im letzten Jahr erlebt hatten.

Ich stapfte mit gewisser Neugierde auf den gläsernen Eingang des Bankgebäudes zu.

In den letzten Wochen und Monaten hatte ich viel über Domino erfahren, wie er lebte, wie er war. Dabei hatte ich auch eine ganze Reihe der Späher kennengelernt, die in der Burg von Naradon ein- und ausgingen. Besonders Denido, einer von Dominos besten Freunden und vor allem mittlerweile Kajas Ein und Alles. Sie waren ein schönes Paar. Die Kriegerin und der Späher. Und sie erinnerten mich sehr an mich selbst.

Domino war den Spähern so ähnlich, es konnte nicht sein, dass die Geschichte von der traurigen Königin, die mir Karas am *Fluss ihrer Tränen* erzählt hatte, nur ein Mythos war. Vielleicht stimmten die Legenden und einer seiner Vorfahren war einer von ihnen gewesen. Wenn ich etwas darüber erfahren würde, dann aus dem magischen Buch. Es war gerade mal zwei Monate her, dass Marco und ich es zum ersten Mal zu Gesicht bekommen hatten. In der Welt des Lichts nannten wir es das *Buch der Bücher* und hier eher das *allwissende* oder das *magische Buch,* in dem die Geschichten all unserer Könige geschrieben standen.

Damals hatten wir es wieder ordentlich in dem Schließfach verstaut, in dem es mein Vater schon vor meiner Geburt für mich hinterlassen hatte, damit ich es bekam, wenn ich volljährig war. Zu meiner Erbschaft zählte außerdem eine Menge Geld, das er für mich angelegt hatte. Und in dem Schließfach hatten wir sogar einen Brief gefunden, der an mich gerichtet war, sowie einige Seiten seines Tagebuchs, das er an manchen Tagen nur in dieser Welt verfasst hatte.

Als wir an meinem achtzehnten Geburtstag hier gewesen waren, hatten wir nur unsere eigene Geschichte gelesen und waren zu der Erkenntnis gekommen, dass wir von Anfang an füreinander bestimmt gewesen waren.

Der Fairness halber hatte ich bei meiner Bank auch Marco und seinem Vater eine Vollmacht für mein Schließfach erteilt. So hatten auch sie uneingeschränkten Zugang ebenso wie ich zu ihrem Buch der Fürsten.

Obwohl mich ein wenig das schlechte Gewissen plagte, weil ich schon einige Tausender von dem Nachlass meines Vaters verbraucht hatte, ging ich zielstrebig zu meinem Sachbearbeiter, der mich trotzdem nach wie vor mit überschwänglicher Freundlichkeit begrüßte.

Das Erste, was ich von dem Geld bezahlt hatte, war eine neue Couchgarnitur für Mama gewesen und ein Wäschetrockner. Auch wenn sie sich mit Händen und Füßen zu wehren versucht und gemeint hatte, die Wäsche würde viel besser riechen, wenn sie an der Luft trocknete. Bei unserem Meter-mal-Meter-Balkon, der dazu noch zur Straße hinausragte, hielt ich das allerdings für eine ganz blöde Ausrede.

Natürlich bezahlte ich auch gerade meine Fahrschule mit dem Geld, und bei meinem Talent konnte das teuer werden.

Über ein Auto dachte ich schon allein deshalb noch nicht nach, auch wenn Marco mir ständig von niedlichen, kleinen Zweisitzern vorschwärmte, die gut zu mir passen würden. Allerdings fuhr auch er jetzt während der Winterzeit nicht seinen roten Porsche, sondern einen wuchtigen schwarzen Geländewagen, bei dem einen das Gefühl nicht losließ, dass er jeden Kleinwagen einfach überrollen könnte.

Mein Sachbearbeiter brachte den Metallkasten aus meinem Schließfach in einen kleinen Raum, den ich beliebig hinter ihm abschließen konnte, was ich auch tat, sobald er die Tür hinter sich ins Schloss gezogen hatte. Ich setzte mich auf den einzigen Stuhl im Raum vor den Tisch und entledigte mich mühsam im Sitzen meiner dicken Jacke. Dann kramte ich den kleinen Schlüssel aus meiner Jeans, öffnete den Kasten und zog das Buch heraus.

Irgendwie konnte ich mir nicht vorstellen, dass alle Geschichten unserer Könige von Jahrhunderten in dieses Buch passen sollten.

Und doch war es so. Die erste Geschichte handelte von einer jungen Königin namens Naliessa im achtzehnten Jahrhundert. Ihre Eltern waren beide an der Grippe gestorben, als sie sechzehn Jahre alt gewesen war. Und die wahre Geschichte war tatsächlich so, wie die Legende sie erzählte. Sie verliebte sich in einen Späher, in den Anblick seiner Augen, in alles, was ihn ausmachte. Etwa ein halbes Jahr verbrachte sie mit ihm in der Gegend, wo heute Karanot lag, ganz in der Nähe des Flusses ... Nur das Ende war ein wenig anders als in der Geschichte, die Karas damals zu berichten wusste.

Ich las:

Es stand fest. Sie musste zurück nach Naradon, um den Fürsten zu heiraten, dem sie versprochen war. Den Gedanken daran ertrugen sie beide nicht. Sie liebten sich sehr, sie konnten einander nicht verlassen.

Oben am Rand der Klippen standen sie sich gegenüber, genau dort, wo unten der reißende Fluss tobte. Sein kalter Blick war rasend vor Wut, bei dem Gedanken, Naliessa zu verlieren. Dabei wollte sie nichts lieber als bei ihm bleiben. Sie wusste, sie müsste gehen, denn erst, wenn sie tot wäre, würde man aufhören, nach ihr oder nach ihm zu suchen. Sie würden ihn töten, damit Naliessa endlich ihren Platz als Königin einnahm – an der Seite eines Mannes, der ihrer würdig war.

»Wenn ich durch deinen Blick den Tod fände, wäre dies ein Ende, das ich ersehne.« Ihre Worte waren flehend. Ihrem Geliebten war gar nicht mehr klar, was ihn wütender machte. War es ihr Wunsch zu sterben? War es ihre Sorge um ihn? All seine Beherrschung war dahin. Sein eiskalter Blick traf sie. Traf sie schonungslos. Sie krümmte sich, sank erst auf die Knie, dann ging sie ganz zu Boden. In nur wenigen Sekunden war ihr Körper zu tiefstem Eis gefroren. Und doch hatte sie ihm in die Augen gesehen, bis zuletzt. Nicht erschrocken, nicht so, wie wenn jemand kurz davor ist zu sterben. Nicht mit weit aufgerissenen Augen, angstverzerrtem Gesicht. Nein,

sie sah dankbar aus. Voller Liebe zu ihm. Wie viele waren durch seinen Blick schon gestorben? Und nun sie. Sein Leben.

Sie lag im Gras, so friedlich. So schön. Auch wenn er ihren Anblick kaum ertrug, wusste er, er hatte das einzig Richtige getan. Er hatte sie erlöst, und nun wollte er nur noch eines. Selbst Erlösung finden.

Doch sie war nicht tot. Es war, wie wenn eine Narkose langsam wirkte. Wenn man noch hören konnte und fühlen, aber nichts mehr bewegen.

Kalte Tränen berührten ihr Gesicht, als sie da lag. »Wir werden zusammen sein auf ewig, Liebste, süße Naliessa. Im Jenseits werden unsere Seelen niemals getrennt sein. Deine Schönheit, deinen makellosen Körper, das Jadegrün deiner Augen, all das präge ich mir ein, damit ich es nicht vergesse.«

Sie wollte sagen, dass sie lebte, wollte es hinausschreien: Ich bin nicht tot. Ich sehe dich und ich höre dir zu, Liebster. Aber ihre Augen starrten wie die einer Toten geradeaus.

Wie vielen Leichen hatte er schon ins Gesicht gesehen, in das vom Eis erstarrte Entsetzen ihrer Augen, bevor er mit einer einzigen, leichten Bewegung seiner Hand ihre Körper in Tausende Splitter zerspringen ließ? Doch in Naliessas Augen war kein Entsetzen, kein Schmerz. Nur diese unendliche Dankbarkeit.

Ein sanfter Kuss strich über ihre kalten Lippen. Dann hörte sie, wie er zum Rande der Klippen ging. Sie wollte schreien, sie wollte sich winden, aufspringen, wenigstens eine Hand bewegen. Aber es ging nicht.

Ihr Herz war gefroren, und doch zog es sich schmerzhaft zusammen, als sie mit anhören musste, wie die Luft ihn umschloss und mit willigem Zischen in die Tiefe gleiten ließ. Die Wucht des Aufpralls auf einem der Felsen verdrängte mit einem merkwürdig würgenden Laut den letzten Atem aus seiner Lunge. Sie hörte das entsetzliche Krachen der Knochen, das peitschende Wasser an den Klippen und wie sein Körper die Oberfläche durchbrach, als würde sich eine Hand auftun und ihn mit gewaltiger Macht umschließen. Die reißende Strömung trug ihren Geliebten davon, bis nur noch die tosenden Wellen zu hören waren, endlos, gleichmütig … als hätten sie niemandem etwas getan.

Es dauerte lange, bis das Eis in ihrem Körper nachließ, bis sie sich bewegen und mühsam an den Abgrund kriechen konnte. Nun war sie in der Lage, ihm zu folgen.

Endlich. Doch als sie in die Tiefe blickte, hielt sie irgendetwas zurück. Plötzlich wusste sie, dass sie nicht alles von ihm zerstören durfte, dass ein Teil von ihm weiterleben musste. Sie durfte nicht sterben, auch wenn so vieles in ihr bereits gestorben war. Das Leben, das Lachen, das alles hatte er mit sich in den Fluss genommen.

Den Fluss, den man heute *Den Fluss ihrer Tränen* nannte. Eisige Schauder liefen mir über den Rücken. Fast so, wie damals, als ich zum ersten Mal von der Geschichte gehört hatte, von denen die meisten glaubten, sie sei nur eine Legende.

In Solest kehrte Naliessa zurück nach Naradon. Nur wenige Tage nach ihrer Rückkehr heiratete sie den Fürsten, den sie nicht liebte.

Der Grund, weshalb sie sich nicht selbst getötet hatte, war, dass sie bereits geahnt hatte, das Kind ihres Geliebten unter dem Herzen zu tragen. Auch wenn ihre Liebe verloren war, so wünschte sie sich nichts sehnlicher, als sein Kind in den Armen zu halten. Den Teil von ihm, der ihr immer bleiben würde.

In der Welt der Unwissenden wurde sie Lehrerin, der es streng untersagt war zu heiraten. Natürlich kannte sie ihren Ehemann aus Solest auch hier, dafür hatten ihre Eltern früh gesorgt. Und auch hier bekam sie einen Sohn.

Ich fragte mich ernsthaft, ob sie den Späher auch in dieser Welt gekannt hatte, doch leider fand ich nichts darüber. Hier stand nur geschrieben, dass sie sein Kind vor dem Fürsten geheim hielt und floh, um es in einem Kloster zu gebären. So oft sie konnte, besuchte sie den Kleinen.

In Solest litt der neue König darunter, dass seine Frau ihn nicht liebte. Er versuchte dennoch alles, um sie glücklich zu machen. Erst als ihr Sohn vier Jahre alt war, erkannte er, dass es nicht sein eigenes Kind war. Der Junge hatte Kräfte in seinen blauen Augen, die zerstörerischer nicht sein konnten. Nun war der König gekränkter denn je. Sein ganzes Leben war ein Betrug. Und so brachte er den vermeintlichen Sohn zu einem See, um ihn zu ertränken. Das Kind aber vereiste das Wasser zu einer Eisscholle, auf die es sich rettete, bis seine Mutter zur Hilfe kam. Ihr Gemahl hätte ohnehin keine Chance gegen ihre königlichen Kräfte gehabt. Doch anders als in Karas' Erzählung tötete sie ihn dort nicht mit einem Schwerthieb. Stattdessen ritt sie mit ihm zu den leuchtenden Mauern Solests, so nahe, dass nur sie es gerade überleben konnte, aber doch so weit, dass der König von ihrem Licht erfasst wurde und auf immer und ewig verschwand.

Es stimmte also. Die Kräfte des Spähers mussten sich von Generation zu Generation weitervererbt haben. Und bei Domino war sogar die Kraft des Vereisens wieder durchgeschlagen.

Allerdings galten die Späher als grausam und gewissenlos, und beim Lesen von Naliessas Geschichte war ich mehr als einmal erschaudert. Dabei wusste ich es inzwischen besser. Sie waren nur weitaus unempfindlicher, was körperliche Schmerzen anbelangte. Alle anderen Gefühle erlebten sie genauso intensiv wie wir. In manchen Situationen wahrscheinlich noch intensiver. Und sie wurden von den Menschen nicht akzeptiert – wegen ihrer Andersartigkeit. Ihre Gabe, aus der Entfernung von mehreren hundert Metern eine Maus erkennen zu können, und vor allem die Fähigkeit, mit ihren Augen Gegenstände einzufrieren, machte den Leuten Angst. Doch die Zeiten, in denen sie gewissenlos umhergestreift waren, geplündert und gemordet hatten, waren längst Geschichte.

Zu denen, die ihre zerstörerische Kraft mit ängstlichem Argwohn betrachteten, hatte ich mich anfangs auch gezählt. Aber ich war inzwischen sicher, sie hatten sich sehr gut unter Kontrolle. Trotzdem kam es ab und an vor, dass sich Späher aus der Wut oder irgendeinem anderen starken Gefühl heraus vergaßen. So wie Domino, als er gespürt hatte, wie eifersüchtig er geworden war, weil ich auf meine Vertrauten nichts hatte kommen lassen. Vor allem Madras war für ihn ein rotes Tuch. Aber auch Karas, weil er unsere Verbindung nicht guthieß.

Da ich schon mal hier war, blätterte ich die Seiten weiter bis zu meiner eigenen Geschichte. Bei einigen Zeilen schmunzelte ich, bei anderen rang ich wieder mit den Tränen. Den Tränen, die längst vergossen waren. Noch immer endete das Buch an der Stelle, als Domino und ich als Sieger aus der Höhle des dunklen Zauberers gekommen waren und uns vor allen anderen geküsst hatten. Ich lächelte verträumt bei dem Gedanken daran.

Am liebsten hätte ich den Stift aus dem Metallkasten genommen und weitergeschrieben. Denn unsere Geschichte war seit jenem Moment so unendlich perfekt, dass es schade war, sie hier nicht noch einmal nachlesen zu können. Ich schlug das Buch zu und lehnte mich im Stuhl zurück. Vor meinem inneren Auge tanzten die ersten Schneeflocken durch die Luft. Ich dachte an die Reise nach Naradon und wie freundlich wir empfangen worden waren. Und am Tag nach unserer Ankunft hatte Domino mir endlich seinen Lieblingsplatz zeigen können. Einen See, der zugefroren in allen Farben des Regenbogens leuchtete. Er war genauso schön gewesen, wie ich ihn zuvor in meiner Vision gesehen hatte.

Noch immer waren wir in Naradon und ich wünschte mir, dieser Winter möge niemals enden.

Allerdings traute Karas noch immer keinem von ihnen und schwieg, weil er wusste, dass Domino zuhören konnte. Madras schien das egal zu sein. Wann immer er konnte, bombardierte er mich mit zweideutigen Bemerkungen und Sticheleien. Durch die Blume ließ er erkennen, wie wenig er mich verstand, und zog mich regelrecht damit auf, dass ich trotz der engen Beziehung zu Domino noch keinen offiziellen Heiratsantrag bekommen hatte. Ich fragte mich, wann er endlich die Hoffnung aufgab, mich für sich zu gewinnen.

Aber ich war nach wie vor gut darin, das alles zu ignorieren.

Anfang vom Ende

Anna

Ich wollte das Buch schon zuklappen, ließ dabei aber die folgenden noch unbeschriebenen Blätter bedächtig über meinen Daumen gleiten. Erst war ich nicht sicher, doch dann entdeckte ich, dass zwischen den leeren Seiten noch eine einzige bedruckt war. Nur ein paar Zeilen standen hier geschrieben:

Es war Samstag. Die Sonne schien und streckte ihre Strahlen direkt durchs Fenster in Annas Gesicht. Sie erwachte davon.

Wochenende! Es war erst kurz nach acht. Wie immer war sie viel zu früh aufgewacht, obwohl sie erst um drei Uhr nachts nach Hause gekommen war.

Sie stand auf, kochte sich zunächst einen sehr starken Kaffee und nahm die Tasse dann mit ins Bad.

Gerade als sie sich nach einer ausgiebigen Dusche abtrocknen wollte, hörte sie den Klingelton ihres Handys. Wer konnte das sein um diese Zeit? Grübelnd wickelte sie sich notdürftig in den Stoff und verließ den Raum.

Zu spät.

Ohne nachzusehen, wer angerufen hatte, ging sie zurück ins Bad. Falls es wichtig gewesen war, würde derjenige sich noch einmal melden oder vielleicht einfach eine Nachricht schreiben.

... mehr nicht. Eine ganz normale Alltagsszene. Was sollte daran wichtig sein?

Ich las die Zeilen mehrmals. Es hörte sich nicht danach an, dass ich zu Hause wach geworden war, zumindest nicht bei Mama. Samstags schon gar nicht. An jedem Wochenende war ich bei Marco. Was sollte sich daran wohl ändern?

Okay. Das Buch berichtete also von einem Samstag bei Marco. Wobei … dort brachte Ingrid den Kaffee, nachdem ich ihn telefonisch bestellt hatte. Hm. Vielleicht würden wir irgendwann eine Kaffeemaschine anschaffen. Warum eigentlich nicht? Oder … vielleicht würden wir sogar eine gemeinsame Wohnung haben. *Schöner Gedanke.*

Aber … warum zum Teufel stand das da? Weshalb so weit nach dem Ende unserer Geschichte? Sollte das heißen, unsere Geschichte war noch nicht zu Ende? Der Schatten war besiegt! Was sollte noch Wichtiges passieren, wofür es sich lohnte, im Buch der Bücher zu erscheinen?

Eines stand fest. Diesen Samstagmorgen, den das Buch beschrieb, würde es irgendwann in meinem Leben geben. Fragte sich bloß, wo Marco dann sein würde.

Wütend schlug ich das Buch zu und verstaute es hektisch wieder in dem Metallkasten. Auf einmal hasste ich mich dafür, es überhaupt aufgeschlagen zu haben. Es gab keinen Grund, darüber nachzudenken, was mich noch Übles erwarten könnte. Wir hatten es geschafft! Alles war gut. Wir wären fast gestorben dafür! Es gab keinen Grund, sich Sorgen zu machen. Das redete ich mir wenigstens ein.

Kurzerhand beschloss ich Marco gar nicht erst zu erzählen, dass ich hier gewesen war. Ohnehin war er viel misstrauischer als ich. Er war so überaus vernünftig, dachte immer schon an die Zukunft, wenn ich noch den Tag auf mich zukommen ließ. Er war der, der stets an Morgen dachte, während für mich nur das Jetzt zählte. Und im Moment war er sorglos und glücklich so wie ich.

Ich verschloss den Kasten, stand auf und drückte den Knopf, womit ich den Anzugträger rief, der ihn wieder fortbringen würde. Den Stuhl rückte ich sorgfältig unter den Tisch und nahm meine Jacke von der Lehne. Ungeduldig ging ich in dem kleinen, schmalen Raum auf und ab und kuschelte mich in meine Jacke – vorsorglich für die Kälte da draußen. Die Tür schloss ich erst auf, als es klopfte, den Kasten hatte ich dabei schon unterm Arm und drückte ihn dem Mann gleich darauf in die Hände.

»Ganz schön schwer.« Offenbar wollte er Witze machen, doch mir war gerade nicht danach und so erwiderte ich nichts darauf.

»Ist alles in Ordnung?«, fragte er prompt und klang auch noch besorgt dabei.

Schnell legte ich ein freundliches Lächeln auf. »Ja, aber natürlich«, antwortete ich. »Ich darf nur bei der Kälte gar nicht an den Heimweg denken.« Was Besseres fiel mir nicht ein, meine beinahe beleidigte Miene zu rechtfertigen.

»Soll ich Ihnen ein Taxi rufen?«

»Nein. Nein, das ist wirklich nicht nötig. Trotzdem danke.«

Er begleitete mich noch ein Stück, und ich versuchte das Lächeln nicht zu vergessen.

»Also, dann, bis bald«, verabschiedete er sich endlich.

»Auf Wiedersehen«, sagte ich höflich. Ich hatte nicht vor *bald* wiederzukommen. Dann schritt ich durch die gläserne Drehtür nach draußen. Ich atmete die kalte Luft tief ein und machte mich auf den Weg zum nahe gelegenen Busbahnhof. Die Nummer 47 hielt gerade an. Mit gezückter Fahrkarte stieg ich ein und setzte mich ans Fenster.

Das laute Treiben um mich herum verstummte in mir. Längst war mir klar, dass meine heutige Entdeckung schwer zu verdrängen war. Einerseits hatte sie sich schon an meiner Neugierde zu schaffen gemacht, andererseits an der Angst davor, mein Leben könnte sich ein weiteres Mal ändern, egal in welche Richtung. Alles war perfekt, so, wie es jetzt war. Nichts wollte ich daran ändern.

Ich war so in Gedanken versunken, dass ich fast vergaß, den Knopf zu drücken, damit der Bus an der nächsten Haltestelle hielt. Erst als die Durchsage »Schümannstraße« kam, schrak ich hoch und stolperte beinahe über die Frau, die neben mir saß. Ich hatte nicht einmal bemerkt, dass sie sich dort hingesetzt hatte.

Als ich vor Kälte schnatternd in unsere Straße einbog, erkannte ich schon von Weitem den fetten Geländewagen vor dem Haus. Wie es aussah, wartete Marco bereits auf mich. Heute war Freitag, er war da, um mich abzuholen. Ich ging einen Schritt schneller und … lächelte. Die irrsinnige Vorfreude auf das Wochenende war immer noch dieselbe wie schon vor Monaten.

Mama erlaubte es nicht, dass ich die ganze Woche bei Marco blieb. Schon seit Langem plagte sie oft genug der Eindruck, ich würde bald ganz zu Marco ziehen. Und auch wenn ich im Januar achtzehn geworden war, beließ ich es bei dieser Regelung – aus Rücksicht auf sie.

Auf dem Weg durchs Treppenhaus nach oben entledigte ich mich schon mal meiner dicken Jacke. Sie würde nur stören, wenn ich mich in Marcos Arme warf. Zitternd vor Kälte, vielleicht auch vor Ungeduld, schloss ich die Wohnungstür auf und stürmte hinein. Die Jacke warf ich in die Ecke unter der Garderobe und lauschte, aus welcher Richtung die geliebte Samtstimme kam.

Mama und Marco saßen sich beim Kaffee an unserem kleinen Küchentisch gegenüber. Hier passten sowieso nur zwei Stühle hin, mir blieb also gar nichts anderes übrig, als mich auf seinen Schoß zu setzen.

Seine Augen strahlten, als ich den Raum betrat. »Wie war die Fahrstunde?«, fragte er.

»Ganz gut«, log ich munter, gab meiner Mutter einen flüchtigen Kuss auf die Wange, ohne Marco aus den Augen zu lassen.

Einladend rückte er seinen Stuhl zurück und breitete die Arme nach mir aus. Schnell ließ ich mich auf seinem Schoß nieder und fiel ihm um den Hals. Ganz zärtlich küsste er mich.

Es störte mich schon längst nicht mehr, dass Mama dabei im selben Raum war, und sie hatte damit ebenso wenig ein Problem. Hier in dieser Welt war es so leicht für uns. Alle waren einverstanden mit dem, was wir füreinander empfanden. Meine Mutter war froh, dass ich endlich begann zu leben, mich zu freuen, wenn es auch nur die Freude auf das heiß ersehnte Wochenende war. Sie sagte, ich sei so erwachsen geworden in letzter Zeit. Von meinen nächtlichen Abenteuern ahnte sie nichts und so schob sie es allein darauf, dass ich Marco kennengelernt hatte.

»Du warst ganz schön lange unterwegs«, meinte Mama und trank ihren Kaffee. Klar, dass ihr das auffiel. Diese Kleinigkeiten in meinem Leben entgingen ihr nie.

»Der Lienkämper hat mich in der Stadt rausgelassen. Ich musste noch mit dem Bus nach Hause fahren«, rechtfertigte ich mich.

»Willst du auch einen Kaffee?«, fragte sie, ohne weiter darauf einzugehen.

»Nö.« Ich stand auf und nahm mir ein Glas Wasser. Dann setzte ich mich schnell wieder auf Marcos Knie. Seine Hand strich über meinen Rücken. »Was machen wir bei dem Mistwetter?«, fragte ich ihn.

»Wie wär's mit Schlittenfahren«, kam Mama ihm grinsend zuvor.

Draußen vor dem Fenster tobte ein Schneesturm und ich zog die Nase kraus. »Ganz sicher nicht«, entgegnete ich.

»Ich hatte eigentlich nichts Bestimmtes vor«, meinte Marco. »Wenn du aber eine Idee hast, immer raus damit.«

»Nein«, sagte ich und lächelte ihn an. Der Gedanke daran einfach nur allein mit ihm zu Hause zu bleiben, war aufregender als alles, was ich mir vorstellen konnte. Zudem waren seine Eltern verreist. Ein Wellnessurlaub in Südtirol. Seit seinem Herzinfarkt ließ Karl Sander es ruhiger angehen, verreiste lieber mit seiner Frau, als sich zu allerlei Anlässen in der ganzen Welt einladen zu lassen, um seine Firmen zu repräsentieren.

Marco hatte noch nichts Richtiges im Auge, was seine berufliche Zukunft anging. Bisher belegte er nur einen Fernkurs nach dem anderen. Spanisch, Französisch, und im Moment versuchte er sich in Chinesisch. In China liege die wirtschaftliche Zukunft, meinte er.

Meinetwegen, dachte ich. Schließlich hatte ich noch ein Jahr Zeit bis zum Abitur. Was danach kam, würden wir dann sehen.

Ich wartete noch, bis er den letzten Schluck Kaffee ausgetrunken hatte, dann stand ich auf.

»Wollen wir?« Meine Tasche fürs Wochenende hatte ich schon am Morgen gepackt, sie wartete im Flur auf mich.

»Los, Marco«, spornte Mama ihn an. »Anna kann es nicht erwarten …« Dann räusperte sie sich und machte den Eindruck, als wollte sie noch etwas sagen, was sich nicht gehörte.

»Mama!«, rief ich entrüstet und sie grinste, womit sie ihre schmutzigen Gedanken bestätigte. Ich hatte also recht gehabt. Okay, *sie* hatte recht gehabt. Ich konnte es nicht erwarten, endlich mit Marco allein zu sein.

***

»Hast du denn Lust, morgen ins *Flickflack* zu gehen?«, fragte er während der Fahrt.

»Hast du Lust?«, stellte ich die Gegenfrage.

»Warum nicht. Sven hat mich angerufen, er und Luisa werden ebenfalls da sein.«

»Stimmt, Luisa hat mich auch gefragt.«

»Also?«

»Weiß nicht.«

»Ich finde, du solltest deine beste Freundin nicht nur wegen mir vernachlässigen.«

»*Nur wegen dir.* Das tu ich doch gar nicht«, entgegnete ich trotzig.

»Also ... gehen wir nicht.«

»Doch! Doch lass uns hingehen.«

»Aber du willst doch gar nicht.«

»Wer sagt *das* denn?«, kam es nun richtig trotzig von mir.

Er lachte leise und spöttisch. »Also willst du doch«, setzte er noch oben drauf.

»Ja, sag ich doch die ganze Zeit.«

»Schön.«

»*Schön.*«

Er verlor nie die Beherrschung ... oder zumindest so gut wie nie. Mich auf die Palme zu bringen war dagegen so einfach. Auch wenn es nur um so eine unbedeutende Frage ging ...

Eingeschnappt starrte ich aus dem Fenster. Wir bogen schon in die Auffahrt des Gutshauses. Dabei legte er seine Hand in meine. »Ich liebe dich«, sagte er und ich spürte, dass er mich kurz musterte.

»Lieb dich auch«, gab ich etwas unterkühlt zurück, ohne ihn dabei anzusehen.

Er parkte den Wagen direkt in der riesigen Garage und beugte sich zu mir rüber, um meine Tür zu öffnen. Ich beachtete ihn immer noch nicht und war auch fest entschlossen noch ein bisschen zu schmollen, doch er zog mein

Kinn sanft in seine Richtung und ich wusste, wenn ich ihn ansah, würde nichts daraus.

Und richtig. Die ganze Kraft seiner viel zu hellen Türkisaugen strahlte mit voller Wucht auf mich ein. Sein Gesicht war genau vor meinem, ich konnte seinen Atem spüren und er roch so gut.

Auf einmal fiel mir das Buch ein und welche Fragen es in mir aufgewühlt hatte. Schlagartig wollte ich nicht mehr beleidigt sein, erst recht nicht wegen so einer Lappalie. Wer wusste schon, was uns noch erwartete?

»Tut mir leid«, flüsterte ich.

»Nein, *mir* tut es leid.« Seine Lippen schmiegten sich unwiderstehlich an meine.

Ich schlang die Arme um ihn, und anstatt den Kuss so heftig zu erwidern, wie es in solchen Momenten meine Art war, hielt ich ihn nur ganz fest und legte meinen Kopf über seine Schulter. Ich wollte ihn nicht verlieren und ich hatte auf einmal wieder furchtbar Angst davor. »Habe ich dir heute schon gesagt, *wie* sehr ich dich liebe?«, flüsterte ich.

»Heute noch nicht direkt, dafür aber in der letzten Nacht.«

Ich lächelte und erinnerte mich. Mitten in einem leidenschaftlichen Kuss war ich wach geworden.

Wir stiegen aus dem Auto und rannten das letzte Stück bis zum Gutshaus. Der Schneesturm fegte dicke Flocken durch die Luft und legte sie zum Schmelzen auf unser Haar.

***

In Marcos Wohnung angekommen ging ich ins Bad und ein Blick in den Spiegel verriet mir, dass ich aussah wie eine nasse Katze. Meine langen rotbraunen Haare, die leider weder ganz glatt noch ganz lockig waren, hingen tropfend und zerzaust hinunter. Beim Betrachten meines Gesichtes war ich heilfroh nicht geschminkt zu sein, den Kajal hätte ich jetzt sonst sicher überall. Das Schönste an mir waren, wie ich fand, die großen dunkelgrünen Augen in einem leider viel zu blassen Gesicht.

Marco hingegen sah wieder aus wie ein Model. Er stand hinter mir in den

Türrahmen gelehnt, sein perfekt gestylter dunkler Wuschelkopf war ebenso völlig nass, was allerdings ganz und gar nichts an der Tatsache änderte, dass er immer noch atemberaubend schön war. Er blickte mich an, als wäre *ich* das Schönste, was er je gesehen hatte.

»Ich bestelle uns etwas zum Abendessen«, meinte er und ging ans Telefon.

»Hallo, Ingrid ... Ja, stimmt, furchtbares Wetter«, hörte ich ihn reden, während ich meine Haare mit einem Handtuch trocknete. »Ja, genau, Abendessen für Anna und mich. Etwa in einer Stunde ... Gut, bringen Sie es bitte zum Pool. Danke!«

»Super Idee!«, rief ich ihm zu.

Im Dachgeschoss des Gutshauses gab es einen Swimmingpool. Das gläserne Dach darüber konnte im Sommer weit geöffnet werden. Aber auch jetzt im Winter kam man sich vor wie unter freiem Himmel.

Ich ging ins Schlafzimmer und zog meinen Bikini aus einer Schublade im Kleiderschrank. Marco kam mit schnellen Schritten hinter mir her und schnappte ihn mir aus der Hand. »Glaubst du, den brauchst du?«, grinste er und hielt ihn hoch.

»Sicher brauche ich den«, gab ich zurück und versuchte dranzukommen. Ohne Erfolg, er streckte den Arm nach oben aus und ich war viel zu klein, meine Mühe vergebens.

»Es ist niemand im Haus. Du brauchst ihn nicht.«

»Und was ist mit dem Personal?«, entgegnete ich.

»Es wird eine Weile dauern, bis Ingrid hier ist. Außerdem ist sie sehr diskret.«

»Du willst doch nicht wirklich nackt baden?«, tat ich scheinheilig.

»Doch«, nickte er. »Und eigentlich wollte ich ...« Er warf meinen Bikini in die Ecke, packte mich und warf mich aufs Bett.

»Herr Sander!«, rief ich empört. »Sie werden doch wohl nicht handgreiflich werden?«

Und er legte das schiefe, verschmitzte Lächeln auf, von dem ich nicht genug kriegte. Dann beugte er sich über mich und öffnete die Knöpfe meiner Jeans. Ganz sanft streifte er sie herunter, mit den Handflächen an meiner

Haut. Dann schob er meinen dicken Strickpulli und das T-Shirt, das ich noch darunter trug, etwas hoch und küsste zärtlich meinen Bauch und die Senke neben den Hüftknochen. Ich richtete mich auf und zog den Rest freiwillig aus. Dann begann ich damit, ihn seiner Klamotten zu entledigen und zu küssen, wo ich seine goldschimmernde Haut freilegte. Meine Hände glitten über seinen makellosen Körper. Nie würde ich genug davon bekommen können, ihn zu berühren, seine geschmeidigen Bewegungen anzusehen und zu fühlen.

Seine weichen Lippen streichelten mich. Das Blut schoss durch meine Adern und mein Atem überschlug sich fast. Der Boden schien sich wieder zu drehen, mein Kopf schwirrte und ich gierte nach mehr.

Doch er stand auf, hob mich mit Leichtigkeit auf seine Arme und trug mich aus dem Zimmer.

»Was machst du denn?«, protestierte ich, aber er lächelte mich nur schief an, öffnete mit mir auf den Armen die Tür und trug mich die Treppen hinauf bis ins Dachgeschoss zum Pool ...

»Das wagst du nicht!«, rief ich noch und dann ... warf er mich hinein.

Das Wasser war warm wie in einer Badewanne. Na warte, dachte ich. Wasser war mein Element und dazu noch war ich ziemlich gut durchtrainiert, wodurch es mir ohne Weiteres gelingen würde, für einige Minuten die Luft anzuhalten. Bewegungslos ließ ich mich zu Boden sinken. Um es ein bisschen dramatischer aussehen zu lassen, ließ ich ein wenig Atem entweichen, damit oben ein paar hübsche Luftblasen an die Oberfläche dringen konnten. Es dauerte nur wenige Sekunden, dann war Marco bei mir, zog mich hektisch nach oben und drehte mich dabei zu sich um.

Ich grinste ihn schalkhaft an und half ihm dabei aufzutauchen. Sein Gesicht verriet mir jetzt schon, dass er das alles andere als komisch fand. An der Oberfläche japste ich nach Luft und lachte laut. Doch er packte mich ziemlich unsanft bei den Schultern.

»Mach das nie wieder!«, fuhr er mich wütend an und seine Augen blitzten mir eiskalt entgegen.

»Hast du dich erschrocken?«, fragte ich spöttisch.

Er funkelte mich weiter zornig an, wandte sich ab und zog sich aus dem Wasser. Mit einem Zug schwamm ich zum Rand, stützte mich daran ab und legte den Kopf seitlich auf meinen Oberarm. Ich beobachtete ihn, wie er einen Bademantel vom Haken riss, ihn überzog und aus der Tür verschwand. Er war stinksauer, eindeutig. Und diesmal war er es, der die Beherrschung verlor. Einerseits betrachtete ich das momentan wie einen kleinen Sieg, andererseits tat es mir wahnsinnig leid, weil ich wusste, wenn er so reagierte, war er tief verletzt.

Schnell stieg ich ebenfalls aus dem Wasser, schnappte im Vorbeigehen ein Badelaken und band es mir auf dem Weg nach unten um. Vorsichtig öffnete ich die Tür zu seiner Wohnung, trat langsam ein und schloss sie auch ebenso leise wieder. Einer der wuchtigen Esszimmerstühle lag mitten im Raum auf der Seite. Ich ging ein Stück weiter und blickte durch die offene Tür zum Schlafzimmer. Marco stand am Fenster und starrte hinaus.

»Es tut mir leid«, sagte ich leise und reuevoll, schon als ich auf ihn zuging. »Ehrlich.«

»Mach das nie wieder«, knurrte er erneut und mit immer noch tiefer, wütender Stimme, ohne sich umzudrehen.

Ich ging näher heran und legte die Arme um ihn.

Abrupt ergriff er meine Handgelenke, wandte sich mit unbeschreiblich schneller, geschmeidiger Bewegung zu mir um und beförderte mich aufs Bett. Sein Gesicht war nur wenige Zentimeter von meinem entfernt, wie versteinert, wütend, und seine Augen funkelten eiskalt ... und atemberaubend schön. Mir stockte der Atem, und ja, ich hatte Angst. Nicht die Angst dieser Welt. Doch ich wusste, wären wir nun in Solest, könnte ich schon tot sein. Erst in den letzten Monaten war ich mir dieser Tatsache bewusst geworden. Erst seit ich ihn, seit ich die Späher besser kannte.

Auf einmal veränderte sich sein Gesicht. Sein Kopf sank neben meinem ins Kissen, seine Hände lockerten den Griff an meinen Handgelenken.

»Anna, ich könnte es nicht ertragen, wenn dir etwas zustieße. Verstehst du das?« Er klang nur noch verletzt, nicht mehr wütend. Dennoch wagte ich es nicht, mich zu bewegen.

»Ja«, flüsterte ich, immer noch mit stockendem Atem.

»Ich liebe dich mehr als alles andere«, sagte er. Und als er sein Gesicht jetzt wieder über meines hob, war da kein Zorn mehr, da war Schmerz. Seine Augen waren tief und warm und sie durchdrangen mich, als wollten sie meine Seele berühren.

Ich überwand die wenigen Zentimeter, die meinen Mund von seinem trennten, und küsste ihn, ohne die Augen zu schließen. Endlich gab er meine Handgelenke frei. Endlich konnte ich ihn berühren, schlang einen Arm um ihn, mit der anderen Hand griff ich in seine Haare. Langsam schloss ich die Augen, küsste ihn wieder leidenschaftlicher. Genau in diesem Moment löste er seine Lippen sanft von meinen und ließ sich neben mir auf den Rücken fallen. »Es tut mir leid, Anna«, seufzte er leise.

Ich zog einen Flunsch und starrte die stuckverzierte Decke über mir an. »Mir tut es leid«, erwiderte ich dann.

»Das sagtest du schon.«

Aus dem Augenwinkel heraus sah ich, wie er die Hände auf sein Gesicht legte.

Ich drehte mich auf die Seite, wagte es aber nicht, ihn anzufassen. »Es tut mir wirklich leid«, versuchte ich es noch einmal. »Es war nicht fair, so zu tun, als ob ...« Ich wagte es nicht auszusprechen, was ihn ohnehin schon so in Rage gebracht hatte.

Aufgebracht schüttelte er den Kopf. Dann sah er mich wieder an. »Nein, nein, du verstehst nicht«, rang er um Worte. Er atmete tief durch, blickte wieder nach oben und redete ganz ruhig weiter: »Ich habe gesehen ... Ich sah die Angst in deinem Gesicht. Du hattest Angst vor *mir.* Ich hätte nicht so reagieren dürfen.«

»Du hattest allen Grund dazu. Wenn du das mit mir gemacht hättest, dann ...«

Als er mich ansah mit seinen Wunderaugen und dazu noch lächelte, verschlug es mir ganz einfach die Sprache.

»Du wärst wutentbrannt auf mich losgegangen«, meinte er.

»Genau.«

»Und wenn schon. Was könntest du mir schon tun?«

»Du könntest mir auch nichts tun«, entgegnete ich leise.

»Nicht in dieser Welt.«

»So leicht bin ich nicht ...«

»Nein. Stimmt ja«, unterbrach er mich spöttisch. »Niemand kann eine Königin töten. Außer einem König wie mir. Welch ein Hohn.«

Mir fiel ein, was Königin Naliessa zu ihrem Geliebten gesagt hatte. »Wenn ich durch deinen Blick den Tod fände, wäre dies ein Ende, das ich ersehne«, zitierte ich ganz spontan.

Sein Gesicht schoss zu mir herum. »Wo hast du das her?«

»Das sagte die ...«

»Ich weiß, wer das sagte. Sie war meine Ur-Ur-Ur-Großmutter, oder so was. Wo hast *du* es her?«

»Die Legende erzählt das.«

»Mit genau diesen Worten?«, fragte er ungläubig.

»Ich habe es aus dem Buch der Bücher«, gestand ich. Mehr müsste ich ja nicht erzählen.

»Du warst noch mal da?«

»Ich wollte wissen, ob die Geschichte stimmt.«

»Du hättest mich fragen können, ich weiß, dass sie stimmt.«

Darauf erwiderte ich nichts weiter. Er wusste gar nicht, wie sehr ich mir inzwischen wünschte, seinem Rat gefolgt zu sein.

»Trotzdem«, meinte er dann und stützte den Kopf auf seine Hand, mit der anderen strich er mir zärtlich die nassen Haare über die Schulter zurück. »Versprich mir, dass du dir niemals mehr meinetwegen den Tod wünschst. Du hast einmal dein Leben aufs Spiel gesetzt, zweimal, wenn man es genau nimmt. Versprich mir, dass das nie wieder passiert.«

Einen Moment lang sah ich ihn nur an und obwohl seine Augen mir den Verstand zu rauben drohten, antwortete ich ehrlich und aufrichtig. »Das kann ich nicht.«

Es klopfte an der Tür.

»Was gibt's?«, rief er.

»Ich habe das Essen serviert!«, erklang Ingrids Stimme vom Flur.

»Danke, Ingrid. Sie können gehen!« Er ließ mich nicht aus den Augen. »Komm, lass uns raufgehen«, bestimmte er.

Bevor ich ihm folgte, schnappte ich mir meinen Bikini und zog ihn an.

Oben angekommen betrachtete ich den hübsch gedeckten Tisch. Es gab nichts, das kalt werden konnte.

»Ich schwimme erst ein paar Runden«, sagte ich und sprang kopfüber ins Wasser, tauchte bis zum anderen Ende, stieß mich noch mal ab, tauchte zurück bis zur Mitte, wo Marco inzwischen stand. Ganz dicht vor ihm ließ ich mich an die Oberfläche gleiten. Ich spürte, wie seine Hände sanft und doch fest über meinen Körper strichen, wobei ich gar nicht bemerkt hatte, dass ich mein Bikinioberteil im Nu wieder losgeworden war. Erst als seine Hände meine Brüste berührten, war mir klar, was jetzt folgte. Und obwohl ich mich so sehr bemühte nicht wieder die Beherrschung zu verlieren, sondern mich zu ergeben, so, wie er es liebte, war ich bald wieder in einem Rausch, in den ich ihn mit hineinzog, als gäbe es nur noch dieses eine Mal.

***

Lunaja

Wir waren erst spät eingeschlafen und begannen den Tag in Solest so vertraut, wie wir ihn in der Welt der Unwissenden beendet hatten.

Im Moment ließ er mich vergessen. Ich dachte nicht mehr darüber nach, wie die sinnlosen Zeilen im Buch der Bücher mich zum Grübeln gebracht hatten. Auch nicht an Marcos Überreaktion wegen meines dummen, misslungenen Versuchs, ihn reinzulegen. Und ich dachte auch nicht daran, wie merkwürdig schnell er es darauf hatte beruhen lassen, als ich seinen Wunsch abgelehnt hatte, ihm mein Versprechen zu geben.

Erst als die Sonnenstrahlen warm durchs Fenster auf uns herabschienen, begann ich wieder damit, die Realität wahrzunehmen.

Hier in Solest war das Wetter von Tag zu Tag besser geworden. Der viele Schnee verabschiedete sich unaufhaltsam in Form von kleinen Rinnsalen hinab in die Täler, wo sie in reißenden Fluten durchs Land tobten. Meiner

Rückkehr nach Kariada stand nichts mehr im Weg. Auch wenn ich nicht allein, nicht ohne Domino gehen müsste, so hatte ich es doch längst beschlossen. Es stand immer noch ein offenes Gespräch mit Karas aus, das sicher nie erfolgen würde, solange Domino in der Nähe war. Außerdem wussten in Kariada weder Esra etwas von Domino und mir noch der Hofrat, dessen Vertrauen ich ohnehin schon überstrapaziert hatte.

»Ich lasse dich nur ungern ziehen«, lächelte Domino, und im ersten Moment dachte ich, er könne meine Gedanken lesen. »Aber es ist Zeit, nach unten zu gehen. Man erwartet uns sicher schon.«

Ich seufzte erleichtert. An Abschied mochte ich nicht denken, so vorübergehend er auch diesmal sein würde.

»Du hast recht«, bestätigte ich und setzte mich auf. »Was machen wir nach dem Essen?«

»Fragst du der Höflichkeit halber?«, schmunzelte er.

»Nein. Wieso?«, entgegnete ich scheinheilig.

»Gut. Dann schlage ich vor, du ziehst deine verflucht enge Lederhose an und wir üben im Hof Schwertkampf.«

»Das ist eine wunderbare Idee«, gab ich grinsend zurück.

Schon seit Wochen machten wir das. Ich liebte es, mich im Kampf zu üben. Und er tat mir den Gefallen, Tag für Tag.

Zu Hause in Kariada war Karas mein Lehrer gewesen. Aber erstens war er ja im Moment nicht sonderlich gut auf mich zu sprechen und zweitens waren meine königlichen Kräfte für ihn zu heftig geworden.

Bevor ich durch die Tür verschwand, gab ich Domino einen Luftkuss. Schnell schritt ich die wenigen Meter bis zu unserem geheimen Durchgang, machte mich frisch und schlüpfte in eines der halbwegs bequemen langen Kleider, diesmal ein ganz hochgeschlossenes in hellem Beige. Dann kämmte ich noch meine Haare, bis sie in sanften Wellen über die Mitte meines Rückens fielen und im Licht der Sonnenstrahlen rötlich glänzten, bevor ich eilig mein Zimmer verließ.

Ich rannte den Gang entlang bis zu der hölzernen Treppe, die in einem Halbkreis nach unten führte. Dort schwang ich mich seitlich auf das dicke, glatt geschliffene Geländer und ließ mich in die Tiefe gleiten. Schließlich war ich spät dran, aus dem Tafelsaal drangen bereits Stimmen. Mit herrlicher Geschwindigkeit sauste ich hinunter. Allerdings sah ich erst zu spät, wie mit anmutigen Schritten Fürstin Medina die Stufen hinunterstieg. Abzubremsen war mir leider nicht mehr möglich. Kurz überlegte ich noch, wie ich ausweichen könnte, aber dann war es auch schon geschehen, ich stieß mit den Beinen gegen sie.

Ich sah, wie sie strauchelte, das Gleichgewicht verlor und ... stürzte. Es waren nur zwei oder drei Stufen. Mich dagegen hebelte der Aufprall von dem Geländer und ich flog ... mit der Gewissheit im Hinterkopf, auf den Füßen landen zu können. Solche akrobatischen Übungen waren kein Problem für mich. Doch unten an der Treppe war gerade Madras auf dem Weg zum Tafelsaal und in Sachen Auffangen fiel seine Wahl offenbar auf mich. Mit voller Wucht prallte ich gegen ihn, stand aber tatsächlich ... und er hielt mich. Ziemlich erschrocken starrte ich zu ihm auf. Er lächelte sanft und seine goldenen Augen musterten mich mit tiefer Zärtlichkeit. Unfassbar! Und ... viel zu nah! Er überschritt eindeutig eine Grenze. Obwohl er wusste, wie Domino und ich zueinander standen. Sofort störte mich seine Nähe und ich trat abrupt einen Schritt zurück, senkte den Blick, der sicher alles andere als freundlich war.

Zu unseren Füßen lag Medina wie ein Käfer auf dem Rücken. Kein Wunder, trug sie doch dieses wuchtige Kleid, unter dem sich zweifellos ein viel zu eng verschnürtes Korsett befand, das sie in ihrer Bewegungsfreiheit einschränkte.

Madras reichte ihr die Hände und zog sie hoch. Sie richtete ein wenig ihre kunstvoll hochgesteckten blonden Haare und ihr böser Blick sprach Bände. An ihrer Schönheit änderte das jedoch nichts. Sie sah wie immer anmutig und perfekt zurechtgemacht aus. Offenbar war sie aber in ihrer Würde gekränkt und entsprechend wütend sah sie mich nun an.

»Entschuldigung«, brachte ich halbwegs ernsthaft über die Lippen, hätte jedoch am liebsten laut losgelacht.

In diesem Moment kam Domino die Treppen herunter. Er rannte. Nein, besser gesagt, er schwebte uns in elegant geschmeidiger Bewegung entgegen.

Seine Augen starrten Madras beinahe feindselig entgegen und ich vergewisserte mich mit einem Blick zu dem Fürsten, ob er schon zu frieren begann. Doch Madras sah dem König ausdruckslos ins Gesicht, ohne Angst und offensichtlich auch, ohne angegriffen zu werden.

»Ist alles in Ordnung?«, fragte Domino beherrscht, als er die letzte Stufe hinuntergestiegen war.

Medina fuhr zu ihm herum und warf ihm theatralisch die Arme entgegen, legte die Hände gegen seine Brust, als wäre ihr Retter aus dem Nichts aufgetaucht. »Das hat sie mit Absicht getan«, zischte sie.

»Nein!«, wollte ich gerade loswettern, aber Domino richtete eine Handfläche gegen mich, um mich aufzuhalten.

»Sicher nicht, Medina. Sie ist nur ein bisschen ... *stürmisch.*« Bei dem letzten Wort lächelte er und zwinkerte mir zu. Dann nahm er Medinas Hände von seiner Brust und ließ sie los.

Sie war gekränkt, nun erst recht. »Du musst es ja wissen«, fuhr sie ihn an.

»Sag jetzt nichts, was du später bereuen würdest«, drohte er ihr.

Sie funkelten sich böse an. Mal wieder wurmte mich die Tatsache, dass Medina immun gegen Dominos Eisblick war. Ansonsten hätte sich ihre Nase mit Sicherheit rot gefärbt.

Zumindest bis Madras sich einmischte. »Würdet Ihr mich zu Tisch begleiten, meine Liebe?« Er machte eine angedeutete Verbeugung vor Medina, hielt ihr dann den Arm hin und lächelte charmant. *Wirklich charmant.* Als sie seufzend, aber sichtlich geschmeichelt einwilligte und uns den Rücken zuwandte, blickte Madras noch mal grinsend zurück. Diesmal zwinkerte er mir zu.

»Hast du es extra gemacht?«, fragte Domino grinsend, sobald die beiden außer Reichweite waren.

»Nein«, entgegnete ich entrüstet. *Würde ich doch nie tun!* Ich lachte. »Ehrlich nicht. Aber hast du gesehen, wie sie dalag?«

»Du bist unmöglich.«

»*Sie* ist unmöglich. Kein Mensch kann sich in diesen Kleidern normal bewegen.«

»Sie macht sich halt gern schön.« Er grinste noch immer, was ich nun allerdings nicht mehr besonders witzig fand. »Sie hat eben nicht diese natürliche Schönheit, das Temperament, die Leidenschaft.« Liebevoll sah er mich an … hocherhobenen Hauptes und mit so viel Wärme in seinen eiskalten Augen, dass es mir wieder die Sprache verschlug.

Am liebsten wäre mir gewesen, ich hätte die Arme um seinen Hals legen können. Nur leider schickte sich das ja nicht, solange wir nicht wenigstens verlobt waren.

»Darf ich Euch zu Tisch begleiten, Königin Lunaja?«, fragte er.

»Wohin du willst«, antwortete ich.

König und Königin

Lunaja

Es kam selten vor, dass wir gemeinsam den Tafelsaal betraten. Doch wenn wir es machten, wurden wir misstrauisch beobachtet, so wie jetzt. Vor allem von Karas und natürlich von denen, die nicht genau wussten, ob die Gerüchte um uns wirklich stimmten. Aber auch von denen, die es wussten und hofften, dass vor allem ich meinen Ruf nicht vollends aufs Spiel setzte.

Domino brachte mich zu meinem Platz und setzte sich wie immer schräg gegenüber von mir.

»Das Wetter wird zusehends besser, Lunaja«, begann Karas mit mir zu reden. »Wann, denkst du, können wir nach Kariada zurückkehren?« Es war eine Frage, deren Antwort längst gegeben war. Er wusste ganz genau, dass uns nichts mehr davon abhielt. Nichts außer mir selbst.

»Morgen«, antwortete ich bestimmt, als wäre es selbstverständlich. Ich wollte ihm nicht die Möglichkeit geben, an meiner Zurechnungsfähigkeit zu zweifeln, weil ich unsere Rückkehr hinauszögerte.

»Gut, dann also morgen«, sagte er sichtlich verblüfft.

Ich blickte ihm selbstbewusst entgegen und gab ihm mit aufrechter Kopfhaltung zu verstehen, dass es an mir nichts auszusetzen gab. Auch die anderen betrachtete ich. Mir entging dabei nicht das zufriedene Lächeln in Medinas entzückendem Gesicht. Ihre dunklen Augen blitzten und wanderten scheinbar zufällig zu Domino hinüber.

Domino starrte mich an. Der Ausdruck in seinem Gesicht war nicht zu deuten. Vielleicht fassungslos, nicht aber erstaunt. Er wusste, ich würde allein gehen, darüber hatten wir gesprochen. Nur der Zeitpunkt war unklar gewesen – bis jetzt.

Plötzlich stand er auf, nahm das Tuch von seinem Schoß und warf es auf den Teller. Mit schnellen Schritten kam er zu mir herum, griff nach meiner Hand und zog mich hinter sich her. Alle starrten uns an. Er machte unser offenes Geheimnis damit so deutlich wie noch nie. Weil der Stuhl noch im Weg war, hatte ich Mühe, nicht zu stolpern, und rannte dann beinahe, um ihm überhaupt folgen zu können. Ich wagte es nicht, etwas zu sagen. Ein Wortgefecht vor den anderen war genau das, was uns gerade noch fehlte.

Auf direktem Wege ging er mit mir zu seinen Gemächern, öffnete die Tür und befahl den Zofen die Räume zu verlassen. Im Nu waren wir allein.

Ich blieb mitten im Raum stehen, hatte Angst, er könnte wieder wütend sein. Nicht solche Angst, dass er mir etwas antun könnte, nur die vor einem Streit.

Die ganze Zeit hatte er mich nicht angesehen, und als er sich mir nun zuwandte, begriff ich, dass er alles andere als wütend war. Da war ein unbeschreiblicher Schmerz in seinen Augen. Ich zögerte nicht länger, sondern ging zu ihm und legte die Arme um seinen Hals, den Kopf an seine Brust.

»Ich will nicht, dass du gehst«, flüsterte er.

»Es ist ja nicht für lange. Und ich komme wieder. Oder du kommst in ein paar Wochen nach. Kaja freut sich auch, wenn ihr kommt, vorausgesetzt, du bringst Denido mit.« Lächelnd blickte ich zu ihm auf.

»Ich liebe dich«, sagte er. Dann nahm er meine Hände und ging vor mir in die Knie.

Entgeistert sah ich zu ihm nieder.

»Heirate mich, Lunaja.« Er sprach meinen Namen mit Sorgfalt aus. »Heirate mich, bevor du nach Kariada zurückkehrst.«

»Domino. Nichts täte ich lieber als das«, antwortete ich und hockte mich vor ihn. Ich nahm seinen Kopf in beide Hände, ehe ich weitersprach. »Du weißt, wie sehr ich dich liebe. Aber ich muss erst zu Hause reinen Tisch machen. Ich muss Esra erklären, was passiert ist. Sie würde mir nie verzeihen, wenn ich verheiratet nach Hause käme. Und den Hofrat muss ich davon überzeugen, dass der Schatten besiegt ist. Ich kann dich nicht vorher heiraten.« Wäre ich wirklich ehrlich gewesen, war das nicht der einzige Grund.

Immer noch fühlte ich mich zu jung, wenn ich auch wusste, dass er der Einzige war, den ich wollte. Für immer ... bei Tag und bei Nacht.

»Du hast recht«, sagte er. »Es ist selten genug, dass du so vernünftig bist. Also werde ich dich erst wieder fragen, wenn alles geklärt ist.« Er nahm meine Hände, stand wieder auf und zog mich mit sich hoch. »Am liebsten würde ich das Frühstück auslassen«, meinte er und grinste schief. »Mein Auftritt gerade eben war wahrscheinlich nicht besonders klug.«

»Wir sind niemandem Rechenschaft schuldig«, sagte ich, obwohl mir selbst nicht wohl war bei dem Gedanken, einfach wieder nach unten zu gehen und so zu tun, als wäre nichts gewesen. »Immerhin sind *wir* die Herrscher. Das muss doch mal zu irgendwas gut sein.«

»Schön wär's«, pflichtete Domino mir bei, deutete dabei jedoch auf die Tür. »Ich denke mir irgendwas aus.« Damit ging er voran. »Komm schon«, forderte er mich grinsend auf. »Mir wird schon die passende Ausrede einfallen.«

Nun, die fiel ihm nicht ein. Mir auch nicht. Stattdessen betraten wir nacheinander den Tafelsaal und gingen zurück an unsere Plätze. Alle Anwesenden waren sehr diskret und taten so, als wäre nichts Besonderes vorgefallen.

Alle außer Karas. »Und?«, fragte er und blickte mich herausfordernd dabei an. »Bleibt es dabei, dass wir morgen aufbrechen?«

»Natürlich. Denkst du, ich habe es mir anders überlegt?«

Daraufhin machte er eine abwehrende Geste mit seinen Händen, als hätte er überhaupt nichts gesagt. Was ich ihm auch geraten haben wollte, denn sein Verhalten nervte mich mehr, als ich gerade in Worte fassen wollte. Diese wären sicher nicht besonders nett ausgefallen. Dann setzte ich mich und nahm mir endlich etwas zu essen.

***

Als wir alle fertig waren, rannte ich hinauf in mein Zimmer, um mich so schnell wie möglich umzuziehen. Das weite weiße Hemd stopfte ich sorgfältig in die enge naturbraune Lederhose und gegen die Kälte zog ich meinen Wollumhang über. In die Fellstiefel schlüpfte ich erst auf dem Weg nach draußen.

Ich hüpfte noch, den einen Fuß nur fast im Stiefel, als Medina schon wieder meinen Weg kreuzte. Diesmal kam sie mir entgegen und blieb nun vor mir stehen. Herablassend sah sie mich an. Sie fand meinen Aufzug offensichtlich mehr als lächerlich. Das wusste ich längst und es störte mich nicht im Geringsten. Die meisten verstanden es nicht, dass ich mich nicht gern wie eine Dame kleidete. Mein Verhalten war auch nicht gerade damenhaft, und jetzt im Moment erst recht nicht. Meinen Stiefel hatte ich endlich an und richtete mich auf.

»Was gibt's?«, fragte ich forsch.

»Nun ja«, antwortete sie naserümpfend. »Ihr seid nicht gerade eine Königin, wie man sie sich vorstellt.«

»Nein.« Da hatte sie recht. *Na und?*

Sie hob den Kopf noch etwas höher. »Ich bin sicher, Domino erkennt auch bald, dass Ihr viel zu ... männlich seid, um eine angemessene Ehefrau abzugeben.«

»Was Ihr nicht sagt«, erwiderte ich beherrscht. Was wollte sie von mir?

»Domino mag Frauen, die ihm ergeben sind«, meinte sie ruhig und lächelnd.

Nun wurde ich hellhörig, hob den Kopf, schob das Kinn vor. Ich wusste sehr gut, wie recht sie hatte. Wieso war sie so gut informiert?

»Was wollt Ihr damit sagen?«, gab ich ihr noch eine Chance.

»Nun. Es ist doch offensichtlich. Jeder Mann wünscht sich eine Frau, keinen Soldaten.«

»So. Und Ihr seid eine Frau«, sagte ich zynisch. »Eine Frau, die sich jeder Mann wünscht. Jeder, außer Domino.« Ich genoss die letzten Worte.

»Er ...«, begann sie, doch dann blickte sie über mich hinweg und blieb still.

»Seid ihr wieder zusammengestoßen?«, erklang Dominos Stimme hinter mir.

Doch weder sie noch ich antworteten darauf. Stattdessen betrachteten wir uns feindselig, bis Domino neben mir stand.

»Gut, ich will offen reden«, begann er nun und ich sah kurz zu ihm auf. Nichts in seinem Gesicht deutete darauf hin, dass er Witze machen wollte, so, wie er Medina jetzt betrachtete. »Du solltest dir deinen hübschen Kopf nicht darüber zerbrechen, welche Art Frau ich bevorzuge, denn das geht dich nichts an.«

»Sehr wohl geht es mich etwas an. Du hast mir immerhin vor einiger Zeit ein Versprechen gegeben«, entgegnete sie gereizt. Und mit einem kurzen Blick zu mir fügte sie von oben herab noch hinzu: »Das darf sie doch sicher wissen.«

Meine Handfläche kribbelte. Mich überkam das seltene Bedürfnis, sie in ihrem Gesicht landen zu lassen. Im Geiste stellte ich mir schon vor, wie sie wieder auf dem Rücken lag und ihre Frisur zu retten versuchte.

»Nein, Medina«, gab Domino trocken zurück. »Mein Vater hat es *deinem* Vater versprochen. Und ja, Lunaja weiß davon.«

Wütend warf sie den Kopf in den Nacken und ging an uns vorbei.

Domino hielt mir den Arm hin. »Wollen wir?«

Ich hakte mich unter und bald darauf schritten wir durch das alte hölzerne Tor nach draußen auf den riesigen Burghof. Niemand außer uns war hier. Den ganzen Winter über hatte hier Totenstille geherrscht. Jetzt, da der Frühling eingekehrt war, hörte man die Vögel aufgeregt zwitschern. Ich ging einige Schritte von Domino weg, dann drehte ich mich um und zog mein Schwert. »Also. Lasst uns anfangen, mein König«, forderte ich ihn heraus.

Er verneigte sich tief vor mir, stand etwa fünf Meter entfernt.

Es war nicht fair, aber mit schnell gesprungenen Drehungen war ich im Nu bei ihm. Die Spitze meiner Klinge deutete auf seine Brust. »Ihr habt zu viel Vertrauen«, schalt ich ihn neckisch.

Sein Blick wanderte für den Bruchteil einer Sekunde zum Griff meines Schwertes. Im selben Moment wurde der dermaßen kalt, dass ich das Gefühl hatte, meine Handfläche könnte vereist werden. Schnell warf ich es weg.

»Und Ihr solltet nicht zögern, wenn Ihr mit einem Späher kämpft«, antwortete er spöttisch.

Ich hielt meine Hand.

»Tut es sehr weh?«, fragte er ernsthaft besorgt.

»Nein.« Ohne ihn aus den Augen zu lassen, hob ich meine Waffe wieder auf und schleuderte sie ihm entgegen.

Er wehrte meinen Angriff ab. »Ein faires Gefecht ab jetzt?«, grinste er.

»Ja«, entgegnete ich knapp.

»Kein Eis, keine Vorausschau«, hakte er noch mal nach.

»Ich habe vorhin nichts vorausgesehen. Ich war nur schnell genug«, sagte ich wahrheitsgemäß.

»Hast du den Zusammenstoß heute Morgen auch nicht vorausgesehen?«, fragte er neckend.

»Ich habe es wirklich nicht extra gemacht«, beharrte ich.

Unsere Schwerter schlugen gegeneinander. Gekreuzt verweilten sie einen Moment.

»Ich meinte den Zusammenstoß mit Madras«, berichtigte er. Fast eindringlich sah er mich dabei an, aber ich stieß ihn zurück.

»Was meinst du denn *damit*?«, rief ich gereizt.

»Nun. Vielleicht hast du gesehen, dass er dich auffangen wird?«

»Sicher nicht«, zischte ich. »Lieber hätte ich mich auf Medina gestürzt.«

»Ist das so?« Wieder lag sein Schwert mit meinem gekreuzt. Wieder sah er mir in die Augen, diesmal höhnisch.

»Aber da wir gerade beim Thema sind«, knurrte ich und versuchte ihm dabei einen Stoß zu versetzen. Diesmal stemmte er sich jedoch dagegen und unsere Schwerter schlugen nochmals auf und verharrten abermals gekreuzt. Herausfordernd sah ich ihn an. »Bist du sicher, der Fürstin kein Versprechen gegeben zu haben?« Er zog fragend eine der formvollendeten Augenbrauen hoch und ich fuhr fort: »Sie weiß ziemlich gut über dich Bescheid.«

»Sie weiß gar nichts.«

»Ach nein?«

»Nein.«

»Zumindest nicht in dieser Welt?«, fragte ich diesmal neckend.

»Genau«, antwortete er und musterte mich mit sturem Ausdruck, der aber schnell in ein schelmisches Grinsen wechselte. »Eifersüchtig?«

»Habe ich einen Grund dazu?«

»Nein. Habe ich denn einen Grund dazu?«

»Eifersüchtig zu sein?«, fragte ich entgeistert und er nickte.

»Nein«, antwortete ich leise und lächelnd. »Ich werde immer nur dich lieben.«

Danach setzten wir das Training fort. Trotzdem lag eine seltsame Spannung in der Luft. Wir waren beide gereizter als sonst. Vielleicht lag es daran, dass es sicher das letzte Training vor meiner Abreise war. Möglicherweise war es aber auch einfach nur meine Schuld, weil mir immer und immer wieder das Buch der Bücher einfiel.

Ich überlegte sogar ihm davon zu erzählen, um mein Gewissen zu erleichtern. Doch die Angst vor seiner Reaktion war stärker.

***

Anna

Als ich an diesem Morgen erwachte und langsam die Augen aufschlug, schlief Marco noch. Sein wunderschönes Gesicht strahlte Ruhe und Zufriedenheit aus. Eine Ruhe, die ich schon seit gestern nicht mehr richtig fand. Immer klarer wurde mir, dass ich meine Angst nicht verdrängen konnte. Immer klarer wurde mir, dass wir noch nicht am Ziel unserer Träume angelangt waren. Immer deutlicher wurde mir bewusst, dass ich auch deshalb abgelehnt hatte ihn zu heiraten. Zu unklar erschien mir, was uns die Zukunft noch bringen könnte. Als er seine herrlichen hellen Türkisaugen öffnete und mich durch die langen Wimpern musterte, lächelte ich wehmütig.

»Du siehst traurig aus«, stellte er fest.

»Nein«, log ich. *Ich will dich nicht verlieren.*

»Was ist es dann?«, fragte er sanft und strich mit allen Fingern einer Hand über meine Wange.

»Ich habe gerade daran gedacht, dass wir nur noch eine gemeinsame Nacht verbringen werden.«

»Nur fürs Erste, in einigen Wochen komme ich nach«, tröstete er mich.

Hoffentlich, dachte ich, nickte aber. »Ja, ich weiß.« Ich seufzte. »Vielleicht sollten wir doch vorher heiraten«, sagte ich nach einem Moment.

Er lächelte sanft. »Nein, du hattest recht damit, dass du in Kariada erst noch einiges zu klären hast.«

Ich verzog schmollend den Mund.

»Hast du auf einmal Angst, uns könnte noch was dazwischenkommen?«, grinste er unbeschwert.

Und wie, dachte ich. »Nein, ich denke Medina hat endgültig verstanden, dass sie verloren hat.« Lächelnd beugte ich mich zu ihm, um ihn zu küssen.

Wieder versuchte ich mir einzureden, dass nichts mehr zwischen uns stand. Nichts konnte mehr geschehen, uns auseinanderzubringen. Schließlich konnte es vielerlei Gründe geben für diesen Morgen in der Zukunft. Warum auch immer ...

Momentan hatte ich andere Sorgen, die vorrangig waren. Nämlich die Reise zurück nach Kariada. Der Gedanke trug nicht gerade dazu bei, dass ich mich besser fühlte.

***

Den ganzen Tag über warf ich immer wieder einen Blick aus dem Fenster. In Solest war das Wetter gut gewesen, die Sonne hatte geschienen, während es hier regnete und stürmte. So war es immer, völlig gegensätzlich.

Daran, dass wir am Abend ausgehen wollten, hatte ich schon gar nicht mehr gedacht, aber Marco erinnerte mich rechtzeitig daran. Diesmal widersprach ich nicht, auch wenn ich noch immer keine große Lust hatte. Vielleicht war es ganz gut, mal etwas anderes zu sehen. Der Sturm hatte sich inzwischen gelegt und es regnete auch nicht mehr. Ich hoffte nur, dass dies nicht bedeutete, wir müssten in Solest im strömenden Regen nach Kariada aufbrechen. Tja, ganz konnte ich es nicht vermeiden, an meine andere Identität zu denken.

Immerhin kamen wir trockenen Fußes im *Flickflack* an.

Von Weitem sah ich schon Luisas blonden Wuschelkopf und die lange, schlaksige Gestalt von Sven, der uns, über die Köpfe der anderen Leute hinweg, zuwinkte. Als wir es geschafft hatten, durch den relativ schmalen Gang bis ans hintere Ende der Theke zu ihnen durchzudringen, begrüßten wir uns kurz und Luisa nahm mich gleich darauf zur Seite.

»Wunder dich nicht, aber …«, begann sie und dann sah ich schon, was sie sagen wollte.

»Sina«, seufzte ich genervt, denn sie kam geradewegs auf uns zu. Als hätten sich unsere Wege nicht letzte Nacht schon oft genug gekreuzt.

»Genau«, meinte Luisa und zog eine Grimasse.

»Wo hat sie denn ihren zwanzig Jahre älteren Architekten gelassen?«, fragte ich zynisch.

»Sie sind nicht mehr zusammen«, bestätigte Luisa meine schlimmsten Befürchtungen.

Na toll. Das konnte ja ein lustiger Abend werden. Wieder würde sie nichts unversucht lassen sich an Marco ranzuschmeißen. Sie trug ein enges, kurzes Kleid, das ihre langen Beine und die anmutig schwingenden Hüften betonte. Das glitzernde Schwarz stand im krassen Kontrast zu ihren langen, blonden Locken. Jede anwesende Frau würde blass werden vor Neid, mich eingeschlossen.

Sie begrüßte mich mit einem kurzen, lächelnden »Hallo!« und wandte sich dann direkt an Marco. »Hey, schöner Mann«, hauchte sie ihn an und gab ihm einen Kuss auf die Wange.

»Hallo, Sina«, antwortete er kühl. »Was verschlägt dich denn hierher?«

»Nun, das Gleiche wie dich, nehme ich an.«

»Das bezweifele ich. Wir sind gekommen, um Spaß zu haben«, meinte er und legte einen Arm um meine Schultern. »Was möchtest du trinken?«, fragte er mich lächelnd.

»Whiskey«, antwortete ich knapp.

Er zog die Augenbrauen hoch, erkannte aber wahrscheinlich, wie ernst es mir damit war, hakte nicht noch mal nach, sondern wandte sich der Theke zu. Ich fand, es war genau der richtige Zeitpunkt für einen Whiskey.

»Ich hörte, du machst gerade deinen Führerschein«, sprach Sina mich von oben herab an und gab mir durch die Blume zu verstehen, dass sie mich für ein kleines Mädchen hielt. Sie dagegen … fast zwanzig Jahre alt und … Frau von Welt.

»Stimmt«, antwortete ich knapp. Der Führerschein an sich war für mich ja schon ein Reizthema.

»Und? Machst du den Motorradführerschein gleich mit?«

»Nein.«

»Nein?«, rief sie übermäßig erstaunt. »Ich dachte, so ein Rockeroutfit würde gut zu dir passen.« Und das sagte sie ausgerechnet heute zu mir, da ich eine tief ausgeschnittene Bluse zur Jeans trug und hochhackige Stiefel. Sie wusste ja auch nichts davon, dass sie mir schon in der Welt des Lichts zu verstehen gegeben hatte, wie wenig mein Äußeres sie ansprach und was sie davon hielt, dass ein Mann wie *er* ausgerechnet mich gewählt hatte. Aber *ich* wusste es, und Sina strapazierte gerade heftig meine Nerven.

»Was willst du, Sina?«, fragte ich sie daher ganz direkt.

»Nichts«, antwortete sie scheinheilig. »Ich frage mich nur ernsthaft, was Marco an dir findet.«

»Neidisch?«, schoss ich zurück.

»Auf dich?«, entgegnete sie spöttisch.

»Gib es auf, Sina. Du hast keine Chance bei ihm.« Wenn sie so vor mir stand, um einiges größer als ich und mit der Schönheit eines Topmodels, war ich mir selbst nicht mehr so sicher. An ihre Gabe in Solest wollte ich dabei gar nicht erst denken und all das zusammen machte mich noch wütender, als ich ohnehin schon war.

»Die Entscheidung wirst du ihm nicht abnehmen können«, entgegnete sie gelassen.

Schon einmal hatte ich sie fast verprügelt. Damals, vor ungefähr einem Jahr, hatte sie mich damit aufgezogen, dass aus Marco und mir nichts werden würde. Sie hatte ja nicht wissen können, was wirklich zwischen uns stand. Jetzt und hier überkam mich das dringende Bedürfnis, zu Ende zu bringen, was ich damals nur beinahe getan hatte. Aber ich riss mich zusammen, lächelte und ließ sie stehen, indem ich mich Marco zuwandte und von hinten die Arme um ihn legte. Innerlich kochte ich vor Wut.

Marco bezahlte gerade die Getränke, drehte sich dann zu mir um und beugte sich zu einem sanften Kuss zu mir herab.

»Sie nervt«, sagte ich ihm leise.

»Lass sie ruhig nerven. Irgendwann hört sie auch hier damit auf«, meinte er.

»Ja, vielleicht in zehn Jahren, wenn wir verheiratet sind und Kinder haben«, spottete ich.

»Was denn, zehn Jahre? So lange wollte ich damit eigentlich nicht mehr warten«, meinte er lächelnd.

Die Kraft, mit der seine hellen Augen meine trafen, verriet mir, wie ernst er das meinte.

»Gut, fünf Jahre«, versuchte ich einen Kompromiss herauszuschlagen.

»In spätestens zwei Monaten können wir dort heiraten«, entgegnete er ernsthaft. »Warum sollten wir hier länger damit warten?« Das Funkeln seiner Augen zog mir schon fast wieder den Boden unter den Füßen weg. Sein schiefes, verschmitztes Lächeln, als er bemerkte, wie benommen ich zu ihm aufblickte, machte das nur noch schlimmer. Alles würde ich ihm versprechen, wenn er mich so ansah.

»Stimmt, warum sollten wir ...«, hauchte ich.

Und als er dann auch noch seine weichen Lippen auf meinen Mund legte, wünschte ich mir nichts mehr, als mit ihm allein zu sein.

»Lass uns tanzen«, forderte er leise, nachdem seine Lippen sanft zu meinem Ohr geglitten waren. Erst als er mich an die Hand nahm und zur Tanzfläche führte, hörte ich, was für ein schönes, langsames Lied gerade lief. Die Art, wie er mich im Takt der Musik hielt, seine Bewegungen und das Lauschen seines Herzschlags, als ich den Kopf an seine muskulöse Brust legte, versetzte mich in einen tranceartigen Zustand, aus dem er mich zurückholen müsste, weil ich Zeit und Raum vergaß.

Alles würde ich für ihn tun, einfach alles. Und niemals wieder wollte ich ihm den Wunsch abschlagen, mich zu heiraten. Egal was auch passierte. Ich nahm nur noch den Takt der Musik wahr und atmete seinen Duft ein und aus. Erst als er meine Hand ergriff und mich von der Tanzfläche führte, waren da noch andere Geräusche, die mir plötzlich viel zu laut erschienen. Es war nicht das erste Mal, dass ich so empfand. Und ich hoffte, es wäre nicht das letzte Mal.

Er schlang einen Arm um meine Hüfte, weil ich leicht schwankte. »Dabei hast du den Whiskey noch gar nicht getrunken«, sagte er lachend.

Ich hingegen war noch nicht fähig eine witzige Bemerkung zu machen. Deshalb blickte ich zu ihm auf, noch völlig versunken in meine Gedanken. Dieser Mann wirkte wie eine Droge auf mich, brachte mich mehr um den Verstand als irgendetwas anderes.

Seit Wochen waren wir schon nicht mehr hier gewesen, seit Wochen hatten wir nicht mehr miteinander getanzt. Aber jetzt fiel mir wieder ein, dass ich mich immer so gefühlt hatte.

Als wir an unseren Platz zurückkamen, stellte ich erleichtert fest, dass Sina nicht mehr da war. Unweigerlich blickte ich mich in alle Richtungen um.

»Sie ist gegangen«, meinte Sven, der bemerkt haben musste, wie argwöhnisch ich die Gegend nach ihr absuchte.

Gott sei Dank. Wenigstens würde sie mir den Abend nicht mehr verderben. Trotzdem nahm ich das Glas von der Theke und trank den Whiskey in zwei Zügen leer. Die Flüssigkeit brannte sich meine Kehle hinunter.

»Brauchst du den jetzt noch?«, fragte Marco grinsend.

»Eigentlich nicht«, antwortete ich unbeschwert. Nicht solange er noch mal mit mir tanzen würde.

Nun war erst mal Partystimmung angesagt. Bei einigen Liedern sangen wir alle lauthals mit. Luisa und ich hüpften ausgelassen im Takt und machten uns ganz nebenbei einen Spaß daraus, andere Leute zu beobachten. Wir lästerten ungeniert und amüsierten uns prächtig.

Auf einmal war ich richtig froh hergekommen zu sein. Ich genoss die gute Laune und die Unbeschwertheit, sogar den Schwips, den ich bekam, weil ich einen weiteren Whiskey und ein Bier getrunken hatte.

***

Immer noch lachend und singend kamen wir in dieser Nacht heim, nachdem ein ebenso gut gelaunter Taxifahrer uns während der Fahrt einen schmutzigen Witz nach dem anderen erzählt hatte. Mein Zwerchfell schmerzte und ich kicherte immer noch vor mich hin, als wir die Eingangshalle betraten.

»Ich habe noch Hunger«, stellte ich fest.

»Oh, dann ...«, begann Marco, aber ich unterbrach ihn, weil ich ihm schon ansah, was er vorhatte.

»Nein, nein, mein Schatz. Du wirst Ingrid schön schlafen lassen«, bevormundete ich ihn, nahm ihn an die Hand und ging mit ihm zur Treppe, die nach unten in die Küche führte.

»Rührei?«, fragte er grinsend.

»Genau«, gab ich zurück und wir gingen hinunter. Das war die einzige Speise, die wir seit unserem Urlaub in Irland im letzten Jahr gekonnt zubereiten konnten. Bei dem Gedanken daran lief mir ein eiskalter Schauder über den Rücken. Wir hatten eine so schöne Zeit dort verbracht, allerdings auch eine sehr schmerzhafte. Ich schüttelte die Erinnerung so schnell wie eben möglich ab und machte mich auf die Suche nach Eiern, Butter und Pfanne.

Mit vereinten Kräften brutzelten wir unsere nächtliche Mahlzeit und alberten noch rum, bis wir aufgegessen hatten. Auf dem Weg nach oben entledigte ich mich meiner Stiefel.

»Tun dir die Füße weh?«, fragte Marco.

»Und wie«, gestand ich.

Mit gewohnter Leichtigkeit hob er mich auf seine Arme und trug mich nach oben. Erst jetzt merkte ich, wie erschöpft ich war. Trotzdem ging ich noch ins Bad, wusch mir gründlich das Gesicht und putzte meine Zähne. Dann ging ich schon mal zu Bett und wartete darauf, dass Marco endlich fertig war und sich zu mir legte. Ich kuschelte mich eng an ihn. Der Gedanke daran, nur noch einmal mit ihm gemeinsam meinen Tag in der Welt des Lichts zu beginnen, ehe ich nach Kariada zurückmusste, machte mich plötzlich schwermütig. Ich umklammerte ihn fester.

»Schlaf schön«, flüsterte er. »Ich liebe dich. Bis gleich.«

Ich schaffte es nicht mehr, die Augen zu öffnen, fühlte nur, wie seine Finger sanft über meine Wange strichen. Und ich spürte, dass er mich ansah, weil sein Blick wieder kribbelte wie die Sonne auf meiner Haut.

»Ich liebe dich auch. Bis gleich«, murmelte ich noch. Dann schlief ich ein.

Doch die freudige Erwartung, immer noch in der Welt des Lichts in seinen Armen zu liegen, sollte mir verwehrt bleiben. Zunächst.

Denn es war nicht in Naradon, wo ich heute erwachte.

***

Lunaja

Es wollte und wollte nicht hell werden um mich herum. Und es gab kein Geräusch, das in meine Ohren drang. Ich fühlte auch nicht die königlichen Kräfte in meinen Gliedern. Und es war kalt. Nur meine eigenen dumpfen Schritte hörte ich und das schmatzende Geräusch, das meine Hände machten, als ich ertastete, was mir den Weg versperrte.

Mir war längst klar, wo ich hier war. Es war das, was mein Vater in seinem Tagebuch beschrieben hatte. Eine Gruft ohne Ausgang. Der Ort, an dem der dunkle Zauberer auch ihn aufgesucht hatte. Vielleicht sogar derselbe Ort, an dem ich im letzten Herbst gewesen war – zusammen mit Domino.

So müssen Albträume sein, waren die Worte meines Vaters gewesen. Ja, genau so stellte ich sie mir ebenfalls vor. Nur wusste ich, dies war mein ganz persönlicher Albtraum. Denn ich ahnte, was der dunkle Zauberer von mir wollte. Und ich würde lieber sterben, als ihm nachzugeben.

Schlagartig wurde es hell. Auch das kannte ich schon. Diesmal dauerte es jedoch nicht so lange wie damals, bis meine Augen sich an das grelle Licht gewöhnt hatten, und sie schmerzten auch nicht so stark.

Noch etwas war diesmal anders. Etwas sehr Entscheidendes! Ich hatte Angst. Angst, weder Domino noch Marco jemals wiederzusehen ... wenn ich hier starb. In Karanot war mir klar gewesen, niemals mit Domino zusammen sein zu können und Marco in der anderen Welt aus diesem Grund ebenfalls irgendwann zu verlieren, falls ich versagte. Aber das hatte sich geändert. Wir gehörten zusammen und ich wollte nicht sterben.

Der Schatten zog riesig und schwarz über die lehmige Wand meines Gefängnisses und seine augenlose Fratze erhob sich dreidimensional daraus hervor.

Ich schwankte einige Schritte zurück. Der ganze Berg um mich herum schien zu beben. Doch langsam begriff ich, dass es nicht das Gestein war, das bebte, sondern ich. Ich zitterte am ganzen Körper, die Augen weit aufgerissen.

»Was willst du noch?«, brachte ich mühsam mit genügend Festigkeit in der Stimme heraus.

»Keine Angst«, dröhnte seine tiefe, grollende Stimme. »Ich kann dich nicht töten ohne einen König.«

Ich war mir längst nicht mehr sicher, ob das stimmte. Wenn ich daran dachte, wie er mich in Karanot durch die Höhle geschleudert hatte, dass es mir kaum noch möglich gewesen war, Luft zu holen.

»Du wirst keinen König finden, der mich tötet«, entgegnete ich trotz meiner Furcht.

Wieder lachte das Monster so grollend, bis die Erde bebte. »Dann seid Ihr also immer noch bereit, für Domino zu sterben«, brüllte er so laut, dass mir die Ohren davon schmerzten.

»Jederzeit«, erwiderte ich fest entschlossen.

Einen Moment war es, als bewegte sich nichts mehr an seiner düsteren Gestalt. Nur das Zittern ließ nicht nach, was wahrscheinlich noch immer an mir selbst lag.

»So sei es«, dröhnte seine Stimme dann aus allen Richtungen.

Schlagartig war es still und finster.

Automatisch riss ich die Augen weit auf. Doch das bemerkte ich erst, als ich in Dominos verwirrtes Gesicht blickte.

»Was hast du?«, fragte er besorgt.

Ich starrte ihn an. Sein Gesicht war direkt vor meinem. Eng umschlungen lagen wir da. Hier hätte ich eigentlich sein müssen, nachdem ich eingeschlafen war. Ich atmete tief durch, noch ganz steif vor Schreck. Fest umarmte ich ihn, senkte erleichtert die Lider und legte meine Stirn an sein Kinn. »Ich liebe dich so sehr«, flüsterte ich.

»Du frierst ja«, sagte er leise.

Ich zitterte. Aber nicht vor Kälte. Ich konnte ihm unmöglich sagen, was ich gesehen hatte, wo ich gewesen war, schon gar nicht, was ich gehört hatte. »Geht schon«, entgegnete ich.

Er wollte trotzdem aufstehen und eine zusätzliche Decke holen. Immer noch klammerte ich mich an ihn.

»Lass mich wenigstens kurz das Laken hochziehen«, bat er und befreite sich aus meinem Griff. Im Nu deckte er uns beide zu und kroch wieder nah an mich heran. »Ist es so besser?«

Nichts war besser, meine persönliche Hölle, mein persönlicher Fluch ... er hatte mich wieder.

»Luna?«

Ich öffnete die Augen und sah in seine viel zu hellen, viel zu schönen Augen ... in den türkisfarbenen Glanz ... Er war mein Leben. Jederzeit sterbe ich für dich, dachte ich.

»Ja, viel besser«, log ich. Ich hatte das Bedürfnis, ihn festzuhalten, ihn zu fühlen, ganz und gar, mit allem, was ich hatte. Ich mochte mir nicht länger den Kopf darüber zerbrechen, was der Schatten gemeint haben könnte. Schon deshalb, weil ich mir plötzlich sehr, sehr sicher war, dies wäre das letzte, das allerletzte Mal, dass Domino und ich hier in Solest so zusammen sein konnten. Natürlich wollte ich mein Leben für ihn geben, doch das bedeutete gleichzeitig, ich würde ihn heute zum letzten Mal sehen.

Was er in meinem Gesicht sah, wusste ich nicht. »Es ist nicht für lange«, tröstete er mich aber sanft. »Ich komme bald nach.«

Tränen schossen mir in die Augen. »Schlaf mit mir, Domino«, flüsterte ich. »Nur noch dieses eine Mal.«

Ich schluckte trocken. Ein letztes Mal, dachte ich, ehe seine Lippen weich und unwiderstehlich mit meinen verschmolzen. Mit heftiger Leidenschaft öffnete ich den Mund und erwiderte seinen Kuss, bis der Schwindel mich endlich überkam. Das Gefühl seiner nackten warmen Haut an meiner, die Muskeln seines Körpers, die meine Hände gierig ertasteten, brachten mich völlig um den Verstand. Als seine Lippen langsam über meinen Hals, über mein Dekolleté wanderten und meine Brüste erreichten, hörte ich meinen hektischen Atem nur noch wie unter einer Glasglocke. Mein Blut pulsierte wild in meinem ganzen Körper. Ich griff nach ihm und hörte sein leises Lachen, als er mich dazu aufforderte, still zu liegen, damit er mich ansehen konnte. Die eiskalte Schönheit seiner Augen brannte auf meiner Haut. Mit Mühe folgte ich seiner Bitte, während mein Körper bebte. Erst recht, als er sich über mich beugte, seine Lippen meine Brüste liebkosten und seine Hand langsam über meinen Bauch abwärts strich, über meine Schenkel und wieder hinauf bis in meinen Schoß. Erst als ein Orgasmus meinen Körper erbeben ließ, öffnete ich die Augen, um mich von der Wucht seines Blickes in den nächsten Abgrund ziehen zu lassen. Sein Gesicht war direkt über meinem, seine Lippen berührten meinen Mundwinkel ... Ich fühlte die Tränen aufsteigen. Dann drang er in mich ein, ohne mein Gesicht aus den Augen zu lassen.

»Du bist wunderschön«, flüsterte er atemlos. Dabei war *er* so schön, dass es jedes Mal wehtat, ihn anzusehen. Doch gerade jetzt wollte ich ihn betrachten, wie sehr es auch schmerzte. Ich wollte mir seinen Anblick einprägen und nichts vergessen, bevor er mich in den Sog der Leidenschaft zog, aus dem ich hoffte sobald nicht wieder auftauchen zu müssen.

»Lass mich nie wieder los!« Es waren meine eigenen flehenden Worte.

»Ich werde dich niemals wieder loslassen«, hauchte er und gab sich seiner Lust hin.

***

Bevor ich heute schweren Herzens seine Räume verließ, blickte ich mich noch einmal um. Nichts wollte ich vergessen. Nicht die Holzdielen des Fußbodens, das royalblau bezogene Samtlager, die großen Bogenfenster, seine selbst gezeichneten Gemälde an den Wänden. Und erst recht nicht das Schwarz-Weiß-Bild, das er damals von mir gezeichnet hatte. Dieses Bild musterte ich nun ganz genau. Ich wusste noch sehr gut, wie ich mich damals gefühlt hatte.

Dann verließ ich ihn – mit der furchtbaren Gewissheit, dass es für immer war.

Auch in meinem Zimmer sah ich mich so oft um, wie es eben ging, und prägte mir alles ganz genau ein, während ich mich reisefertig machte. Ich stieg in die Lederhosen, schlüpfte in mein weites Hemd, zog die Lederweste darüber und die warmen Fellstiefel an. Den langen Wollumhang legte ich über meinen Arm und nahm noch den Pelzmantel von dem Haken an der Tür, bevor ich endgültig den Raum verließ.

Mit mehr als dem, was ich nun bei mir trug, war ich damals nicht gekommen. Und genau so ging ich jetzt wieder. Doch nun fühlte ich mich schwerer als bei meiner Ankunft. Als ich gekommen war, war ich leichten Herzens gewesen, nun ging ich mit dem Gefühl, jemand hätte Steine in meine Brust gelegt. Meine Lunge füllte sich unaufhörlich mit dem Blei, von dem ich gedacht hatte, es für immer los zu sein.

Mein Blick wanderte noch einmal durch den Raum und über die Kleider, die ich hier getragen hatte, dann schloss ich die Tür hinter mir.

Die hölzerne Treppe ging ich heute ganz langsam hinunter. Im Tafelsaal warteten schon meine Gefährten. In Kajas Gesicht sah ich die Trauer darüber, Denido vorerst verlassen zu müssen. Es war kein Geheimnis, dass sie ein Paar waren, und er stand neben ihr, einen Arm um ihre Schultern gelegt.

»Du musst nicht mit uns zurückkehren, wenn du nicht willst«, sagte ich ihr. Aber sie sah mich mit ihren großen dunklen Augen an, als würde sie gar nicht verstehen, was ich da redete. »Du kannst bleiben, wenn du willst«, beteuerte ich noch mal.

»Ich gehe dorthin, wo du hingehst«, erwiderte sie streng und wirkte dabei beinahe beleidigt.

»Du musst aber nicht«, gab ich ihr trotzdem noch mal mit Nachdruck zu verstehen.

»Ich will aber«, antwortete sie mit fester Stimme.

Im Moment verstand ich nicht, warum sie ihr Amt als meine persönliche Vertraute so ernst nahm. Ich hätte alles dafür gegeben, hierbleiben zu dürfen. Nichts auf der Welt konnte wichtiger sein als Domino ... Außer die Welt selbst?

Nein. Auch das nicht.

Alle fanden sich jetzt hier zusammen, um uns zu verabschieden. Auch Medina, die es sicher nicht erwarten konnte, dass wir endlich davonritten. Mir war allerdings nicht danach zumute, ihre bösen Blicke zu erwidern.

Gorson und sein Vertrauter küssten höflich meine Hand. Romia nahm mich herzlich in die Arme. Die anderen verneigten sich tief.

Domino trat zu mir heran. Mir standen schon wieder Tränen in den Augen.

Auch er nahm höflich meine Hand und küsste sie, ohne den Blick von meinem Gesicht abzuwenden. Er sah so zuversichtlich aus. »Auf bald«, sagte er leise.

»Wir sehen uns bei Tag«, flüsterte ich und er schenkte mir das Lächeln, das ich so liebte.

Dann gingen wir hinaus, wo die zahlreichen Stallburschen mit unseren Pferden warteten.

Devil tanzte um den Jungen herum, der sie nur mit Mühe festhalten konnte. Ihr Anblick zauberte das erste und letzte Lächeln an diesem Tag in mein Gesicht. Ich sprang auf und schon bald darauf ließen wir die Burg von Naradon hinter uns. Immer weiter und weiter.

Alles ließ ich dort. Mein Lachen ... mein Leben. Ich war schon so gut wie tot. Ich begann auch nicht damit nachzudenken, zu grübeln, wie der Schatten seine Pläne wahrmachen wollte. *Dann seid Ihr also immer noch bereit, für Domino zu sterben? ... So sei es!*

Dann war es eben so.

Je weiter wir uns von der Burg entfernten, desto mehr schien Karas aufzutauen. Seine Laune wurde besser und er redete mehr. Doch mein Bedürfnis, das Gespräch mit ihm zu suchen, war verschwunden. Es gab nichts zu erklären, denn ich würde Domino ohnehin nicht wiedersehen.

Albtraum

Anna

An jenem Sonntag weckte Marco mich.

»Du hast ausgesehen, als hättest du eine furchtbare Nacht hinter dir«, meinte er mitfühlend.

Ich seufzte und vergrub mein Gesicht an seiner Brust, damit er meine Trauer nicht sehen konnte. Mir wurde schlagartig klar, dass ich mich ganz schrecklich zusammenreißen musste, damit er nicht misstrauisch wurde. Könnte ich ihm überhaupt verheimlichen, wie ich mich fühlte? »Es war die schlimmste Nacht seit Langem«, gab ich zu. »Ich werde dich ganz schrecklich vermissen.«

»Ich werde dich auch vermissen, meine Schöne.« Er hob vorsichtig mein Kinn. So musste ich ihn ansehen. »Aber ich komme bald nach«, tröstete er mich. »Sag mir, wenn ihr angekommen seid, dann reite ich los.«

Ich lächelte wehmütig. Wie sollte ich ihm nur begreiflich machen, dass es keinen Sinn hatte nachzukommen?

Aber was, wenn ich die Drohung des Schattens, die Prophezeiung – oder wie man es auch nennen mochte – einfach ignorierte? Was, wenn ich Domino trotzdem heiratete? Ich erinnerte mich an das Gespräch, was ich damals mit Karl Sander geführt hatte. Niemand wusste, welche Auswirkung eine Verbindung zwischen einer Königin und einem König haben würde, weil es so etwas noch nie gegeben hatte. Welcher Fluch mich eingeholt hatte, musste ich niemandem erzählen. Alle glaubten noch immer, der dunkle Zauberer sei besiegt und dabei würde es bleiben. Einen Versuch war es doch wenigstens wert.

Erst jetzt, ganz langsam, begann ich nachzudenken. Der Schatten hatte nur gefragt, ob ich bereit wäre für Domino zu sterben. *So sei es*, hatte er gesagt, nicht aber, wann. Wir alle mussten irgendwann sterben. Es war unerheblich, wann ... wenn ich nur bis dahin mit Domino zusammen sein durfte.

Noch mal sah ich in die eisige Tiefe von Marcos Augen und traf im selben Moment eine Entscheidung. »Wenn du in einer Woche losreitest, habe ich genug Zeit, Esra und den Hofrat darauf vorzubereiten.« Ich lachte. »Esra wird sich überschlagen vor Freude. Solange sie in Kariada ist, gab es dort nie eine Hochzeit. Sie wird sich selbst übertreffen.«

Marco zog die Augenbrauen skeptisch nach oben. »Und du meinst, sie ist einverstanden mit deiner Wahl?«

»Sie hat doch selbst mal gesagt, wir würden sicher gut zusammenpassen«, kicherte ich.

»Und der Hofrat?«

Keiner müsste erfahren, dass der dunkle Zauberer wieder sein Unwesen trieb und deshalb hätte niemand etwas gegen eine Heirat, die ein vereintes Königreich erschaffen würde, einzuwenden. »Ich schaffe das, du wirst sehen«, seufzte ich und hoffte, mir würde genug Zeit verbleiben.

»Lass uns nichts überstürzen. Bring erst in Kariada alles in Ordnung, die Zeit läuft uns ja nicht davon.«

Wäre schön, wenn er damit recht behielte.

»Tut mir leid«, sagte er nach einer Weile. »Ich wollte dir deinen Enthusiasmus nicht nehmen.«

»Das hast du nicht.«

Trotzdem sah er mich an, als habe er etwas Falsches gesagt.

Es war schwer, ihm etwas vorzumachen. Es war schwer, *mir* etwas vorzumachen. Ich legte meinen Kopf wieder unter sein Kinn.

»Hast du schon mit Karas geredet?«, fragte er nach einer Weile.

»Nein. Es hat sich noch nicht ergeben.«

Eine ganze Weile lagen wir wortlos da. Es tat so gut, einfach nur hier zu liegen, zu wissen, dass er da war, seine Nähe zu spüren. Für immer und ewig. Wie lange das auch sein mochte. Ich atmete seinen Duft ein. Egal in welche Hölle oder in welchen Himmel es mich auch verschlagen würde, niemals würde ich seinen Duft vergessen oder wie er sich anfühlte. Niemals den Klang seiner wunderschönen Samtstimme, nie sein Lachen. Nichts würde ich vergessen, niemals.

»Hast du Hunger?«, fragte er irgendwann, und am liebsten hätte ich Nein gesagt, damit er sich nicht bewegte. Aber ich besann mich, denn es war nicht gut, wieder in Schwermut zu verfallen. Schließlich hatte ich doch gerade beschlossen alles zu ignorieren, was mich schwermütig machen könnte.

»Ja, ein bisschen«, überwand ich mich. Ungern ließ ich ihn gehen. Ich setzte mich auf, zog die Beine bis unters Kinn und umschlang sie mit beiden Armen. Den Kopf legte ich seitlich auf meine Knie und blickte ihm nach. Ich sah ihm dabei zu, wie er zum Telefon ging, den Hörer von der Station nahm und Ingrids Nummer wählte.

Himmel, wie schön er war. Diese eleganten Bewegungen und der adonisgleiche Körper, gehüllt in den Goldschimmer seiner Haut. Immer noch war es unvorstellbar, dass er mich so sehr liebte. Und ich wollte, dass es niemals aufhörte.

Ich war völlig versunken in seinen Anblick, als er das Telefon aus der Hand legte und sich langsam zu mir umdrehte. An seiner gesamten Schönheit übertrafen seine Wahnsinnsaugen alles, was ich gerade erst bewundert hatte. Er kam langsam auf mich zu. Irgendetwas schien ihn traurig gemacht zu haben, so, wie er mich nun anblickte.

Ich hob den Kopf, um seinen Gesichtsausdruck zu ergründen.

»Du hast gerade so ausgesehen wie ...« Er zögerte. »Du hast mich angesehen wie damals«, sprach er leise weiter und setzte sich zu mir aufs Bett. »Du hast ausgesehen wie die Zeichnung, die ich von dir gemacht habe«, meinte er und sah mich unglücklich an.

Wie recht er hatte ... und genau so wie damals fühlte ich mich auch. Dennoch lächelte ich und legte die Stirn an seine Schulter. »Ich liebe dich eben so furchtbar. Und manchmal ist es unvorstellbar, dass du ...«

»Dass ich *dich* liebe?«, beendete er meinen Satz.

»Genau.«

»Das sollte längst nicht mehr unvorstellbar für dich sein.«

»Stimmt.«

Er küsste mich auf den Scheitel und nahm mich in die Arme. Für eine Weile blieben wir so. »Lass uns heute unten frühstücken«, sagte er dann. »Später habe ich noch eine Überraschung für dich.«

»Eine Überraschung?«, wiederholte ich argwöhnisch.

»Ja. Mach schon. Wenn ich dich pünktlich zu Hause abliefern soll, müssen wir uns etwas beeilen.«

»Dann sag mir wenigstens, was es ist.«

»Wenn wir unterwegs sind«, versprach er grinsend.

***

»Also. Rück schon raus mit der Sprache!«

Er grinste wieder. »Wir fahren auf ein Übungsgelände.«

»Was für ein Übungsgelände?«

»Ein Übungsplatz für angehende Autofahrer.«

»Sag jetzt bitte nicht, *ich* soll da fahren«, entgegnete ich entrüstet.

»Doch.«

»Mit welchem Auto denn?«, fragte ich vorsichtig.

»Na, mit dem hier.«

»Ich soll diesen ... diesen Panzer fahren?«

Er lachte schallend. »Das ist ein Geländewagen«, erinnerte er mich spöttisch.

***

Auch wenn mir im ersten Moment die Idee kam, dass es unsinnig war etwas zu lernen, weil ich ohnehin nicht mehr lange zu leben hätte, ließ mich dieser Nachmittag für ein oder zwei Stunden mein Schicksal vergessen, das mir irgendwo zwischen Tag und Nacht auflauerte.

Erst als Marco auf dem Weg nach Hause meinte: »Siehst du? Du hast es überlebt«, fiel mir wieder ein, was mich zweifellos erwartete.

»Soll ich dich morgen von der Schule abholen?«, fragte er, als wir abends vor meiner Haustür standen.

Es war eine rhetorische Frage. Denn er holte mich immer ab, wenn ich nicht gerade eine Fahrstunde direkt nach Schulschluss hatte.

»Ja, gern«, antwortete ich. Dann stieg er aus, um mir die Beifahrertür zu öffnen. Wie schon so oft, kam ich ihm diesmal nicht damit zuvor und wartete stattdessen brav, bis er mir aus dem Wagen half. Darauf folgte noch ein langer Abschiedskuss, dann ging ich hinauf. Als ich auf dem Weg durchs Treppenhaus war, hörte ich, wie er davonfuhr. Ich seufzte.

Jetzt würde ich noch ein paar Kleinigkeiten für die Schule vorzubereiten haben und dann wäre es auch schon fast Zeit, schlafen zu gehen. Wieder kam ich Kariada einen Schritt näher. Und wieder entfernte ich mich einen Schritt mehr von dem Mann, den ich liebte.

***

Lunaja

Glücklicherweise begann es an diesem Tag erst zu regnen, als die weiten hügeligen Felder bereits hinter uns lagen und wir in einem dicht bewachsenen Wald angekommen waren. Die Bäume trugen schon reichlich von den neuen saftig grünen Blättern, um uns zu schützen.

Bisher war ich sehr schweigsam gewesen. Meine Gefährten wussten, wie traurig ich war, und ließen mich aus diesem Grund in Ruhe. Nicht einmal Madras brachte eine seiner spitzen Bemerkungen zum Besten.

Kaja war die Erste, die es wagte, mich anzusprechen. »Weißt du schon, wann die Späher folgen?«, fragte sie hoffnungsvoll. Wir ritten nebeneinander, ein ganzes Stück vor Madras und Karas. Ich fühlte ihre Blicke in meinem Rücken.

»Nein, leider nicht«, antwortete ich niedergeschlagen und starrte stur geradeaus.

»Weißt du, Luna«, meinte sie nach einer Weile zögerlich und ich blickte kurz zu ihr rüber. »Ich finde, du hast keinen Grund zum Trübsal blasen.«

Mein Kopf schnellte wieder nach vorn. Ich biss mir von innen auf die Wange und zog die Augenbrauen hoch. Sie hatte ja keine Ahnung. Ich schluckte. »Habe ich nicht?« Meine Stimme klang piepsig wegen des Kloßes in meinem Hals.

»Nein«, beharrte sie. »Du kannst Domino jederzeit in der anderen Welt sehen.«

»Das ist nicht dasselbe«, gab ich zurück, immer noch nicht ganz gefasst.

»Das ist mehr, als ich habe. Ich werde Denido vielleicht wochenlang nicht sehen. *Gar nicht* sehen.«

Ich würde Domino vielleicht niemals wiedersehen, dachte ich. Reiß dich zusammen, schoss mir sofort danach durch den Kopf. »Du hast recht«, sagte ich nun lächelnd. Sie seufzte. »Wirst du ihn heiraten?«, fragte ich sie und sah mit erhobenem Kopf wieder geradeaus. »Hat er dich etwa nicht gefragt?«, hakte ich nach, weil sie nicht gleich antwortete.

»Doch schon«, antwortete sie endlich und senkte den Blick.

»Also wirst du seine Frau«, freute ich mich für sie.

»Ich habe ihm noch keine Antwort gegeben«, erwiderte sie jedoch zaghaft.

»Warum denn nicht? Du liebst ihn doch.« Das sagte ausgerechnet ich.

»Es ist kompliziert«, wich sie mir aus.

Jetzt war ich neugierig. Jeder wusste, wie nah sich die beiden in den letzten Monaten gestanden hatten. Wie kompliziert konnte es schon sein? »Habe ich irgendetwas verpasst?«, hakte ich nach.

Sie verdrehte die Augen. »Wenn man jemanden heiraten will, sollte man doch zumindest ...« Ihre Wangen liefen knallrot an und nun fragte ich mich erst recht, was sie sagen wollte.

»Zumindest?«, fragte ich.

»Na ja, man sollte sich doch zumindest vorher schon mal ...« Sie blickte über ihre Schulter, vermutlich um zu überprüfen, dass auch wirklich niemand sonst zuhörte. »... geküsst haben?«, endete sie dann.

»Ihr habt euch nicht ...«, begann ich vor Schreck viel zu laut, sah mich dann ebenfalls um und flüsterte dann. »... geküsst?«

»Er wollte mich ja küssen. Aber immer dann verließ mich der Mut.«

»Hattest du plötzlich Angst vor ihm?«, fragte ich stirnrunzelnd.

»Nein. Zumindest nicht, weil er ist, was er ist. Es war eine andere Angst.«

»Hm. Wenn du keine Angst hast, weil er ein Späher ist, dann gibt es keinen Grund, überhaupt Angst zu haben«, erklärte ich fachmännisch.

Nun suchte sie nach meinem Blick. »Er ist ein *Mann*«, gab sie zu bedenken und ich lachte.

»O ja, und was für einer. Ich wette, du hast noch keinen perfekteren kennengelernt. Habe ich recht? Ich weiß genau, was du meinst. Sein fantastischer Körper, das Strahlen seiner Augen. Die eleganten, geschmeidigen, manchmal viel zu schnellen Bewegungen ... Er ist mehr als ein Mann, Kaja.« Ich geriet ins Schwärmen. »Er ist berauschend und du denkst, er sei viel zu schön für dich«, beendete ich meine Ausführungen und dachte dabei schon längst nicht mehr an Denido.

Sie starrte mich mit ihren großen dunklen Augen an und nickte.

»Küss ihn, wenn du sicher bist, dass du nie wieder glücklicher sein willst«, riet ich ihr. Ich hätte es so gemacht, wenn ich Domino hier zuerst begegnet wäre, mit dem Wissen, wer oder was er war. Und ich hätte ihn geküsst, ganz sicher. »Und wenn ihr euch liebt, dann heiratet, werdet glücklich.«

»So einfach ist das nicht«, meinte sie.

»O doch, es ist sogar sehr einfach.«

»Ich habe eine Aufgabe in meinem Land. Ich bin nicht irgendwer.« Das klang stolz. »Ich bin die Vertraute der Königin.«

»Schade, und ich dachte, wir wären Freundinnen«, zog ich sie auf.

»Ja, das sind wir auch. Das kommt noch dazu«, lachte sie.

»Dann lass dir von deiner Freundin gesagt sein, dass kein Land und keine Krone es wert sind, auf ihn zu verzichten«, sagte ich voller Ernsthaftigkeit, an die ich selbst mit ganzer Kraft glauben wollte.

»Danke«, erwiderte sie erleichtert, als hätte ich eine Last von ihr genommen.

***

Während der nächsten Tage und Wochen festigte sich mein Entschluss, niemandem von meiner Begegnung mit dem dunklen Zauberer zu erzählen. Trotzdem suchte ich nicht das Gespräch mit Karas. Ich umging das Thema – so wie er. Wir sprachen zwar wieder miteinander, nur nicht über Späher.

Am Tage bereitete es mir nur noch wenig Mühe zu verbergen, was tief im Innern auf mir lastete. Viel zu gut war ich darin, die Tatsachen zu verdrängen.

***

Anna

Während es in Solest nicht mehr aufhören wollte zu regnen, wurde das Wetter in der Welt der Unwissenden immer besser. Endlich stellte sich der Frühling ein. Marcos Eltern waren aus dem Urlaub zurück und machten schon Pläne für die erste Gartenparty des Jahres, obwohl es dazu noch eindeutig zu kalt war.

Und noch etwas! Ich bestand die theoretische Prüfung für meinen Führerschein. Bevor ich zur praktischen durfte, bestand mein Fahrlehrer noch auf einige Fahrstunden. Ich war immer noch unsicher, fuhr viel zu langsam und die Sache mit dem Parken lag mir auch nicht. Trotzdem war Marco übereifrig damit beschäftigt, ein passendes Auto für mich zu finden. Ich hingegen wollte lieber erst mal das eine zu Ende bringen, ehe ich das Nächste begann.

***

Lunaja

Wir kamen Kariada immer näher. Madras konnte durch seinen Falken, der uns stets um einiges vorausflog, das Schloss schon sehen.

Seit einer halben Ewigkeit hatte ich meine Vorausschau nicht mehr benutzt. Nun versuchte ich ab und zu die Gegend zu erkunden. So auch, als ich bei einer der letzten Pausen mit gesenkten Lidern am Feuer saß. Ich hörte, dass sich jemand neben mir niederließ.

»Wird *er* nachkommen, sobald wir in Kariada sind?«, fragte Madras.

»Er ist schon unterwegs«, antwortete ich, öffnete die Augen und sah, wie er den Kopf schüttelte.

»Nein. Nein, das meinte ich nicht.«

»Ihr wolltet doch wissen, ob er uns folgt«, hakte ich nach.

»Ich wollte wissen, ob er Euch folgt«, korrigierte er mich und blickte vor sich auf den Boden.

»Ist das nicht das Gleiche?«

»Nein.«

»Ihr seid immer noch skeptisch, genauso wie Karas?«, mutmaßte ich.

Jetzt sah er mich an, tiefgolden schimmerten seine Augen. »Ich wünsche Euch alles Glück dieser Welt.« Dann erst zog ein Lächeln über seinen Mund: »Und meinetwegen auch das der anderen Welt, wie auch immer sie sein mag.«

Ich musterte kurz seinen Gesichtsausdruck. »Neugierig?«, fragte ich ihn.

»Vielleicht bin ich ein bisschen neidisch auf Euch. Aber neugierig? Nein. Ich weiß ja nicht, was ich verpasse.«

»Seid froh, dass Ihr nur eine Welt sehen könnt«, gab ich zurück und seufzte. »Es ist nicht immer ganz einfach, auf zwei Hochzeiten zu tanzen.«

»Auf zwei Hochzeiten tanzen?« Offenbar verstand er die Redewendung nicht.

»Ja, das sagt man so«, erklärte ich.

»Seid ihr dort schon verheiratet?«

»Nein! Das meinte ich nicht. Das sagt man halt nur so, wenn ... wenn man an vielen Orten gleichzeitig sein soll.«

Immer noch blickte er mich verwundert an, nickte aber schließlich, als habe er verstanden.

Ich ließ es gut sein mit meinen Erklärungen.

»Meint Ihr nicht, es wäre langsam mal Zeit, mit Karas zu reden?«, fragte er nach einer Weile.

Wir beobachteten Karas, der ausnahmsweise einmal entspannt dalag, mit dem Kopf auf seinem Sattel.

»Ja, vielleicht«, gab ich störrisch zurück. »Ich weiß aber ehrlich gesagt nicht, worüber.«

Madras verzog das Gesicht, sagte jedoch nichts weiter dazu.

Abermals schloss ich die Augen, um zur Ruhe zu kommen und dachte noch darüber nach, ob es diese Redewendungen in dieser Welt wirklich nicht gab. Doch dann hörte ich eine Stimme. Erst weit weg und ich war mir sicher, es war keiner meiner Begleiter. Dennoch kannte ich sie. Nur ... woher? Ich öffnete die Augen, um nachzusehen, wer da redete. Doch es nützte nichts. In welche Richtung mein Kopf jetzt auch erschrocken schnellte, es blieb dunkel. Blind, wie ich war, versuchte ich genauer hinzuhören.

Nun zeig dich schon!, rief die tiefe Stimme in meinem Kopf. Immer noch war ich sicher, sie schon mal gehört zu haben. Dann folgte ein tiefes, dröhnendes Grollen. Vor Schreck zuckte ich zusammen, erst recht, als es schlagartig hell wurde.

Nein, nicht schon wieder, dachte ich völlig entsetzt, dieser verfluchte Schatten!

Aber ich war nicht dort. Diesmal war ich nur Zuschauer. Ich erkannte einen Mann, der in der Höhle des Schattens stand. Er war groß, breitschultrig mit langen weißen Haaren und einem verschlissenen grauen Gewand. Er stand mit dem Rücken zu mir. Und doch passte sein Anblick nun zu seiner Stimme. Eindeutig! Es war Magiadir. Der weise alte Mann, der mich und auch Domino gekrönt hatte. Der Mann, der wahrscheinlich mehr über uns und unsere Welt wusste, als er wirklich zugab.

Der grauenvolle Schatten zog vor ihm über die felsigen Wände, wovon Magiadir völlig unbeeindruckt zu sein schien. Nicht einen Zentimeter wich er vor ihm zurück.

Weicht ihm doch aus, flehte ich innerlich.

Doch das tat er nicht, stand nur da und wartete, bis sich die furchteinflößende Fratze dreidimensional vor ihm breitgemacht hatte. Erst dann begann er zu reden.

»Ihr habt das Mädchen bedroht«, sagte Magiadir und er klang zornig. »Was wollt Ihr noch von ihr? Sie haben beide bewiesen, dass sie sich lieben. Sie werden dir die Möglichkeit nicht bieten, dass nur noch ein König existiert. Keiner wird den anderen töten.«

»Die Liebe«, spottete der Schatten und lachte schallend, tief und drohend.

»Was wollt Ihr denn noch?«, fragte Magiadir. Und diesmal klang es beinahe gelangweilt.

»Er ist ein Späher«, antwortete der Schatten mit tiefer Abscheu. »Er ist der erste Späher, der eine Königin töten kann. Und ich ... ich will sie tot sehen!«

»Der Späher liebt sie, er wird sie nicht töten. Das hat er doch schon bewiesen.«

»Doch das wird er. Ganz sicher.«

»Sie hat dir nichts getan!«, rief Magiadir wütend. »Du hast schon ihren Vater auf dem Gewissen. Reicht das denn nicht?«

Dafür hatte der Schatten nur ein weiteres grollendes Gelächter übrig. In meinen Ohren wurde das Geräusch immer leiser, und die Bilder vor meinen Augen wurden immer blasser ... bis es ganz dunkel war ... und ganz ruhig. An meinen Händen fühlte ich feuchtes Laub ... und an meiner Wange ...

»Luna«, hörte ich Karas' fiebrige Stimme.

Langsam öffnete ich die Augen. Ich hatte gar nicht bemerkt, dass ich sie wieder so fest zugekniffen hatte. Zusammengekauert lag ich auf dem Waldboden, hinter mir brannte das Feuer. Ich hörte es knistern. Meine Vision war vorbei.

Mühsam richtete ich mich auf und starrte überrascht in drei völlig entsetzte Gesichter. Ich glaubte sogar Tränen in Karas' Augen zu sehen.

»Eine Vision, nicht wahr?«, fragte er eindringlich.

Nur kurz zögerte ich. Ich musste es nicht erzählen. Dann nickte ich.

»Du hast wieder den Schatten gesehen ... Was wollte er?«, fragte Karas ängstlich.

»Schatten?« *Woher konnte er das wissen? Wieso ...?*

»Du hast gesagt ›Nicht schon wieder ... dieser verfluchte Schatten‹«, erinnerte er mich.

Ich hatte es gedacht! Hatte ich das wirklich *gesagt*? Verdammt! »Nein, habe ich nicht!«, widersprach ich wütend.

»Doch, das habt Ihr«, bestätigte Madras in ruhigem Ton.

»Es war nichts Besonderes«, versuchte ich mich herauszuwinden und stand auf.

»Verflucht! Lunaja!«, brüllte Karas mich jetzt an. »Es reicht!«

Ich zuckte zusammen.

»Warum, zum Teufel, vertraust du uns nicht? Warum vertraust du *mir* nicht?« Er sprach mit mir wie ein Vater, der nicht an seine pubertierende Tochter herankam.

»Weil du gegen mich bist«, beantwortete ich in aller Ruhe seine Frage.

»Ich bin nicht *gegen* dich«, sagte er viel leiser als vorhin. Ich sah, wie sehr ihn meine Worte verletzten. »Ich will nur nicht, dass dir etwas zustößt«, meinte er dann schwerfällig.

»Ich kann auf mich selbst aufpassen«, blieb ich hart und meinte es auch so. Dann wandte ich mich ab. Mir war durchaus bewusst, wie sehr ich sie alle kränkte. Doch das hielt mich nicht davon ab, meine Vision zu verschweigen. Denn, ja, Karas hatte recht. In dieser Sache vertraute ich ihm nicht. Nicht ihm, nicht Kaja, Madras ... Niemandem konnte ich anvertrauen, was ich gesehen hatte. Das ging allein mich etwas an.

Ich verschloss mich vor ihnen. Ganz einfach. Nun ... *beinahe einfach*. Aber ich war so besessen von dem Entschluss, alles für mich zu behalten, dass ich meine Gefährten nicht weiter beachtete und mich zurückzog in mein tiefstes Inneres. Nicht einmal Kaja wagte es, mich anzusprechen. Immer wieder erkannte ich die Besorgnis in ihren Gesichtern. Doch dafür brachte ich kein Verständnis auf. Schließlich war *ich* verzweifelt, nicht sie.

Meine Sturheit änderte nichts daran, dass ich ahnte den Weg in jene Sackgasse angetreten zu haben, die mir prophezeit worden war. Das Tor zum Ende war schon in Sicht, ich musste nur noch hindurchgehen.

***

Anna

Heute war Sonntag. Marco lag mit dem Rücken zu mir und schlief noch.

Gern hätte ich mich an ihn geschmiegt und die Geborgenheit gefühlt, so, wie sonst auch, aber irgendetwas hielt mich davon ab. Mein Gewissen? Hatte ich noch eines?

Ja, dummerweise hatte ich es noch. Es brodelte tief in mir drin und mahnte mich unaufhörlich. Dennoch war ich sicher das Richtige zu tun, wenn ich auch Marco weiterhin alles verschwieg.

Ich dachte nach. Der Schatten wollte mich tot sehen. Und Domino würde mich niemals töten. Was sollte mir schon passieren? Minutenlang lag ich da und starrte vor mich ins Kissen, ohne etwas zu sehen. Selbst als Marco erwacht war und sich zu mir umdrehte, war ich nicht geistig anwesend. Erst als ich das Funkeln seiner Augen bemerkte, sah ich ihn an.

»Guten Morgen«, murmelte er.

»Morgen«, seufzte ich und legte ein zaghaftes Lächeln auf.

Er nahm mich in die Arme, aber meine Hände lagen nur an seinen Schultern. Sanft berührten seine Lippen meinen Mund, doch mich überkam nicht die heftige Leidenschaft, mit der ich seine Küsse sonst erwiderte.

»Willst du reden?«, fragte er leise.

Ich holte tief Luft. »Nein. Wieso?«

»Ist irgendwas passiert?«, hakte er nach.

»Nein. Nichts.«

»Bist du sicher?«

Den Argwohn in seinem Gesicht erkannte ich sehr deutlich. Trotzdem nickte ich unbeteiligt.

»Hast du mit Karas geredet?«, versuchte er es noch mal.

»Nein, er ist immer noch stur.« Kaum hatte ich das ausgesprochen, fühlte ich mich noch schlechter als zuvor. Etwas zu verschweigen war eine Sache, zu lügen eine andere. Ich fragte mich, ob er mir mein Misstrauen noch verzeihen könnte, wenn ich ihm jetzt doch noch reinen Wein einschenkte. »Liebst du mich, egal was auch passiert?«, schoss aus mir heraus und ich bereute es sofort.

»Das weißt du doch, Anna.« Er musterte mein Gesicht ganz genau. »Also, hör zu«, sagte er dann. »Was auch immer mit dir los ist, was auch immer passiert ist ... du kannst es mir sagen.«

Ich wollte widersprechen, aber er legte den Zeigefinger auf meinen Mund.

»Ich war noch nicht fertig«, beharrte er. »Du kannst immer mit mir reden. Jederzeit, wann du willst. Und es muss nicht sofort sein.« Noch einmal blickte er mich eindringlich an, bevor er weitersprach. »Ich liebe dich auf immer und ewig, egal was passiert. Versprochen.«

»Für immer und ewig«, versprach auch ich ihm ... und schwieg.

***

Den ganzen Tag umsorgte er mich, als sei ich krank oder so so was in der Art. Egal was ich tat, er war zuerst da. Egal was ich dachte, er versuchte es zu erraten und mir die Wünsche von den Augen abzulesen. Und als er mich am Abend nach Hause fuhr, sagte er erst, als er mir aus dem Wagen half: »Ich bin immer für dich da. Denk daran, egal was es auch ist.«

»Es ist nichts«, beteuerte ich und spürte selbst, wie wenig überzeugend das klang.

Ich fühlte, wie er mir nachblickte, als ich die Stufen hinaufging und die Haustür aufschloss. Aber ich drehte mich nicht um. Erst als sein Wagen davonfuhr und um die nächste Ecke gebogen war, wandte ich mich in seine Richtung.

Egal was passiert – auf immer und ewig, dachte ich. Und doch sagte mir mein Gefühl nichts Gutes dazu. Ich ging ins Treppenhaus und setzte mich auf die unterste Stufe. *Was soll mir schon passieren?* Auch wenn ich mir diese Frage in vielerlei Hinsicht hätte beantworten können, so bezog ich sie nur darauf, dass Domino mich liebte und mir nie etwas tun würde. Diese Antwort gefiel mir am besten.

Hinter mir hörte ich eine Tür. Schnell stand ich auf und ging hinauf. Mama stand oben in den Türrahmen gelehnt. »Wo bleibst du denn?«, fragte sie. »Ich habe Marco schon vor Minuten wegfahren sehen. Was hast du so lange gemacht?«

»Nette Begrüßung«, sagte ich nur und ging an ihr vorbei in die Wohnung.

Sie lachte, aber es gelang mir nicht, ihr Lachen zu erwidern.

»Habt ihr euch gestritten?«, hakte sie gleich nach.

»Nicht direkt«, wich ich ihr aus, auch wenn ich sah, dass sie eine ausführlichere Antwort erwartete. »Mama, ich bin müde. Ich gehe ins Bett.« Ich drückte ihr einen Kuss auf die Wange und ging dann eilig die Treppe hinauf.

»Anna, was ist los? Du bist schon seit Tagen so komisch«, rief sie mir nach.

Verdammt. Und ich dachte, ich sei gut darin, meinen Kummer zu verbergen. »Ach, Mama«, quengelte ich nur trotzig. »Es ist nichts. Darf ich jetzt bitte schlafen gehen?«

Sie stand unten, zuckte resigniert mit den Schultern und ich wartete nicht auf eine Antwort, sondern verschwand in mein Zimmer. Schnell zog ich meinen Schlafanzug an und hockte mich mit Kopfhörern aufs Bett. Ich machte harte Rockmusik an.

Als ich die zum letzten Mal gehört hatte, hatte ich Marco gerade erst kennengelernt. Das war nun schon fast ein Jahr her, kurz vor der Reise zur Ostsee. Und schon damals hatte es nicht mehr funktioniert, mich damit abzulenken. Dabei hatte ich vorher fast jeden Abend so hier gesessen, mit dem ohrenbetäubenden Lärm, ziellos und abgeschottet von der Welt da draußen. Damals hatte ich nicht mal gewusst, weshalb ich mein Innerstes so verkapselte. Ich hatte nicht gewusst, was mir fehlte. Bis Marco gekommen war.

Heute erschien es mir sinnvoll zu versuchen, mein Innerstes abzuschalten. Ich drehte die Musik voll auf. Eine ganze Weile saß ich so da und wartete auf die Stille meiner Seele. Damals war sie so leicht zu verhüllen gewesen, hatte sich in ein zähflüssiges Gebilde eingekapselt, von dem alles Störende abgeprallt war. Heute nicht. Nicht mehr, seit es Marco gab. Seitdem erlebte ich alles ganz nah, intensiv.

Vielleicht konnte ich mich noch vor den Menschen verschließen ... nicht mehr aber vor mir selbst. Tränen liefen mir übers Gesicht. Sie waren nicht aufzuhalten. Ich legte mich hin und starrte an die Decke.

Als die CD zu Ende war, schlief ich irgendwann ein und setzte meinen Traum da fort, wo ich den letzten beendet hatte.

Vertrauen und Vertraute

Anna

Am nächsten Morgen begann ich schon nach dem Aufwachen zu grübeln. Doch erst in der Schule kam ich zu folgendem Ergebnis: Zum einen konnte ich noch nicht sterben, weil das Buch der Bücher einen ganz normalen Morgen in der Zukunft beschrieb. Zum anderen war der dunkle Zauberer nicht mächtig genug, um mich zu töten. Und ich stellte mir die Frage, was Magiadir darüber wusste. Wie konnte er überhaupt in die Höhle gelangen? Als wir in den Bergen von Karanot gewesen waren, hatte nur ich den Eingang sehen können. Auch als Domino und die Späher gekommen waren, war er der Einzige gewesen, der den Felsspalt hatte sehen und betreten können. Das magische Buch hatte darüber berichtet, dass es ein Ort zwischen Tag und Nacht war, den nur die betreten konnten, die in beiden Welten lebten. Wer war Magiadir wirklich?

»Anna?«

Sprach mich da etwa jemand an?

»Annabell Weber!«, rief Herr Konrad.

Ich hatte gar nicht mitbekommen, worüber mein Geschichtslehrer gesprochen hatte. Prompt wurde ich rot und blickte ihn fragend an.

»Was ist mit Ihrem Referat?«, motzte er, als hätte er die Frage zum wiederholten Mal gestellt.

Shit! Das hatte ich total vergessen. Meine Sorgen betrafen in letzter Zeit wichtigere Dinge.

»Soll ich gleich die Sechs aufschreiben?«, fragte er zynisch.

»Ja, bitte. Schreiben Sie die Sechs auf«, antwortete ich mit einer lässigen Handbewegung – völlig unbeeindruckt.

Ein Raunen ging durch die Klasse.

Er sah mich verärgert an, schrieb etwas in sein Heft und setzte den Unterricht fort, während ich mich wieder den Kritzeleien in meinem Buch und dem Wirrwarr in meinem Kopf widmete, bis diese letzte Schulstunde endlich vorbei war.

»Du bist völlig verrückt«, meinte Luisa, als ich mir schon die Jacke anzog.

»Wieso?«, fragte ich immer noch abwesend.

»Na, die Sechs. Wie willst du die denn wieder ausgleichen?«

Ich zuckte nur mit den Schultern. Was bedeutete schon eine Sechs in Geschichte, wenn ein dunkler Zauberer mein Leben bedrohte?

»Sei mir nicht böse, Luisa. Ich muss los. Mein Fahrlehrer wartet«, erwiderte ich und ging. Der Fahrlehrer war mir erst jetzt wieder eingefallen. Gut, dass ich noch daran gedacht hatte. Allerdings konnte das heute eine interessante Fahrstunde werden, so wirr, wie meine Gedanken im Moment waren.

***

»Die Nächste links«, sagte er, als wir losgefahren waren.

Links, links, links, überlegte ich.

»Auf neun Uhr!«, rief er.

Alles klar, ich setzte den Blinker, schaute in den Rückspiegel, ein Blick über die Schulter, ich schaltete in den Zweiten ... perfekt. Völlig vorschriftsmäßig.

Ob in dem Buch der Bücher vielleicht mittlerweile die Antworten auf meine Fragen zu finden waren?

Eine rote Ampel. Ich hielt an. »Dürfte ich heute noch mal zur Bank fahren?«, fragte ich meinen Fahrlehrer.

»Ja, meinetwegen. Dann können wir ja noch mal das Parken üben.«

Ich verdrehte die Augen. Parken würde ich sowieso nie lernen ... erst recht nicht in der kurzen Zeit, die mir vielleicht noch blieb.

»Sie wissen ja, wo die Bank ist«, meinte er nach einigen Einbahnstraßen, Zebrastreifen, Ampeln und was einem sonst noch Qualen bereiten konnte. »Dann fahren Sie mal selbstständig dorthin.«

»Okay«, antwortete ich knapp.

Mama war gestern wirklich besorgt gewesen. Und das, obwohl sie mich gar nicht so oft zu Gesicht bekommen hatte. Was musste dann erst in Marco vorgehen? Offenbar war ich eine ziemlich schlechte Schauspielerin. Er musste längst erkannt haben, dass etwas mit mir nicht stimmte. Wenn ich es recht überlegte, war er schon besorgt gewesen, als ich Königin Naliessas Worte zu ihrem Geliebten zitiert hatte ...

Plötzlich hatte ich eine ganz furchtbare Vorahnung. Ich schaltete einen Gang runter und gab Gas. Die Ampel vor uns war noch grün. Ich wollte nicht warten, bis sie rot wurde. Schließlich hatte ich es eilig.

»Hey!«, rief mein Fahrlehrer. »Hier sind nur fünfzig erlaubt.«

Mein Blick wanderte auf den Tacho ... ups! Ich war schon bei siebzig und nahm den Fuß wieder vom Pedal.

Mein Fahrlehrer entspannte sich.

Was, wenn Marco auf die Idee kam, das Buch der Bücher zu lesen? Was, wenn dort inzwischen mehr geschrieben stand als beim letzten Mal?

Mein Fuß drückte das Pedal wieder durch. Ich hatte jetzt wirklich keine Zeit mehr. Mit quietschenden Rädern bog ich um die letzte Kurve, sauste auf den Parkplatz, bremste ab, legte den Rückwärtsgang ein und parkte den Wagen in einer Lücke zwischen zwei anderen. Als ich stand und den Zündschlüssel drehte, war ich selbst erstaunt, wie gut das geklappt hatte.

Mein Fahrlehrer warf mir einen ungläubigen Blick zu. »Ich melde Sie zur nächsten Prüfung an«, meinte er.

»Gut«, gab ich zurück und nickte – keine Zeit für Diskussionen. »Nächste Fahrstunde?«, fragte ich, aber er schüttelte den Kopf.

»Keine mehr. Nächste Woche Donnerstag, vierzehn Uhr, sehen wir uns zur Prüfung.«

»Okay ... also ... bis dann!« Und schon war ich ausgestiegen und ging mit eiligen Schritten auf den gläsernen Eingang des Bankgebäudes zu.

***

Mein Sachbearbeiter strahlte mich an. »Gern, Frau Weber ... bin gleich wieder da, Frau Weber.« Dann kam er mit dem Kasten zu mir, begleitete mich zu dem kleinen Raum und überreichte ihn mir.

Ich war darauf vorbereitet, dass er ziemlich schwer war, und nahm ihn mit beiden Händen entgegen. Aber der Metallkasten war leicht ... viel zu leicht.

Sofort drückte ich ihn dem Mann wieder in die Arme. »Hat sich erledigt«, sagte ich knapp und ging einfach schnellen Schrittes an ihm vorbei in Richtung Ausgang.

Mein Kopf schwirrte, als ich durch die gläserne Tür rannte. Mit quietschenden Reifen kam vor mir auf der Straße ein kleiner roter Sportwagen zum Stehen und die Beifahrertür flog mir entgegen.

»Steig ein!«

Marco. Sein zorniger Befehlston ließ mich zusammenzucken. Er klang nicht mehr nur nach verlorener Beherrschung, sondern so wütend, dass ich, ohne groß nachzudenken, einstieg und die Tür hinter mir zuzog, während er schon losfuhr.

»Seit wann ist denn der Porsche wieder angemeldet?«, fragte ich abwesend, als gäbe es nichts Wichtigeres.

»Er hat Saisonkennzeichen und heute ist der 01. April«, fuhr er mich an.

Dann sah ich aus dem Augenwinkel heraus, wie er hinter seinen Sitz langte, und im nächsten Moment flog mir das magische Buch auf den Schoß.

»Wieso hast du es aus dem Schließfach geholt?«

»Weil ich es in Ruhe mit dir zusammen ansehen will«, antwortete er, einem Wutausbruch nahe.

»Das hätten wir auch in der Bank machen können«, gab ich die Unwissende.

»Jetzt tu doch nicht so, Anna!«

Ich schnallte mich erst mal an, denn er raste wie ein Irrer durch die Stadt.

»Los, schlag es auf. Lies, was drinsteht. Über dich. Über uns. Vor allem über dich!«, rief er wütend und fummelte mit der rechten Hand an dem Buchdeckel herum.

Ich schlug es auf. Gebannt starrte ich auf die Zeilen. Diesmal endete das Buch mit meiner Vision von Magiadir und damit, was ich mit meinen Begleitern machte. Zum Schluss stand dort:

Lunaja verschloss ihr Innerstes. Sie begann die Welt um sich herum zu verdrängen. Ihr Entschluss war längst getroffen, lieber tot, als Domino aufgeben.

Ich seufzte tief.

Alles stand jetzt in dem Buch. Alles, seit wir aus der Höhle gekommen waren. Das ganze Glück unseres gemeinsamen Winters. »Du fährst zu schnell«, brachte ich über die Lippen. Wieder streifte mich ein wutentbrannter Blick, dann gab er noch mehr Gas. »Marco, ich wollte dir alles erzählen ... aber ...«, versuchte ich es endlich.

»Nein, das wolltest du nicht«, gab er zurück. Er schrie nicht mehr. Dafür klang es so schmerzerfüllt, dass mir sein Schreien lieber gewesen wäre.

»Marco, du musst mir glauben ...«

»Was soll ich *dir* denn glauben? Dass du deinen Tod hinnimmst, ohne mir ein Sterbenswörtchen davon zu sagen?«, brüllte er nun wieder.

Ich biss mir auf die Lippen. Egal welche Seite ich aufschlug. Das Buch berichtete über jeden meiner Gedanken. Wenn er es gelesen hatte, wusste er ... alles. Alles, was er nicht wissen sollte.

Inzwischen fuhren wir die lange Einfahrt zum Gutshaus hinauf.

Er parkte den Wagen direkt vor dem Haus. Ich blieb sitzen, bis er meine Tür aufriss. Er schnappte das Buch von meinem Schoß, klemmte es sich unter den Arm und ergriff mit der anderen Hand die meine, woran er mich aus dem Auto zog. Der Tür gab er einen Schubs, bis sie zufiel. Dann zog er mich hinter sich her, die Treppen hinauf bis zum Eingang, wo die Haustür offen stand, durch die Halle, die Marmortreppe hinauf, den Korridor entlang ... bis in seine Wohnung. Das Buch flog mit einem Krachen auf den gläsernen Esstisch. Mich ließ er los und ging ins Bad, nachdem er die Wohnungstür im Vorbeigehen laut zugeknallt hatte. Dann schloss sich die Badezimmertür hinter ihm.

Bewegungslos war ich mitten im Raum stehen geblieben. Langsam begriff ich, dass seine Wut mir keine Angst machte. Es war seltsam. So sehr ich auch gehofft hatte, er möge niemals etwas von meiner Begegnung mit dem dunklen Zauberer und erst recht von der Vision erfahren ... ich war erleichtert. Meine Lunge war längst nicht mehr so schwer.

Endlich löste ich mich aus meiner verspannten Haltung und ging zur Couch. Auf dem Weg dorthin zog ich meine Jacke aus und hängte sie über einen der Stühle. Ich setzte mich hin, streifte die Sneaker von den Füßen und nahm die Fernbedienung von dem kleinen Glastisch. Dann zog ich die Beine an den Körper und schaltete den Fernseher ein. Ohne darauf zu achten, was gerade lief, zappte ich zwischen den Programmen hin und her. Als Marco aus dem Bad kam, machte ich das Gerät wieder aus. Ich sah ihn an. Sein Anblick war kaum zu ertragen. Wie aus dem Modekatalog geschnitten stand er da, in einem eng anliegenden weißen T-Shirt, das seine muskulöse Brust hervorhob. Seine Türkisaugen brannten in meinem Gesicht.

Mit beiden Armen umschlang ich meine Beine, den Kopf legte ich auf mein Knie. Ich wusste in diesem Moment, wie er mich jetzt sah. Nämlich so wie seine Zeichnung aus der anderen Welt. Aber was war schon schlimm daran? Denn ich fühlte genau wie damals. Ich liebte ihn über alle Maßen und wollte, dass es niemals aufhörte.

»Hast du denn in keiner Sekunde an uns geglaubt?«, fragte er. Diesmal ganz ruhig, dafür so gequält, dass es mir mehr wehtat als jeder Zorn.

»Gerade weil ich an uns glaube, wollte ich dir nichts sagen«, antwortete ich und setzte mich aufrechter hin.

»Du vertraust mir nicht. Das ist alles«, gab er zurück. Seine Augen waren jetzt eiskalt.

Ich stand auf und ging langsam auf ihn zu. »Ich vertraue dir voll und ganz«, versicherte ich. Das tat ich wirklich. Aber ... »Ich vertraue dir alles an. Aber wenn es um mein Leben geht, weiß ich, du würdest nichts auslassen, um es zu retten.« Die ganze Kraft seiner Augen haftete auf mir. Die Qual, die ich darin erkannte, ließ mich erstarren. »Habe ich recht?«, hakte ich nach, weil er nichts dazu sagte.

»Wenn der Schatten glaubt, ich könnte dich töten, dann ist er auf dem Holzweg. Niemals könnte ich das, selbst wenn mein eigenes Leben davon abhinge.«

Meiner Frage war er damit geschickt ausgewichen, das war mir sehr wohl bewusst. »Gut. Wenn du dir dessen so sicher bist wie ich, dann reden wir beide mit niemandem über seine Drohung. Du kommst nach wie geplant und wir heiraten.« Ich sah ihn herausfordernd und mit erhobenem Kopf an, denn ich war mir sicher seine Antwort schon zu kennen. Er zögerte und bestätigte mir damit, wie unsicher er war, also setzte ich nach: »Aus Sorge um mich und Solest bleibst du lieber in Naradon. Habe ich recht?« Der Schmerz in seinem Gesicht zeigte mir nur zu deutlich, *wie* recht ich hatte. »*Habe ich recht?*« Meine Stimme versagte.

»Zumindest können wir seine Drohung nicht einfach ignorieren«, antwortete er endlich.

Ich nickte ein paarmal ganz langsam und atmete tief durch, weil er genau das sagte, womit ich gerechnet hatte. »Siehst du? Und genau aus diesem Grund habe ich dir nichts erzählt. Es führt uns genau dahin, wo wir schon einmal waren ... Wir werden uns in Solest verlieren ... uns nie wiedersehen.« Als ich es aussprach, wurde mir erst klar, wie sicher ich mir die ganze Zeit darüber gewesen war. Das war es, was ich zu verdrängen versucht hatte. Die Angst vor meinem Tod war nur die Ausrede dafür gewesen.

»Das ist besser als der Tod«, entgegnete er.

Diesen Satz hörte ich nicht zum ersten Mal. Und so oft ich ihn in meinem Inneren wiederholte, er wurde dadurch nicht wahr.

»Nein, ist es nicht«, erwiderte ich. »Und du weißt das auch.«

Mit zwei Schritten überbrückte er die Distanz zwischen uns. Dann stand er direkt vor mir. »Bitte, Anna, lass uns herausfinden, was der Schatten vorhat«, sagte er. »Vielleicht weiß Magiadir etwas, das uns helfen kann.«

Er nahm meinen Kopf in beide Hände. Endlich sah ich das Funkeln der Hoffnung in seinen Augen. »Vielleicht hast du recht«, antwortete ich.

»Ich reite nach Karanot. Irgendjemand wird dort wissen, wie ich Magiadir finden kann. Inzwischen wirst du nichts Unüberlegtes tun. Und schon gar nichts, worüber wir nicht geredet haben.«

Ich nickte.

»Bitte, Anna«, beschwor er mich. »Versprich mir das.«

»Ich verspreche es.«

Er sah mich forschend an, als überlegte er, ob er mir trauen konnte. »Und noch was«, fuhr er fort. »Rede mit Karas und den anderen. Sag ihnen die Wahrheit. Es ist besser, wenn sie dir vertrauen. Du bist ihnen so wichtig, dass sie niemals gegen dich vorgehen würden.«

Ich versuchte den Kopf zu schütteln, doch sein Griff versagte mir jede Bewegung.

»Das kann ich nicht«, erwiderte ich. »Sie wären noch mehr gegen uns. Sie würden glauben, du seiest mir wichtiger als die Welt.« Ich machte eine kurze Pause, ehe ich den letzten Satz berichtigte: »Ich würde verraten, dass du mir wichtiger bist als die Welt.«

Spätestens jetzt hätte er mir widersprechen müssen, doch das tat er nicht. Sein Lächeln fiel müde aus, aber es war da.

»Bitte sprich trotzdem wenigstens mit Karas. Er wird dich verstehen, weil er dich liebt.«

Vielleicht stimmte es, was er sagte. Vielleicht war es ihm aber auch nur so wichtig, damit jemand dort um die Gefahr wusste und mich von Dummheiten abhalten konnte, zu denen ich zweifellos fähig war.

»Rede mit ihm«, drängte er noch einmal. »Und versprich mir, dass du mir alles sagen wirst ... was immer es auch ist.«

Ich dachte nach und antwortete nicht.

»Vertrau mir, Anna«, beschwor er mich. »Vertrau mir nur dieses eine Mal.«

»Ich vertraue dir immer.«

Dann hob er sanft mein Kinn und beugte sich zu mir. Seine Augen erfassten jedes Detail in meinem Gesicht, bis er die Lippen auf meinen Mund legte. Erst weich und zärtlich, dann fordernd und mit solcher Leidenschaft, die mir den Atem raubte. Seine Hände strichen über meinen Rücken bis hinunter in die Kniekehlen. Nur kurz nahm er den Mund von meinem, sah mich an, so, als suchte er nach meiner Zustimmung. Dann hob er mich auf die Arme und trug mich nach nebenan.

»Schlaf mit mir«, flüsterte er, als er mich vor dem Bett auf die Beine stellte. Das Funkeln in seinen Augen war so glühend, dass ich zu keiner Antwort mehr fähig war. Ich sah nur in diese herrlichen Tiefen der türkisfarbenen Seen. Vor dem Ertrinken war ich nicht mehr sicher. Ich begann wortlos damit, ihn auszuziehen. Beinahe grob riss er mir die Kleider vom Leib und schob mich aufs Bett. Immer noch trafen mich seine Blicke so intensiv, dass ich schon deshalb nach Luft rang. Ganz deutlich sah und spürte ich, wie sehr er mich jetzt wollte. Viel zu sehr. Die Küsse, die mich trafen, waren fordernd, als er sich über mich beugte, hektisch atmend und völlig berauscht. Ich klammerte mich an ihn, weil er mich mit sich zog in jenen vertrauten Rausch, der mich stets um den Verstand brachte. Keine Sekunde zögerte er. Nur ein kurzer Blick in mein Gesicht, dann drang er in mich ein. Es war viel heftiger als sonst, aber nicht weniger aufregend. Ich war gierig nach ihm und ich genoss seine Lust. Er liebte mich, als stünde sein Leben auf dem Spiel ...

Ein eiskalter Schauder lief mir über den Rücken. »Du hast Angst«, keuchte ich, als wir nebeneinanderlagen und zur Ruhe kamen.

»Ich habe Angst, keine Antwort zu finden«, gab er zu. Traurig blickte er auf mich herab.

»Du glaubst aber doch nicht wirklich, du könntest mich ...«

»Nein, niemals. Lieber sterbe ich selbst.« Die Art, wie er es sagte und wie er mich dabei ansah, machte mir Angst.

»So etwas darfst du nicht sagen. Mein Leben wäre nichts wert ohne dich«, entgegnete ich.

»Meines ebenso wenig.«

»Wir finden eine Lösung«, sagte ich schnell, denn es ängstigte mich noch mehr, wohin das Gespräch uns gerade führte.

»Was, wenn nicht?«

Darauf wusste ich keine Antwort.

»Versprichst du mir dich im Ernstfall mit dieser Welt zufriedenzugeben?«, fragte er. »Und versprichst du mir in Solest auch ohne mich zu leben? Oder noch vielmehr: Versprich mir am Leben zu bleiben, egal wie, egal wo.«

Die Bedeutung seiner Worte hallte wider in meinem Kopf. Mein Herz begann bei dem Gedanken daran zu stolpern. »Das kann ich nicht«, stöhnte ich.

Er rollte sich neben mich auf den Rücken und starrte nach oben zur Decke. »Dann bedeutet es, dass wir beide sterben werden, wenn es keinen Ausweg gibt. Es wird keinen König mehr geben in der Welt des Lichts ... nie wieder.

Niemals wird jemand aus dieser Welt berichten können. Irgendwann sind es nur noch Legenden, die davon erzählen. Die Träume der Menschen werden nicht mehr dieselben sein.«

Entsetzt blickte ich ihn an. »Das ist nicht fair.«

Langsam drehte er den Kopf in meine Richtung. »Nichts ist fair, was uns passiert, Anna.«

Ich legte den Kopf auf seine Brust und hoffte, sein gleichmäßiger Herzschlag würde mich beruhigen. Plötzlich fiel mir das Buch wieder ein. Die Zeilen, die dort geschrieben standen. Der Morgen in der Zukunft. Ich würde nicht sterben. Und das konnte ich ihm beweisen.

Schnell sprang ich auf, rannte ins Wohnzimmer, schnappte das Buch vom Esstisch und nahm es mit ins Schlafzimmer. Dann kroch ich zurück aufs Bett und schlug es auf.

»Ich werde leben, Marco«, versprach ich und er richtete sich auf. Ich blätterte die Seiten weiter nach hinten. »Warte, ich habe es gleich«, meinte ich und durchsuchte alle leeren Seiten.

Ganz langsam nahm er mir das Buch aus der Hand und ich blickte in die Leere, die nun aus seinen Augen sprach und mir alle Hoffnung nahm. »Ich habe darüber gelesen, Anna. Ich weiß, was du meinst. Aber die Zeilen sind weg. Nichts steht mehr dort.«

»Das kann nicht sein. Das Buch beschrieb einen ganz normalen Morgen«, beharrte ich.

»Ja, ich weiß. Ich habe gelesen, welche Gedanken du dir über diese Zeilen gemacht hast. Deshalb habe ich mir jede einzelne Seite angesehen. Die Zeilen sind ... weg.«

»Aber ... wieso?« Ich griff wieder nach dem Buch. Wieder durchsuchte ich es. *Nichts.* »Was bedeutet das?«, fragte ich, immer noch eifrig auf der Suche nach den fehlenden Sätzen, die mich so aus der Bahn geworfen hatten.

»Was auch immer das bedeutet«, meinte er resigniert. »Nichts beweist, dass du leben wirst.«

Wütend schlug ich das Buch zu und warf es auf den Fußboden. Daraus war keine Hilfe zu erwarten. »Uns bleibt Magiadir«, sagte ich trotzig.

Marco nickte. Für einen Moment glaubte ich wieder Hoffnung in ihm zu sehen, aber sicher war ich mir nicht. Er warf einen Blick auf seine Armbanduhr. »Es wird Zeit. Deine Mutter ist sauer, wenn sie von der Arbeit kommt und du nicht da bist.«

Da musste ich ihm leider recht geben.

Wir beeilten uns fürchterlich, damit ich noch rechtzeitig zu Hause war.

So viel der Verzweiflung und des Schmerzes mir dieser Tag auch gebracht hatte, ich konnte wieder atmen. Das Blei aus meiner Lunge war gewichen. Obwohl ich keine Ahnung hatte, wie es weitergehen sollte, ob es weiterging. Ich wusste Marco an meiner Seite. Er würde alles tun, um eine Lösung zu finden. Auch wenn es mir Angst machte, so war ich doch wieder voller Hoffnung. Ich konnte ihm vertrauen. Und ich wollte es auch.

»Keine Dummheiten. Keine Alleingänge«, mahnte er mich noch, ehe er mich zur Haustür hinaufgehen ließ.

»Ich verspreche es … hoch und heilig«, sagte ich lächelnd.

***

An diesem Abend überkam mich nicht der Drang, laute Musik zu hören, um meine Seele zu verhüllen. Mama gab mir unmissverständlich zu verstehen, wie sicher sie war, dass Marco und ich uns wieder vertragen hatten. Ich widersprach ihr nicht.

Ziemlich lange lag ich noch wach und dachte darüber nach, welche Antworten Magiadir für uns haben könnte, falls es Antworten gab. Und ich dachte darüber nach, ob Marco möglicherweise recht hatte, mit dem, was er über Karas gesagt hatte. Vielleicht war meine Sturheit den anderen gegenüber falsch. Sie waren mir immerhin zu den Bergen von Karanot gefolgt, sogar nach Naradon. Wahrscheinlich wären sie mir auch in den Tod gefolgt, wenn sie mich hätten verteidigen müssen. Welchen Beweis brauchte ich noch für ihre Loyalität?

***

Lunaja

Wir brauchten nur noch ein paar Stunden reiten, dann waren wir zu Hause.

Es regnete noch immer. Zum Glück hielt der dichte Wald, der unseren Weg säumte, weiterhin schützend sein Blätterdach über uns.

Kaja und ich ritten voran, wortlos. Wir starrten beide geradeaus. So konnte es nicht weitergehen, beschloss ich. Daher hob ich die Hand zum Zeichen für einen Halt. Fast erschrocken sah meine Freundin zu mir herüber und zügelte mit einem Ruck ihr Pferd.

Ich drehte Devil herum. »Ich muss mit euch reden«, sagte ich an alle gerichtet. Mein Ton war kühl und bestimmend. Er passte nicht zu dem, wie ich mich gerade fühlte, aber es fiel mir schwer zuzugeben, einen Fehler gemacht zu haben. Dennoch wollte ich es versuchen. Ich befahl eine kurze Pause.

Meine Gefährten blickten mich mit gespannten Gesichtern an, stiegen von ihren Pferden und setzten sich auf einige Baumstümpfe am Wegesrand. Ich wollte ihnen nichts mehr verschweigen, also bat ich sie darum, mich nicht zu unterbrechen, denn ich hätte eine lange Geschichte zu erzählen.

Alles berichtete ich, seit meinem Einzug ins Schloss von Kariada, erklärte meine Beweggründe, damals den dunklen Zauberer finden zu wollen, und endete beim Buch der Bücher und was neuerdings darin geschrieben stand. Ich erzählte auch von den Menschen in der Welt der Unwissenden, die mir nahestanden, die ich liebte. Vor allem von Marco.

»So«, endete ich, nachdem ich beim heutigen Tag angelangt war. »Nun seid ihr auf dem gleichen Stand wie ich.« Keiner von ihnen machte Anstalten, dazu etwas zu sagen. »Nun liegt es an euch zu urteilen«, forderte ich sie auf. Zumindest mussten sie mir doch vorwerfen, dass ich oft genug drauf und dran gewesen war, diese Welt zu verraten. Vielleicht glaubten sie auch, ich könnte das noch immer tun.

»Du kannst ja gar nichts dafür«, entfuhr es Karas plötzlich. »Schließlich hast du ja gar nicht gewusst, dass er ein Späher ist.«

Ich neigte den Kopf zur Seite und betrachtete ihn ungläubig. Mehr fiel ihm dazu nicht ein? »Karas«, entgegnete ich eindringlich, »selbst wenn ich es gewusst hätte ... nichts hätte mich davon abhalten können, ihn zu lieben. Selbst wenn er mir hier zuerst begegnet wäre. Ich hätte alles genau so gemacht. Da bin ich sicher.«

»Werdet Ihr ihn auch heiraten, wenn es *keinen* Ausweg gibt?«, fragte Madras jetzt und senkte sofort danach den Blick.

Mir war klar, wie sehr er sich immer noch wünschte, es wäre nicht so. »*Ich* würde«, antwortete ich und überließ es ihm selbst, aus meiner Betonung herauszuhören, wie ich das meinte.

»Ich verstehe dich sehr gut«, meinte Kaja zunächst nachdenklich. Aber dann blickte sie mich mahnend an. »Trotzdem darfst du dabei Solest nicht vergessen.«

»Ich weiß«, antwortete ich leise, mehr zu mir selbst als zu den anderen.

Karas stand auf. Ich wurde nicht schlau aus seiner Miene. »Gut«, sagte er dann mit fester Stimme. »Es bleibt also abzuwarten, was Domino herausfinden kann. Ich schlage vor, dem Hofrat bis dahin nichts von ... deinem ... deiner Verbindung mit ihm zu berichten. Sie würden nur unnötige Fragen stellen, die auch dann noch beantwortet werden können, wenn klar ist, was uns erwartet.«

Madras und Kaja stimmten ihm einträchtig zu. Ich glaubte meinen Ohren nicht zu trauen. Verstand ich ihn richtig? Was *uns* erwartet? Ich sah ihn verdutzt an, blickte von einem zum anderen.

»Habt ihr mir denn gar nichts vorzuwerfen?«, fragte ich, erntete jedoch nichts weiter als Schweigen.

»Lasst uns nach Hause reiten«, bestimmte Karas und schwang sich aufs Pferd – ebenso wie Kaja und Madras. Mir blieb nichts anderes übrig, als ihnen zu folgen.

Diesmal tauschten Kaja und Karas die Plätze. Nun ritt er neben mir, doch ich traute mich nicht ihn anzusprechen.

»Lunaja?«, begann er nach einer Weile und ich sah verstohlen zu ihm rüber. Wahrscheinlich kam nun die Moralpredigt, die er mir vielleicht vor den anderen ersparen wollte. »Ich würde gern das Training mit dir wieder aufnehmen, so gut es geht.«

Damit hatte ich nun gar nicht gerechnet. »Sehr gern«, sagte ich lächelnd. Schließlich konnte er mir keinen größeren Gefallen tun. »Das machst du aber nicht, damit ich mich besser gegen Domino verteidigen kann?« Er schürzte die Lippen. »Karas, er würde mir nie etwas tun«, erklärte ich vorwurfsvoll.

Darauf erwiderte er nichts und gerade deshalb war ich sicher, er glaubte mir nicht.

Schweigsam setzten wir unseren Weg fort. Jeder von uns starrte geradeaus, bald hätten wir unser Ziel erreicht. Obwohl wir alle unseren eigenen Gedanken nachzuhängen schienen, fühlte es sich so an, als würde unsere Rückkehr für jeden von uns dasselbe bedeuten. Angst vor der Zukunft. Ungewissheit. Und doch glaubte ich mich in einem Punkt von meinen Gefährten zu unterscheiden.

Denn als uns der dichte Wald freigab und wir auf die abfallenden Wiesen hinaustraten, die wie mit einem Zirkel rund um das Schloss von Kariada gezogen waren, überkam mich nicht das Gefühl, endlich zu Hause zu sein. Der Anblick von hier oben auf das Schloss mit seinen Nebengebäuden, der kleinen Kapelle und den Stallungen, den herrlichen Gärten rundherum, war so traumhaft schön wie eh und je. Aber es war ein Gefängnis, in das ich heimkehrte. Der Käfig meines Daseins als Königin. Auch wenn dies einer der leuchtendsten Orte war, die ich je gesehen hatte, und die Burg von Naradon dagegen einen gespenstischen Eindruck machte, war es nicht der Ort, nach dem ich mich sehnte. Zu sehr war Naradon eine Stätte der Freiheit für mich geworden. Ein Zuhause. Der Ort, zu dem Domino gehörte. Dort war mein Herz geblieben, und ich war mir sicher es erst wiederzubekommen, wenn er mich in seine Arme schloss. Ich mochte nicht daran zweifeln.

***

Im Schloss wusste niemand von unserer Rückkehr. Doch als sie uns entdeckten, kamen all die Menschen hinausgelaufen in den Regen, freudestrahlend und jubelnd. Mich deprimierte diese Freude. Es war mir nicht möglich, sie zu teilen.

Vor der halbrunden, steinernen weißen Treppe stiegen wir von unseren Pferden und Esra schloss mich mit Freudentränen in ihre Arme. Sie kam mir nicht mehr ganz so rundlich vor wie noch vor einigen Monaten und ihr langer, geflochtener Zopf schien mir noch weißer geworden zu sein. Auch ich freute mich aufrichtig sie wiederzusehen. War sie doch so etwas wie eine Großmutter für mich geworden, die ich nie gehabt hatte. Dennoch bestand ich darauf, erst mein Pferd selbst zu versorgen, ehe ich ihrem Wunsch nachkam, mit ihr hineinzugehen, um mich zu waschen, auszuruhen, etwas Ordentliches anzuziehen und zu berichten, was wir erlebt hatten.

Ich ließ mir so viel Zeit dabei, Devil zu versorgen, bis ich ganz allein im Stall war. Später müsste ich noch genug reden, deshalb tat es gut, jetzt vor meiner geliebten schwarzen Stute im Stroh zu knien, die immer mehr Verständnis für mich haben würde als jeder Mensch. Es war mir wichtig, erst mal anzukommen und den Tränen freien Lauf zu lassen, die ich mir sonst hätte verkneifen müssen. Noch früh genug würde ich lächeln müssen. Früh genug dafür sorgen müssen, dass mir die Menschen in meiner Nähe das erfreute Gesicht abkauften, das ich auflegen würde, um sie zufriedenzustellen.

Ich lauschte dem gleichmäßigen Geräusch, mit dem Devil das Heu zwischen ihren Zähnen zermahlte. Immer noch stieg Dampf von ihrem warmen, nassen Körper auf, obwohl ich sie so lange sorgfältig mit Stroh abgerieben hatte. Deshalb stand ich auf und holte eine Decke. Ich legte sie ihr über, dann verließ ich den Stall, um mich meiner Heimat zu stellen.

Auf direktem Weg ging ich hinauf in meine Gemächer, wo im hinteren Raum schon die riesige dampfende Badewanne auf mich wartete. Die Zofen, die gerade mit dem Auffüllen fertig geworden waren, ließen mich sofort allein.

Als die Tür hinter ihnen ins Schloss fiel, sah ich mich um. Nur wenige glückliche Stunden hatte ich hier verbracht. Mein goldenes Samtlager erschien mir nun nicht mehr so groß wie anfangs, dafür aber einsamer und leerer denn je. Mein Blick schweifte hinüber zu dem großen Fenster, das auf den Balkon führte, während ich mich auf dem Lager niederließ. Ich legte mich rücklings darauf, streckte die Arme zu beiden Seiten weit aus und schloss die Augen. Meine Erinnerung brachte mir den Tag zurück, an dem Domino über meinen Balkon zu mir hereingeschlichen war. Ich hörte die geliebte Samtstimme in meinem Kopf: *Du siehst wieder aus wie ein Engel. Bist du einer?*

In diesen Räumen waren das die schönsten Momente gewesen. Zweifellos einige der schönsten meines ganzen Lebens. Damals war ich sicher gewesen, nie wieder so viel Glück erfahren zu dürfen. Bis ich mich in die Berge von Karanot aufgemacht hatte, um den dunklen Zauberer zu besiegen. Und nun war ich wieder hier und alles schien vergebens gewesen zu sein. All die Anstrengung, die Gefahr und auch der Mut. Alles umsonst.

»Ich liebe dich mehr als mein Leben«, flüsterte ich dem Bild vor meinen Augen zu.

Erst Esras Stimme vom Korridor holte mich in die Gegenwart zurück.

»Komm rein«, rief ich ihr zu.

»Ach, Kind, du hast ja noch nicht einmal gebadet. Das Wasser wird doch kalt«, bemutterte sie mich. »Und du riechst ganz entsetzlich«, fügte sie naserümpfend hinzu.

»Na ja«, entgegnete ich. »Wir waren wochenlang unterwegs und es war einfach zu kalt, um in einem See zu baden.«

Sie wedelte mit einer Hand vor ihrer Nase herum, um meinem offenbar so strengen Geruch zu entgehen. »Na gut«, meinte sie dann. »Mach dich erst einmal frisch und ruh dich aus. Wenn du Hunger hast, ruf nach deinen Zofen.«

Damit verließ sie mein Zimmer wieder und ich war erleichtert. Ich hätte nicht gewusst, worüber ich mit ihr reden sollte. Es war zu lange her, um sich heimisch zu fühlen und für sie so zu empfinden wie vor meiner Abreise. Sie war mir wieder so fremd wie damals, als ich hier angekommen war. Und ich wurde das Gefühl nicht los, dass ich ihr ebenso fremd geworden war.

***

Anna

An diesem Morgen erwachte ich in der Welt der Unwissenden mit weniger Erleichterung, als ich mir heimlich erhofft hatte. Zwar war ich beruhigt, weil die anderen endlich die ganze Wahrheit kannten, doch die Tatsache, in Kariada angekommen zu sein und immer noch nicht zu wissen, was dort die Zukunft bringen würde, war schwer zu ertragen. Auch wenn ich wusste, ich könnte auf meine Vertrauten zählen.

Es war erst halb sechs, deswegen blieb ich noch liegen, bis Mamas Schritte im Flur zu hören waren. Dann erst stand ich auf, ging hinunter und machte Frühstück.

Das Klingeln an der Haustür überraschte mich so sehr, dass ich beinahe die Teller fallen ließ, die ich gerade aus dem Schrank geholt hatte. Ich beugte mich über den kleinen Küchentisch zum Fenster. *Marco?*

Sein Porsche stand vor dem Haus geparkt. Augenblicklich stellte ich das Geschirr ab und rannte zur Tür. Mein Herz schlug einen Takt schneller. Diesmal allerdings weniger deshalb, weil ich Marco wiedersehen würde – deshalb natürlich auch –, sondern vielmehr, weil es doch seltsam war, dass er um diese Zeit hier auftauchte. Als wir gerade erst zusammen gewesen waren, hatte er mich oft morgens zur Schule gebracht, aber das war ziemlich lange her. Welchen Grund hatte er wohl jetzt? Gab es einen?

Ich öffnete die Wohnungstür und wartete. Lächelnd kam er die Treppe herauf. Trotzdem sah ich ihn argwöhnisch an. »Was machst du hier?«, fragte ich vorsichtig.

Er zog die Augenbrauen hoch – seine wunderschönen, wie mit einem Stift nachgezogenen Augenbrauen. »Ich kann auch wieder gehen.«

»Nein, nein, nein«, widersprach ich schnell, erfasste seinen Arm, zog ihn hinein und fiel ihm um den Hals. »Schön dich zu sehen.« Ich sah in die türkisfarbenen Tiefen und seufzte wohlig. »Trotzdem. Was machst du um diese Zeit hier?«

»Ich wollte dich sehen.«

»Das ist alles?«

»Ist das nicht genug?«

»Hm.«

»Wie gesagt, ich kann auch wieder gehen.« Er grinste und ich schlang die Arme fester um ihn.

»Nein. Du bleibst schön hier. Ich lass dich nicht wieder gehen.« Dann stellte ich mich auf die Zehenspitzen, um ihn zu küssen, überlegte es mir jedoch anders, weil mir einfiel, dass ich noch gar nicht im Bad gewesen war. »Bin gleich wieder da. Geh schon mal in die Küche. Ich habe schon Kaffee gemacht.« Schnell wandte ich mich ab und rannte die Treppe hinauf, wo Mama mir gerade entgegenkam.

»Morgen«, begrüßte ich sie und küsste sie im Vorbeirennen auf die Wange.

»Morgen«, hörte ich ihr Echo, und im nächsten Augenblick: »Oh, Marco. Was machst du denn hier?« Dann schloss ich die Badezimmertür hinter mir und verstand nicht mehr, was er ihr dazu sagte. Sicher nicht das Gleiche wie mir. Ich grinste.

***

Nachdem ich fertig geduscht und angezogen war – viel schneller als sonst –, rannte ich wieder hinunter.

»Du kannst meinen Stuhl haben«, sagte Mama. »Ich muss sowieso los.« Sie stand auf, verabschiedete sich kurz und ging.

Ich setzte mich trotzdem lieber auf Marcos Schoß. Zärtlich rieb er meinen Rücken.

»Gibt's was Neues?«, fragte ich.

»Nein.«

»Seid ihr denn unterwegs nach Karanot?«

»Ja, natürlich. Aber es wird mindestens zwei Wochen dauern, bis wir dort sind.« Er betrachtete mich aufmerksam. »Hast du gedacht, ich bin gekommen, weil ich schon etwas von Magiadir gehört habe?«

»Na ja, ich war mir nicht sicher ...« Ich stockte. »Ich dachte, es müsste etwas passiert sein, wenn du so früh am Morgen hier auftauchst.«

Er lächelte mich sanft an. »Mach dich nicht verrückt, Anna.« Doch dann verschwand sein Lächeln. »Andererseits bin ich auch ziemlich nervös. Deshalb wollte ich dich unbedingt sehen. Ich habe es ohne dich nicht ausgehalten.« Mit allen Fingern einer Hand strich er über meine Wange.

Ich empfand in diesem Moment genauso wie er.

***

Von nun an kam er wieder jeden Morgen, um mich zur Schule zu bringen, und jeden Mittag, um mich wieder abzuholen. Wir taten alles, um die Welt des Lichts gar nicht erst erwähnen zu müssen. Zu sehr bedrückte es uns beide, nicht zu wissen, was uns dort erwartete.

Das Buch der Bücher brachte uns auch keine neuen Erkenntnisse. Und so verschlossen wir es wieder im Schließfach der Bank.

Am Donnerstag der folgenden Woche bestand ich die praktische Führerscheinprüfung gleich beim ersten Mal. Wer hätte das gedacht? Der Prüfer hatte zwar an meiner langsamen Fahrweise etwas auszusetzen, doch ansonsten war er zufrieden und ich bekam meine Fahrerlaubnis. Marco bestand darauf, dass ich den Porsche nach Hause fuhr. Unterwegs soff er mir mindestens dreimal ab, aber Marco meinte, das würde ich auch noch irgendwann in den Griff kriegen. Sein Wort in Gottes Ohr. Zu Hause feierten wir zusammen mit meiner Mutter die bestandene Prüfung. Sie war so stolz auf mich, als hätte ich das Abitur hinter mir. Typisch Mama. Für sie war es ein neuer Lebensabschnitt. Als sie das sagte, sah sie mich an und wirkte auf einmal älter als sonst. Vielleicht spürte sie mehr und mehr, dass die gemeinsamen Stunden in unserer Wohnung gezählt waren.

Abschied

Lunaja

Mein Leben in der Welt des Lichts war in diesen Tagen ruhig und ausgeglichen. Wir erzählten sowohl Esra als auch den Herren des Hofrates nur Dinge, die sie nicht darauf bringen konnten, in welch inniger Beziehung Domino und ich tatsächlich zueinander standen. Karas stellte sich als äußerst guter Lügner heraus. Ich konnte es kaum glauben. Oft zwinkerte er mir zu, und während des Kampftrainings gab er mir manchmal zu verstehen, wie sehr er auf meiner Seite war. Auch Kaja versuchte mir Mut zu machen. Nur Madras ging mir meistens aus dem Weg.

Etwa zehn Tage nach unserer Rückkehr bat er uns zu einem Treffen. Kaja, Karas und mich. Zunächst machte ich mir darüber keine großen Gedanken, erst als ich hörte, wann und wo er uns sehen wollte, konnte ich mir fast denken, weshalb er uns eingeladen hatte. Wir sollten am unteren Waldrand unterhalb der Pferdekoppeln erscheinen, wenn die Sonne am tiefsten Punkt im Norden verweilte. Ehrlich gesagt fand ich das ziemlich romantisch.

Wir waren alle pünktlich an dem Lagerfeuer, das er schon entfacht hatte. An alles schien er gedacht zu haben. Etwas zu essen und zu trinken – der Wein erinnerte mich an seinen Beruf in der anderen Welt – und Decken, falls es zu kalt werden würde. Und die Musik brachte Karas mit, der sich darauf verstand, Mundharmonika zu spielen. Es war ein richtiges kleines Fest nur unter uns.

Als ich einen kleinen Schwips hatte, traute ich mich endlich Madras zu fragen. »Was veranlasst Euch zu dieser Feier?« Ich bereute meine Frage sofort, denn seine gute Laune und das Lachen waren augenblicklich verschwunden.

»Zum einen ...«, antwortete er, »... wollte ich noch einmal das Gefühl haben, unter wahren Freunden zu sein. Zum anderen möchte ich mich daran erinnern, was uns vier verbindet.« Kein Zweifel, er sprach von Abschied.

»Wohin geht Ihr?«

»Nach Hause.«

»Und wo ist das?«

»Noria, eine kleine Stadt nahe der Grenze zu Mirilon.«

»Das ist ziemlich weit.«

»Nicht so weit wie ...«

Ich wusste, er wollte Naradon sagen.

»... nicht so weit wie unsere letzte Reise.« Jetzt lachte er und ich gab ihm recht. Doch obwohl ich es nie für möglich gehalten hätte, machte es mich traurig.

»Ich hoffe, Ihr verlasst uns nicht meinetwegen«, sagte ich leise.

Er sah mich einige Sekunden lang an. Seine Augen wirkten wie fließendes Gold. »Doch«, erwiderte er dann. Wir senkten beide den Blick. »Seid dennoch versichert«, redete er weiter, »wenn es nötig ist, werde ich da sein. Ich lasse Euch nicht aus den Augen.« Nun lächelte er wieder und deutete auf den Falken, der über uns seine Kreise zog.

Er verließ uns, noch ehe die Sonne in Richtung Osten emporstieg.

Und tatsächlich. Ich wusste, ich würde ihn vermissen. Oft erkannte man erst, dass etwas fehlte, wenn es nicht mehr da war.

***

Anna

»Madras ist zurück nach Hause aufgebrochen«, erzählte ich Marco an diesem Morgen.

»Wirklich!«, entgegnete er. »Ich wünschte, das könnte ich von Medina auch behaupten.«

»Das Glück wirst du nicht haben.« Ich wusste ja, sie war in der Burg von Naradon zu Hause. »Nervt sie noch?« Doch dann fiel mir ein, dass er momentan ja gar nicht dort war. »Ach, stimmt. Das kannst du ja gar nicht wissen.« Ich dachte darüber nach. »Wo seid ihr eigentlich gerade?«

»Auf dem Weg zu Magiadir«, seufzte er und starrte auf den Linoleumboden in unserer Küche.

»Du weißt, wo er ist?« Ich wusste nicht, ob ich mich darüber freuen sollte.

Er nickte.

»Wow«, sagte ich langsam. »Wann denkst du ...?«

»Morgen. Vielleicht übermorgen.«

Ich sah ihm an, wie sehr auch sein Leben davon abhing. »Ich liebe dich, egal was passiert«, sagte ich schnell, stand auf, ging um den kleinen Tisch herum und setzte mich auf seinen Schoß.

»Vielleicht zu sehr. Und davor habe ich Angst«, erwiderte er leise.

»Wie meinst du *das* jetzt wieder?«

»Ich habe Angst, dass du dich nur deswegen wieder in Gefahr bringst ... je nachdem, was ich herausfinde.«

Ich stand auf und ging vor ihm auf und ab. »Du sagst mir doch die Wahrheit, wenn du sie kennst? Egal was es ist.«

Eine Antwort blieb aus, stattdessen biss er sich auf die Unterlippe.

»Marco, ich reite selbst zu Magiadir, wenn ich mich nicht darauf verlassen kann.«

Nun lehnte er sich im Stuhl zurück und ich sah, wie wütend er wurde. »Siehst du? Und genau *das* meine ich. Du bist so stur. Und du vertraust niemandem außer dir selbst. Egal ob ich dir die Wahrheit sage – und das werde ich. Du wirst immer versuchen selbst einen Weg zu finden. Egal ob es Sinn hat. Egal was es kostet.«

Obwohl ich wusste, dass er recht hatte, lehnte ich mich mit verschränkten Armen an die Arbeitsplatte und blickte ihn trotzig an.

»Du bist eine Gefahr für die ganze Welt«, meinte er und seine Augen wurden wieder warm, als er nun aufstand, seine Hände um mich herum das Holz ergriffen und er so mit seinem Körper einen Käfig um mich herum formte. »Und das nur wegen mir«, flüsterte er, das Gesicht so nah vor meinem, dass ich für den Augenblick vergaß zu atmen.

»Und was ist mit dir?«, hauchte ich, als es mir wieder einfiel.

»Ich liebe dich, *weil* du so bist.«

»Das meinte ich nicht.«

»Ich denke nach, bevor ich etwas tue. Und wenn es keinen Sinn hat, dann lasse ich es. Aber du ... du bist ...«

»Wie bin ich?«

»Unbeherrscht. Stürmisch. Leidenschaftlich.« Er lächelte. »Dickköpfig und dumm.«

»*Dumm* nimmst zu zurück. *Sofort!*«, tat ich eingeschnappt.

»Du weißt, wie ich es meine.«

»Du würdest dich genauso in Gefahr bringen«, warf ich ihm vor. »Es sei denn, du liebst mich nicht so sehr wie ich dich.«

»Da haben wir's. Wenn du wirklich glaubst, was du da redest, bist du sogar sehr dumm.«

Es war, als würden seine Augen mein Gesicht erhellen. »Also gut«, sagte ich schalkhaft. »Ich glaube, du liebst mich.« Es war schwer, ihn in dieser Situation so zu necken, und erst recht, wenn er mich so ansah.

»Vertraust du mir nun oder nicht?« Diese Frage war nun wirklich kein Scherz mehr.

Anstatt darauf zu antworten, wollte ich ihn küssen, doch ehe unsere Lippen sich berührten, wich er zurück. Ich legte den Kopf schräg und sah ihn unschuldig an, aber er schüttelte seinen.

»Nein, Anna. Nicht so. Ich will es erst wissen.«

»Ja, ich vertraue dir.«

»Wirklich?«

»Wirklich.«

Dann erst trafen sich unsere Lippen. Endlich. Ich stützte mich mit den Armen hinter mir auf die Arbeitsplatte, drückte mich hoch und setzte mich darauf. Dann griff ich in seine Haare und zog ihn näher. Seine Hände strichen über meine Arme, meine Hüften, über meine Oberschenkel, mit denen ich ihn umklammerte. Sanft löste er seinen Mund von meinem, die Lippen noch leicht geöffnet. »Neben *stürmisch* habe ich *erotisch* vergessen«, meinte er.

Dann nahm er meinen Kopf in seine Hände und küsste mich wieder, bis der heiß ersehnte Schwindelanfall über mich kam. Ich suchte seine Haut unter dem Pullover und warf den Kopf in den Nacken, damit er meinen Hals küssen konnte, mein Schlüsselbein ... Ich war kurz davor, mein T-Shirt auszuziehen.

Abrupt ließ er mich los und sah hocherhobenen Hauptes auf mich herab.

»Was?«, stieß ich hervor, völlig außer Atem.

»Du bist unbeherrscht. Wie ich's gesagt habe.«

»Warum soll ich mich beherrschen? Hier ist niemand außer uns.«

»Aber du musst zur Schule«, grinste er, ging in den Flur, hob meine Tasche auf und warf sie mir zu.

Ich fing sie auf. »Und warum kannst du so blöde Nebensächlichkeiten nicht einfach mal vergessen?«, schmollte ich.

»Weil ich vernünftiger bin als du.«

Ich schnitt ihm eine Grimasse.

»Jetzt mach schon. Sonst kommst du zu spät.« Er hielt die Türklinke bereits in der Hand. »Erinnere mich heute Abend unbedingt daran, dort weiterzumachen, wo wir gerade aufgehört haben«, sagte er, sobald ich bei ihm war und ihn noch einmal flüchtig küsste.

»Worauf du dich verlassen kannst«, drohte ich ihm.

***

Wenn man viel zu tun hatte, verging die Zeit schneller. Deshalb machte ich mir in der Schule so viel Arbeit wie eben möglich und schrieb alles mit, egal ob es schon im Buch stand oder nicht. Ich hörte genau zu, was die Lehrer vortrugen, und meldete mich bei jeder Kleinigkeit, die ich wusste. Es lohnte sich. Die Zeit verging wie im Flug.

Als der Gong ertönte, warf ich schnell alles in meine Tasche, griff nach meiner Jacke und rannte los.

»Sehen wir uns nun morgen im *Flickflack*?«, rief Luisa mir nach.

»Weiß noch nicht! Ich ruf dich an!« Dann war ich weg.

Als eine der Ersten gelangte ich auf den Schulhof und sah mit großer Erleichterung, dass Marco hinten auf dem Parkplatz an seinem Wagen lehnte. Freudestrahlend ging ich mit schnellen Schritten auf ihn zu.

Er schloss mich in seine Arme, hob mich an und wirbelte mich herum. »Wochenende, meine Königin.«

»Endlich«, stimmte ich zu. Was auch immer es uns noch bringen mochte. Daran denken wollte ich lieber nicht. Nicht jetzt.

»Ich habe nachgedacht«, meinte er, als wir losfuhren.

»Worüber?«

»Ich würde gern noch mal in dem Buch nachsehen ... ob doch weitergeschrieben wurde ...«

Nun dachte ich doch wieder drüber nach. »Hm«, machte ich nur.

Er sah zu mir rüber. Nur kurz. »Hast du Angst?«, fragte er.

»Ich glaube nicht, dass dort mehr steht als beim letzten Mal«, tat ich gleichgültig.

»Ich kann auch allein nachsehen, wenn du nicht willst.«

»Doch, doch. Lass uns hinfahren.«

***

Als wir kurze Zeit später in dem kleinen Raum vor dem Buch standen, war es, als erwartete uns der Teufel darin. Mit Ehrfurcht starrten wir auf die letzten Zeilen.

... lieber tot, als Domino verlieren.

»Du hattest recht«, sagte Marco und schlug das Buch wieder zu. Erleichterung sah anders aus. Es war mehr eine unbefriedigte Erwartung. Er wollte es schon wieder in den Metallkasten legen.

»Warte«, sagte ich und schlug es wieder auf. Ich ließ die leeren hinteren Seiten über meinen Daumen gleiten. Da ...! Da war was. Ich blätterte noch mal zurück.

Es war Samstag. Die Sonne schien und streckte ihre Strahlen ...

Der Text war wieder da ...

Ich seufzte. »Was hat das zu bedeuten?«

Marco schüttelte den Kopf. »Ich habe keine Ahnung.« Er starrte auf die Zeilen. »Es nützt nichts«, meinte er dann. »Das Buch hilft uns wirklich nicht weiter. Vielmehr verwirrt es noch. Du hattest recht.«

Ich wusste, dass irgendwo in dem Metallkasten ein Stift lag, kramte ihn hervor, hob ihn theatralisch vor Marco in die Höhe und senkte seine Spitze dann direkt auf das Papier, eine Handbreit unter den verwirrenden Zeilen.

Was soll das?

Ich schrieb die drei Worte und blickte mich gut gelaunt zu ihm um.

Leider vertrieb ich damit nicht die Sorgen, die ihm ins Gesicht geschrieben standen. Stattdessen nahm er mir den Stift aus der Hand und warf ihn zurück in den Kasten. »Ist zwar eine gute Frage ...«, meinte er, »... aber ich glaube kaum, dass du auf diese Weise eine Antwort bekommst.«

Ich gab ihm einen Knuff in die Seite. »Komm, mein Schöner«, grinste ich. »Lass uns nach Hause fahren.« Mit zur Seite geneigtem Kopf lächelte ich ihn an, weil ich hoffte ihn damit aufheitern zu können. Dabei war ich selbst zu Tode betrübt. Ihn so zu sehen war hingegen noch schwerer zu ertragen. »Ich sollte dich an was erinnern«, ergänzte ich noch.

»Du bist unglaublich«, seufzte er und legte einen Arm um meine Hüfte. »Okay, komm. Nichts wie raus hier.«

»Willst du ...?«, fragte er auf dem Parkplatz.

»Nö. Fahr du lieber.« Ich wollte es so beiläufig wie möglich klingen lassen. Ohne großen Erfolg.

»Du schaffst das schon. Du bist den Wagen doch schon mal gefahren. Und je öfter du am Steuer sitzt, desto besser klappt das auch.« Ich sah ihn mürrisch an und er lachte. »Komm schon. Mir zuliebe.« Seinem Augenaufschlag war einfach nicht zu widerstehen.

»Wo ist der Schlüssel?«

Er warf ihn mir zu.

Er behielt recht. Es klappte wirklich besser als beim ersten Mal.

»Du könntest diesen Wagen übernehmen«, meinte er. »Ich wollte mich sowieso nach einem anderen umsehen.«

»Ich? Was soll ich denn mit einem Porsche? Ich will meine Erbschaft nicht allein für Benzin ausgeben.«

»Ach, Anna«, stöhnte er. »Nicht schon wieder.« Er verstand einfach nicht, warum ich nicht sein Geld für solche »Nebensächlichkeiten« ausgeben wollte. Für ihn war es so unbedeutend.

»Ich würde meinen Kram gern selbst bezahlen«, murrte ich. »Du hast mir schon ein Pferd geschenkt. Das ist doch wohl mehr als genug für die nächsten zehn Jahre.«

»Dafür wolltest du nichts zum Geburtstag. Ich habe mich daran gehalten. Oder?«

Ich nickte.

»Also sind wir quitt.«

»Nein, sind wir nicht. Du wolltest auch nichts zum Geburtstag. Und trotzdem habe ich dir nicht zwischendurch ein Pferd geschenkt.«

»Das ist etwas anderes.«

»Ja. Weil ich mir das gar nicht leisten könnte.«

»Nein. Weil es ein Krönungsgeschenk war.«

»Ja, dort. Aber hier war es nur zwischendurch«, beharrte ich.

»Du fährst zu schnell«, lachte er plötzlich.

Ich warf einen Blick auf den Tacho. Wir waren auf der Landstraße zum Gutshaus unterwegs, und ich fuhr schon hundertzwanzig. Sofort ging ich vom Gas.

»Offenbar vergisst du deine Angst, wenn du wütend bist«, meinte er vergnügt.

Darauf ging ich nicht ein. »Sind deine Eltern da?«, fragte ich, als wir auf den Schotterweg zum Haus einbogen.

»Nein. Sie sind übers Wochenende … Ich weiß gar nicht, wohin.« Einen Moment lang starrte er nachdenklich durch die Windschutzscheibe. »Ich glaube, ich hatte einfach andere Sorgen in letzter Zeit«, sagte er dann.

Ich wusste genau, was er meinte. »Na ja, zumindest haben wir sturmfrei«, überging ich die Sorgen. »Ist doch toll.« Ich parkte den Wagen direkt in der riesigen Garage.

Kurz darauf gingen wir Arm in Arm zum Haus und hinauf in sein Reich.

»Kommt heute Abend was Gutes im Fernsehen?«, fragte ich und ging zur Couch. Zumindest wollte ich das tun, aber auf halbem Weg dorthin ergriff Marco meinen Arm und zog mich zu sich.

»Ich hatte nicht vor einen gemütlichen Fernsehabend mit dir zu verbringen«, sagte er herausfordernd.

»Ach nein?«

»Nein.« Sein schiefes Lächeln war so verführerisch, dass ich schon davon Herzrasen bekam.

»Und ... woran hast du gedacht?«, fragte ich scheinheilig.

»Das wirst du schon sehen«, raunte er in mein Ohr und ließ die Lippen darübergleiten. Ich schnappte nach Luft. »Ich habe noch gar nichts gemacht«, spottete er.

»Ich will aber, dass du was machst«, hauchte ich und begann ihn auszuziehen.

Er war heute wieder der Mann, den ich kannte. Der mich mit sanften Berührungen und seiner Leidenschaft völlig um den Verstand brachte. Mehrmals schliefen wir an diesem Abend miteinander. Stürmisch und zärtlich. Immer wieder waren es nur die Blicke, die wir uns zuwarfen, oder Worte, die uns dazu brachten, uns festzuhalten, zu berühren und zu küssen. Und jedes Mal gab es kein Halten, jedes Mal versanken wir erneut im Rausch. Viel zu schön war es mit ihm. Viel zu gerne schlief ich mit ihm, um an etwas anderes denken zu können.

Er hatte recht. Viel zu sehr liebte ich ihn. Viel zu sehr.

Auf immer und ewig.

***

Als ich erwachte, spürte ich schon, bevor ich die Augen öffnete, dass Marco mich ansah. Die Haut an meinen Armen kribbelte davon. Auch wenn er endlos traurig aussah – nichts Schöneres konnte es geben, als in diese eiskalten Türkisaugen zu sehen ...

... zumindest im ersten Moment.

Im nächsten Moment begriff ich, *wie* endlos traurig er war. Pure Angst überkam mich. Prompt begann ich zu zittern. Er nahm mich so fest in die Arme, dass mir die Luft wegblieb, das Gesicht in meinem Haar vergraben.

Eines war mir klar. Er hatte Magiadir gefunden. Und ich wusste mit einem Schlag, wie ausweglos unsere Zukunft war. Trotzdem war ich nicht fähig danach zu fragen. Ich kannte die Antwort. Das Wie und Warum war mir erst mal egal.

Ich fühlte, wie sich alles in mir verkrampfte, krallte mich so sehr an ihn, bis meine Fingerspitzen taub wurden.

»Es tut mir leid, Anna«, hörte ich ihn. Der Schmerz in seiner Stimme war unerträglich. Ich spürte mein Gesicht, wie es ganz nass vor Tränen war. Dass ich weinte, spürte ich nicht.

»Uns bleibt diese Welt«, hörte ich meine eigene Stimme.

Er atmete tief ein. Dann hob er den Kopf und blickte mich an. »Meinst du wirklich, was du da sagst?«

Ganz und gar nicht meinte ich das so. Mir fiel nur dummerweise nichts anderes ein, das ihn hätte trösten können. Ich schwieg.

»Anna, uns wird gar nichts anderes übrig bleiben.«

Plötzlich spürte ich mein Weinen, hörte mein Schluchzen. Ich schlug die Hände vors Gesicht und drehte es ins Kissen.

Seine Hand strich über meine Haare. »Es tut mir leid«, sagte er wieder. »Anna, bitte. Sag doch irgendwas.«

Aber ich konnte nicht. Ich konnte nicht denken. Ich konnte nichts fühlen. Ich wusste nichts, außer wie endlos weh es tat. Meine Augen brannten von den Tränen. Mein Magen schien sich zu verkrampfen. Alles schmerzte.

Keine Ahnung, wie lange ich so dalag, zusammengekrümmt, das Gesicht im Kissen, die Knie vor die Brust gepresst, mit den Armen die Beine fest umschlungen. Immer wieder hörte ich ihn. »Ich liebe dich«, und: »Es tut mir leid.«

Für einen Moment glaubte ich seine Hand nicht mehr zu fühlen. »Geh nicht weg«, flehte ich ihn panisch an und riss die Augen auf. Verschwommen durch die Tränen erkannte ich, dass sein Gesicht direkt vor meinem war.

»Ich gehe nicht weg«, versprach er. »Ich gehe ganz bestimmt nicht weg.«

Sein Anblick war unbeschreiblich. Ich hob meine Hand zu seinem Gesicht und strich mit den Fingerspitzen darüber. Um keinen Preis wollte ich ihn verlieren. Nicht auch noch hier. All meinen Mut nahm ich zusammen.

»Uns bleibt diese Welt«, wiederholte ich so fest wie es eben ging. So oft war ich an diesem Satz schon fast erstickt. Und doch war es jetzt das Einzige, woran ich mich noch klammern konnte. Marco sah mich nur an. »Versprich mir das«, forderte ich. »Versprich, dass du hier bei mir bleibst.«

»So lange du es willst«, antwortete er.

»Für immer und ewig wird das sein«, versprach ich ihm.

»So lange du glücklich bist«, versprach er.

Aber ich wusste, wenn so viel dieses Glücks in der Welt des Lichts zerstört war, dann konnte auch diese Welt das Leid nicht heilen. Aber ich musste es dennoch versuchen.

Als Erstes versuchte ich zu lächeln. Es gelang mir jedoch nur, den Mund zu einem schwachen Grinsen zu verziehen. Trotzdem. Ich wollte unbedingt endlich denken können. Ich wollte raus aus dem Loch, das mich einschloss.

»Was hat Magiadir gesagt?«, fragte ich, wenn auch mit großer Anstrengung.

Marco sah mich an. So als wollte er herausfinden, ob ich wirklich dazu bereit war, die Wahrheit zu ertragen. Dann blickte er an mir vorbei. Ich hatte das Gefühl, es würde ihm zu wehtun, mir dabei in die Augen zu sehen.

»Er ist ...«, begann er und vergewisserte sich mit einem weiteren Blick zu mir, ehe er endlich fortfuhr. »Er wusste, weshalb ich da war. Er hatte mich bereits erwartet.« Abermals sah er mich prüfend an.

»Was hat er gesagt?«, hakte ich nach und richtete mich mühsam auf.

Marco drehte sich neben mir auf den Rücken und starrte gegen die Decke. »Der Schatten will Rache«, sagte er.

»Rache? Wofür?«

»*Er* ist der Fürst, der die traurige Königin heiratete. Der Fürst, der versuchte seinen Sohn zu töten, weil es nicht sein leibliches Kind war.« Er wiederholte genau Magiadirs Worte, das hörte ich ganz deutlich heraus. »Mit uns beiden wiederholt sich sein Schicksal. Darauf hat er nur gewartet. Auf den Späher, der die Königin töten kann, die er liebt. *Weil* er sie liebt.« Er sah mich wieder an. »Und er will dich tot sehen, ehe er durch mich die Welt zerstören kann, um endlich Frieden zu finden.«

»Aber du würdest nie ...«, entgegnete ich, doch er unterbrach mich.

»Magiadir ist sicher, dass er mich zwingen kann. Der Schatten wartet nur darauf, dass wir das Königreich einen.«

»Marco, wir waren da. Er konnte uns nicht täuschen – so wie unsere Väter.«

»Unsere Väter waren nur das Vorspiel. Er wusste von unserem Schicksal. Es stand längst geschrieben. Er wusste, wir würden uns begegnen. Als wir in seiner Höhle waren, wollte er nur herausfinden, ob wir uns wirklich lieben. Er nahm sogar in Kauf, dass einer den anderen umbrachte, falls es nicht so gewesen wäre. Aber genau auf diese Liebe hat er gewartet. Er ist ganz besessen von dem Gedanken, dass der Späher endlich seine Königin tötet.«

Immer noch kam ich nicht klar mit dem, was er sagte. Ich wollte nicht verstehen.

»Als mein Vater deinen tötete, nahm der dunkle Zauberer seinen Schatten und damit seine königlichen Kräfte als Pfand, um sicherzustellen, dass ich eines Tages König in einem einzigen großen Königreich werde und dafür sorge, dass auch du darin Königin wirst. Er hätte das nicht tun müssen. Er hätte genauso gut meinen Vater dafür nutzen können, als letzten und einzigen König der Welt die Mauern zu zerstören. Aber er hat sich danach gesehnt, Liebende dazu zu zwingen. Eigentlich ist es völlig unerheblich, wer von uns beiden stirbt, doch er will vor allem dich töten. In seinen Augen bist du die Königin, die einen Späher liebt. Und das macht ihn blind vor Hass.« Ich sah, mit welcher Abscheu er von ihm sprach.

»Warum hat Magiadir uns nicht eher gewarnt?«, fragte ich. »Er wusste damals, was ich vorhatte. Er wusste, ich würde dem Schatten begegnen.«

»Das habe ich ihn auch gefragt.«

»Und?«

»Er sagte, dieser Teil des Buches sei zu jener Zeit noch nicht geschrieben gewesen.« Marco verdrehte die Augen.

»Ja, ich erinnere mich.«

Er sah mich fragend an.

»Na ja, als er sich damals in Kariada von mir verabschiedete und wieder in Rätseln sprach, da habe ich ihn gefragt, ob er wüsste, was mich erwartete in den Bergen von Karanot. Da sagte er mir, dieser Teil des Buches sei noch nicht geschrieben. Ich habe damals nicht begriffen, was er damit meinte. Aber nun ergibt es einen Sinn.«

Marco starrte wieder ins Leere.

»Wusste er denn keinen Ausweg? Hat er nichts gesagt, was uns jetzt noch helfen könnte?«, fragte ich.

»Nein. Er sagt, der dunkle Zauberer hat in uns sein eigenes Schicksal gesehen. Und er sagt, er lebt zwischen den Welten, zwischen Tag und Nacht. Erst wenn es das nicht mehr gibt, hört er auf zu existieren. Für ihn bedeutet Solests Ende die Erlösung von seinem Dasein.«

»Solange es Solest gibt, wird es also auch ihn geben«, folgerte ich.

»So ist es.«

»Und es gibt keine Möglichkeit, ihn zu töten? Nichts?«

Marco richtete sich auf und setzte sich im Schneidersitz vor mich. Erst schüttelte er den Kopf, dann hob er ihn höher. »Nur mit einem König kann er sterben. *Mit* einem König und *durch* einen König.« Er machte eine kurze Pause. »Unsere Väter hätten es schaffen können, ihn zu töten, auch wenn einer von ihnen mit ihm gestorben wäre. Aber in dem Fall hat ja der Zauberer gesiegt.«

Ich dachte darüber nach. »Mit anderen Worten gibt es für uns also keine Möglichkeit, ihn auszulöschen. Außer ... einer von uns beiden ...« Ich stockte.

»... stirbt mit ihm«, beendete Marco meinen Satz.

So etwas wie Gerechtigkeit gab es in unserem Leben einfach nicht.

»Im Grunde stimmten also die Prophezeiungen meines Vaters. Zumindest hat er geahnt, dass du nicht gekrönt werden durftest, solange ich nicht Königin von Kariada war. Du wärst der einzige König der Welt des Lichts geworden und dem Schatten damit unweigerlich ausgeliefert.«

»Und *ich* denke, dein Vater wusste längst, dass das nicht passieren wird. Schließlich hatte er das Buch.«

»Kommt drauf an, wie viel über uns zu dem Zeitpunkt bereits geschrieben stand. So, wie er es in seinem Brief beschrieb, waren nur Bruchteile meines Lebens schon notiert. Wenn er alles gewusst hätte, wäre er nicht in sein Verderben geritten.« Ich dachte noch kurz nach. »Und wenn man bedenkt, dass ganze Absätze aus dem Buch verschwinden ... und plötzlich wieder da sind ...«

»Als er den Brief an dich schrieb, wusste er bestimmt zumindest schon, dass wir zwei zusammen kommen würden. Und auch, dass wir beide die Krone tragen würden.«

»Kann sein«, seufzte ich und senkte den Kopf. »Aber das bringt uns auch nicht weiter.«

Eine Weile sah er mich an. »Anna, nichts bringt uns weiter. Hast du das verstanden?«

Ich antwortete nicht.

»Du kannst nichts tun. Verstehst du das?«

Ich legte meine Hand in seine und umschloss sie mit der anderen.

»Anna?« Mit der freien Hand hob er mein Kinn an, damit ich ihn wieder ansah. »Verstehst du das?«

»Ich will nicht«, flüsterte ich. Ich wollte es einfach nicht zu Ende denken.

»Ob du willst oder nicht, Anna, wir sollten darüber reden«, sagte er völlig gefasst.

Und ich hingegen konnte nicht begreifen, wie er sich so unter Kontrolle haben konnte. Oder war es für ihn doch einfacher als für mich? »Worüber willst du denn reden?«, fragte ich trotzig.

»Darüber, was es bedeutet ... für uns. Was es *dort* für uns bedeutet.«

»Ich weiß, was es bedeutet. Und ich will nicht darüber reden.« Wut stieg in mir auf. Er bohrte in alten Wunden, die gerade wieder aufrissen.

»Erinnerst du dich, was wir damals durchgemacht haben?«, fragte er leise und strich meine Haare zurück über die Schulter. »Es hat uns beide fast in den Wahnsinn getrieben, eben weil wir nicht miteinander gesprochen haben. Wenn wir es aushalten sollen, zwei verschiedene Leben zu leben, dann geht das nur, wenn wir uns vertrauen.«

»Was hat denn das mit Vertrauen zu tun?«, zischte ich.

Er atmete tief durch und strich mit dem Handrücken über meine Wange. Ich zog den Kopf weg und wich seinem Blick aus. Seine Hand hielt ich noch fest.

»Hör zu, Anna ...«

»Nein! Ich will gar nicht wissen, wie es sein wird, wenn du dort mit Medina ...« Er zwang mich es weiterzudenken. Tränen schossen mir in die Augen. Ich war wieder da, wo ich schon einmal gewesen war. In der hoffnungslosen Situation, die mich diesmal wohl endgültig in den Wahnsinn treiben würde. Ein Leben ohne ihn wartete auf mich. Und wieder erwartete das Volk von ihrer Königin, dass sie bald heiratete. Ebenso, wie die Menschen es von Domino erwarten würden. Ich hatte das alles schon einmal durchlebt. Und es war immer noch genauso unmöglich wie damals. Nein. Es war schlimmer. Denn damals hatten wir dort nur wenige Erinnerungen aneinander. Hauptsächlich kannten wir uns aus dieser Welt. Wir hatten keine gemeinsame Vergangenheit, so wie jetzt. Nun verband uns der letzte Winter. Der Winter in Naradon, der meine Erinnerungen nie verlassen würde.

Er zog mich zu sich, hielt mich fest, legte meinen Kopf an seine Brust und streichelte mir übers Haar. »Schsch, ist schon gut«, versuchte er mich zu trösten.

Nichts war gut. Gar nichts. Aber damals war ich sicher gewesen ihn auch hier zu verlieren, wenn ich dort mein Schicksal nicht akzeptierte. Um nichts in der Welt wollte ich das zulassen. Ich musste diesmal nur stärker sein. Irgendwie!

Trotzdem. Darüber reden konnte ich nicht. »Können wir nicht erst mal alles auf uns zukommen lassen? Müssen wir denn sofort darüber reden?«, fragte ich. Es war Irrsinn, denn auch das hatten wir längst hinter uns.

»Nein, müssen wir nicht«, antwortete er. Seine Stimme hatte den samtenen Klang, den ich so liebte. »Ich liebe dich, nur das zählt.«

»Ich liebe dich auch«, schluchzte ich und umklammerte ihn fester.

Danach sprachen wir gar nicht mehr über Solest. Genauso wie damals.

***

Lunaja

Auch in Solest redete ich nur ein einziges Mal über mein Schicksal. Während des Kampftrainings mit Karas bat ich auch Kaja zu uns. Wir gingen in die Waffenkammer und setzten uns auf einen der großen Schleifsteine.

Karas blieb stehen. An seinem Gesicht sah ich schon, dass er Furchtbares erwartete.

Ich erzählte von Marcos ... nein ... Dominos Begegnung mit Magiadir. Während ich sprach, starrten sie beide auf ihre Füße. Auch als ich fertig war, blickten sie nicht auf. Wir schwiegen eine ganze Weile.

»Willst du denn gar nichts tun?«, fragte Kaja plötzlich und sah mich mit ihren großen dunklen Augen an.

»Ich kann nichts tun«, antwortete ich.

Wieder starrte sie zu Boden.

»Wenn ich dir irgendwie helfen kann ...«, begann Karas, doch ich hob meine Hand.

»Ich weiß. Aber das kannst du nicht. *Ich* muss damit leben. Sonst niemand.«

»Und Domino«, berichtigte Kaja nachdenklich.

»Ja, und Domino ...«, wiederholte ich, schloss die Augen und ... Schnell riss ich sie wieder auf. In meiner Brust tobte ein Schmerz, als hätte jemand ein Schwert hineingetrieben. Die Erinnerung an ihn tat grenzenlos weh. Ich atmete tief durch.

***

Anna

Der Sommer zog durchs Land. Mal brütend heiß, mal verregnet, so, wie es immer gewesen war – gegensätzlich in beiden Welten. Kein Wort verlor ich über Domino, weder hier noch dort. Auch Marco hielt sich an die stumme

Vereinbarung, die ich selbst mit mir getroffen hatte. Ein einziges Mal im August brach er das Schweigen. Es waren Sommerferien und wir verbrachten jede Minute miteinander.

Wir waren ausgeritten und legten im Wald an unserer Lichtung eine Pause ein. Die Sonne lachte. Aber es war noch so früh am Morgen, dass sie noch nicht mit ganzer Kraft auf uns herabschien und das Gras noch feucht vom Tau war. Marco zog den Pullover aus, den er über dem T-Shirt getragen hatte, und legte ihn hin. Elegant sank er in den Schneidersitz und breitete die Arme nach mir aus. Ich setzte mich vor ihn, sodass ich mich an ihn lehnen konnte.

»Denido hofft, dass Kaja zu ihm zurückkommt«, sagte er plötzlich.

Ich spürte, wie steif mich seine Worte machten. Sicher entging ihm das nicht. »Ich sage es ihr«, antwortete ich knapp.

Er nahm meine Hände in seine und legte sie in meinen Schoß. »Anna?«

»Hm?«

»Willst du reden?«

Ich blickte vor mich ins Gras und versuchte über gar nichts nachzudenken. »Worüber?«

»Du weißt, worüber.«

»Nein, weiß ich nicht«, antwortete ich forsch.

Doch davon ließ er sich nicht beirren. »Ich fühle in jedem Moment, wie sehr es dich belastet«, sagte er.

»Was denn?« Durch meine vermeintliche Unwissenheit wurde mein schauspielerisches Talent leider auch nicht besser.

»Hör schon auf, Anna. Du leidest dort Qualen und kriegst sie hier nicht aus dem Kopf. Ich weiß, wie du dich fühlst.«

»Ach ja?« Ich wollte immer noch stark klingen, aber die Tränen in meinen Augen hinderten mich daran.

Er sah mir über die Schulter und rückte ein Stück neben mich, damit er meinen Kopf in seinen Händen zu seinem Gesicht drehen konnte. »Tut mir leid«, sagte er. »Ich wollte es nicht noch schlimmer machen. Ich liebe dich.« Zärtlich legte er seine Lippen auf meinen Mund.

***

Lunaja

Sobald ich wusste, was Marco mir in der Welt der Unwissenden gesagt hatte, ging ich zu Kaja. Sie war gerade im Stall dabei, ihren Sattel zu putzen.

»Luna!«, begrüßte sie mich freudestrahlend. »Ich bin gleich fertig. Wollen wir ausreiten?«

Gegenüber von ihr stand Devil in der Box. Ich zog den Riegel beiseite und öffnete. Die Stute streckte den Kopf nach mir aus und ich rieb ihr die Stirn. Dann wandte ich mich wieder Kaja zu. Devil stupste mir in den Rücken. Ich schob sie zurück und schloss die Tür wieder.

»Denido hat nach dir gefragt«, sagte ich. Sie strahlte, stand sofort auf und kam auf mich zu. Zu gern hätte ich das Glück mit ihr geteilt, das sie jetzt empfand. »Er hofft, dass du zu ihm zurückkommst«, sprach ich weiter. Ich versuchte zu lächeln. Aber schon lange gelang mir das nicht mehr.

So groß ihre Freude darüber jetzt auch war, sie stockte. Plötzlich wirkte sie verzweifelt, so zerbrechlich. Ausgerechnet sie, eine der besten Kriegerinnen des Landes.

»Was ist denn?«, fragte ich.

Sie schüttelte den Kopf und senkte ihn tief.

Ich nahm sie bei den Schultern. »Kaja, er wartet auf dich.«

Trotzdem schüttelte sie noch den Kopf und starrte zu Boden.

»Hast du nicht gehört? Er hofft, dass du zu ihm zurückkommst.«

Nun blickte sie mich an. Traurig. »Ich kann nicht fortgehen«, sagte sie.

Ich atmete tief durch. Mein Herz war längst verloren. Wenn sie ging, meine Freundin, meine Vertraute, würde es dennoch wehtun. Nur ... was konnte sie dafür?

»Ich will aber, dass du gehst«, befahl ich streng. Solch einen Ton kannte ich selbst nicht von mir und Kaja sah mich an, als hätte ich ihr eine Ohrfeige verpasst. »Geh zurück nach ...« Ich mochte nicht aussprechen, wohin. Denn es war der Ort meiner schlaflosen Träume. Der Ort, an den ich mich wünschte – in jeder verdammten Sekunde, in der ich lieber tot als lebendig war. »Ich will, dass du gehst«, beharrte ich mit Nachdruck. Damit ließ ich sie los und lief an ihr vorbei. Am Tor hielt ich kurz an und sah mich zu ihr um. Wie versteinert stand sie noch so da. »Ich wünsche dir viel Glück, Kaja!«, rief ich ihr zu. Dann rannte ich.

***

Zwei Tage lang ging ich ihr aus dem Weg. Am dritten ritt sie davon. Ich sah noch, wie sie auf ihrem weißen Hengst oben im Wald verschwand. Ich dachte, es würde mich zerreißen. Aber offenbar gab es in mir nicht mehr viel, das zerreißen konnte. Ich wünschte ihr Glück. Sonst nichts.

***

Anna

Am Tage erzählte ich Marco von Kajas Aufbruch, damit Denido ihr entgegenreiten konnte. Er versprach daraufhin, es ihm auszurichten. Mehr sagte auch er diesmal nicht über die Welt des Lichts. Sie lastete als stummer Fluch auf uns. Schwer und bösartig.

Der freie Fall

Lunaja

Anfang Oktober war es, als Esra mit dem Hofschneider zu mir kam. Ich wusste von dem Jahrestreffen des Hofrates. Weshalb sie mir deshalb gleich den Schneider auf den Hals hetzte, war mir allerdings unbegreiflich.

»Was soll das werden?«, stöhnte ich.

»Das Jahrestreffen, Kind.« Sie tat unschuldig.

»Was habe ich damit zu tun?«, fragte ich unbeteiligt.

»Du bist die Königin. Ob es dir gefällt oder nicht.« Diesmal war kein bisschen der üblichen Nachsicht in ihren Worten. »Der ganze Hofrat wird da sein, nebst Anhang. Und du natürlich.«

Ich seufzte. Früher in unserem Dorf hatte ich viele Mädchen gekannt, die sich über solche Feierlichkeiten gefreut hätten. Sie waren schon froh gewesen, wenn es ein Fest in unserem Dorf gegeben hatte, und glücklich, weil sie sich in die Sonntagskleider hatten werfen können und sich schön machen durften.

Alle Mädchen waren so. Nur ich nicht. Warum war ausgerechnet ich die Prinzessin gewesen?

»Wollen wir anfangen?«, drängte Esra.

Ich nickte.

Während ich wie eine Anziehpuppe auf dem kleinen Tischchen stand und der Schneider an dem furchtbar schweren Kleid zupfte, dachte ich nach. Madras würde zurückkehren. Es war ziemlich lange her, seit er in seine Heimat gegangen war. Noch immer sah ich in ihm den Freund, als der er uns verlassen hatte. Der Freund, der mit uns den Winter verbracht hatte. Ich zwang mich dazu, nicht an jenen Winter zu denken.

»Wen bringt Madras mit?«, fragte ich Esra, um nicht direkt nach ihm fragen zu müssen. Denn ich erinnerte mich noch gut daran, wie sehr sie damals gehofft hatte, ich könne Gefallen an ihm finden.

»Madras«, seufzte sie, als wäre sie verliebt in ihn. Dann sah sie mich prüfend an. »Ich weiß es nicht, mein Kind. Ich kann mir nicht vorstellen, dass er allein kommt. Schließlich hast du ihn vergrault.«

»Esra, ich habe ihn nicht vergrault. Er hat seine Heimat vermisst. Und ich würde mich freuen, wenn er jemanden gefunden hätte. Er ist ein Freund.« Ich wusste, ich war schuld daran gewesen, dass er zurück nach Hause gegangen war. Aber alles andere meinte ich ehrlich.

»Ja, ich weiß«, säuselte sie jetzt. »Der richtige Mann für dich muss erst gebacken werden.« Sie lächelte herzlich. »Doch sei versichert, mein Kind. Du findest ihn auch noch.«

Ich antwortete nicht.

***

Anna

Im Moment schienen sich alle über anstehende Festlichkeiten zu freuen. Denn auch in der Welt der Unwissenden planten Marcos Eltern wieder mal ein Gartenfest. Es würde das letzte in diesem Jahr sein, denn der Sommer verabschiedete sich mit großen Schritten.

Zweifellos wussten die Sanders längst Bescheid, was die Welt des Lichts anging, doch zum Glück sprachen sie mich nicht darauf an. Manchmal beschlich mich das Gefühl, dass gerade Marcos Mutter mich mitleidig betrachtete. Ich hoffte mir das nur einzubilden, schließlich tat ich alles, um in diesem Leben die Welt des Lichts zu verdrängen. Ich glaubte sogar sehr gut darin zu sein.

***

Lunaja

Esra voll damit beschäftigt, das Schloss herzurichten. Alle Mitglieder des Hofrates würden für einige Tage hier wohnen. Also machte sie sich besonders viel Arbeit. Ich hingegen nutzte immer noch jede freie Minute, um mit Karas zu trainieren. Besser gesagt: Ich zerfetzte Strohpuppen und Baumstämme unter seiner Anleitung. Seine Kraft war meiner schon längst nicht mehr gewachsen.

Sehr oft ritt ich aus. Allein. Devil war alles, was mir von Domino geblieben war. Aber ich zwang mich nicht darüber nachzudenken.

***

Anna

Der Tag der Gartenparty war gekommen. Es war ein Freitag. Ich stand zu Hause vor dem Spiegel und umrandete die Augen mit schwarzem Kajal. Meine Haare waren von der Luft getrocknet und ich kämmte sie nur noch mal durch. Der Abend draußen würde kühl werden, das stand fest. Wenn auch die Sonne heute noch einmal alles in einem herbstlichen Glanz würde erstrahlen lassen. Ich zog meine neue schwarze Hose mit dem breiten Gürtel an, die hohen Schuhe und eine enge, kurze smaragdgrüne Bluse mit tiefem Ausschnitt. Die Farbe passte zu meinen Augen. Dann war ich fertig und lief die Treppen hinunter.

Es klingelte schon und ich drückte den Summer, bevor ich die Tür einen Spalt öffnete. So wie immer. Allerdings war von unten nichts zu hören. Deshalb ging ich in die Küche und warf einen kurzen Blick durchs Fenster. Der rote Porsche stand vor dem Haus und Marco lehnte daran. Warum kam er nicht einfach hoch? Wir hatten noch unendlich viel Zeit. Nun gut, die konnten wir auch bei ihm verbringen, daher schnappte ich mir die kurze Lederjacke und rannte hinunter. Er wartete auf der Beifahrerseite und hielt mir die Tür auf. Ein kurzer Begrüßungskuss und ich stieg ein.

»Wie war die Schule?«, fragte er, als er losfuhr.

Seit wann interessierte ihn das denn? Ich sah zu ihm rüber, aber er starrte durch die Windschutzscheibe. »Wie immer«, antwortete ich. »Wieso fragst du?«

»Was soll ich sonst fragen? Wie war dein Tag?«

Ich zog die Augenbrauen hoch. Immer noch blickte er stur nach vorn. Zum

Streiten war ich nicht aufgelegt, deshalb sagte ich nichts weiter dazu. Und doch lag eine seltsame Spannung in der Luft, die ich nicht deuten konnte.

Es war noch früh, als wir am Gutshof ankamen. Der Herbst hatte die Natur fest in der Hand, die Bäume bunt gefärbt und die Wege und den großen Garten mit Laub bedeckt. Eine seltsame Stille herrschte hier. In weniger als zwei Stunden würde die Auffahrt von Autos der edelsten Marken gesäumt sein. Viele Leute würden sich mit ihrem Champagner an den verschiedenen Bars amüsieren und der Musik auf der Bühne am Ende der großen Wiese lauschen. Paare würden auf dem Podest tanzen, so, wie Marco und ich es getan hatten. Damals. Es war schon über ein Jahr her, seit Marie hier ihre Wettschuld eingelöst hatte und Marco und ich zum ersten Mal Tango vor all unseren Freunden getanzt hatten. Seit wir uns dazu entschlossen hatten, für immer zusammenzubleiben. Es erschien mir wie eine Ewigkeit. Und jetzt? Jetzt war es still.

Es war eine lähmende, quälende Stille, genauso wie die zwischen Marco und mir, während wir den Schotterweg zum Haus hinaufgingen und dann hinein und nach oben in seine Wohnung. Auf dem Weg zur Couch zog ich die Schuhe aus und setzte mich hin. Die Fernbedienung lag auf dem Glastischchen. Ich nahm sie, schaltete den Fernseher ein und zappte durch die Programme. Marco stand neben dem Esstisch mitten im Raum.

»Du siehst mich so an«, bemerkte ich nach einer Weile.

Er lächelte nur sanft, sagte jedoch nichts.

Fragend blickte ich zu ihm auf, schaltete den Fernseher aus und erhob mich. Ein paar Schritte ging ich auf ihn zu, dann stoppte ich. Die Sinnlichkeit in seinem Gesicht war schockierend schön. »Ist was?«, hakte ich noch mal nach.

Sein Lächeln blieb, doch es erreichte seine Augen nicht. »Ich war nur in Gedanken«, seufzte er und das Lächeln verschwand ganz. Er kam näher und strich meine Haare zurück über die Schultern, auf meinen Rücken, an dem seine Hände hinunterglitten. »Du bist wunderschön«, sagte er dann.

Seine türkisfarbenen Augen trafen mich mit voller Wucht. Mir stockte der Atem.

»Ich liebe dich mehr als mein Leben.«

Seit einer halben Ewigkeit hatte er das nicht mehr gesagt.

»Ich weiß«, hauchte ich. »So sehr wie ich dich.«

Langsam beugte er sich zu mir. Seine Lippen trafen auf meinen Mund. So fest, leidenschaftlich und intensiv, dass es mir den Atem nahm. Seine Hände hielten erst meinen Kopf, dann glitten sie an meinem Körper hinunter und er begann meine Bluse aufzuknöpfen, meine Hose. Ich spürte, wie seine Brust hektisch atmend auf und ab ging. »Schlaf mit mir, Anna«, keuchte er.

Ich war längst überredet.

Seine Lippen wanderten über meinen Körper. Wenn seine Blicke mich trafen, dann immer wieder mit dieser eiskalten Schönheit, der ich nicht widerstehen konnte. Als wir beide nackt waren, trug er mich zum Bett. Seine funkelnden Augen erfassten jeden Punkt an mir, als wollte er nichts verpassen, sich nichts entgehen lassen von dem geliebten Rausch, dem Sturz ins Unendliche. Immer wieder bat er mich darum, liegen zu bleiben, damit er mich ansehen konnte. Mit Mühe widerstand ich dem Drang, ihn an mich zu ziehen. Ich gierte nach mehr. Mein Körper bebte und streckte sich seinen Händen und Lippen entgegen. Ich konnte nicht erwarten, dass er endlich in mich eindrang. Konnte nicht erwarten ihn zu fühlen, mich an ihn zu klammern. Er kniete sich vor mich und zog mich zu sich auf den Schoß. Mit heftiger Leidenschaft klammerte ich mich an ihn und bewegte mich dennoch so sanft wie möglich. Außer meinem eigenen lustvollen Stöhnen hörte ich seinen schweren Atem. Fast grob warf er mich zurück aufs Kissen. Der Kuss, der mich traf, war fordernder, drängender. Seine Bewegungen waren nicht mehr sanft, aber sie brachten mich völlig um den Verstand. Nicht ich zog ihn heute mit in den Rausch, sondern er mich. Ich fühlte den geliebten Sturz in die Tiefe und ließ mich fallen. Und immer wieder hörte ich seine geliebte Samtstimme, die mir ewige Liebe versprach. Es war wunderschön. Aber es war ... anders.

***

Selbst als wir später hinuntergingen, weil die ersten Gäste schon eingetroffen waren, spürte ich seinen Blick, der sonderbar intensiv auf mir haftete. Meine Haut kribbelte nicht davon.

Die Party kam langsam in Gang. Es war längst dunkel und der Garten in ein warmes Licht getaucht.

Mittlerweile kannte ich schon viele der Leute, die hier immer wieder zu Gast waren. Die Reichen und Schönen, die Bonzen und Großen und solche, die vorgaben, etwas Besseres zu sein. Ebenso wie Sina und ihre Eltern, die bei so einem Anlass nie fehlten.

Seit unserer letzten Begegnung im *Flickflack* mieden wir uns. Anscheinend war sie heute wieder ohne männliche Begleitung unterwegs. Dafür ließ sie natürlich keine Gelegenheit aus, um Marco in ein Gespräch zu verwickeln.

Caroline hatte sich gerade mit einem Glas Champagner zu mir gesellt und erzählte von ihrer letzten Reise. Karl war seit seinem Herzinfarkt wie ausgewechselt. Und Marcos Mutter schwärmte nun regelrecht von ihm.

Ich sah über ihre Schulter hinweg, dass Marco in ein Gespräch mit Sina vertieft war. Ich sah ihr Lachen. Und seines. Nicht das abwertende, aufgesetzte, das er ihr sonst schenkte. Dieses war echt – mit Funken sprühenden Augen. Ich sah zu, wie er sie zur Tanzfläche führte. Ein langsames Lied. Ihr Kopf lehnte an seiner Schulter. Seine Wange auf ihrem Haar. Sie waren das schönste Paar weit und breit.

Mich durchfuhr ein eiskalter Schauder. Alles um mich herum verstummte. Ich fühlte mich wie betäubt. Einsam und leer. Meine Hände waren eiskalt. Pure Angst breitete sich in meinen Gliedern aus wie eine Krankheit. Wieso tat er das? So lange schon hatte er sie nicht mehr beachtet.

Caroline redete noch, aber ich hörte es nicht mehr. Mein Blick haftete auf dem Traumpaar, das in jeder seiner Bewegungen perfekt übereinstimmte. Als hätten sie es tausendmal geprobt. Es war keine Wut, die ich fühlte, kein Zorn, nicht einmal Eifersucht. Nur Angst und Hilflosigkeit. Ich war wie gelähmt. Schaffte es kaum, mich abzuwenden.

»Anna, ist alles in Ordnung?«, hörte ich Carolines fürsorgliche Stimme.

Ich wusste, ich musste etwas antworten. Doch es ging nicht. Stattdessen drehte ich mich um und ging zum Haus. Meine Beine fühlten sich taub an.

Jeden Schritt, den ich tat, fühlte ich dumpf in meinem Kopf. Ich schleppte mich die Treppen hinauf in Marcos Wohnung. In dem dunklen Schlafzimmer warf ich mich rücklings aufs Bett, streckte die Arme aus und starrte zur Decke. Viel war nicht zu erkennen, nur das Mondlicht erhellte den Raum, machte ihn grau. So grau wie ich mich fühlte. Grau und bedeutungslos. Es war falsch, was gerade da draußen geschah. Alles war falsch, was heute passiert war. Sein Schwur war so eindringlich gewesen, sein Kuss und alles, was er getan oder gesagt hatte. Alles hatte sich so verdammt falsch angefühlt.

»Du siehst wieder aus wie ein Engel«, sprach die geliebte Samtstimme.

Ich hatte ihn nicht einmal kommen hören. Seine Worte hallten wider in meinem Kopf. Es war so schön, seine Stimme zu hören. Diesen Satz zu hören, der noch immer eine der wunderbarsten Erinnerungen für mich war. Und genau deshalb begann ich zu weinen, schlug die Hände vors Gesicht, drehte mich zur Seite und kauerte mich mit angezogenen Knien zusammen. Ich spürte seine Hand auf meinem Rücken.

»Was ist denn los?«, hörte ich ihn sanft fragen.

Ich erhob mich etwas, kroch zu ihm und legte den Kopf in seinen Schoß. Mit dem Daumen wischte er die Tränen von meinem Gesicht.

»Du willst mir irgendwas sagen und traust dich nicht«, schluchzte ich. Das war es, was ich schon die ganze Zeit vermutet hatte. »Stimmt's?«

»Ich liebe dich sehr«, erwiderte er.

»Das ist es aber nicht«, entgegnete ich. »Du verschweigst mir etwas.« Er seufzte, antwortete jedoch immer noch nicht. Nun richtete ich mich auf und blickte ihn an. »Rede mit mir«, beschwor ich ihn. Ausgerechnet ich sagte das, die schon seit Monaten nicht mehr offen sprechen konnte. Trotzdem sah ich ihn flehend an. Ich wusste nicht, was es war, aber ich hatte Angst, dass er das Falsche sagen könnte. Angst vor der Wahrheit. Einer Wahrheit, die ich nicht ertragen würde. Vielleicht stand es in Solest nun fest, dass er Medina heiraten musste. Vielleicht war es das, was er mir nicht sagen wollte.

Er stützte seinen Kopf mit den Ellenbogen auf die Knie und begrub für einen Moment das Gesicht in den Händen. »Also gut«, begann er dann und atmete tief durch. »Ich … ich reise ab.«

Mein Lachen musste völlig verstört klingen. Das war alles? Er wollte verreisen? »Was soll das heißen, du reist ab? Wohin denn?«

»In die USA.«

Ich versuchte sein Gesicht zu sehen, doch es war dunkel und er starrte auf die Fensterfront vor sich. »Na, und wie lange?«

»Ziemlich lange. Ich habe dort einen Studienplatz bekommen.« Er klang monoton und er rührte sich nicht.

»Einen Studienplatz? In den USA? In welchem Fach? Ich meine … es gibt hundert Plätze in Deutschland. Warum in den USA?« Wenn ich ehrlich zu mir selbst war, kannte ich die Antwort doch längst.

»Wir brauchen diesen Abstand, Anna.«

Ich stand auf und ging zum Lichtschalter. Ich wollte, dass er mich endlich ansah. Wollte ihm in die Augen blicken. Dann drehte ich mich wieder zu ihm um. Inzwischen stand er vor dem Bett und sah mich an. Da war kein Schmerz in seinen Augen, nur ein verfluchtes Nichts.

»So!«, fuhr ich ihn an. »*Du* hast also beschlossen, dass *wir* Abstand brauchen. Vielleicht sehe ich das ganz anders?«

Er atmete wieder tief durch. »Sei doch ehrlich. Du kannst mir seit Wochen nicht mehr ins Gesicht sehen. Als würdest du mir die Schuld daran geben, was passiert ist.«

Ich zögerte. Auf gar keinen Fall durfte ich jetzt etwas Falsches äußern. »Nein, das stimmt nicht.« Meine Stimme versagte.

»Doch, Anna. Und du weißt das.«

»Ich habe dir nie die Schuld gegeben.«

»So fühlt es sich aber an. Du leidest, Anna. Du kommst damit nicht klar.«

»Ich komme damit klar. Ich brauche nur Zeit.«

»Zeit«, raunte er verächtlich. »Damit du dich noch länger quälst.«

»Nein. So ist es nicht.«

»Doch. Genau so ist es. Und ich kann es nicht länger ertragen, dich so zu sehen. Tagtäglich habe ich das Gefühl, dich zu zerstören. Wo ist er denn, dein unbekümmerter Humor, mit dem du mich so oft wahnsinnig gemacht hast, weil es für dich ein Leichtes gewesen war, alle Sorgen einfach wegzuwischen. Ich stehe dir im Weg, Anna.«

Verzweifelt sah ich ihn an. »Aber ich liebe dich«, sagte ich. »Was soll ich noch hier ohne dich?«

»Dein Leben wiederfinden«, antwortete er eindringlich, »dich wiederfinden.«

»Du bist mein Leben.«

»Nein. Kariada und Fürst Madras sind dein Leben. Und wenn ich hier bei dir bleibe, wirst du das nie einsehen.« Jetzt bezog er es auf die andere Welt. Das war unfair.

»Tu das nicht«, flehte ich. Es war nur noch ein heiseres Flüstern. Ich konnte mich nicht mehr bewegen. »Du hast versprochen mich nicht zu verlassen. Du liebst mich ... mehr als dein Leben«, erinnerte ich ihn.

»Wenn du glücklich sein könntest. Aber das bist du nicht.«

»Ich kann ohne dich nicht leben«, sagte ich, so laut ich noch konnte.

Für einen Moment dachte ich, sein Blick würde wärmer, doch da hatte ich mich geirrt.

»Ich kann aber so nicht weitermachen. In der einen Welt habe ich dich für immer verloren und hier soll ich so tun, als wäre das nichts? Zwei Leben sind eins zu viel.« Nun bezog er es auf sich selbst.

Nicht er stand mir im Weg. Ich stand *ihm* im Weg. Er konnte zwei Leben nicht ertragen. War er deshalb fast liebevoll mit Sina umgegangen? Ich warf den Kopf in den Nacken. Das Kinn etwas vor. *Angriff.*

»So ist das also. Du willst dein Leben plötzlich so einrichten, dass es zur Welt des Lichts passt.« Ich war selbst überrascht, wie abgeklärt und ruhig das auf einmal über meine Lippen kam.

»Wenn du es so nennen willst, ja.«

Niemals war ich machtloser gewesen als in diesem Moment. *Er* konnte nicht länger damit umgehen, *er* ertrug es nicht mehr? Das Nichts in seinen Augen war beängstigend ehrlich. Seine Leidenschaft noch vor ein paar Stunden war nichts anderes als ein Abschied gewesen.

»Aber du liebst mich so sehr wie ich dich.« Ich flüsterte nur noch.

»Du wirst darüber hinwegkommen ... ein neues, besseres, anderes Leben beginnen. Genauso, wie ich es tun werde. Sicher wird es eine Weile brauchen, doch irgendwann werden wir das alles hier hinter uns lassen können.«

So einfach war das für ihn? *So einfach?* Ich konnte nicht glauben, was er da sagte, und suchte verzweifelt in seinen Augen den tiefen, warmen See. Doch der schien zu ewigem Eis erstarrt.

»Wann fliegst du?« Es war erschreckend, wie kühl ich das herausbrachte.

»Morgen Mittag.«

Noch immer versuchte ich in seinem Gesicht etwas zu finden, das mich irren ließ. Aber da war nichts. Im Gegenteil. Völlig unbeeindruckt fuhr er fort: »Ich kann gut verstehen, wenn du heute nicht hierbleiben willst.« *Er* konnte es gut verstehen? Es klang mehr wie ein Rauswurf.

»Ja«, antwortete ich. »Sicher kann Harry mich kurz nach Hause fahren.«

Er nickte und ging zum Telefon. Bevor er die Nummer des Chauffeurs wählte, blickte er noch kurz durch die langen Wimpern zu mir auf. »Du kannst natürlich so oft herkommen, wie du willst, um Devil zu besuchen. Und du hast natürlich auch Zugang zum Buch der Fürsten.«

Ich ging zur Tür und drückte die Klinke. »Devil habe ich ja in der anderen Welt. Ich bin sicher, sie ist hier in den besten Händen.« Abermals sah ich ihm in die Augen. Nichts. Sein Gesicht war eine harte Maske, nichts darin würde mich aufhalten. »Sehen wir uns morgen noch?«, fragte ich den Tränen nahe, denn ich wusste, er würde den Kopf schütteln.

Und genau das tat er.

Ich trat hinaus auf den Flur und zog die Tür hinter mir zu. Als ich das leise Klack hörte, mit dem sie ins Schloss fiel, lehnte ich mich gegen das kühle Holz und sank daran herunter. War mir überhaupt klar, wie endgültig das hier war? Noch stand ich völlig unter Schock.

Nur eines wusste ich. Hier endete, was ich zu Ende bringen wollte. Damals, als Magiadir mir gesagt hatte, der Teil des Buches sei noch nicht geschrieben. Als ich mir vorgenommen hatte mein Schicksal selbst in die Hand zu nehmen. Hier war mein Traum zu Ende. Auf immer und ewig vorbei.

Das Loch unter meinen Füßen riss endgültig auf und ich fiel. Die Tiefe war endlos, ich erreichte den Boden nicht.

Das magische Buch

Anna

Von nun an ging sie durch ihr Leben, ohne lebendig zu sein. Ausgerechnet jemand wie sie, die zu jedem Kampf bereit gewesen war, die stets in allem eine Herausforderung gesehen hatte. Alles war verloren. Jeder Kampf sinnlos. Alles war tot. Die Lücke, die er in sie hineingeschlagen hatte, war zu tief. Unheilbar die Wunde in ihrem Herzen. Alles war vorbei, für immer vorbei, das Loch unter ihren Füßen endgültig aufgebrochen. Und sie fiel weiter in einen Abgrund, der kein Ende nahm.

Dennoch tat sie das, was das Leben ihr abverlangte. Ohne Freude daran. Ihre Seele war wie eingefroren. Diese Kälte hatte sich wie eine eiserne Faust um ihr Herz gelegt. So viel Zeit auch verging, sie vergoss keine einzige Träne. Sie waren alle versiegt in jenem Eis, das ihre Seele festhielt. Von nun an bestand ihr Kampf nur noch darin, zu überleben und die Vergangenheit zu besiegen. In ihr Tagebuch schrieb sie noch ein letztes Mal:

28. November

Mit dir habe ich die letzten Blätter fallen sehen.
Jetzt wartet mein Herz nur noch auf Eis und Schnee.
Alles, was ich hatte, ist tot, so tot wie ich.

***

In jeder Nacht erwachte Anna schreiend. Schweißgebadet, zitternd am ganzen Körper. Ihre Mutter kam fast um vor Sorge.

»Du musst darüber reden, Anna«, sagte sie immer wieder, aber ihre Worte stießen stets auf Granit. Jedes Mal wenn sie sie ansprach, hielt ihre Tochter sich die Ohren zu, rannte in ihr Zimmer und drehte die Musik laut auf. Tagelang ging das so. Um Anna

nicht weiter zu quälen, begrub sie das Thema irgendwann. Kein Sterbenswörtchen fiel mehr über die Sanders. Und wie es schien, war es besser so, denn irgendwann ließen Annas Albträume nach. Dieselbe wie zuvor wurde sie deshalb jedoch nicht. Niemand fand einen Zugang zu ihr. Auch Luisa nicht oder eine der anderen Freundinnen.

Natürlich ging Anna weiter zur Schule. Sie wurde sogar eine der Besten. Ganz einfach deshalb, weil sie sich nur noch auf das konzentrierte, was sein musste. Ihr Verhalten war erschreckend. An jedem Abend ging sie früh zu Bett. Ihre Kopfhörer halfen ihr nicht mehr dabei, sich vor der Welt da draußen zu verkapseln. Stattdessen nahm sie sich ein Buch nach dem anderen, um dieser Welt zu entfliehen, und las bis spät in die Nacht. Eine zweifelhafte Taktik, um nicht so lange schlafen zu müssen.

Denn die Welt, in die sie des Nachts eintauchte, stand genauso wenig still wie diese hier.

***

Lunaja

Als der Hofrat zum Jahrestreffen in Kariada eintraf, lag Lunaja mit schweren Fieberkrämpfen in ihren Gemächern. Sie bangten um ihr Leben. Es war, als würde sie sich aufgeben. Niemand wusste, was ihr fehlte. Nur Karas ahnte, dass ihr Leben in der Welt der Unwissenden etwas mit ihrem Zustand zu tun hatte. Doch so sehr er sich auch bemühte, sie sprach nicht darüber. Weder mit ihm noch mit jemand anderem.

Madras blieb in Kariada, um ihr als Freund zur Seite zu stehen. Er wich nicht von ihrer Seite, aber auch ihm vertraute sie sich nicht an. Und doch tat es ihr gut, dass er einfach nur da war. Denn wenn man wartete, war es immer besser, gemeinsam zu warten, auch wenn man nicht wusste worauf.

Mit der Zeit wurde sie wieder gesund, aber sie erholte sich nicht. Ihre Seele schlief, es gab kein Erwachen. Der Sturz in den bodenlosen Abgrund hielt an.

***

Als schon ein ganzes Jahr vergangen war, ritt Karas nach Karanot. Madras und er waren sich einig gewesen, wenn noch jemand infrage kam, ihrer Königin helfen zu können, dann Magiadir. Auf ihn bauten sich all ihre Hoffnungen.

Es war ein sonniger Morgen im Frühherbst, als Karas mit dem weisen alten Mann zurückkam.

Zu den Mahlzeiten erschien Luna regelmäßig und so war es auch heute.

»Karas ist wieder da!«, hörte sie Esra draußen rufen. Dennoch ging Luna stoisch zu ihrem Platz.

»Lunaja, hast du nicht gehört?«

Kurz blickte sie auf. »Ja, Karas ist wieder da.« Sie war so erschreckend leblos wie immer.

»Freust du dich denn gar nicht?«

»Doch, sehr«, antwortete sie tonlos.

Es dauerte eine Weile, bis Karas den Saal betrat. Luna kannte diesen Gesichtsausdruck. Aufmunternd lächelnd und gleichzeitig väterlich besorgt. Und doch sah er heute zuversichtlicher aus, hoffender.

»Karas«, stieß Luna hervor, als sie ihn sah. Für einen Moment schien sich ein Gefühl in ihr zu regen, aber es war gleich wieder fort.

»Lunaja«, erwiderte er und das Lächeln verschwand aus seinem Gesicht. »Ich habe Besuch mitgebracht.«

War es echte Neugier, als sie ihn nun ansah?

In dem Moment trat Magiadir ein. Luna hätte sich nicht freuen müssen ihn zu sehen, aber sie war auch nicht erstaunt, erschrocken oder irgendwas. Nichts dergleichen schien sie zu verspüren, sie stand auf und ging ihrem Gast entgegen.

»Was führt Euch zu uns?«, fragte sie höflich.

Magiadir antwortete nicht. Er sah sie nur an. Dann huschte sein Blick zu Karas und wieder zurück zu Luna. »Ich erwarte Euch in der Kapelle, Königin Lunaja«, sagte er streng und verließ den Raum.

Sie wandte sich ab und ging zurück an ihren Platz.

Erst nach dem Essen machte sie sich auf und schritt langsam durch den Garten hin zur Kapelle. Sie öffnete die Tür. Es war dunkel darin. Ganz vorn, vor der kleinen Empore neben dem Altar, saß Magiadir auf dem hölzernen Stuhl, genau so wie damals, als sie ihm zum ersten Mal begegnet war. Nur durch die bunten Fenster drang etwas Licht herein. Die Bänke, die den mittleren Gang zum Altar säumten, waren mit weißen Tüchern abgedeckt. Und es war still. Sehr still. Totenstill.

Es wäre normal gewesen, wenn sie Aufregung empfunden hätte, oder Ehrfurcht, so wie damals, als sie ihn zum ersten Mal getroffen hatte. Aber schon lange fühlte sie nicht mehr genug. Sie schritt nur auf ihn zu, so ausdruckslos wie immer.

»Lunaja, da bist du ja.«

Seine tiefe, fast knurrende Stimme war genau so, wie sie in ihrer Erinnerung erklang.

»Komm näher, mein Kind«, bat er mit einer einladenden Handbewegung, als er ihr Zögern bemerkte.

Langsam ging sie weiter und betrachtete den Mann im weißen Gewand. Sie war nicht gerade versessen darauf zu erfahren, was er zu sagen hatte, es wäre ja doch nur sinnloses Geschwafel, und genau so blickte sie ihm entgegen.

»Kommt, setzt Euch zu mir.« Er deutete auf die Stufen zum Altar.

Luna ließ sich genau dort nieder und starrte dann vor sich auf den steinernen Boden.

»Ihr tragt den Kopf sehr tief«, knurrte er.

Diese Aussage war für sie kein Grund aufzublicken, eine Antwort zu geben, schon gar nicht.

Sein Seufzen klang mehr wie ein tiefes Brummen. »Lunaja«, begann er erneut, diesmal in strengem Ton. »Ich denke, Ihr habt etwas Entscheidendes nicht verstanden.«

»Ich habe genug verstanden«, widersprach sie diesmal und blickte auf. Immer noch ausdruckslos. Und tonlos: »Dem Schatten – oder sollte ich sagen, dem einstigen König von Naradon? Ihr könnt ihm ausrichten, dass er gesiegt hat. Er wollte mich töten. Nun, das hat er. Sagt ihm, dass ich tot bin.« Sie senkte den Blick wieder.

»Lunaja!«, rief Magiadir empört. »Du warst zu allem bereit. Erinnerst du dich daran? Damals, als ich Euch sagte, ich wüsste nicht, was Euch die Zukunft bringt? Ihr wolltet kämpfen!«

»Das ist lange her. Der Kampf ist verloren.«

»Wo ist die Kriegerin in Euch? Was tragt Ihr da überhaupt für Sachen?« Seine Finger zupften an dem Stoff ihres langen pastellgrünen Kleides. »Wo ist die Kämpferin, die sich nicht aufhalten ließ?«

Müde blickte Lunaja wieder auf. »Sie starb, weil der Schatten es so wollte.«

Magiadir schüttelte den Kopf. Sein altes, faltiges Gesicht war fahl und traurig. »Domino war sich so sicher, dass ihr es schafft«, brummte er.

Alles in Luna versteifte sich. Schweiß brach auf ihrer Stirn aus, auch wenn sie längst dachte, nichts mehr fühlen zu können.

Magiadirs Aufmerksamkeit entging das nicht. Er hakte nach. »Warum habt ihr euch getrennt?« Da! Da war die Gefühlsregung, die er hatte sehen wollen.

Sie hob den Kopf, schob das Kinn vor. Angriff. »Das fragt Ihr?« Es klang wütend.

»Erinnert Ihr Euch noch daran, was ich einst zu Euch sagte? Etwas, dass ich auch Domino mit auf den Weg gab?« Sie antwortete nicht. »Die Welt ist sicher, wenn ihr im Herzen zusammenbleibt«, wiederholte er die Worte, an die sie sich sehr wohl noch erinnern konnte. Dass er ihm das Gleiche gesagt hatte, hörte sie allerdings jetzt zum ersten Mal.

»Domino war bereit, alles für Euch zu geben. Sogar sein Leben. So, wie Ihr es auch wart.«

Dass er immer wieder seinen Namen aussprach, versetzte Luna regelrecht in Panik. Seit so langer Zeit unterdrückte sie alle Gedanken daran. Sie wollte nicht zulassen, dass der Schmerz wieder so stark wurde. Wie ein kleines Kind hielt sie sich mit beiden Händen die Ohren zu.

Aber Magiadirs Stimme war laut. »Solange Ihr lebt, ist Solest sicher, doch nur durch Eure Bereitschaft zu leben, wird es auch weiter existieren.«

Das wusste sie! Nur deshalb war sie noch hier, verdammt! Es war der einzige Grund, sich nicht die Pulsadern aufzuschlitzen! Und ... es reichte! Sie wollte nichts mehr davon hören. Wütend sprang sie auf und rannte hinaus.

***

In den frühen Stunden des folgenden Tages reiste Magiadir wieder ab. Luna bekam es nicht einmal mit. Erst als Madras an ihre Tür klopfte.

»Wer es auch ist, kommt herein!«, rief sie gleichgültig. Sie lag auf ihrem Ruhelager in einem weißen Unterrock und blickte nicht einmal auf. Madras sah sie einen Moment lang an.

»Magiadir ist wieder abgereist«, sagte er dann. »Ich soll Euch ausrichten, das Buch sei noch nicht fertig geschrieben. Was auch immer er damit meint.« Er machte *eine Pause, denn seine Botschaft schien sie nicht zu interessieren. »Er sagt, er könne Euch nicht helfen.«*

Endlich bewegte sie sich, richtete sich auf und sah Madras an. »Kommt näher«, bat sie ihn, was er befolgte. Sie setzte sich ans Fußende ihres Ruhelagers und streckte eine Hand zu ihm aus. Er nahm sie und ging vor ihr in die Knie.

»Niemand kann mir helfen«, sagte sie, neigte den Kopf ein wenig zur Seite und blickte ihm durchdringend in die Augen. »Ich bin nicht krank. Ich bin nicht verrückt. Ich habe nur vergessen, wie es ist zu leben. Und wisst Ihr was? Es ist mir egal. Es reicht, wenn ich existiere. *Seid unbesorgt. Solange das so ist, existiert auch diese Welt.« Sie ließ seine Hand los und warf sich wieder zurück auf ihr Lager.*

Madras erhob sich und betrachtete seine Königin eine ganze Weile. »Luna?«, begann er dann.

»Hm?«

»Ich bin für Euch da. Immer.« Auf eine Antwort, die ohnehin nicht erfolgt wäre, wartete er nicht, sondern wandte sich ab und verließ die königlichen Gemächer.

***

Wenn das Ticken der Uhr einem nur noch verrät, dass gerade wieder ein Stück der endlos wirkenden Zeit vorübergegangen ist, ohne zu wissen warum, dann hat es keinen Sinn, darauf zu warten, dass eine Stunde vergeht oder eine Woche oder noch viel mehr. Doch genau so waren inzwischen viele Monate ins Land gezogen.

Es gab Gerüchte aus Mirilon. Aus dem Tafelsaal drang Stimmengewirr. Luna war gerade auf dem Weg nach draußen in den Garten gewesen, doch nun blieb sie neben dem Eingang stehen.

»Sie haben Truppen zusammengestellt und ihre Waffenlager sind voll«, hörte sie Madras sagen. »Es grenzt allerdings an ein Wunder, dass ich so viel überhaupt erspähen konnte, denn sie haben ebenfalls einen Falken, der vor keinem Luftgefecht zurückschreckt.«

»Das ist doch verständlich«, erwiderte Magno. »Sie wollen sich schützen. Schließlich liegen die überfallenen Dörfer sehr nahe der Grenze zu Mirilon.«

»Dennoch glaube ich nicht daran, dass es Späher waren«, sagte Madras.

»Ich war mit meinem Heer dort«, mischte sich Landos ein. »Es waren sogar ganz

sicher Späher. Wer weiß, vielleicht hat sich der Prinz von Mirilon mit König Domino zusammengetan.«

»Nein!«, widersprach Madras forsch. »Das würde der König nicht tun. Sie wollen uns nur glauben machen, es seien Späher gewesen.«

»Auf welcher Seite steht Ihr eigentlich?« Die wütende Stimme erkannte Luna nicht gleich. Und dann hörte sie Karas' Einwand.

»Madras hat recht. Ihr wisst, was ich von Spähern halte. Aber ich bin mir ebenfalls sicher, dass sie es nicht waren. Mirilon provoziert einen Streit zwischen Naradon und uns. Ich war lange genug dort, um zu wissen, wovon ich spreche. Lunaja ist in Frieden mit Domino auseinandergegangen.«

»Wenn das so wäre, hätten wir längst etwas von dem König gehört«, sagte ein anderer. »Stattdessen ist er nicht einmal auffindbar. Zieht mit den Spähern durch die Lande wie eh und je. Mich würde es nicht wundern, wenn er in diese Angriffe verwickelt wäre.«

»Stimmt. Wir sollten kämpfen. Wir können nicht einfach zusehen, wie sie unsere Dörfer plündern.«

»Ganz genau«, stimmte Landos zu. »Wir werden alle Truppen zusammennehmen und gegen die Späherbrut kämpfen. Lasst uns darüber abstimmen.«

»Lunaja wird dagegen sein«, hörte sie Magnos ruhige Stimme.

»Lunaja«, sagte ein anderer gelangweilt. »Seit wann interessiert sie sich für die Belange des Landes?«

Luna atmete tief durch. Das alles ging sie nichts an. Der Hofrat bestand aus fähigen Männern, die wussten, was sie taten. Sie raffte ihr langes Kleid und ging zielstrebig auf den Ausgang zu. Doch noch bevor sie die große wuchtige Tür erreichte, blieb sie stehen. Irgendetwas hielt sie davon ab wegzulaufen. Dabei konnte sie nicht einmal deuten, was es war, das sie daran hinderte, die Augen zu schließen und zu überhören, was sie gerade erfahren hatte. Stolz vielleicht? Angst? War sie überhaupt noch fähig, so etwas zu empfinden?

Was war das für ein Gerede um Mirilon? Sie hatten nichts zu tun mit diesem Land. Es unterstand Domi... Naradon war verantwortlich für Mirilon. Sie sollten sich nicht einmischen. Und ... von welchem Prinzen sprachen sie da überhaupt?

Ohne noch länger zu zögern, drehte sie sich auf dem Absatz herum und ging mit langsamen Schritten direkt in den Tafelsaal. Gleich hinter der Tür blieb sie stehen.

Madras war der Erste, der sie erblickte. Sofort stand er von seinem Stuhl auf. Ganz so, wie es sich gehörte, wenn eine Dame – und dann auch noch die Königin – den Raum betrat. Die anderen sahen ihn verwundert an. Dann folgten sie seinem Blick. Beinahe erschrocken starrten ihr all die Gesichter entgegen. Der Stuhl am oberen Kopfende des Tisches war von Landos belegt. Täuschte sie sich oder liefen seine Wangen rot an, ehe er sich ebenso ruckartig erhob, wie es alle anderen getan hatten?

Luna trat näher. Es war ihr noch nie wichtig gewesen, ob sich jemand vor ihr verneigte oder nicht. Doch diesmal erfüllte es sie ein wenig mit Genugtuung, als die Männer sich verbeugten.

»Ich hörte, einige Dörfer in Kariada sind überfallen worden?«, fragte sie hocherhobenen Hauptes. Die meisten nickten. »Wie schlimm ...?« Sie blickte sorgenvoll durch die Runde. »Wie viele Verletzte? Tote?«

»Einige«, antwortete Magno betroffen. »Dem Erdboden gleichgemachte Häuser, und was noch schlimmer ist ... abgebrannte Felder, niedergemetzeltes Vieh. Existenzen wurden zerstört.«

»Dann müssen wir ihnen helfen.«

Sie dachte an das Dorf, in dem sie selbst aufgewachsen war. Welche Angst sie damals gehabt hatten, als sie geglaubt hatten, von Schattenkriegern angegriffen zu werden. Daran, wie sie selbst ausgezogen war, um diese Monster zu bekämpfen, dachte sie nun lieber nicht. Es war gesünder, alles zu verdrängen, was mit ihm *zu tun hatte.*

»Es ist bereits alles in die Wege geleitet«, antwortete Madras. »Auch die umliegenden, nicht betroffenen Städte und Dörfer helfen, wo sie können.«

»Und doch wäre es gut, wenn sich die Königin selbst um ihr Volk bemühen würde.« In Landos' Stimme lag kein Funken Rücksicht, was Luna ihm allerdings nicht übel nahm. Sie nickte ihm aufrichtig zu und ertrug die laut mitschwingende Kritik würdevoll.

»Wer könnte so etwas tun?«, fragte sie gefasst. »Wer hätte etwas davon?«

»Es waren Späher«, antwortete Magno.

Madras schüttelte den Kopf.

»Was haltet Ihr davon?«, fragte sie ihn.

»Ich glaube nicht, dass es Späher waren. Vielmehr denke ich, der Prinz von Mirilon hat es auf unser Land abgesehen. Vielleicht will er auch Naradon einnehmen und provoziert deshalb einen Krieg zwischen uns. Ich weiß es natürlich nicht. Aber ich habe keine andere Erklärung.« Er sah besorgt aus.

Luna nickte. »Karas?« Mit einer Kopfbewegung forderte sie ihn zum Sprechen auf.

»Ich stimme Madras zu.«

»Landos?«

»Ich sage, es waren Späher. Wir sollten ihnen den Garaus machen.«

»Taris?«

»Ja, dem stimme ich zu.«

»Nuevo?«

»Ich denke auch, es waren Späher. Die Leute in den Dörfern haben sie an ihren Masken erkannt. Wir sollten kämpfen.«

»Nun ja«, erwiderte Luna und blickte aufmerksam in die Runde. »Da ich davon überzeugt bin, dass meine Stimme doppelt zählt – so ist es doch Fürst Magno ...« Sie sah ihn auffordernd an. Er nickte. »Also, da meine Stimme doppelt zählt, steht es vier zu vier. Denn ich glaube ebenfalls nicht daran, dass Späher unsere Dörfer überfallen würden. Dennoch bin ich auch der Meinung, wir müssen der Sache auf den Grund gehen. Auf keinen Fall werden wir diese Überfälle billigen. Egal wer es war, sie sollen dafür büßen. Magno?« Sie machte einen Schritt auf ihn zu. »Ich möchte, dass Ihr einen Brief aufsetzt. Ich verlange ein Treffen mit diesem Prinzen von Mirilon.« Sie zögerte einen Moment. »Nein. Nein. Schreibt ihm, ich bitte um ein Gespräch mit ihm. Wir wollen doch nicht unhöflich erscheinen.«

Sie lächelte. Und sie bemerkte nicht einmal, dass es das erste Lächeln seit so langer Zeit war.

Madras aber bemerkte es und Karas ebenfalls. Die beiden wechselten einen Blick. Ihre Erleichterung war grenzenlos.

Luna wandte sich ab, blieb jedoch nach wenigen Schritten stehen und drehte sich halb zu ihnen herum.

»Fürst Madras?« Sein Strahlen verwunderte sie nun ein wenig.

»Meine Königin?«

Immer noch sah sie ihn verwirrt an. Sie schüttelte unmerklich den Kopf. »Kommt bitte in einer halben Stunde zur Waffenkammer. Wir haben einiges zu besprechen«, sagte sie endlich.

»Zur Waffenkammer?« Nun war er sichtlich verdutzt.

»Ja, zur Waffenkammer. Und Karas natürlich auch.«

»Ich werde da sein«, sagte er grinsend.

»Schön«, murmelte sie, dann ging sie hinaus.

Die Männer hörten noch ihre Sprünge auf der Holztreppe nach oben.

»Also, meine Herren«, lächelte Karas. »Ich bitte um Entschuldigung. Aber auf mich wartet ein Kampftraining, das ich auf keinen Fall versäumen möchte.« Daraufhin verließ auch er den Raum mit schnellen Schritten.

Luna schoss durch die Tür zu ihren Gemächern und ging direkt durch bis ins Ankleidezimmer. Aus der hintersten Ecke zog sie eines der weißen Hemden und die Lederhose hervor. Das Kleid stülpte sie sich hastig über den Kopf und ließ es fallen.

Als sie fertig angezogen war, warf sie einen Blick in den Spiegel. Das Hemd war weit und schlackerte über den Bund ihrer Hose. Sie stopfte es ordentlich hinein. Ihre sorgfältig gekämmten Haare glänzten seiden. Sie nahm ein Lederband und schnürte sie damit fest im Nacken zusammen. Langsam, aber sicher erkannte sie das Bild im Spiegel. Ja. Das *war sie.*

Schnell wandte sie sich ab und trat auf den Balkon hinaus. Ob sie den Sprung von hier oben noch schaffte? Seit Ewigkeiten hatte sie das nicht mehr versucht. Entschlossen stieg sie auf die steinerne Brüstung und sprang.

***

Anna

Es war Samstag. Die Sonne schien und streckte ihre Strahlen direkt durchs Fenster in Annas Gesicht. Sie erwachte davon.

Wochenende! Es war erst kurz nach acht. Wie immer war sie viel zu früh aufgewacht, obwohl sie erst um drei Uhr nachts nach Hause gekommen war.

Sie stand auf, kochte sich zunächst einen sehr starken Kaffee und nahm die Tasse dann mit ins Bad.

Gerade als sie sich nach einer ausgiebigen Dusche abtrocknen wollte, hörte sie den

Klingelton ihres Handys. Wer konnte das sein um diese Zeit? Grübelnd wickelte sie sich notdürftig in den Stoff und verließ den Raum.

Zu spät.

Ohne nachzusehen, wer angerufen hatte, ging sie zurück ins Bad. Falls es wichtig gewesen war, würde derjenige sich noch einmal melden oder vielleicht einfach eine Nachricht schreiben.

Vor dem Spiegel blieb sie stehen.

Ihr Anblick gefiel ihr. Mit beiden Händen fuhr sie sich durch das nasse Haar. Es war nicht mehr so lang wie früher. Schon vor Monaten hatte sie es komplett durchstufen lassen. Nun besaß es mehr Fülle und war ein wenig lockiger als früher. Gerade deshalb zog sie die Nase kraus und schnitt sich selbst eine Grimasse. Mit dem Glätteisen würde sie die wilde Mähne schon gebändigt kriegen. Vor allem aber brauchte sie Ablenkung. Dringend! Ablenkung von der anderen Welt. In der vergangenen Nacht hatte sie zum ersten Mal seit Langem das Gefühl gehabt, einigermaßen klar denken zu können. Das Letzte, woran sie sich erinnerte, war, dass sie den Sprung vom Balkon gewagt hatte. Noch immer wusste sie nicht, ob sie heil unten angekommen war, denn davor war sie wach geworden.

Mit einem letzten prüfenden Blick in ihr Gesicht wandte sie sich von ihrem Spiegelbild ab und ging zurück ins Wohnzimmer, wo sie umgehend das Telefon zur Hand nahm. Ein Anruf in Abwesenheit war gespeichert und außerdem eine Nachricht eingegangen. Beides von Ingo. Stirnrunzelnd öffnete sie den Text: Hi, Anna, wir fahren in einigen Wochen zum Zelten nach Holland. Ich dachte, du magst vielleicht mitkommen. Also, wenn du Lust hast, melde dich bei mir. Ach, und wenn du nicht zelten willst, können wir natürlich auch ein Zimmer nehmen. Bye!

Lachend warf sie den Kopf in den Nacken. »Nein danke«, sagte sie laut zu sich selbst. Was sollte das? Sah sie etwa so aus, als würde sie zelten gehen? Oder ein Zimmer nehmen ... mit Ingo? Wohl eher nicht. »Der Spinner.«

Andererseits hatte sie gerade erst über Ablenkung nachgedacht und das brachte sie auf eine Idee. Ohne noch länger zu zögern, drückte sie auf Rückruf. Schon nach wenigen Sekunden ging Ingo dran, aber sie ließ ihn gar nicht erst zu Wort kommen. »Wieso rufst du mich mitten in der Nacht an?« Kurz warf sie einen Blick zur Uhr. Es war halb neun. »Hätte das nicht Zeit gehabt, bis wir uns im Büro sehen?«

»Tut mir leid, wenn ich dich geweckt habe, das wollte ich nicht, ehrlich.« Natürlich meinte er das ehrlich und ihr war klar, dass sie maßlos übertrieb. »Ich muss allerdings bald den Campingplatz buchen, während der Hochsaison ist bestimmt viel los dort.«

»Verstehe«, lenkte sie ein. »Hm, also Holland ... Wer fährt denn sonst noch mit?«

Ingo zählte auf. »Tim und Marina, Lisa und Thomas und Ben mit Christina.«

Gut! Ben war also auch dabei. Und Christina? Nicht so wichtig. »Hm, ich weiß noch nicht. Aber ich denke drüber nach.«

»Ernsthaft?«, schallte es aus dem Hörer.

Sie konnte sich gut vorstellen, wie verblüfft er nun war. Und sie wusste sehr genau, was er von ihr dachte. Und zwar, dass es doch eigentlich gar nicht zu ihr passte ... Strand, Lagerfeuer ... Er hielt sie für eine Tussi, die sich niemals die Finger schmutzig machte. Wieso hatte er überhaupt gefragt, wenn er davon ausgegangen war, eine Absage zu bekommen?

»Gut, dann überlege es dir«, redete er schnell weiter. »Sehen wir uns am Montag im Büro?«

»Ja, bis Montag«, erwiderte Anna grinsend.

Irgendwie war Ingo ein liebenswerter Idiot. Auch wenn sie sich fast täglich im Büro trafen und viel gemeinsam unternahmen, hatte Anna sich bisher ausschließlich auf ihre Arbeit konzentriert, ohne auf ihre Mitmenschen zu achten. Die Freundschaften, die sie hier inzwischen geknüpft hatte, waren allesamt flüchtig.

Dabei wäre es so leicht gewesen, mit Ingo befreundet zu sein. Niemals stellte er Fragen. Ihn interessierte nicht, wo sie herkam, was sie gemacht hatte, bevor sie nach Koblenz gekommen war. Für ihn zählte die Gegenwart, das kam ihr entgegen. Und es war leicht, dass er sich wie ein Freund benahm. Auch wenn sie es nicht verdiente. Er war einfach nur ein lieber Kerl, der nicht viel hermachte. Ein schmaler, unscheinbarer Typ mit dunklen, kurz geschorenen Haaren. Garantiert nicht das, was man einen Ladykiller nannte. Und weshalb auch immer, er schien Anna zu mögen.

Nun, viele mochten sie. Sie war anders. Redete niemals schlecht über andere. Wie auch? Sie kannte ja niemanden oder besser gesagt, sie machte sich aus niemandem etwas.

Dass sie in ziemlich einfachen Verhältnissen nur bei ihrer Mutter aufgewachsen *war, vermutete hier sicher niemand. Himmel, wie froh sie damals gewesen war, als sie endlich die Schule beendet und diesen Studienplatz hier in Koblenz ergattert hatte. Informatik war nicht unbedingt die erste Wahl gewesen, aber so hatte sie endlich die Stadt verlassen können. Ihr Zuhause. Endlich alles hinter sich zu lassen, was sie an ihn erinnerte. Den Einen, den Einzigen, den sie für immer und ewig lieben würde.*

Die Sanders waren damals ebenfalls weggezogen. Auf eine Nordseeinsel. Karl Sanders Gesundheit war seit dem Herzinfarkt angeschlagen gewesen, die Seeluft tat ihm gut. Zumindest hatte das in einer von Mamas Illustrierten gestanden. Immer wenn eine der Zeitungen, so gut wie neu, in den Mülleimer verbannt worden war, hatte Anna sie heimlich wieder herausgeholt, weil etwas über die Sanders daringestanden war, was ihre Mutter ihr hatte ersparen wollen. Über Marco war nie etwas geschrieben gestanden. Geheiratet hatte er also offenbar nicht. Denn das hätte mit Sicherheit einen der Journalisten interessiert.

Heute fuhr sie nur noch selten nach Hause. Nichts war wie vorher. Ihre Seele schlief. Die Leere, die er in ihr hinterlassen hatte, füllte sich nicht. Auch nicht mit den Liebschaften, die Anna sich ab und an gönnte. Vielmehr betäubte sie das nur noch mehr. Etwas, das sich wie Liebe anfühlte, würde es nicht mehr geben. Es war tot.

Und doch war Koblenz eine Art Lichtblick. Ein neues Leben. Nicht so, wie Leben sein sollte, nicht so, wie Leben sich anfühlen musste, aber dennoch neu.

Neben dem Studium arbeitete sie in einer Softwarefirma. Erst hatte sie nur kleine Arbeiten erledigt, doch im Laufe der Zeit war ihr Interesse gestiegen. Sie hatte dazugelernt, wobei Ingo ihr übrigens eine große Hilfe gewesen war.

Mittlerweile betreute sie schon eigene Kunden und verdiente mehr Geld als am Anfang. So konnte sie sich den Luxus teurer Kleider leisten, die sie früher nicht im Geringsten interessiert hatten. Die Jeans, ohne die sie früher nicht aus dem Haus gegangen wäre, waren längst durch edlere Kleidung ersetzt worden. Alles in allem war sie eine attraktive junge Frau, deren Charme nur die wenigsten widerstanden. Sie wirkte selbstbewusst und unnahbar. Vielleicht war es genau das. Ihre undurchdringliche Maske, die auf ganz besondere Art anziehend wirkte. Eine geheimnisvolle Frau mit der elfenhaften Schönheit einer anderen Welt.

Anna zog einen Bikini an, nahm ein Buch aus dem Regal und ging damit hinaus auf die Terrasse. Sie setzte sich unter den Sonnenschirm und schlug es auf. Doch lei-

der konnte sie sich kein bisschen auf den Inhalt konzentrieren. Zu viel ging ihr durch den Kopf. Was fand sie neuerdings an diesem Ben? Ihr Traummann war er ganz sicher nicht. Ohnehin gab es den schon lange nicht mehr. Nicht seit der Zeit, die ihr Leben für immer verändert hatte.

Der Aufprall

Lunaja

Der Aufprall war härter als vermutet. Vor allem aber fühlte es sich so an, als hätte mir jemand einen Schleier von den Augen genommen, als ich mit der Nase zuerst in der Wiese landete. Zuvor war ich zwar auf den Füßen aufgekommen, dann aber vornüber geknallt. Nun lag ich im Gras und versuchte langsam meine Arme und Beine zu bewegen. Wie es schien, war nichts gebrochen. Gut. Mein Kopf schmerzte. Ich fasste mir an die Stirn. Autsch – eine fiese Schürfwunde brannte entsetzlich. Schließlich rappelte ich mich auf und setzte mich hin. Offenbar war ich ganz schön aus der Übung.

»Oh, mein Gott, Lunaja! Seid Ihr verletzt?« Es war Madras. Ich hörte ihn ganz deutlich. Nicht nur, was er sagte, sondern, *wie* er es sagte. Sogar die Sorge in seiner Stimme nahm ich wahr. Aber da war noch mehr. Wieder hob ich die Hand an meine Stirn. Mit seltsamer Genugtuung fühlte ich den Schmerz. Verwirrt blickte ich mich zu Madras um. Ich erkannte die Angst in seinem Gesicht. Es war so verdammt lange her, seit ich so etwas wahrgenommen hatte. Die vergangenen Monate kamen mir plötzlich so unwirklich vor. Wie verwischte Bilder aus einer längst vergangenen Zeit.

Madras kniete sich vor mich hin und legte die Hände um meinen Kopf. Anscheinend wollte er die Wunde an meiner Stirn begutachten.

»Mir fehlt nichts«, versprach ich leichthin. Dann löste ich mich aus seinem Griff.

Er stand auf und hielt mir eine Hand hin. Ich nahm sie und ließ mich auf die Beine ziehen.

»Ist wirklich alles in Ordnung?«, fragte er misstrauisch, ohne mich loszulassen.

»Um ehrlich zu sein, fühle ich mich sogar ziemlich gut«, gestand ich und zog meine Hand zurück. Ich dachte selbst noch drüber nach und Madras betrachtete mich weiterhin argwöhnisch.

»Na, kommt schon«, forderte ich ihn auf. »Wir sollten Karas nicht warten lassen.« Dann ging ich voraus und er folgte mir zum Sandplatz, neben dem Karas an einem Baum lehnte.

»Glaubst du, ich schaffe den Salto noch?«, rief ich ihm zu.

»Es ist lange her, Lunaja! Versuch es einfach!«

Das machte ich, rannte, sprang ... und landete mit dumpfem Aufprall auf dem Rücken.

»Zu viel Schwung!«, rief Karas und kam zu mir rüber, während ich mich wieder aufrappelte.

Ich sah, dass auch Madras zu uns kam und den Kopf schüttelte. Von unseren Übungsmethoden schien er nicht besonders begeistert zu sein.

»Ich denke, du brauchst ein bisschen Übung«, meinte Karas.

»Ja, sieht ganz so aus«, grinste ich und wartete, bis beide Männer vor mir standen. Dann streckte ich die Arme zu ihnen aus, drehte sie herum und hakte mich in ihrer Mitte unter, um sie mit mir in die Waffenkammer zu ziehen. »Wir müssen unsere Reise nach Mirilon besprechen«, erklärte ich.

In dem Raum, in dem die Schwerter und Speere ganzer Epochen an den Wänden drapiert waren und in Regalen aufgereiht lagen, ließ ich die beiden los und setzte mich auf einen Schemel. »Wie weit ist der Weg nach Mirilon? Wie lange werden wir brauchen? Und wann können wir mit einer Antwort dieses ...« Ich schnipste mit den Fingern.

»Prinz Tirios«, half Madras mir auf die Sprünge.

»Ja, Tirios. Wann können wir mit seiner Antwort rechnen? Und ... auf dem Weg dorthin ... Können wir die Reise mit Besuchen in unseren Dörfern verbinden? Ich will den Menschen Mut zusprechen. Ich muss ihnen zeigen, dass wir sie nicht allein lassen.«

»Langsam, langsam, junge Dame«, unterbrach Karas väterlich meinen Redeschwall. »Vorausgesetzt, er empfängt uns wirklich, untrainiert lasse ich dich nirgends hinreisen.«

Genervt schob ich das Kinn vor. Mir würde sicher etwas einfallen, womit ich ihn umstimmen könnte. Allerdings musste ich leider zugeben, dass sein Widerspruch nicht ganz verkehrt war, wenn ich an die Sprünge von vorhin dachte. Schließlich hatte ich nicht vor, mit der Kutsche zu verreisen und ein Ritt diesen Ausmaßes würde anstrengend werden. Außerdem wollte ich vorbereitet sein, falls es brenzlig würde. »Wie lange brauche ich, um wieder in Form zu sein?«, gab ich also nach.

»Wenigstens zwei Wochen. Und ich kann dich nicht allein trainieren. Mit deinen unkontrollierten Bewegungen schlägst du mir sonst den Schädel ein. Ich brauche jemanden, der mir bei den Hilfestellungen für die Sprünge zur Seite steht.«

Prompt fiel mein Blick auf Madras.

»Ich?« Er sah mehr als erschrocken aus.

»Na ja, wer sonst? Soll ich Magno fragen? Der schlägt höchstens mit Papier um sich. Oder Landos? Seine Befehle wären sicher eine Bereicherung. Oder ...«

»Ja! Ja, schon gut. Ich bin dabei.«

»Schön«, sagte ich lächelnd in die Runde. »Und wie lange brauchen wir nun, um hinzukommen?«

»Etwa drei Wochen«, antwortete Madras. »Vielleicht auch vier, wenn wir die Umwege in Kauf nehmen, um die zerstörten Dörfer zu erreichen.«

»Ich weiß gar nicht, ob es klug ist, sich mit Tirios direkt in seinem Schloss zu treffen«, warf Karas nun ein.

»Was wissen wir überhaupt über diesen Prinzen?«, wollte ich wissen. »Wo kommt er auf einmal her?«

»Wir vermuten, dass seine Vertrauten ihn aufgespürt haben und es geheim hielten, so, wie wir es damals mit Euch gemacht haben«, antwortete Madras. »Zwar verstehe ich nicht, welchen Grund sie dafür hatten, denn schließlich wurde er nicht bedroht – so wie Ihr seinerzeit. Und ... wir wissen rein gar nichts über ihn. Dazu noch die Überfälle ... Wenn unsere Vermutungen stimmen, könnte es gefährlich werden.«

Karas nickte.

»Wir können aber nicht von vornherein den Eindruck vermitteln, dass wir auf der Hut sind«, erwiderte ich. »Ich denke, wir sollten so tun, als wollten wir ihn um seine Hilfe bitten, Kariada zu schützen.«

Karas grinste. »Du bist hinterhältig.«

»Ich weiß«, gab ich trocken zurück.

***

Von nun an begann ein hartes Training, oft bis zur Dämmerung. Auch wenn es zunächst ein gutes Gefühl war zu spüren, dass ich lebendig war, so kehrten damit aber auch Bilder und Geräusche zurück in meine Sinne, die so lange verstummt gewesen waren. Erinnerungen mit dem endlosen Schmerz, der daran haftete. Immer wieder breitete sich dieser Schmerz in meinen Gliedern aus ... wie eine schleppende Krankheit. Oft wagte ich gar nicht erst die Augen zu schließen, weil dann das immer gleiche Bild auftauchte, das ich nun schon so lange aus meinem Kopf verbannt hatte. Doch ... all das wäre vielleicht zu ertragen gewesen, nein, wenn ich ehrlich war, hätte ich diesen Schmerz sogar willkommen geheißen, wenn jene Bilder, die immer und immer wieder in meinen Gedanken kreisten, nicht so furchtbar verschwommen gewesen wären. Bei der geliebten Samtstimme in meinem Kopf war ich nicht einmal mehr sicher, ob sie wirklich so geklungen hatte. Nichts war schrecklicher als das Vergessen. Nichts so grausam wie die immer undeutlicher werdenden Erinnerungen.

An einem Abend nach dem Kampftraining war es besonders schlimm. Erschöpft setzte ich mich auf die Treppe zum Schloss. Eine Hand fest gegen mein Brustbein gepresst kämpfte ich gegen den Schmerz, der sich so falsch anfühlte.

Madras bemerkte ich erst, als er sich neben mir niederließ. »Ihr seht traurig aus«, sagte er leise und betrachtete mich ratlos.

Ich fasste mir in den Nacken und zog das Lederband aus den Haaren. »Manchmal sehe ich Dinge, die mich traurig machen«, gestand ich und wickelte es mir um den Zeigefinger.

»Es tut also immer noch weh«, sagte er.

»Manchmal glaube ich daran zu ersticken«, flüsterte ich. Es zu fühlen war eine Sache, darüber zu reden eine ganz andere. Tränen brannten in meinen Augen. Dennoch versuchte ich es besser zu erklären. »Und manchmal glaube ich, dass ich etwas verpasse, wenn es einmal nicht wehtut.« Ich wich seinem Blick aus. Schließlich musste es völlig verrückt klingen, was ich da redete.

»Die Zeit heilt solche Wunden«, meinte er tröstend.

»Das ist es ja gerade. Ich habe Angst davor, dass die Zeit die Wunden heilt. Wenn ich den Schmerz nicht mehr fühle, dann fühle ich gar nichts mehr.« Die Tränen liefen mir übers Gesicht. Tränen, die zu weinen ich schon so lange nicht mehr fähig gewesen war.

»Habt Ihr noch nicht daran gedacht, dass dieser Prinz eine Chance sein könnte?«, fragte er und machte eine kurze Pause, in der er mich prüfend musterte. Vielleicht war er nicht sicher, ob ich seine Ehrlichkeit vertrug. »Ein dritter König, ein Hindernis mehr für den Schatten«, sagte er dann.

Mit dem Ärmel wischte ich mein Gesicht trocken. Auf diese Idee war ich tatsächlich noch nicht gekommen. Aber ... »Diese Theorie ändert leider nichts an der Drohung des dunklen Zauberers«, erwiderte ich dann, denn genau so war es.

»Das stimmt. Der Prinz könnte ebenso gut eine weitere Gefahr für Euch sein. Ich sollte wohl froh sein, wenn Ihr mit Vernunft darüber nachdenkt.« Zaghaft lächelnd legte er einen Arm um meine Schultern. »Euch so traurig zu sehen, lenkt mich davon jedoch ab.«

In seinen Augen erkannte ich, wie gern er mich nun ganz in die Arme genommen hätte. Ich stellte mir sogar vor, wie er die Tränen von meinem Gesicht wischen und meinen Kopf an seine Brust ziehen würde, um mich zu trösten. Doch all das wagte er nicht, weil er wusste, wie kaputt mein Herz war.

Ich war es, die sich Hilfe suchend um seine Mitte schlang, die Wange an seine Brust schmiegte und weinte. Ohne zu zögern, erwiderte er meine Umarmung.

Ich lauschte dem gleichmäßigen Schlagen seines Herzens. Es beruhigte mich. Seine Nähe fühlte sich nicht einmal falsch an. Nur ein bisschen verwirrend, weil der Schmerz und das Blei in meiner Lunge anders wurden. Deutlicher. Greifbarer.

Was, wenn es stimmte? Wenn es immer schon so gewesen war, dass Madras für mich bestimmt war? Und ich für ihn? Dass ich zu ihm gehörte, so, wie ich zu diesem Land gehörte? Vielleicht musste ich nur endlich einsehen, dass es so war. Die Vergangenheit ruhen lassen. Vielleicht war es gut, wenn die Erinnerung allmählich verblasste. Gerade jetzt in diesem Moment, wäre es doch so einfach, den Kopf anzuheben, die Lippen auf seine zu legen … So oft schon hatte ich in seinen Augen gesehen, was er immer noch für mich empfand. Wenn das Gold darin zu schmelzen schien. Würde ich jemals etwas anderes in ihm sehen können als nur einen Freund?

Und wenn nicht, war Liebe denn wirklich so wichtig? Zumal es eine andere Liebe sein könnte. Möglicherweise eine stärkere, bessere Liebe als die, die es nicht in meine Gegenwart geschafft hatte, die von Anfang an zerbrechlich und schmerzvoll gewesen war. So müsste es nie wieder sein. So *würde* es nie wieder sein. War da nicht Dankbarkeit angebracht? Etwas nie wieder erfahren zu müssen, das imstande gewesen war, einen derart zu zerstören, wie es mich zerstört hatte. Musste ich nicht endlich einsehen, dass die einzige, die wahre und immer fortwährende Liebe niemals eine Zukunft gehabt hatte und längst eine verlorene Liebe war, die noch immer versprach, mich beinahe in den Wahnsinn zu treiben? Es war besser loszulassen. Jetzt. Genau jetzt. Kein Zeitpunkt erschien mir in diesem winzigen Augenblick günstiger als dieser. Oder wäre es Betrug?

Langsam hob ich den Kopf, sah zu Madras auf. Sein Mund war nur wenige Zentimeter entfernt. Ich mochte es, wenn er ihn zu einem schalkhaften Grinsen verzog, doch das war gerade nicht der Fall. Seine Lippen waren zusammengepresst, als unterdrückte er eine tiefe Sehnsucht, seine Augen glichen warmem, fließendem Gold. Ich atmete tief durch und verstand. Dieser Wärme war mein Herz nicht gewachsen, das sich noch immer nach dem eiskalten Türkis sehnte. Ja, es wäre Betrug! Ein Betrug an mir selbst, vor allem aber an ihm. An Madras. Auch wenn ich in der anderen Welt so oft versuchte mich genau damit zu betäuben, indem ich meinen Charme ausspielte und den

Männern den Kopf verdrehte. Dies hier war etwas anderes. Nicht die Welt, in der es einem niemand übel nahm, wenn man nur spielte. Dies hier war kein Spiel, und es würde nie eines sein.

Ruckartig, fast panisch, löste ich mich aus seiner Umarmung, stand auf und rannte die Stufen hinauf zum Tor.

Reise ins Ungewisse

Domino

Noch immer stieg Rauch auf. Die Verwüstung musste furchtbar sein. Wahrscheinlich waren die Räuber ebenso gnadenlos vorgegangen wie in dem letzten Dorf, das sie überfallen hatten. In unserem Namen! Aus den Gesprächen der Bewohner, die ich aus einiger Entfernung belauscht hatte, war herauszuhören gewesen, dass Späher Häuser niedergebrannt hatten. Irgendjemand spielte uns da einen sehr bösen Streich und leider waren wir auch diesmal nicht rechtzeitig da gewesen, um herauszufinden, wer mit Masken wie den unseren solch grausame Verbrechen beging.

Mit einem Handzeichen gab ich den Männern zu verstehen, dass sie hier warten sollten. In der Nähe hielt sich jemand versteckt. Das Geräusch von leisem Atem hatte mich hellhörig gemacht. Ich trieb Aragon in die Richtung, aus der es kam, bis es immer lauter wurde, immer besser zu hören war. Meterhohe Farne wuchsen hier. Dennoch war dies ein zweifelhaftes Versteck. Nur jemand, der verletzt war und nicht hatte fliehen können, würde sich hier halbwegs sicher fühlen. Für eine Verletzung war der Atem aber zu gleichmäßig, auch wenn er sich nun beschleunigte. Genauso wie der Puls, den ich nun ebenfalls ausmachen konnte. Inzwischen war ich nah genug, sodass der Fremde mich hören konnte, deswegen machte ich mich auf einen Angriff gefasst. Der nicht erfolgte. Denn nach wenigen Metern hatte ich gefunden, wonach ich gesucht hatte. Es war nichts weiter als ein kleiner Junge, der mich mit weit aufgerissenen Augen angsterfüllt anstarrte. Dann richtete er sich auf und robbte auf dem Hinterteil rückwärts von mir weg. Mein Lächeln konnte er wegen der Maske nicht sehen und garantiert machte sie ihm Angst, deswegen nahm ich sie nun ab, machte sie am Sattel fest und sprang vom Pferd. Dann ging ich langsam auf den Jungen zu und streckte die Hand aus.

»Ist schon gut, Kleiner«, versuchte ich ihn leise zu beruhigen. »Ich tue dir nichts.« Noch immer starrte er mich an, als wäre ich ein wildes Raubtier, das ihn jeden Moment zerreißen könnte, aber wenigstens blieb er nun still sitzen, bis ich bei ihm war. Vor ihm ging ich in die Hocke und holte ein Stück Brot aus meiner Tasche. »Magst du?«

Zögernd nahm er es entgegen und biss hinein. Dann reichte ich ihm noch meinen Trinkbeutel. Wer solch großen Hunger hatte, der war mit Sicherheit schon halb verdurstet. Und genau so war es auch. Er trank, als hätte er schon seit Tagen nichts mehr bekommen. »Hast du dich verlaufen?«, fragte ich den Jungen.

Er nickte.

»Wie heißt denn das Dorf, aus dem du kommst?«

»Narda.«

Gern hätte ich ihn gefragt, was geschehen war, aber er fing furchtbar an zu weinen, deswegen ersparte ich ihm das. Stattdessen erhob ich mich. »Komm, ich bringe dich heim.«

***

Marco

Ich schlug die Augen auf, drehte mich auf den Rücken und starrte gegen die Decke. Schon Magiadir hatte mich damals vor dem neuen Prinzen gewarnt. Und wenn unsere Vermutung nun stimmte und er für die Überfälle auf karidische Dörfer verantwortlich war, dann wurde es Zeit, ihn zu stoppen. Fragte sich bloß, wie wir das anstellen sollten. Außerdem musste ich dringend mehr über ihn erfahren. Und zwar schnell. Deswegen schwang ich die Beine über die Bettkante, stand auf und ging zuerst nach nebenan, wo ich den Laptop hochfuhr. Dann eilte ich ins Bad, um schnell zu duschen und die Zähne zu putzen. Bestimmt kam es nicht auf ein paar Minuten an, ich hatte es dennoch eilig, fertig zu werden, weshalb ich schnell zurück ins Schlafzimmer ging und mich anzog.

»Hey, du Frühaufsteher.«

An die Blondine in meinem Bett hatte ich schon beinahe nicht mehr gedacht. Ich zog den Reißverschluss meiner Jeans hoch, nahm ein T-Shirt aus dem Schrank und drehte mich zu ihr um. »Zeit zum Aufstehen. Ich habe gleich einen Termin.« Das war nur fast gelogen, denn schließlich wollte ich so schnell wie möglich nach Deutschland.

Mürrisch quälte sie sich aus dem Bett. Etwas überzuziehen befand sie offensichtlich nicht für nötig. Nackt wie sie war, kam sie zu mir, legte einen ihrer schlanken Arme um meinen Hals und mit der freien Hand strich sie über meine Brust. »Komm wieder ins Bett, Marco. Ein bisschen Zeit wird doch wohl noch sein«, hauchte sie.

Vor ein paar Stunden hätte ich das eindeutige Angebot wahrscheinlich nicht abgelehnt, aber jetzt gab es Wichtigeres zu tun. Deswegen trat ich einen Schritt zurück, damit sie mich losließ, und schüttelte den Kopf zu einem klaren Nein. »Zieh dich an. Ich hab's wirklich eilig.«

Damit ließ ich sie stehen, ging um das Bett herum, sammelte alle Kleidungsstücke ein, die ihr gehörten und drückte sie ihr danach in die Arme. Ohne ein Wort verschwand sie damit im Bad.

Ich streifte das Shirt über und holte noch weitere Sachen aus dem Kleiderschrank, die ich in einer Reisetasche verstaute. Aus einer der Schubladen zog ich meine Reisepapiere und das Portemonnaie, dann nahm ich alles mit ins Wohnzimmer.

Mein Vater würde Tausende von Fragen stellen, wenn ich ihm erzählte, was ich vorhatte. Mit seinen Sorgen um diesen neuen Prinzen lag er mir ohnehin schon seit Wochen in den Ohren, mit anderen Dingen noch länger. Bestimmt würde er darauf drängen, dass ich mich bei Sina meldete, sobald ich in Kaiserfelden war, deswegen suchte ich die Seite einer Reisegesellschaft im Internet, anstatt in der Firma anzurufen und um einen Privatjet zu bitten. Nach Hause zu kommen bedeutete gleichzeitig, mich der Vergangenheit zu stellen, ebenso der Gegenwart – ich wusste gerade nicht so genau, was schlimmer war.

Mein Blick fiel auf meine Geldbörse. Ich nahm sie zur Hand, öffnete sie und holte den Ring heraus, der schon seit einer halben Ewigkeit darin schlummerte. In Weißgold eingelassen glitzerte mir ein hochkarätiger Brillant entgegen. Für einen kurzen Moment kniff ich die Augen fest zusammen. Ein Reflex, den ich auch in dieser Welt nicht loswurde, immer dann, wenn ich glaubte, die Beherrschung zu verlieren. Ich wischte den Anflug von Schmerz beiseite, steckte das Schmuckstück kurzerhand in die Hosentasche und buchte den nächstmöglichen Flug. Wenn alle Zwischenstopps und Anschlussflüge reibungslos verliefen, wäre ich morgen Abend in Düsseldorf.

Ab sofort hatte ich es wirklich eilig. Glücklicherweise kam Liv fertig angezogen aus dem Bad. Sie war unverkennbar wütend auf mich und verließ schon kurz darauf mein Appartement. *Endlich!*

***

Keine halbe Stunde später war auch ich unterwegs. Während der Reise hatte ich genügend Zeit, Stephan Bosheim zu kontaktieren. Seine Privatdetektei stand unserer Familie schon seit Jahren in Deutschland zur Seite. Völlig ohne Informationen wollte ich nicht zu Hause auftauchen. Ich musste wenigstens wissen, wie es Anna ging. In Solest kursierten die verschiedensten Gerüchte über sie. Wenn es stimmte, hatte ich sie damals heftiger verletzt, als ich es je beabsichtigt hatte. Ich durfte sie nicht wiedersehen und damit womöglich alte Wunden aufreißen.

***

Weil ein Anschlussflug ausfiel und ich auf den nächsten warten musste, kam ich erst am frühen Morgen in Düsseldorf an. Völlig übermüdet, aber auch völlig überdreht. Sobald der Flieger gelandet war, schaltete ich das Smartphone ein. Stephan hatte in den letzten Stunden einiges herausgefunden. Das Wichtigste von allem war allerdings, dass mir Anna hier garantiert nicht über den Weg laufen würde. Wo genau sie inzwischen wohnte, wusste er noch nicht, nur dass sie für ihr Studium die Stadt verlassen hatte.

»Ich erwarte in dieser Sache noch einen Anruf. Danach melde ich mich«, sagte er.

»Nicht nötig, die Information reicht mir. Vielen Dank.«

Ich nahm meinen Leihwagen in Empfang und fuhr auf direktem Weg nach Hause. Bevor ich jedoch Kaiserfelden ansteuerte, hielt ich in der Innenstadt an.

Direkt vor dem Bankgebäude parkte ich und stieg aus. Ich wollte nicht zurückdenken, aber leider ging es nicht anders. Bilder von längst vergangenen Tagen zogen durch meinen Kopf. Annas Lachen hatte ich noch immer im Ohr. Sie war so unbeschwert gewesen, hatte immer versucht mich aufzuheitern, obwohl sie selbst so zerbrechlich gewesen war.

Langsam ging ich durch die gläserne Schwingtür, durchquerte die Eingangshalle und trat an den Schalter, wo ich dem Mitarbeiter meine Papiere und den Schlüssel für das Schließfach überreichte.

Von nun an schien alles wie in einem Traum an mir vorüberzuziehen, bis ich mich in dem kleinen Raum wiederfand. Zum ersten Mal war ich allein hier. Mit dem magischen Buch, das ich nun anstarrte, als würde mich das, was drinstand, umbringen können.

Ich schlug unser letztes gemeinsames Kapitel auf. Der letzte Satz war ein Eintrag in Annas Tagebuch:

Alles, was ich hatte, ist tot. So tot wie ich.

Damit sprach sie mir aus der Seele.

Um dem Schmerz, der mich zu überfluten drohte, zu entkommen, blätterte ich schnell die Seiten zurück. Schließlich war ich hier, um etwas über diesen Tirios herauszufinden.

Doch es gab nichts über ihn. Alles, was ich fand, war die Geschichte von Ramiro, König von Mirilon, der bereits vor vielen Jahren gestorben war. Ein Falkner, der noch weitere Gaben besaß. Welche, die unnütz gewesen sein mussten, denn hier stand nichts weiter darüber geschrieben.

Eines interessierte mich noch. Diese Zeilen, die damals im Buch gestanden hatten und dann wieder verschwunden waren. Gab es sie noch?

Ich blätterte ganz nach hinten, immer weiter, und ... fand sie! Ja, sie waren da und auch die Seiten dazwischen waren gefüllt. Um all das, was geschehen war, nicht zu nah an mich heranzulassen, überflog ich das meiste nur. Trotzdem las ich heraus, dass ich Anna in tiefstes Unglück gestürzt hatte. Und auch das, was in jüngster Zeit geschehen war, war ganz und gar nicht das, was ich mir für sie gewünscht hatte, aber zumindest schien sie ein neues Leben angefangen zu haben. In Koblenz. Natürlich hätte ich sie gern gewarnt, aber ganz sicher war sie ebenso schlau wie ich und würde in diesem Buch nach Antworten suchen. Ich klappte es zu und legte es zurück in den Kasten. Danach zog ich mein Smartphone aus der Tasche und suchte den nächsten Flug heraus.

***

Lunaja

Es dauerte nicht sehr lange, bis der Prinz von Mirilon die Nachricht übermittelte, man würde die Ankunft der Königin Lunaja von Kariada mit großer Freude erwarten.

Gleich am Tag darauf machten wir uns auf den Weg. Diesmal wurden wir von Landos begleitet, der darauf bestanden hatte mitzukommen. Wahrscheinlich fühlte er sich dazu berufen, seine üblen Ansichten, was die Späher anbelangte, als Teil des Hofrates nach außen zu vertreten.

Es störte mich nicht weiter.

***

Nach zehn Tagen erreichten wir das erste von zwei zerstörten Dörfern, die auf unserer Route lagen. Madras hatte es schon vor unserer Ankunft ausgekundschaftet.

Er war still geworden.

»So schlimm?«, fragte ich ihn vorsichtig.

»Hm«, brummte er. »Man wird wütend, wenn man das sieht.« Dann blickte er mich einen Moment lang prüfend an. »Seid Ihr sicher, dass Ihr Leid und Elend ertragen könnt?«

»Es ist also sehr schlimm«, stellte ich fest. »Aber seid nicht besorgt um mich. Wenn es irgendwie hilft, dann ertrage ich es gern.«

Bald ritten wir über den letzten Hügel, aus dem letzten dichten Grün heraus, sodass der Blick frei wurde auf eine verbrannte Gegend, auf Haufen von Schutt, die einstige Häuser nur noch erahnen ließen. Ich erkannte notdürftige Baracken aus Holz und Stroh. Schlammige Pfade, die einmal Straßen gewesen waren. Nur eine Kapelle stand noch unbeschadet inmitten von Dreck und Ruß und dem unbeschreiblichen Geruch von Kummer und Tod. Es war totenstill. Langsam ritten wir weiter. Und je näher wir kamen, desto belebter wurde dieser Ort. Einige Leute streckten ihre Köpfe heraus aus ihren Unterkünften und beäugten uns zunächst panisch, manche kamen direkt herausgelaufen. Einige mit Mistgabeln und Messern bewaffnet. Eine Frau hielt einen kleinen Jungen am Kragen fest, damit er nicht hinausstürmte. Doch nach und nach ging ein Raunen durch die Menge.

»Das ist die Königin.«

»Bist du sicher?«

»Königin Lunaja und der Hofrat.«

»Fürst Madras und die Königin.«

Es war, als würden sich ihre Gesichter erhellen. Als würde sie neues Leben durchströmen. Als würden sie allein in dem Anblick ihrer Königin die Hoffnung wiederfinden.

Und genau das beschämte mich nun wieder so sehr, dass ich nicht mehr an mich halten konnte. Ich sprang vom Pferd und rannte auf die Leute zu – direkt in ihre Mitte. Meine Stiefel versanken knöcheltief im Schlamm. Jeden, der sich vor mir auf die Knie werfen wollte, zog ich an den Händen wieder hoch und umarmte ihn wie einen alten Freund.

Ein kleines Mädchen zupfte an meinem Hemdsärmel, so lange, bis ich sie endlich beachtete und vor ihr in die Hocke ging. »Wie heißt du?«, fragte ich.

»Nirja«, antwortete die Kleine, die nicht älter sein konnte als fünf. »Und wenn ich groß bin, will ich so werden wie du. Oder wenigstens so wie deine Freundin Kaja.«

Schnell war ihre Mutter dazu gekommen. »Was redest du denn da, Nirja? So was sagt man nicht. Kaja ist doch zum Feind übergelaufen. Bitte verzeiht, Königin, sie meint es nicht so.« Und dann verbeugte sie sich tief vor mir.

Ich erhob mich und zog sie dabei wieder mit mir hoch. »Nein, nein, Nirja hat recht«, erwiderte ich und lächelte der Kleinen aufmunternd zu. »Ich wäre auch gern so wie Kaja. Sie ist alles andere als ein Feind und noch immer meine Freundin.«

Diese Worte hatten noch nicht ganz meinen Mund verlassen, da lösten sie schon Stimmengewirr aus. Prompt begann das Gerede darum, wer sie überfallen haben mochte. Dennoch bahnten sich Männer den Weg nach vorn, um mich und die Fürsten in die Kapelle einzuladen. Das kleine schneeweiß gestrichene Gebäude ragte wie ein letzter Überlebender zwischen hundert Toten hervor. Gern folgten wir den Leuten hinein, wo diese notdürftig einen geselligen Platz herrichteten. Sie trugen einen Tisch in die Mitte des Saals und stellten einige Stühle auf. Die Frauen brachten Brot und Käse herein. Es kam sogar jemand mit einem Krug Wein. Unfassbar, dass sie von dem wenigen, das ihnen geblieben war, auch noch etwas abgeben wollten.

»Bitte fühlt euch nicht gekränkt, wenn wir nichts anrühren von eurem Essen und Trinken«, bat ich. »Aber ihr braucht jetzt alles, was ihr noch habt.« Ich blickte mich in der Menge um. »Vor allem benötigt ihr den Willen, wieder aufzustehen, und die Kraft, euch alles zurückzuholen, was euch genommen wurde. Auch wenn in diesem Jahr auf euren Feldern gewiss nichts mehr wächst. Aber im nächsten Jahr wird hier alles wieder grün sein, wenn wir alle zusammenhalten.«

Nun redeten alle wild durcheinander. Viele stimmten mir zu und ich hörte auch, wie einige von den umliegenden Dörfern berichteten, die ihr Hab und Gut mit ihnen teilten. Auch wenn manche meinten, sie würden nun wie Flüchtlinge behandelt. Im Großen und Ganzen war man jedoch zuversichtlich.

»Seid ihr auf dem Weg, die Verantwortlichen zu suchen?«, fragte einer der Männer. »Wisst ihr schon, wo ihr die Späherbrut findet, die uns das angetan hat?«

»Seid ihr denn ganz sicher, dass es Späher waren?«, stellte ich die Gegenfrage.

Ein älterer Mann trat vor. »Ganz sicher, meine Königin. Ich habe als kleiner Junge weiter im Norden von Kariada gelebt. Damals brannten sie unser Dorf genauso nieder.«

»Und damals haben sie auch einfach nur alles zerstört, ohne etwas zu stehlen?«

»Nun ja, seinerzeit nahmen sie einige unserer Tiere mit. Doch sie zerstörten wirklich alles. Ebenso so wie jetzt.«

»Wurde jemand durch das Eis ihrer Augen getötet oder etwas zerschmettert?«

»Nicht dieses Mal, das nicht, aber ...« Wieder ging ein Raunen durch die Menge. Wieder begannen die Leute wild durcheinanderzureden.

»Also wisst ihr noch nicht, wer die Täter sind?«, fragte jemand.

»Nein«, gab ich zu. »Aber seid versichert, dass wir es herausfinden werden. Wir sind auf dem Weg zu dem neuen Prinzen von Mirilon. Wir brauchen jede Unterstützung. Die Grenze ist so nah, dass wir seine Hilfe erbitten werden, um auch dort nach den Schuldigen suchen zu können.«

»Glaubt ihr uns denn nicht? Glaubt ihr nicht, dass es Späher waren?«, fragte der alte Mann.

»Um ehrlich zu sein, fällt es mir schwer, das zu glauben«, gab ich zu und spürte gleichzeitig, dass meine Überzeugung kaum zu belegen war.

»Wir gehen nicht davon aus, dass der König von Naradon den Frieden mit Kariada brechen will«, half Madras nun. »Doch seid gewiss, wir finden die Täter, egal wer oder was es war.«

Er sprach seine Worte aufrecht und ein prüfender Blick in mein Gesicht versicherte ihm, dass ich völlig gefasst war und mich der Gedanke an Naradon und Domino nicht aus der Bahn warf. Im Gegenteil. Kühl und erhobenen Hauptes nickte ich ihm zu.

***

Schon nach einem Tagesritt gelangten wir zu dem zweiten Dorf. Auch hier wurden wir dermaßen herzlich in Empfang genommen, dass ich beinahe mit den Tränen kämpfen musste. Ich konnte und wollte einfach nicht verstehen, weshalb man mich so verehrte. Erst recht nicht, wenn ich an die vergangenen

Monate dachte. Das Bild, das die Menschen von mir hatten, war offensichtlich das, was ich jetzt und hier abgab. Nicht das einer im Selbstmitleid ertrinkenden Frau, die ich zweifellos gewesen war.

Auch hier waren die Leute überzeugt davon, dass es Späher gewesen waren, die ihnen das angetan hatten. Nur ein Junge von etwa zehn Jahren wartete geduldig auf einen passenden Moment, in dem er mich ohne die Erwachsenen erwischen konnte.

»Königin Lunaja? Ich muss Euch etwas sagen«, sprach er mich vorsichtig an. Mit großen Augen blickte er zu mir auf. Die Aufregung war ihm in das kleine feine Gesicht geschrieben.

»Was denn?« Ich beugte mich ihm ein Stück entgegen.

»Ich weiß, ich darf so nicht reden, aber ich glaube nicht, dass sie es waren.«

»Dass wer es war?«

»Die blutrünstigen Späher«, sagte er mit bebender Stimme. »Ich glaube nicht, dass sie so sind, wie alle erzählen.«

»Nein? Hast du sie denn nicht auch gesehen?«

»Doch. Schon. Und dann bin ich in den Wald gelaufen und habe mich versteckt. Einen ganzen Tag lang.«

Der arme Kerl. Ich legte einen Arm um ihn. »Du musst ganz furchtbare Angst gehabt haben.«

Er nickte stumm, doch dann sprach er schnell weiter. »Ich hab mich in ganz, ganz hohem Farn versteckt. Und ich wusste auch schon gar nicht mehr, wo ich war. Ich war ja einfach losgelaufen und hab nicht mehr auf die Wege geachtet.« Jetzt fing er beinahe an zu schluchzen und wischte sich mit dem Jackenärmel die Nase. »Aber dann kam ein Reiter. Und der hatte auch diese furchtbare Maske über dem Gesicht. Ich hatte solche Angst, dass er mich sieht. Ich bin ganz still dagelegen, damit er einfach weiterreitet. Doch dann ist er vom Pferd gesprungen und zu mir gekommen. Ehrlich, Königin Lunaja, ich dachte meine letzte Stunde hätte geschlagen.«

»Und was passierte dann?«

»Er nahm die Maske ab und sprach plötzlich mit mir. Ganz freundlich. Er fragte, ob ich mich verlaufen hätte und wo ich herkäme. Und dann gab er mir etwas zu essen und zu trinken. Er war sooo groß und hatte sooo lange Haare.« Er machte es mit seinen Händen vor. »Und seine Augen leuchteten, aber sie taten mir nichts, als ich ihn ansah. Nicht so, wie hier alle erzählen. Er hob mich hinter sich in seinen Sattel und brachte mich zu der Straße ganz nah von hier, damit ich wieder nach Hause laufen konnte.« Jetzt machte er eine bedächtige Pause, ehe er leise weitersprach. »Deshalb glaube ich nicht, dass jemand wie er so etwas tun könnte.« Er sah sich um und deutete auf die verbrannten Häuser und Wagen.

»Es ist gut, dass du mir das erzählt hast«, erwiderte ich ebenso leise. »Auch ich kenne einige von ihnen und kann nicht glauben, dass sie es waren.«

Kaum hatte ich das ausgesprochen, spürte ich den altbekannten Schmerz in meiner Brust, auch wenn er nicht mehr so übermächtig war. Es fühlte sich eher an wie ein dumpfer Stoß in meine Lunge, fest genug, sodass ich mich aufrichten musste, um Luft holen zu können. Ich versuchte tief durchzuatmen.

»Ich verspreche dir, dass wir alles tun, um die wahren Schurken zu finden«, sagte ich dann mit fester Stimme.

Wann würde sich die schwache, verschwommene Erinnerung an das helle Türkis, an die bittersüße Vergangenheit, nicht mehr so anfühlen, als läge ein Felsblock in meiner Brust? Dies hier war das wahre Leben. Das hier alles hatte einen Sinn. Das Land und die Menschen darin. Dies hier war wichtig. Ich musste endlich ankommen in der Gegenwart. Endlich dieses Leben akzeptieren, so, wie es war.

***

»Mindestens noch acht Tage«, sagte Karas eines Abends, während er einen Pfeil mit dem Messer anspitzte. »Dann müssten wir da sein.«

Nachdenklich sah ich ihm zu. Im Schneidersitz saß ich auf einem Stück Leder, das ich ausgebreitet hatte, weil der Waldboden nass und aufgeweicht vom andauernden Nieselregen war.

»Wissen wir eigentlich immer noch nichts über die Fähigkeiten des Prinzen?«, fragte ich Madras, der mir gegenüber an einem Baum lehnte.

Er schüttelte den Kopf. »Ich komme mit meinem Falken nicht nah genug heran. Er wird immer wieder von ihrem eigenen angegriffen. Keine besonders freundschaftliche Geste, wie ich finde.«

»Hm. Wenn ich ihn mit meiner Vorausschau beobachten will, muss ich ziemlich nah dran sein. Außerdem wäre es von Vorteil, wenn ich wenigstens ungefähr wüsste, wie er aussieht.«

»Ja, daran habe ich auch schon gedacht.«

»Ich bin immer noch der Meinung, dass es Unsinn ist«, warf Landos ein. »Wir haben keinen Grund, Prinz Tirios auszuspionieren. Unsere wahren Feinde sind die ...«

»Nein!«, unterbrachen Madras und ich ihn wie aus einem Mund. Dann sahen wir uns an und lachten.

»Hier, Fürst Landos.« Karas warf ihm einen Bogen zu. »Helft mir beim Jagen. Vielleicht habt Ihr mehr Glück mit den widerspenstigen Kaninchen als ich.«

Seit Tagen ernährten wir uns von Brot, das wir von zu Hause mitgebracht hatten und das mittlerweile hart wie Stein geworden war. Wir konnten nur beten endlich ein kleines Tier zu fangen.

Landos warf uns noch einen verächtlichen Blick zu, dann zog er mit Karas los.

Bekannte Gesichter

Lunaja

Ich nahm einen Stock und malte damit gedankenverloren Kreise in den weichen mit Tannennadeln bedeckten Boden. Es gab keine andere Möglichkeit, als mich auf meine Vorausschau zu verlassen. Nur leider würde es schwer, wenn nicht sogar unmöglich, nah genug heranzukommen, damit es auch funktionierte. Madras sagte, das Land sei flach dort. Kilometerweit entfernt würde man uns vom Schloss aus schon sehen können. Ich senkte die Lider, konzentrierte mich auf die Umgebung und sah voraus.

Da waren Karas und Landos. Oh! Karas hielt den Bogen, zielte und …? Traf! Wenigstens etwas. Heute würde es Kaninchen geben. Vor Freude darüber lachte ich laut auf.

Leider rutschten meine Gedanken ab in die andere Welt. So war es immer, wenn Anna schlief. Ihr Tag war nun ein Teil meiner Erinnerungen. Das Wetter war dort wie immer schön, wenn es hier regnete. Ich seufzte. Es war mal wieder eine lange Nacht gewesen, in einem Klub mit lauter Musik und fremden Menschen, die so unwichtig waren wie alles dort. Mein Lachen verstummte. Ich konnte noch so viel an den verwegendsten Orten nach Augen suchen, die mich interessierten, es würde nichts nützen. Niemals mehr würde es solche Augen geben. Der Blick in die Welt der Unwissenden war ein trauriger. Dort versuchte ich noch immer mich zu betäuben. Irgendwann hatte ich damit angefangen, nicht mehr ich selbst zu sein. Hatte festgestellt, dass der Schmerz dann nicht mehr so groß war.

Ich hob die Lider und sah, dass Madras mich beobachtete.

»Habt Ihr etwas Lustiges gesehen?«, fragte er.

»Ich habe Karas gesehen. Es gibt heute Kaninchen.«

»Oh, gut. Habt Ihr sonst noch was entdeckt in der Gegend?«

»Nein. Hier ist weit und breit niemand außer uns.«

Madras blickte ins Leere. »Ich kann das Schloss von Mirilon sehen«, berichtete er. »Leider nur von Weitem.«

»Könnt Ihr es mir zeigen?«, fragte ich neugierig. »Es hat doch schon mal funktioniert.«

Stirnrunzelnd sah er mich an. Er würde mir ziemlich nah sein müssen und das bereitete ihm wahrscheinlich Unbehagen. »Gut. Versuchen wir es«, willigte er trotzdem ein, stand auf und kam zu mir. Er reichte mir die Hand und zog mich hoch. Dann nahm er vorsichtig meinen Kopf in beide Hände. »Schließt die Augen«, bat er leise und ich gehorchte.

Einen Herzschlag später fühlte ich, wie er seine Stirn an meine legte. Und dann konnte ich hinab in die unglaubliche Tiefe sehen, mit dem verzerrten Blick des Falken. Weit über das Land. Madras hatte recht. Es gab nicht einen Hügel weit und breit. Das Schloss war nur als Punkt in der Ferne zu erkennen. Ringsherum waren nur Felder und Wiesen, so weit das Auge reichte. Es war wunderbar, die Welt so zu betrachten. Ich fühlte mich leicht, ich flog. Ein so unbeschwertes Gefühl durchströmte mich, dass mir gerade in diesem Moment bewusst wurde, wie gut es mir ging. Der Schmerz in meiner Brust schien sich endlich zu verziehen, meine Lunge wurde leichter.

Und wahrscheinlich überkam mich genau deswegen nun schreckliche Angst. Wenn es hieß, dass es bald nicht mehr wehtat, dann würde ich gar nichts mehr fühlen. Auch wenn ich mich danach sehnte, endlich ein normales Leben führen zu können – hier und dort. Endlich lebendig zu sein. Gleichzeitig würde es bedeuten, Domino endgültig zu vergessen: den Klang seiner Stimme, seinen Geruch. Die Erinnerung an ihn verblasste unaufhaltsam. Mit dieser Erkenntnis breitete sich innere Kälte in mir aus. Und gerade in diesem Moment fühlte ich warme Hände an meinen Wangen, lehnte den Kopf an seine Stirn, fühlte den Atem in meinem Gesicht, und war mir sehr wohl bewusst, dass es Madras war. Ich wollte mich dafür bestrafen, dass ich mich nicht mehr erinnern konnte. Und ich wollte ihn bestrafen. Domino! Weil er es von Anfang an gewusst hatte.

… irgendwann werden wir das alles hinter uns lassen können. Ich war nicht bereit das zu akzeptieren, hob die Arme und legte sie um Madras' Hals. Mit einer Hand griff ich in seine Haare und presste meinen Mund auf seinen. Keine Ahnung, ob ich damit gerechnet hatte, dass er mich zurückwies, jedenfalls war ich im ersten Moment überrascht, weil sich seine Lippen mit vorsichtiger Zärtlichkeit an meinen bewegten. Es erinnerte mich auf bittersüße Art daran, wie es gewesen war, die wahre und einzige Liebe zu küssen. Verwirrt zog ich den Kopf zurück und öffnete die Augen. Was ich sah, war kräftig funkelndes Gold und ein überraschend vorwitziges Grinsen.

Trotzdem taumelte ich einen Schritt zurück. Was hatte ich getan?

»Es tut mir leid«, flüsterte ich.

»Nein, sagt das nicht«, erwiderte er. »Ich weiß, wie sehr es Euch immer noch schmerzt.« Er sprach seinen Namen nicht aus, was gut war.

»Aber ich will *Euch* nicht wehtun, keine falschen Hoffnungen machen.«

»Keine Sorge«, sagte er sanft lächelnd. »Ich bin den Kummer mit Euch gewöhnt.«

Mit einem sanften Lächeln und golden glühenden Augen musterte er mein Gesicht, verringerte die Distanz zwischen uns und strich mit den Daumen die Tränen von meinen Wangen. Erst dadurch merkte ich, dass ich weinte. Ich war hin- und hergerissen. Er war für mich da, das verstand ich sehr deutlich. Und ich brauchte ihn, um fühlen zu können. Deswegen gab ich dem Irrsinn in meinem Kopf nach, schlang mich um seine Mitte und legte den Kopf an seine Brust. So konnte ich weinen. Er schenkte mir den Trost, den ich nicht verdiente. Es tat gut zu fühlen, wie seine Hände über mein Haar und meinen Rücken strichen. Und es tat gut, seine Wärme zu spüren. Vielleicht musste ich doch endlich über meinen Schatten springen, vielleicht könnte ich etwas des Glücks wiedererlangen, wenn ich ihm endlich nachgab. *Er* würde mich nie verlassen.

***

Domino

Der Boden vor meinen Füßen gefror, bis ich die Augen fest zukniff. Dann atmete ich tief durch. Niemand wusste besser als ich, dass man sich von seinen Gefühlen nicht leiten lassen durfte. Ich musste das, was ich sah und hörte, nüchtern betrachten. Was Luna machte, ging mich nichts an. Ich durfte mich nicht einmischen.

»Wir lassen sie ziehen«, befahl ich knapp, obwohl es bei uns keinen Befehlshaber oder Anführer gab. Wir waren alle gleich. Die Rangfolge ergab sich daraus, wer die größte Kraft besaß. Allein dadurch war ich immer an erster Stelle gewesen. Grundsätzlich war es den Spähern jedoch egal, ob ich Prinz oder König war. Sie waren eine Horde von andersartigen Wesen und ich gehörte dazu. Wir waren gefährlich für normale Menschen. Ein einziger Blick konnte den Tot bringen. Gefühle zu beherrschen fiel uns unendlich schwer. Doch genau aus dem Grund waren wir verdammt gut darin, sie unter Kontrolle zu halten.

Normalerweise.

»Können wir sie nicht wenigstens warnen?« Das war Kaja. Natürlich. Seit wir die Königin im Blick hatten, war sie nervös. Mir war völlig klar, dass sie ihre Freundin gern wiedergesehen hätte. »Ich meine, wenn der Prinz gefährlich ist, dann ...«

»Nein«, unterbrach ich sie, öffnete die Augen und drehte mich zu ihr um. »Wir kennen den Grund ihrer Reise nicht, deswegen halten wir uns raus.«

Eine Ausrede und ich konnte sicher sein, dass Kaja sie längst durchschaut hatte. Sie behauptete, nicht mit besonderen Fähigkeiten ausgestattet zu sein, aber ich wusste es besser. Ich sah es ihr an der Nasenspitze an. Mit höchster Vorsicht blickte sie mir ins Gesicht. Garantiert würde sie nun nichts Falschen sagen. Stattdessen nickte sie, als würde sie mir zustimmen.

»Ich finde, sie hat recht«, mischte sich Denido ein, der nicht so viel Feingefühl besaß. »Wir müssen ihr sagen, was wir wissen und ...«

»Nein«, unterbrach ich ihn.

»Aber ...«

»Lass es gut sein, Denido«, hielt Kaja ihn davon ab weiterzureden. Wahrscheinlich befürchtete sie, ich würde jeden Moment vor Wut explodieren.

Und genau deshalb straffte ich die Schultern. Ich wollte mich einfach nicht dermaßen von ihr durchschauen lassen. Sie wusste längst, was mit mir los war. In mir tobten Gefühle, die mir nicht zustanden. Ich durfte mich davon nicht beeinflussen lassen.

»Ihr habt recht, warnen wir die Königin«, gab ich zu und ging zu den Pferden. Die anderen folgten mir.

***

Lunaja

Trotz allem schien ich noch so etwas wie ein Gewissen zu haben. Es waren keine Gefühle von Verlangen oder Ähnliches, die an meinem Verstand zerrten, sondern wieder Scham und Reue. Madras war ein Freund. Zum Spielen wie in Annas Welt war er zu schade. Ich löste mich von ihm – nicht so ruckartig wie beim letzten Mal, aber doch so bestimmt, dass ich ihm damit deutlich zu verstehen gab, wie wenig bereit ich mich fühlte den Kopf erneut zu verlieren. Ich schlug die Hände vors Gesicht und sank an dem Baum hinter mir zu Boden. Endlich versuchte ich der Verwirrung zu entkommen, indem ich begann, mich auf meine Umwelt zu konzentrieren.

Da! Da waren wieder Karas und Landos ... wahrscheinlich auf dem Rückweg. Ich seufzte. Hoffentlich würden sie mir nicht ansehen, wie sehr ich aus der Fassung geraten war. Fast routinemäßig ließ ich meinen Blick weiterschweifen. Da war doch noch was? Ja. Ziemlich weit entfernt. Aber ich war mir sicher. Karas und Landos wurden beobachtet ... von ... Ich konzentrierte mich stärker. *Verdammt!* Zu weit. Aber ... Folgten sie ihnen? »Kommt schon, kommt näher«, murmelte ich in mich hinein. Wahrscheinlich fehlten nur wenige Meter, bis ich sie besser erkennen konnte. Und richtig!

»Späher«, stieß ich hervor. Eigentlich wollte ich es nur denken, aber nun war es raus. Erschrocken riss ich die Augen auf und sah, dass Madras mich voller Spannung beobachtete. Erst jetzt wurde mir klar, dass er mucksmäuschenstill war. Er wusste um meine Konzentration, wenn es darauf ankam. Ich senkte die Lider ein weiteres Mal und zählte stumm. Fünf! Es waren fünf. Ob *er* dabei war?

Nein! Ich durfte nicht an ihn denken, denn dann würde ich wieder nur diese verflucht verschwommenen Bilder sehen! Und würde ich ihm tatsächlich begegnen ... Allein die Idee schnürte mir gerade die Luft ab.

»Ich kann nur hoffen, dass es welche sind, die wir kennen«, sagte Madras.

Ich öffnete die Augen und sah ihn an. Leider hatte er recht. Ob ich Dominos Anwesenheit nun zu verdrängen versuchte oder nicht. Waren es fremde Späher, so wären Karas und Landos in Gefahr.

»Wir sollten ihnen entgegenreiten«, meinte Madras.

»Nein!« Mein Entsetzen klang sicher heraus. Aber nicht, weil ich die Gefahr sah. Die erschien mir im Vergleich dazu, auf Domino zu treffen, völlig nebensächlich. Ich konnte ihm nicht gegenübertreten ... nicht ohne endgültig daran zu ersticken.

»Dann reite ich allein«, beharrte Madras.

Voller Wut blickte ich ihn an. Ahnte er denn nicht, was es mit mir machen würde, wenn ...

Darum ging es hier nicht, fiel mir ein. Sondern schlicht um die Sicherheit meiner Leute. Verdammt, er hatte recht. »Nein ... nein, schon gut. Ich komme natürlich mit«, gab ich klein bei und erhob mich.

***

Schon kurz darauf jagten wir Karas und Landos im gestreckten Galopp entgegen und fanden sie sehr bald. Landos zog sein Schwert, noch ehe er uns erkannte.

»Steigt auf eure Pferde«, befahl ich, sobald wir sie erreicht hatten. »Und dann reiten wir ganz ruhig zu unserem Lager zurück. Es sind Späher in der Nähe. Und wir wissen nicht, wer sie sind.«

»Siehst du sie noch?«, fragte Karas so leise, als hätte er Angst, die Späher in der Nähe könnten ihn hören.

Ich nickte. »Sie haben längst einen Kreis um uns gebildet«, erwiderte ich und spürte, wie es mich schlicht faszinierte.

Allerdings mochte wohl niemand der anderen meine Schwäche für diese perfekten mörderischen Jäger teilen. »Reden sie denn nicht? Könnt Ihr sie nicht hören?«, fragte Landos nervös.

»Nein, nicht in meiner Vorausschau. Ich kann sie nur sehen. Und sie sind ganz in der Nähe.«

»Sie reden kein einziges Wort«, wusste Madras zu berichten. Er starrte in den Himmel über uns, wo der Falke jetzt weit oben seine Kreise zog.

»Das ist kein gutes Zeichen«, erwiderte Karas. »Wenn sie uns kennen würden ...«

»Abwarten«, versuchte ich ihn zu beruhigen, sah aber, dass es mir nicht gelang.

Besorgt blickte er in die Runde, während ich bereits ohne große Konzentration sehen konnte, dass zwei der Männer immer näher kamen.

Ich hob die Hand, damit die anderen anhielten, und zügelte mein Pferd. Irgendwo vor uns in der Dunkelheit des Waldes waren sie stehen geblieben. Nur einer ging jetzt noch weiter.

Landos hob das Schwert. Karas' Hand ruhte kampfbereit an seiner Waffe, obwohl er wusste, wie wenig es im Ernstfall nutzen würde.

»Nein«, zischte ich. »Lasst das. Nur einer kommt auf uns zu.« Erst als ich es ausgesprochen hatte, begann mein Herz zu rasen. Der Kloß, der sich im Nu in meinem Hals verdickte, brachte meinen Atem zum Stocken. Was, wenn ...? Ich versuchte durchzuatmen. Es gelang mir nicht. Mit aufgerissenen Augen starrte ich nach vorn.

»Mit einem werden wir fertig«, hörte ich Landos sagen.

»Was soll uns das bringen?«, entgegnete Madras.

Ich sprang vom Pferd. »Wartet hier«, brachte ich atemlos heraus, reichte Madras die Zügel und ging zielstrebig los.

Wenn *er* es nicht war, konnte ich die Männer vielleicht schützen, indem ich ihnen einen Vorsprung zur Flucht verschaffen könnte. Wenn er es doch war ... Nein! Sicher nicht. Er würde mir bestimmt nicht begegnen wollen. Er war es nicht.

Den Fuß vor den anderen zu setzen, schien immer beschwerlicher zu werden. Das Herz schlug mir bis zum Hals. Bilder ... verschwommen ... türkisgrün ... schossen mir durch den Kopf. Plötzlich wünschte ich mir nichts sehnlicher mehr, als endlich seine Augen zu sehen. Hell, wunderschön. Egal ob es mich zerstören würde oder nicht. Wahrscheinlich würde es mich wieder in den Abgrund reißen, ich wusste noch sehr gut, wie es gewesen war, in dieses unsichtbare Loch zu stürzen. Ich würde es hinnehmen. Nur um ihn ein einziges Mal wiederzusehen. Was für ein Wahnsinn, die Hoffnung schien unsterblich zu sein. Abermals schloss ich die Augen, um nachzusehen, wie weit der Späher noch entfernt war. Dabei war das gar nicht mehr nötig, denn ich konnte ihn bereits hören. Das Unterholz knackte bei jedem Schritt. Ich sah, wie er die Maske abnahm und obwohl ich in meiner Vorausschau das Gesicht trotzdem nicht erkennen konnte, riss ich erschrocken die Augen auf und blieb wie angewurzelt stehen.

»Luna! Du bist es ja wirklich!«, rief der Späher mir entgegen.

Der Späher? Angestrengt starrte ich ins Unterholz. Langsam konnte ich die Umrisse der Person erkennen. Immer mehr ... mehr ... bis jemand ins schwache Licht trat. Jemand mit langen hellblonden Haaren und großen dunklen Augen.

»Kaja?«, rief ich fassungslos. »Kaja!« Die Steine, die ich in meiner Brust zu wissen glaubte, schienen plötzlich nur noch die Hälfte zu wiegen.

»Es ist so schön, dich zu sehen!«, rief meine Freundin und fiel mir stürmisch um den Hals.

Ich vergrub das Gesicht in ihrem zerzausten blonden Zopf, der ihr über die Schulter fiel. »Kaja. Du bist es wirklich.«

»Die anderen haben euch erkannt. Aber ich konnte kaum glauben, dass du ...« Kaja hielt mich an den Unterarmen und sah mich an.

»... dass ich auf die Idee kommen könnte, mich um mein Land zu kümmern?«, beendete ich den Satz völlig gefasst.

Meine Freundin nickte verschämt.

»Da warst du nicht die Einzige«, bestätigte ich und lächelte so unbekümmert wie eben möglich. »Und du reitest nun mit den Spähern?«

»Ja, es ist genau das Leben, was ich mir immer gewünscht ha...« Sie stockte und blickte mich wissend an.

Bestimmt spürte sie, wie sehr ich sie beneidete. Sie merkte ja immer alles. »Ist er auch hier?«, wollte ich von mir ablenken, doch es ging leider schief. Kaja konnte mir den Schmerz, der sich gerade in mir breitmachte, garantiert ansehen.

»Er …«, wollte sie antworten, doch dazu kam sie nicht.

»Nein! Domino ist nicht hier«, erklang eine Stimme hinter ihr und eine weitere Gestalt trat aus dem Unterholz hervor. Denido war es, der nun ebenfalls die Maske abnahm. Seine eiskalten Augen leuchteten. Auch wenn sie blau waren, sah ich gerade das in ihnen, was meiner Erinnerung am nächsten war. Wie versteinert blickte ich ihn an.

Mit eleganten Schritten kam er auf uns zu. Ich war nicht fähig den Blick abzuwenden. Das waren so geschmeidige Bewegungen, wie nur ein Späher sie hatte … wie *er* sie hatte. Fast vergessen waren diese Erinnerungen. Ein überwältigender Schmerz überkam mich bei der Erkenntnis, wie wenig ich noch von ihm wusste.

»Er hat uns hierhergeschickt, um etwas über den Prinzen herauszufinden«, redete Denido weiter. »Uns kam zu Ohren, dass in Kariada …«

»Da habt ihr richtig gehört«, unterbrach ich ihn überraschend gefasst, ich wusste nicht einmal, wie ich das anstellte. »Es heißt, Späher seien über unsere Dörfer hergefallen.«

»Das hast du doch hoffentlich nicht geglaubt«, wandte Kaja ein.

»Was ich glaube, ist eine Sache. Einige Herren des Hofrates sind jedoch überzeugt davon.«

»Und was macht ihr nun hier?«

»Wir sind unterwegs, um uns mit dem Prinzen zu treffen.«

»Das ist viel zu gefährlich«, murmelte Denido nun so leise, dass es nicht klang, als wollte er Gehör finden.

»Es ist zu *gefährlich*?«, hakte ich nach.

Doch darauf bekam ich keine Antwort. »In acht oder neun Tagen werdet ihr dort sein«, sagte er stattdessen.

»Ich weiß«, erwiderte ich und wandte mich zurück an Kaja. »Was wisst ihr über den Prinzen?«

Meine Freundin blickte sich Hilfe suchend zu Denido um.

»Leider nicht genug«, antwortete der. »Nur dass es sicher keine gute Idee ist, ihm zu begegnen.«

»Weil er gefährlich ist«, folgerte ich stirnrunzelnd.

»Lunaja, wir sind nur hier, um dich zu warnen«, mischte Kaja sich ein.

»Vor etwas, von dem ihr nicht wisst, was es ist«, erwiderte ich spöttisch.

»Wir brechen wieder auf«, befahl Denido resigniert.

Gehorsam wandte Kaja sich ab und folgte ihm. »Leb wohl, Luna. Ich hoffe, wir sehen uns bald wieder«, sagte sie über die Schulter hinweg. Dann verschwand sie hinter ihrem Gefährten im Dunkel des Waldes. Es war so offensichtlich, dass sie gern mehr gesagt hätte. Aber jetzt und hier war sie Denido treu ergeben. Und dem waren anscheinend die Argumente ausgegangen.

Einen langen Augenblick stand ich noch hier. Plötzlich wirkte alles so unwirklich. Selbst dieses erstickende Glücksgefühl, mit dem ich den Späher betrachtet hatte, kam mir auf einmal vor wie ein Traum, der sich gerade in einer Wolke aus Wut und Benommenheit auflöste. Ich fror wieder so entsetzlich. Dazu noch dieses altbekannte Gefühl, nicht richtig atmen zu können.

Domino kam nicht selbst nach Mirilon? Warum nicht? Seinen Namen zu denken, war schon zu schwer. Automatisch japste ich nach Luft und stolperte einige Schritte rückwärts. Ich musste hier weg. Deswegen drehte ich mich um und rannte zurück zu den anderen. Den fragenden Blicken, die mich erwarteten, wich ich aus und schwang mich aufs Pferd.

»Zum Lager zurück«, befahl ich. »Wir haben vor den Spähern nichts zu befürchten. Es waren Kaja und Denido. Ich soll euch grüßen.« Dann trieb ich Devil an und galoppierte los. Haarscharf an dicken, alten Bäumen vorbei raste ich durch den Wald, als könnte sich meine Wut durch die Kraft meiner Stute entladen.

Am Lagerplatz angekommen glitt ich von ihrem Rücken und band sie nur mit nachlässiger Schlinge an einen Baum. Dann lief ich schnell zur Feuerstelle, die nur noch ein sachtes Glimmen hervorbrachte. Hektisch nahm ich einige Zweige und warf sie hinein, bis wieder große Flammen aufstiegen.

Einen Moment lang betrachtete ich das Feuer. Viel zu nah. Mein Gesicht wurde heiß davon, meine Augen brannten. Da erst wich ich einen Schritt zurück. Dennoch fühlte ich mit seltsamer Genugtuung den Schmerz nachklingen. Ja ... ich fühlte etwas, das war gut. Langsam streckte ich die Hand zum Feuer aus. Langsam kam meine Haut den Flammen näher, langsam begann es wehzutun.

»Verdammt, Lunaja! Was macht Ihr denn da?« Die Stimme hinter mir hallte in meinem Kopf wider, als stünde ich in einem leeren Saal. Es war Madras, der mich jäh bei den Schultern packte, mich zurückriss und am Arm in seine Richtung drehte. Erschrocken blickte er mir in die Augen, doch das erkannte ich nicht. Nicht sofort jedenfalls. Es dauerte einen Moment, bis ich dazu fähig war. Als hätte ich minutenlang den Atem angehalten, wie unter Wasser, stieß ich die Luft aus meinen Lungenflügeln und fiel Madras um den Hals. Ich presste den Kopf an seine Brust, suchte die Zuflucht bei ihm. Die er mir wie immer gewährte. Sanft schloss er mich in seine starken Arme und strich mir mit den Händen über den Rücken und das Haar. Seine Nähe war für meine verwundete Seele fast so gut wie die Glut des Feuers. Ich hob den Kopf und sah in das schmelzende Gold seiner Augen, griff mit einer Hand in seine Haare und zog sein Gesicht zu meinem. Mit geöffneten Lippen sog ich die ganze Zuneigung ein, die er für mich empfand ... ohne Rücksicht und fest entschlossen, die innere Kälte gegen das Feuer einzutauschen. Mit ganzer Leidenschaft küsste ich ihn. So stürmisch, dass es uns beiden den Atem nahm. So stürmisch, dass meine innere Kälte verschwand und sich das Loch unter meinen Füßen schloss, damit ich nicht fallen konnte – in das Nichts meiner Seele. Mit großer Erleichterung fühlte ich einzig den Schmerz, weil die Erinnerung groß und grausam in mir aufflammte wie ein Feuer in meiner Mitte, wie ein Stich mit dem Schwert. Dann erst löste ich mich vorsichtig und keuchend von ihm.

»Geht es dir jetzt besser?«, fragte er und verzog den Mund zu diesem schalkhaften Grinsen, das ich so mochte. Er war zum Du übergegangen, wer konnte es ihm verdenken?

»Ja.« Noch immer war ich nicht richtig zu Atem gekommen. »Es war ... als würde ich ... als küsste ich die Glut ... ähm ... das Feuer.« Wahrscheinlich klang ich völlig irre und war es mit Sicherheit auch. Verlegen tätschelte ich seine muskulösen, sehnigen Unterarme, senkte den Blick ... hob ihn wieder ... sah Madras einigermaßen verwirrt an. »Du küsst wirklich gut«, stellte ich dann leichthin fest. »Wirklich gut.« Nachdenklich schob ich die Augenbrauen zusammen. Ob er wusste, dass ich ihn *benutzte*? Oder tat ich das nicht? Jedenfalls sah er nicht so aus, als würde es ihm etwas ausmachen. Er grinste immer noch, sogar noch mehr.

»Würde es dir etwas ausmachen, mich noch mal zu küssen?«, fragte ich höflich.

»Keineswegs«, antwortete er, ließ das Grinsen sanft verschwinden und beugte sich zu mir. Seine Lippen schmiegten sich unwiderstehlich an meine.

Wow! Da war das Feuer wieder ... Heiß brannte der Kuss in meinem Mund.

Ein Räuspern aus geringer Entfernung gab uns zu verstehen, dass wir nicht länger allein waren. Wenig verlegen mussten wir beide grinsen und wandten uns dann dem Störenfried zu. *Landos!*

»Wäret Ihr so gütig, Königin, uns mehr von Eurem Treffen mit Kaja und diesem Späher zu berichten?«, fragte er schnippisch.

Auch Karas war inzwischen eingetroffen. »Ihr habt die Pferde gesattelt zurückgelassen. Ich dachte, dir liegt etwas an Devil«, schimpfte er vorwurfsvoll.

»Ja, ich hätte sie ja gleich ...«, wollte ich mich rechtfertigen, aber Karas winkte mit einer wegwerfenden Handbewegung ab und gab mir zu verstehen, dass er sich bereits darum gekümmert hatte.

»Also?«, drängte Landos.

»Es gibt nicht viel zu berichten. Sie versuchen den Prinzen auszuspionieren. Aber sie wollten nicht verraten, was sie herausgefunden haben.« Resigniert zuckte ich mit den Schultern.

»Sind sie noch in der Nähe?«, fragte Karas.

Ich schloss die Augen. »Ja.«

Auf der Suche nach dem echten Leben

Marco

Endlich war ich wach! Endlich musste ich mir diesen Scheiß nicht mehr mit ansehen. Es reichte, wenn mein anderes Ich kurz vor dem Ausrasten war, das brauchte ich jetzt hier nicht auch noch. Trotzdem waren meine Hände zu Fäusten geballt und ich hatte Mühe, die Wut niederzukämpfen. So fest es ging, kniff ich die Augen zusammen, was hier natürlich nicht nötig war und vor allem nur eines bewirkte: Vor meinem inneren Auge erschienen Bilder, die ich nicht sehen wollte. Luna und Madras, wie sie sich küssten. Dabei konnte ich Madras nicht einmal vorwerfen, dass er ihre Verwirrtheit ausgenutzt hätte, denn sie war es gewesen, die sich ihm an den Hals geworfen hatte.

Verdammt! Wieso war ich eigentlich nicht wie geplant zurück nach New York geflogen? Dann würde wenigstens ein ganzer Ozean zwischen uns liegen und mich davon abhalten, mich einfach ins Auto zu setzen und nach Koblenz zu fahren. Es wäre ein Leichtes, ihre genaue Adresse herauszufinden. Aber es wäre falsch, sie aufzusuchen. Ich durfte sie nicht wiedersehen! Niemals!

Mit einem Satz sprang ich aus dem Bett. Was sie machte, war ihre Sache. Es ging mich nichts an! Vielmehr war es doch sogar das, was ich mir immer für sie gewünscht hatte. Dass sie endlich begriff, wohin sie gehörte.

Wie von selbst rastete meine Faust mit lautem Knall auf dem Tisch ein, vor dem ich stand. *Verdammt! Verdammt! Verdammt!* Ich musste verdammt noch mal damit klarkommen! Mit beiden Armen stützte ich mich auf dem Holz ab und atmete tief durch.

War es überhaupt das, was Luna wollte? Oder trieb sie die Verwirrung in seine Arme? Wer wusste schon, was in ihr vorging? Sie hatte schon immer aus dem Bauch heraus gehandelt, übereilige Entscheidungen getroffen. Möglicherweise gehörte diese komplette Reise nach Mirilon zu einem ihrer spontanen Einfälle, die ganz und gar nicht durchdacht waren. Vielleicht war sie sogar bereit diesen Tirios zum König zu ernennen. Und genau das durfte nicht passieren!

Ich ging zu meinem Smartphone und wählte die Nummer von Stephan Bosheim. Nach wenigen Sekunden meldete er sich.

»Guten Morgen, Herr Sander. Was kann ich für Sie tun?«

»Es geht um Annabell Weber. Ich weiß inzwischen, dass sie in Koblenz wohnt und dort studiert. Ich brauche ihre Adresse.« Was ich damit anfangen wollte, wusste ich noch nicht so genau. Einerseits wollte ich mit ihr reden, andererseits war ich noch immer davon überzeugt, dass ich mich nicht in ihr Leben einmischen durfte.

»Das ist die Frau, die sie vor einigen Tagen schon mal gesucht haben?«

»Richtig.«

»Ich dachte, es würde Sie nicht weiter interessieren, deswegen habe ich keine Observation eingeleitet. Aber die Adresse habe ich längst. Ich suche sie raus und melde mich dann bei Ihnen. Ach, und noch etwas fiel mir bei den Recherchen auf. Kennen Sie einen Ingo van Dyk? Oder Ben Wörner?«

»Ja. Warum fragen Sie?«

»Weil die Welt anscheinend nichts weiter ist als ein Dorf. Ich erkläre Ihnen alles später, wenn ich im Büro bin.«

Wir verabschiedeten uns. Doch als ich das Gerät aus der Hand legen wollte, erreichte mich ein Anruf. *Liv.* Viel zu oft hatte ich schon das Gespräch weggedrückt, weil ich nicht mit ihr hatte reden wollen, aber jetzt wischte ich übers Display. »Hey.«

»Hey.«

Ich sah auf die Uhr. Hier war es sieben, dort mitten in der Nacht. »Wie geht es dir?«

»Ich kann nicht schlafen.«

»Ich auch nicht.« Was für mich ja nichts Besonderes war, um diese Zeit.

»Wieso gehst du nie an dein Telefon?«, wollte sie wissen.

»Ich habe viel zu tun.« Eine waschechte Lüge! Seit ich das magische Buch gelesen hatte, war ich kreuz und quer durch Deutschland gereist, hatte mir eingeredet, dass ich eine Auszeit brauchte. Einen Ausgleich zu meinem anderen Leben, in dem mir Luna oft zum Greifen nah erschien und es mich fast um den Verstand brachte, sie nur aus der Ferne beobachten zu können, manchmal sogar ihrer süßen Stimme zu lauschen. Ich würde niemals aufhören können sie zu lieben, das war mir mit jedem einzelnen Tag klarer geworden.

Berlin, Hamburg, München ... die Städte hatten Abwechslung gebracht, mehr nicht. Momentan war ich in Köln und hätte es nach Kaiserfelden nicht sehr weit gehabt. Aber dort war ich bisher noch nicht gewesen, weil ich wusste, es hätte alles nur noch schlimmer gemacht. Dort lauerten Erinnerungen, denen ich mich unmöglich aussetzen konnte.

»Und wann kommst du endlich zurück? Ich meine, was ist das überhaupt zwischen uns?«

»Nichts, Liv. Zwischen uns ist rein gar nichts.« Zum ersten Mal hatte ich die Wahrheit gesagt.

Einen Moment lang herrschte Stille am anderen Ende. Dafür kamen die nächsten Worte umso lauter heraus. »Willst du behaupten, all die Küsse, der Sex, das wäre *nichts* gewesen?«

»Du kommst drüber hinweg«, versprach ich. Sie war nicht gerade ein Kind von Traurigkeit und ich garantiert einer von vielen. So wie sie für mich.

Leider sah sie das momentan wohl etwas anders. »Ich dachte, das mit uns wäre etwas Besonderes.«

»Habe ich dich das je glauben lassen?« Nein, das hatte ich nicht.

»Wer ist es?«, fragte sie dann. »Kenne ich sie?« Es war deutlich zu hören, dass sie weinte.

»Nein.«

»Du bist so ein mieser Scheißkerl«, schluchzte sie dann. »Ich hoffe, sie bricht dir das Herz. Falls du überhaupt eines hast!«

Ich hatte eins. Und es war längst gebrochen.

***

Anna

Die vergangenen Nächte waren nicht länger zu ignorieren, das wurde mir immer klarer. Mehr und mehr schlitterte ich in den Wahnsinn. Es tat weh. Der Anblick des Spähers. Madras' Kuss. Ich war nicht länger tot. Vielmehr war ich nun ein Junkie. Eine Süchtige auf der Suche nach ihrer Droge. Mit der Gewissheit, nie mehr in ein Leben zurückzufinden, das sich zu leben lohnte. Kein Ziel, kein Ende ...

Aber was wäre, wenn ...? Ich stand auf, ging ins Wohnzimmer und nahm mein Smartphone vom Tisch. Dann schrieb ich Ingo eine Nachricht. Garantiert schlief er noch um diese Zeit. Heute war Sonntag und nicht mal acht Uhr: *Guten Morgen, kannst du mich bitte zurückrufen, wenn du wach bist?*

Danach duschte ich, machte mich fertig und frühstückte anschließend in Ruhe. Es war kaum eine Stunde vergangen, bis mein Telefon klingelte.

»Anna, was gibt's?«, fragte Ingo, noch ehe ich mich gemeldet hatte.

»Ich wollte dich etwas fragen.«

»Alles in Ordnung bei dir?«

Klang ich etwa so, als sei es das nicht? »Ja, natürlich«, log ich. »Ich wollte nur fragen, ob ... also ... Hast du heute schon etwas vor?«

»Nein. Bis jetzt nicht. Wieso?«

»Na ja, also ... hättest du Lust ...« Herrje! Dieses Gestammel passte ganz und gar nicht zu mir. Nicht mehr! »Würdest du mit mir ins Sauerland fahren?« Jetzt war es raus.

»Ins Sauerland? Klar. Wieso nicht. Klingt nach einem Tagesausflug.«

»Tja, die Benzinkosten übernehme ich natürlich.«

»Nein, das geht schon klar. Wenn ich ehrlich bin, war ich noch nie dort. Meinetwegen kann ich dich in einer halben Stunde abholen.«

»Gut.« Wow, das war einfach gewesen. »Dann bis gleich.«

Und jetzt?

Nun ... jetzt blieb mir eine halbe Stunde, um herauszufinden, wo sich dieses Hotel von damals überhaupt genau befand. Sobald ich aufgelegt hatte, rief ich die Suchmaschine auf. Mit wenigen Stichworten fand ich, wonach ich gesucht hatte. Stirnrunzelnd betrachtete ich das Ergebnis. Offenbar gab es Hunderte Hotels im Sauerland. Zum Glück aber eher wenige in der Preiskategorie, nach der ich Ausschau hielt. Außerdem konnte es doch nicht viele geben, die so malerisch direkt oberhalb eines Sees lagen.

... Da! Da war es. Mit gemischten Gefühlen betrachtete ich die hübschen Bilder der vornehmen Hotelhalle. Würde ich es überhaupt aushalten, dort hineinzugehen? In das Restaurant? Würde die Erinnerung an *ihn* deutlicher werden? So deutlich, dass ich daran zerbrechen würde? War die Begegnung mit Denido nicht schon schlimm genug gewesen? Was ich da vorhatte, war vielleicht nur eine Abkürzung auf dem Weg in den totalen Wahnsinn.

Stopp!

Aufgebracht schüttelte ich den Kopf, damit er endlich wieder richtig funktionierte. Genau darum ging es doch! Den Wahnsinn zu vertreiben, indem ich Madras in diesem Leben kennenlernte. Ich musste in dieses Hotel! Es war genau das Richtige!

Hastig tippte ich die Anschrift in das Navigationsprogramm meines Smartphones, studierte noch schnell die Anfahrtsskizze und rannte dann ins Schlafzimmer, wo ich die Schränke aufriss. Dann zog ich den Hausanzug aus, kramte ein dunkelblaues Etuikleid hervor und stülpte es über. Die Pumps, in die ich nun schlüpfte, würden mich in einigen Stunden umbringen, aber das war egal.

Kaum war ich fertig angezogen und geschminkt, klingelte es auch schon. Mit Schlüssel und Tasche verließ ich meine Wohnung und rannte nach draußen.

»Dann kann es ja losgehen«, meinte Ingo gut gelaunt, umarmte mich kurz und stieg wieder ins Auto. Ich folgte ihm. Sobald ich auf dem Beifahrersitz saß, schaltete ich das Navi ein und er fuhr los.

»Und? Wo genau fahren wir hin?«, fragte er nach einer Weile.

Ich blickte auf das Smartphone. »Wenn ich das richtig sehe, müssen wir von der A45 bei Siegen abfahren«, antwortete ich. »Und danach ...«

»Da sind wir ja noch lange nicht«, unterbrach er mich. »Ich meinte mehr, *wo* fahren wir eigentlich hin? Also das Ziel deiner Reise?« Sein Blick streifte mich nur kurz ganz gelassen, ehe er wieder nach vorn sah.

»Ein Hotelrestaurant. Ich war da schon mal. Und ...«

»Kennst du dort jemanden?«, wollte er wissen, ehe ich weiterreden konnte.

»Ja. Das heißt, nein. Aber ich muss jemanden treffen.« Wie bescheuert klang das denn?

»Ist wohl schon länger her, dass du dort gewesen bist.«

»Das war in meinem vorigen Leben.« Ich lachte kurz auf, weil genau das die Wahrheit war.

»Kommst du aus der Gegend?«

»Nein.«

»Entschuldige. Ich weiß, du redest nicht gern über dich.«

Ich blickte aus dem Seitenfenster. Anscheinend wusste er besser Bescheid, als mir lieb war.

»Manchmal glaube ich, du bist nur nach Koblenz gekommen, weil du vor der Mafia geflohen bist«, sagte er grinsend.

»Nicht vor der Mafia«, gestand ich.

***

»Wow, was für ein Prunkschuppen«, murmelte Ingo, als wir durch die Eingangshalle des Schlosshotels in Richtung des hauseigenen Restaurants schritten.

Ich reagierte nicht darauf, denn mir gingen gerade ganz andere Sachen durch den Kopf. Nichts hier erinnerte an *ihn*. Die Halle war zwar ein wenig verändert worden, die Ledersessel und Glastische standen anders angeordnet als damals, aber reichte das, um meine Erinnerungen auszulöschen? Und ... war das nun gut? Oder würde mich gerade das jeden Moment zerreißen?

Allerdings suchte ich hier schließlich nicht nach Erinnerungen, sondern nach der Gegenwart, der Zukunft. Aber vielleicht arbeitete Madras – oder besser gesagt Monsieur Fauquet – gar nicht mehr hier. Zumindest hatte ich mir seinen Namen aus dieser Welt gemerkt, das war doch schon mal gut.

»Ein Tisch für zwei Personen«, hörte ich Ingo sagen.

Der Kellner begleitete uns durch den Saal weiter nach hinten. Nicht aber durch den Gang, um zu den abgelegenen Separees zu gelangen, wo wir damals ... Nicht zu dem Platz, an dem *er* mir die schönste Liebeserklärung gemacht hatte, die ein Mann einer Frau nur machen konnte ...

Wir landeten an einem Tisch am Fenster – mit Blick auf den See. Ein stechender Schmerz durchfuhr mich. Sofort wandte ich mich von dem Anblick ab. »Wie wäre es da drüben?« Ich deutete auf einen Tisch am anderen Ende des Raumes. Von dort aus würde man den See garantiert nicht sehen können. Ohne eine Antwort abzuwarten, ging ich schon mal vor.

»Wie Sie wünschen«, stimmte der Kellner mir zu und wartete, bis wir Platz genommen hatten. Dann legte er die Speisekarten vor uns auf den Tisch. »Darf ich vorab schon etwas bringen?«

»Wein«, platzte ich heraus. »Bitte schicken Sie uns den Weinkellner.«

»Ich hätte gern ein Mineralwasser«, meinte Ingo, blickte dabei jedoch mich an, nicht den Kellner.

»Sehr gern«, erwiderte dieser trotzdem und ging wieder.

»Alles in Ordnung?«, fragte Ingo.

»Ja, alles bestens.« Das klang sicher trotzig. Und wahrscheinlich ein wenig überdreht.

Ingo schlug die Karte auf.

»Du bist eingeladen«, sagte ich schnell, ehe er wegen der Preise einen Herzinfarkt bekommen konnte. Ob ich mit hundert Euro auskommen würde? Wenn nicht, nahmen die hier sicher auch Kreditkarten.

»Tisch sieben«, erklang die Stimme des Kellners irgendwo vorn im Raum. Ich blickte auf.

Monsieur Fauquet kam direkt auf uns zu. Er lächelte, als er sah, wie ich ihn anstarrte. Seine Haare waren glänzend schwarz und kurz, beinahe so geschnitten wie in der anderen Welt. Er war muskulös wie auch in Solest und sein Lächeln war dasselbe.

»Guten Tag. Wünschen Sie den Wein zum Essen?« Sein französischer Akzent war nicht mehr ganz so sehr ausgeprägt wie damals. Er hielt eine Karte in der Hand, schlug sie auf und blickte geschäftsmäßig hinein.

»Hätten Sie vielleicht zwei Minuten Zeit? Ich würde gern mit Ihnen reden. Unter vier Augen. Ich ... ich benötige eine individuelle Beratung.« *Individuelle Beratung?* Ich fand selbst, dass das äußerst merkwürdig klang.

»Bezüglich des Weins? Nun, wir führen hin und wieder Weinproben ...«

»Nein, keine Weinprobe«, unterbrach ich ihn. »Ähm, ein paar Minuten? In der Hotelhalle?« Dann stand ich auf und ging vor, ohne auf eine Antwort zu warten.

Mit langen Schritten marschierte ich schnurstracks hinaus, zielstrebig zu den Sitzgelegenheiten gegenüber der Rezeption.

Sobald ich saß, sah ich ihn schon auf mich zukommen. Mit einiger Distanz blieb er vor mir stehen.

»Setzen Sie sich doch einen Moment.« Ich deutete auf den Ledersessel neben meinem.

Monsieur Fauquet ging herum und rückte ihn so zurecht, dass er schräg gegenüber Platz nehmen konnte. Nun sah er mich fragend an. »Wie kann ich Ihnen helfen, Mademoiselle?«

Ich atmete tief durch. »Erinnern Sie sich an mich?«, begann ich. Auf diese Frage zog er die Augenbrauen leicht hoch. Kein Wunder! »Nein. Nein, das war falsch ausgedrückt«, berichtigte ich mich. »Ich meinte vielmehr ... Haben Sie irgendwie das Gefühl, als würden Sie mich kennen?« Das klang natürlich noch verrückter. Diesmal ließ ich es dennoch so stehen.

»Eigentlich nicht«, antwortete er vorsichtig. »Sollte ich?«

Himmel, wahrscheinlich dachte er, er hätte mich irgendwann einmal bei einer Party – oder wo auch immer – flachgelegt und könnte sich nun an unseren One-Night-Stand nicht mehr erinnern. Automatisch blickte ich mich in der Hotelhalle suchend um. War hier vielleicht irgendwo ein Loch, in dem ich mich verkriechen konnte? Hm ... leider nein.

»Entschuldigen Sie, Mademoiselle«, verteidigte er sich charmant. »Mir begegnen täglich sehr viele Menschen. Was nicht heißen soll, dass Sie gewöhnlich aussehen. Sie sind wirklich ... An Sie würde ich mich ganz bestimmt erinnern.« Er lächelte charmant, doch das war momentan eher unwichtig.

»Haben Sie Familie?«, wechselte ich das Thema.

»Wie bitte?«

Unverhohlen sah ich ihn an. An dieser Frage war doch wohl nichts auszusetzen.

»Nun ... meine Familie lebt in der Nähe von Anjou, an der Loire ... in Frankreich. Wir haben ein kleines ... ein sehr kleines Weingut.« Seine Augen waren auch hier fließendes Gold. »Daher setzen wir in Zukunft auf Fremdenverkehr.«

»Ah. Sie sind in Deutschland, um etwas über das Hotelfach zu erlernen?«

»Ja, ich hatte Glück. Der Geschäftsführer kauft seit Jahren unseren Wein. Daher habe ich diese Stelle bekommen.«

Ich nickte. »Aber das meinte ich nicht«, sagte ich dann.

»Sie fragen mich, ob ich verheiratet bin.«

Das war eine Feststellung. Und wieder wartete ich einfach auf eine Antwort.

»Nein. Wieso fragen Sie mich das?« Wahrscheinlich war er schon oft von fremden Frauen angesprochen worden. Solchen, die ihn verführen wollten. Immerhin sah er verdammt gut aus. Aber garantiert hatte ihm noch keine solche Löcher in den Bauch gefragt.

Ich räusperte mich verlegen. »Nun, es interessierte mich einfach.«

»Und Sie, Mademoiselle?« Es war wohl nur fair, diese Gegenfrage zu stellen. Ein leichtes Schmunzeln zog über sein markantes Gesicht.

»Nein.« Ich lächelte nervös. »Was tun Sie in Ihrer Freizeit?«, lenkte ich dann von mir ab.

»Sport treiben«, antwortete er knapp.

»Reiten Sie?«, platzte ich heraus. »Haben Sie mit ... Tieren zu tun?« Dabei dachte ich natürlich an den Falken, der in Solest ein Teil von ihm war.

»Nein«, antwortete er.

»Das ist schade.«

Er zog die Augenbrauen hoch.

»Ich bin sicher, Sie könnten sehr gut ... mit Tieren umgehen.«

»Wieso ...«

Ich ließ ihn lieber nicht ausreden. »Ich spüre das einfach.« Dieses Gespräch – oder war es mehr ein Interview? – wurde zunehmend unangenehmer. Ja, er war Madras, keine Frage! Aber das, was ich zu finden gehofft hatte, war nicht da. Und es war doch verrückt zu glauben, er könne irgendwie fühlen, was uns in Solest miteinander verband. Wie sollte ich denn hier auch etwas finden, was ich dort schon vergeblich suchte? Was hatte ich denn erwartet? Dass Madras in dieser Welt plötzlich zu meinem Traummann mutieren würde?

»Fühlen Sie sich wohl in Deutschland? Ich meine ... Sie werden sicher nicht sehr oft nach Frankreich reisen können«, versuchte ich es trotzdem noch mal.

»Ja, ich fühle mich wohl, Mademoiselle, Deutschland ist ein wunderschönes Land. Und doch nicht so, dass ich es Heimat nennen würde.« Das Gold seiner Augen trübte zusehends ein.

»Ihnen fehlt Frankreich sehr«, stellte ich fest.

»Das Land, die Heimat, die Menschen dort«, stimmte er zu und sah mich einen Moment verwundert an. »Warum fragen Sie mich das alles?«

»Reine Neugier«, antwortete ich spontan. »Aber jetzt sollte ich meinen ... Freund ... nicht länger warten lassen.« Kaum ausgesprochen, stand ich schon. »Es war sehr nett, Sie kennenzulernen, Monsieur Fauquet.«

Er stand ebenfalls auf und gab mir die Hand. »Nennen Sie mich Michelle«, antwortete er höflich.

»Anna.« Ich lächelte aufrichtig, ließ ihn los und wandte mich ab.

»Die Freude war ganz meinerseits«, hörte ich ihn noch sagen.

Mit schnellen Schritten ging ich zurück ins Restaurant und blieb vor Ingo stehen. »Hast du auch schon etwas zu essen bestellt?«, fragte ich ihn und deutete auf sein Glas Mineralwasser.

»Nein ...«

»Macht es dir was aus, wenn wir woanders etwas essen?«, setzte ich schnell nach, ehe er weiterreden konnte.

Ingo stutzte. »Nein, gar nicht«, antwortete er dann.

»Dürfen wir zahlen?«, rief ich dem Kellner zu. Sobald er da war, drückte ich ihm einen Fünfer in die Hand. »Stimmt so.«

Dann verließen wir eilig das Hotel und waren schon kurz darauf mit dem Auto unterwegs nach Hause. Schweigend. Madras' Gesicht, als er über seine Heimat gesprochen hatte, ging mir nicht mehr aus dem Kopf. Eine Art von seliger Leidenschaft war in seinen goldenen Augen zu finden gewesen. *Das* war es, was ihn ausmachte. Hier *und* dort. Er liebte seine Familie, die Menschen, die ihm nahestanden. Und seine Heimat. Das war es, was er an Luna mochte. Nicht sie, sondern vielmehr das, was sie verkörperte, nämlich sein Land, ihr Land. Sie verkörperte das, was er Heimat nannte. Kariada. Dafür lebte er.

»Und? Hast du gefunden, wonach du gesucht hast?«, fragte Ingo erst, als wir bereits auf einer breiten Landstraße unterwegs waren.

»Hm. Ja, ich denke schon.« Ich war zu einer Erkenntnis gelangt. Das war es doch, was ich gesucht hatte. Oder?

»Na ja, der Typ, also dieser Franzose, der war ja wirklich Zucker.«

Ungläubig blickte ich zu Ingo hinüber. Fantasierte ich? »Sag mal, Ingo. Bist du ... also, so, wie du das sagst. Bist du ...?«

»Schwul. Ja.« Er wartete vergebens darauf, dass ich etwas dazu sagte. »Die meisten im Büro wissen das. Nur du nicht, wie es aussieht. Du redest nicht viel mit anderen.«

»Wenn es nichts Geschäftliches ist, worüber sollte ich dann reden? Ich will die dunklen Geheimnisse der anderen gar nicht wissen«, erwiderte ich lachend.

»Dunkle Geheimnisse, na danke auch.«

»So war es nicht gemeint.« Noch mal sah ich zu ihm hinüber. Er war doch jetzt hoffentlich nicht sauer! Nein. Er grinste.

Das würde es noch leichter machen, mit Ingo befreundet zu sein. Er würde nie auf die Idee kommen, etwas anderes in mir zu sehen als eine Freundin.

***

»Tut mir leid wegen des verpatzten Ausflugs«, sagte ich, als wir vor meiner Haustür hielten. Nicht einmal das Essen hatten wir nachgeholt. Ingo war einfach Richtung Heimat gefahren und ich war dankbar dafür.

»Schon gut. Ich helfe gern.«

Ich nickte und stieg aus. »Also dann. Bis morgen, Ingo, und ... Danke!«

Noch etwas war gut: Ingo würde mit niemandem über diesen Tag reden, da war ich zu hundert Prozent sicher. Nicht einmal mehr mit mir, wenn ich nicht selbst darauf zu sprechen kommen würde. Ich wusste es, weil ich in seinem Gesicht hatte sehen können, was er in meinem gefunden hatte – nämlich einen tief liegenden Schmerz, ein unwiederbringlich gebrochenes Herz. Etwas, das ich schon so lange verborgen hatte und was ich auch nicht bereit war, jemals preiszugeben.

***

Lunaja

Die Späher blieben in der Nähe. Doch sie waren so weit entfernt, dass ich sie nur mit Mühe sehen konnte. Auch vor dem Falken versteckten sie sich. Immer trugen sie ihre Masken. Und sie redeten nicht miteinander.

Von Tag zu Tag wurde es für Madras' Falken schwieriger, in Richtung Schloss vorzudringen, weil er jedes Mal abgewehrt wurde. Seine Stimmung sank entsprechend. Oft redete er stundenlang kein einziges Wort. Außer vielleicht Ausrufe wie »Dieses Mistvieh!«, wenn der gegnerische Vogel wieder zum Angriff vorstieß.

Manchmal beobachtete ich ihn einfach nur.

»Madras?«

»Hm?« Er saß mit geschlossenen Augen an einen Baum gelehnt. Der Falke zupfte an seinem Hemdärmel. Nun blickten sie beide auf.

Allerdings sollte dies ein Gespräch unter vier Augen werden, nicht unter sechs. Auch wenn ich wusste, dass der Falke immer dasselbe sah wie sein Herr und umgekehrt, so schreckte mich seine direkte Gegenwart nun doch ab. »Schon gut, war nicht so wichtig«, winkte ich ab und schlenderte weiter zum Lagerfeuer.

Aber als ich dastand und die Hände zum Wärmen ausstreckte, war Madras direkt hinter mir. Seine Finger berührten meine Ellenbogen, dann drehte er mich zu sich um. Ein kurzer Blick in seine goldenen Augen reichte, um zu verstehen, dass er für mich da war. Egal was ich fühlte, was er fühlte, es tat gut, das zu wissen. Ich legte die Arme um ihn und lehnte den Kopf an seine Brust.

»Was bedrückt dich?«, fragte er leise in diesem allzu vertrauten Ton.

Irgendwie machte es mich gerade nervös, dass er mich so ansprach. Und bei dem, was mir auf seine Frage einfiel, sah ich ihn lieber nicht an. »Liebst du mich?«

»Ja.« Die Antwort kam prompt und aufrichtig.

Nun kam ich doch nicht umhin, zu ihm aufzublicken. »Wenn ich dich darum bitten würde, würdest du mich dann heiraten?«

Er lächelte und hielt mich nur noch an den Ellenbogen, jedoch fester als zuvor. »Nein.«

»Wieso nicht?«, fragte ich verwirrt.

»Weil du dazu noch nicht bereit bist.« Der vertraute Blick war verschwunden, sein Lächeln ebenfalls. »Ich würde alles tun für dich. Doch du bist noch immer die Frau eines anderen.«

»Aber damals nach meiner Krönung ... du hast gesagt ... damals wolltest du noch ...«

Bestimmt grinste er, weil ich so herumstammelte, doch es währte nicht lange. Egal was er jetzt sagen würde, es tat mir mit Sicherheit weh. Und das nicht seinetwegen. Er wusste das und trotzdem bekam ich meine Antwort. »Damals lag der Winter in Naradon noch *vor* dir.«

Schon bei dem Wort Naradon zog sich alles in mir zusammen. Garantiert entging ihm das nicht, doch diesmal nahm er keine Rücksicht darauf. »Seit jenem Winter bist du seine ...«

Das reichte! »Schweig«, unterbrach ich ihn, doch ich sah ihm an, dass er gern noch mehr dazu gesagt hätte. Nämlich dass es Dominos Pflicht gewesen wäre, mich zur Frau zu nehmen. Dass er es nur nicht getan hatte, aus Angst um mich. All das wusste Madras nur zu gut. Dennoch legte er seine Hände an meine Wangen und küsste dann freundschaftlich meine Stirn. Gleich darauf nahm er mich tröstend in die Arme. Er wusste so verdammt gut, dass es genau das war, was ich nun brauchte. Für den Moment.

Zwei Leben sind eines zu viel

Anna

»Kommst du nun eigentlich mit am Samstag?«, fragte Ingo.

Ich wartete hinter ihm in der Büroküche, als er sich gerade einen Kaffee mit Milch und sehr viel Zucker machte. Automatisch verzog ich das Gesicht. Das konnte unmöglich schmecken. »Nach Holland? Klar, wieso nicht.«

Tausend Gründe würden ihm einfallen, da war ich sicher. Und genau so sah er mich nun auch über die Schulter hinweg an. Er war überzeugt davon, dass dieser Ausflug überhaupt nicht mein Ding war. »Super. Ich hole dich um halb zehn ab«, sagte er trotzdem.

***

Wie immer war ich viel zu früh wach an diesem Morgen. Meine Träume nervten. Madras' Schweigen hielt an. Nicht dass er mir seit unserem letzten Gespräch aus dem Weg ging, das nicht. Dennoch war seine Laune auf dem Nullpunkt. Was nicht unbedingt etwas mit mir zu tun haben musste. Es konnte auch immer noch daran liegen, dass sein Falke ständig angegriffen wurde. Ihn danach zu fragen, traute ich mich jedoch nicht. Außerdem war es nicht nur der Gedanke an Madras, der mich voller Frust aufstöhnen ließ. Es war auch das Wissen, die Späher in der Nähe zu haben. Zu nah, um sie ignorieren zu können und zu weit entfernt, um sich irgendwie an ihre stetige Gesellschaft zu gewöhnen.

Nur auf Ingo war Verlass. Er stand wie immer gut gelaunt pünktlich vor meiner Tür.

Ich öffnete ihm und ließ ihn herein. »Wir können gleich los«, sagte ich, während er mir wie ein braves Hündchen in Richtung Wohnzimmer folgte. »Treffen wir die anderen unterwegs?«

»Ja, deswegen müssen wir erst zu Thomas«, antwortete er. »Ben und Christina haben abgesagt. Christina ist krank geworden, glaube ich.«

Prompt blieb ich stehen und starrte auf die Reisetasche, die fertig gepackt auf der Couch stand. Warum sollte ich jetzt noch mitfahren, wenn Ben gar nicht dabei wäre?

»Ach, Ingo, meine Mutter hat vor ein paar Minuten auf den AB gesprochen, ich rufe noch schnell zurück«, begann ich mir spontan eine Geschichte auszudenken.

Schnell ging ich zum Telefon, tippte darauf herum und lief in ein anderes Zimmer.

»Tut mir leid«, log ich, als ich zu Ingo zurückschlenderte. »Meine Mutter muss zu meiner Tante, die lebt allein und hat sich irgendeinen Virus eingefangen. Ich soll den blöden Kater hüten ... Sorry, aber die Familie geht vor ...«

Mist! So, wie Ingo mich ansah, hatte er mich längst durchschaut. Meine Ausreden waren auch echt schon mal besser gewesen. Ihm musste doch längst klar sein, dass meine Verwandtschaft nicht in der unmittelbaren Nähe wohnte und außerdem wusste er, dass ich kein Auto besaß. Nun war ich wirklich drauf und dran, die Wahrheit zu sagen. Oder mir wenigstens etwas Besseres einfallen zu lassen.

Doch zu meiner Überraschung meinte er trotz allem, wie gut er mich verstehen könnte. Plötzlich fühlte ich mich, als hätte er den Spieß geschickt umgedreht und würde nun mich anschwindeln. Er überlegte sogar, ebenfalls zu Hause zu bleiben. Was ich ihm natürlich ausredete. Schließlich konnte er die anderen nicht hängen lassen.

Irgendwann stimmte er mir zu, wünschte mir ein schönes Wochenende und machte sich auf den Weg.

Puh! Das war gerade noch mal gut gegangen. Hinter ihm schloss ich die Wohnungstür und lehnte mich dagegen.

So, Christina war also krank. Soviel ich wusste, wohnte sie noch bei ihren Eltern. Ben würde sicher nicht den ganzen Tag bei ihr verbringen. War das nicht die perfekte Chance, ihn allein zu erwischen? Immerhin wollte ich dort weitermachen, wo ich in den letzten Wochen aufgehört hatte. Ein Flirt mit

Ben wäre im Augenblick genau das Richtige für mich. Eine Art Betäubung, die mir dabei helfen würde, den Irrsinn zu verdrängen ... die Späher ... Madras.

»Wer weiß? Vielleicht verliebst du dich, Annabell«, trällerte ich gut gelaunt vor mich hin und wusste im selben Moment, welchen Blödsinn ich ausheckte und wie aussichtslos das war. So aussichtslos wie immer. Wenn man es genau nahm, war diese Theorie noch verrückter, als von einer Klippe zu springen, in der Erwartung nach dem endgültigen Aufprall ein besseres Leben zu haben. Ich würde nicht einmal Frieden finden – nicht mit der Gewissheit, zwei Welten dem Untergang zu weihen. Schon allein deshalb hatte ich niemals ernsthaft darüber nachgedacht, mich umzubringen. All das war im Augenblick egal, denn ich war besessen von der Idee, meinem Sportsgeist nachzugeben. Auch wenn Ben ein leichtes Opfer war. Sein Ruf eilte ihm voraus. Schon öfter hatte er Christina betrogen, das wusste jeder. Außer ihr natürlich. Auf einen Seitensprung mehr oder weniger kam es da doch nicht an. Zielstrebig ging ich zum Telefon, überlegte es mir dann jedoch anders. Ein persönlicher Besuch wäre viel effizienter.

***

Glücklicherweise wohnte Ben mitten in der Stadt, ich erreichte seine Wohnung wunderbar mit dem Bus. Schon weil ich seinen Wagen am Straßenrand parken sah, wusste ich, dass er zu Hause war. Sehr gut, das sollte klappen.

Nur wenige Minuten später stand ich vor seiner Tür und er öffnete. »Anna, schön dich zu sehen«, begrüßte er mich sichtlich verblüfft. »Komm doch rein.«

Ich lächelte mein süßestes Lächeln und trat an ihm vorbei, während er mich von Kopf bis Fuß musterte. »Ehrlich. Du siehst toll aus«, sagte er anerkennend. »Trainierst du neuerdings? Ähm ... Bodybuilding, oder so was?« Dazu machte er Bewegungen wie die eines Boxers. Ziemlich idiotisch.

Automatisch blickte ich an mir herab.

Oh! Klar! In den vergangenen Nächten hatte ich schließlich trainiert wie eine Irre. Ben hatte mich schon eine Weile nicht gesehen und nun fiel ihm der Unterschied auf. Meiner Mimik zufolge musste er nun wohl glauben, mir ein ganz tolles Kompliment gemacht zu haben, so wie er jetzt strahlte.

»Danke«, sagte ich schnell, als ich das bemerkte. Anstatt weiter Small Talk zu führen, kam ich gleich zum Punkt. Ich log ihm die gleiche Geschichte vor wie Ingo. »Geht es Christina denn wirklich so schlecht, dass sie heute Abend nicht mal ausgehen kann?«, fragte ich schließlich zerknirscht.

»Leider. Sie hat beinahe eine Lungenentzündung und muss wirklich im Bett bleiben.«

»Oh, das ist schlimm. Und ... schade«, heuchelte ich mit einem Augenaufschlag, den ich für unwiderstehlich hielt. »Ich hatte gehofft, ich könnte heute Abend mit euch etwas unternehmen.«

Und Ben, dieser Fremdgänger, bot mir auch schon in der nächsten Sekunde an mit ihm auszugehen. Ich nahm sein Angebot scheinheilig zögernd an und verließ siegessicher das Haus. Den Stadtgang nutzte ich dazu, um noch einige Besorgungen zu machen. Dann fuhr ich mit dem Bus wieder nach Hause.

***

Gegen neun holte Ben mich ab. Unser Stammcafé zu besuchen war meine Idee gewesen und Ben hatte keinerlei Einwände. Er war nicht nur ein Aufschneider, sondern auch ein Dummkopf. Selbst wenn er seiner Freundin nicht erzählen würde, mit wem er heute Abend hier war, dann würde sie es ganz sicher von jemand anderem erfahren. Denn wir alle trafen uns regelmäßig hier.

***

Leider entwickelte sich dieser Abend nicht ganz so, wie ich es mir vorgestellt hatte. Moment. Hatte ich überhaupt eine genaue Vorstellung davon gehabt? Hm ... nein. Ich hatte den Idioten nur verführen wollen, egal wie.

Verstohlen beobachtete ich ihn dabei, wie er sich mit jemandem unterhielt. Das war offensichtlich ein angeregtes Gespräch. Eins, das er mit mir bisher nicht zustande gebracht hatte. Seine Gestik wirkte irgendwie plump. Ich blickte mich um. Jeder in diesem Laden wirkte plump. Warum war mir das noch nie aufgefallen?

Ja, insgeheim wusste ich wieso. Doch darüber wollte ich jetzt nicht nachdenken. Deswegen stand ich von meinem Barhocker auf und ging zur Toilette. Auf dem Weg dorthin spürte ich immer wieder, wie ich abgecheckt wurde. Kein Wunder, in diesem verboten engen, tief ausgeschnittenen Kleid. Prompt ging ich noch einen Schritt schneller. Ich betrat den sanitären Bereich, schloss mich in einer der Kabinen ein und lehnte mich gegen die Tür. Das war eine zweifelhafte Flucht gewesen, doch die Kritzeleien an den Wänden schienen mir im Moment tatsächlich interessanter zu sein als die vielen Leute da draußen.

Leider stellte ich gerade fest, dass diese Art, mich zu betäuben, gerade ganz und gar nicht mehr funktionierte. Das Bild des Spähers schoss mir in den Kopf und dann auch noch diese verflucht unscharfen Erinnerungen an *ihn*. Der es nicht für nötig hielt, mit seinen Leuten nach Mirilon zu reiten.

Jeder normale Mensch wirkte plump gegen einen von ihnen. Niemand besaß solche Augen. Kein Mann war derart gefühlvoll. Nie wieder würde ich jemandem begegnen, der auch nur die geringste Ähnlichkeit mit ihnen besaß.

Die Erkenntnis tat weh. Ich presste eine Hand gegen mein Brustbein. Erst mit dem deutlichen Bild von Madras vor meinem inneren Auge ließ ich den Arm wieder sinken ... Ich wollte Madras nicht benutzen, um mich zu betäuben. Doch leider musste ich einsehen, dass es viel zu gut funktionierte. Abwehrend schüttelte ich den Kopf, riss die Tür auf und ging mit langen Schritten zurück zu Ben. Er war noch immer ins Gespräch vertieft. Auch wenn es garantiert nicht seine Schuld war, wie ich mich gerade fühlte, hatte ich ihn als Sündenbock ausgewählt.

Ich klopfte ihm auf die Schulter, sofort drehte er sich um. »Oh, da bist du ja«, rief er gut gelaunt. »Kennst du schon ...«, begann er, doch ich hatte nicht vor mich neuen Leuten zuzuwenden.

»Lass uns woanders hingehen«, bestimmte ich und merkte sofort, dass mein Ton viel zu streng war. »Lass uns *bitte* woanders hingehen«, versuchte ich es noch mal sanfter klingen zu lassen.

»Aber wieso denn?«

Toll, dumme Fragen stellen konnte er. Wenigstens etwas. »Merkst du nicht, wie ich hier angestarrt werde?«

Mit erhobenen Augenbrauen sah er mich an.

Ja, zugegeben, das war eine dämliche Ausrede gewesen, deswegen setzte ich mich nun genervt auf meinen Barhocker und legte den Ellenbogen auf die Theke. Wo zur Hölle war die Kellnerin? Ich wollte jetzt unbedingt einen Whiskey Cola.

»Na so was! Ben, hey«, hörte ich plötzlich jemanden hinter mir sagen.

Eine bemerkenswert tiefe, angenehme Stimme.

»Dir geht es gut, wie ich sehe.«

Zu tief, *zu* angenehm, dieser Klang. Ich erstarrte. Das Blut schoss durch meine Adern. War das Einbildung? Wurde ich jetzt endgültig verrückt?

War es wirklich *die* geliebte Samtstimme ... direkt hinter mir? So nah? Vielleicht hatte mich die Begegnung mit dem Späher nun endgültig um den Verstand gebracht. Um nachzusehen, hätte ich mich nur umdrehen müssen, doch das traute ich mich nicht. Allein bei dem Gedanken begann mein Puls zu rasen. Herzschlag für Herzschlag ... ein Glücksgefühl, das zu spüren. Das Pochen, das Leben, das Hier und Jetzt. Ob ich es mir nun einbildete oder nicht, meine Seele erwachte zu plötzlichem Leben ... *neuem* Leben ... oder neuem Tod.

Was, wenn ich mich nun umsah und erkennen musste, dass jemand anderes hinter mir stand als ...? Seinen Namen klammerte ich wie immer aus. Und was, wenn *er* es doch war? Ich schluckte trocken. Dann wagte ich einen Blick zu Ben. Und was er dann sagte, verriet mir, dass ich recht hatte.

»Das gibt's ja nicht! Marco, was machst du denn hier?«

MARCO.

Es ging nicht anders, mein Kopf flog herum. Dann holte ich tief Luft ... kein Blei war da, keine Schwere in meiner Lunge. Alles um mich herum begann sich zu drehen. Wahrscheinlich wurde ich gerade kreideweiß. Kalter Schweiß trat auf meine Stirn. Rauschen erklang in meinen Ohren – ich war kurz vor einem Ohnmachtsanfall. Doch irgendetwas tief in mir drin ermahnte mich. Bleib hier und sieh ihn dir an! Mein Gott, was hätte ich in all der Zeit darum gegeben, ihn wenigstens ansehen zu dürfen? In dieses wunderschöne Gesicht blicken zu können … so wie jetzt. Mit einem Schlag war alles wieder da. Wie im Zeitraffer flog die Vergangenheit an mir vorbei. Nichts an ihm hatte sich verändert. Nicht das Leuchten seiner türkisgrünen Augen, seine elegante Haltung. Wie immer sah er aus wie kurz vor einem Catwalk … mit seinem weißen Shirt und der Lederjacke darüber. Zu schön für diese Welt.

»Anna«, erklang die tiefe Samtstimme. Ein Augenaufschlag, der Blick durch seine langen Wimpern, der mir gerade den Atem nahm. Ich schaffte es nicht, mich zu bewegen, geschweige denn etwas zu erwidern. Mit aller Macht kämpfte ich dagegen an, in dem hellen türkisfarbenen See seiner Augen zu ertrinken. Sie waren so tief und so eiskalt, so unvergleichlich schön. Ich fühlte etwas. Jetzt. Endlich. Ich lebte. Ich empfand Glück. Und Angst. Glück, weil er einfach nur dastand und mich ansah. Angst darum, dass der Abend zu Ende gehen und er wieder fort sein würde. Durfte ich solche Gefühle überhaupt zulassen? Sollte ich nicht drüberstehen … nach all der Zeit?

Wahrscheinlich war es die Übung der vergangenen Monate, die mir half, mich binnen weniger Sekunden zu sammeln. Mit ungeahnter Anstrengung, die mir hoffentlich niemand ansah, schaffte ich es endlich, einen Satz herauszubringen. »Schön, dich zu sehen.«

***

Marco

Ihre Worte klangen beängstigend kühl. Falls ich in irgendeiner Sekunde gedacht hatte, es würde sie fertigmachen, mich wiederzusehen, dann wurde ich nun eines Besseren belehrt. Es war schwer, nicht einfach die Hand nach ihrem Gesicht auszustrecken, um sie zu berühren.

»Ach, sag bloß, ihr kennt euch? Das ist ja ein cooler Zufall«, meinte Ben.

»Wir waren zusammen in der Schule«, erklärte Anna, ohne mich aus den Augen zu lassen. »Und woher kennt ihr euch?«

»Wir haben ein Semester zusammen studiert«, antwortete ich. Ich hatte meinem Privatdetektiv recht geben müssen, die Welt war ein Dorf.

Anna nickte kurz und sah mich weiter an. Und ich sie. Dennoch bemerkte ich, dass Ben uns einigermaßen ungläubig musterte. Sein Blick wanderte von einem zum anderen. Dann startete er einen neuen Versuch. »Jetzt erzähl schon. Was machst du hier?«, hakte er noch mal nach.

»Ich war in der Gegend«, antwortete ich schlicht. Noch immer war mein Blick in Annas versunken und ich hatte auch keine Lust, daran etwas zu ändern. Vielmehr fragte ich mich, seit wann sie in der Lage war, mir dermaßen lange in die Augen zu sehen. Keine Frau konnte das und sie schon gar nicht. Zumindest war es damals so gewesen. Sollte ich ihr sagen, dass sie sich verändert hatte, seit wir uns das letzte Mal ... nein – keine gute Idee. Stattdessen entließ ich sie aus meinem Bann, der vielleicht gar keiner mehr war, und winkte den Kellner heran. Noch mal warf ich einen Blick auf sie. Vielleicht hatte ich mich geirrt? Nein, sie wirkte völlig unbeeindruckt. Diese Erkenntnis schmerzte mehr, als gut für mich war.

Als die Bedienung kam, beugte ich mich über die Theke. »Ein Bier und ein Mineralwasser – möchtest du auch etwas trinken?«, sagte ich und drehte das Gesicht in ihre Richtung. Diesmal waren wir uns näher als vorhin. Sie wich keinen Millimeter vor mir zurück.

»Gern«, antwortete sie höflich und verzog den Mund zu einem angedeuteten Grinsen. »Einen Whiskey, ohne alles«, rief sie dem Mann hinter der Theke direkt zu und er machte sich an die Arbeit.

»Whiskey?«, hakte ich nach. Den hatte sie früher immer nur getrunken, wenn sie sich wegen irgendetwas aufgeregt hatte. Hier und jetzt schien das nicht der Fall zu sein.

»Ganz richtig.«

Ich hob die Augenbrauen, was sie mit einem zauberhaften Lächeln erwiderte.

»Du hast uns immer noch nicht gesagt, wieso du hier bist«, sprach Ben mich an.

»Ich hatte in der Gegend zu tun. Es ist reiner Zufall«, log ich.

Der Kellner kam mit den Getränken zurück und ich bezahlte. Dann schob ich das Bier zu Ben hinüber, nahm die anderen beiden Gläser und stieß mit meinem kurz an seines, um mich danach wieder an dieses süße, elfenhafte und inzwischen so fremde Wesen zu wenden, das ich immer mehr geliebt hatte als alles andere, egal in welcher Welt. Ich ließ mein Glas an das ihre klingen. Dann nahmen wir beide einen Schluck. Ein Hoffnungsschimmer, dass vielleicht doch noch nicht alles verloren war, durchfuhr mich, als sie diesmal meinem Blick auswich.

***

Anna

Es ging nicht mehr. Ich schaffte es nicht länger, ihm standzuhalten. Viel zu viel Kraft kostete es mich, in diese Türkisaugen zu sehen, ohne darin zu ertrinken. In diesem Meer aus Sehnsucht und Gefühlen, die ich mir seit Langem verbot.

»Worüber denkst du nach?«

Das fragte er noch? War das nicht offensichtlich? Oder war ich inzwischen so abgestumpft, dass er wirklich keine Gefühlsregung in mir erkennen konnte?

Nun, wenn das so war, dann war es gut. Deswegen lächelte ich so unbeschwert wie möglich und hob mein Glas. Ich drehte es vor meinen Augen hin und her und sah zu, wie sich die Flüssigkeit darin sanft zu drehen begann.

»Ich frage mich, wie viele von den Dingern ich wohl brauche, um den Abend zu überstehen, ohne mir anschließend das Leben zu nehmen, weil du wieder fort bist.«

Das war eine dermaßen ehrliche Antwort, dass ich im selben Moment darüber nachdachte, ob es nicht besser gewesen wäre, den Mund zu halten.

***

Marco

Wenn das ein Scherz gewesen war, dann war es ein schlechter. »Das war nicht besonders witzig«, entgegnete ich und versuchte in ihrem Gesicht zu erkennen, wie sie es wirklich gemeint hatte.

Sie trank noch einen Schluck und blickte dann mit einem verführerischen

Wimpernschlag zu mir auf. Diese Geste war mir so fremd. Sie passte nicht zu der Frau, die ich kannte, die ich liebte. Doch ... was hatte ich erwartet? Dass sie mir freudestrahlend um den Hals fiel? Und deswegen war ich auch gar nicht hier, sondern schlicht, um sie vor Tirios zu warnen. Ich musste ihr endlich alles sagen, was Magiadir mir damals anvertraut hatte. Es ging einzig und allein um Solest. Um unsere Pflichten.

Aber jetzt stand ich hier und konnte meinen Blick nicht von ihr abwenden. Konnte es nicht vermeiden, mir zu wünschen, sie würde noch das Gleiche für mich empfinden wie damals. Auch wenn dieser Wunsch falsch war und ich zufrieden hinnehmen musste, dass es ihr inzwischen gelungen war, mich zu vergessen. Offenbar besser als mir. Wenigstens war alles, was wir durchgemacht hatten, nicht umsonst gewesen. Denn wenn Anna ohne mich leben konnte, war das durchaus gut.

Aus den Lautsprechern ertönte ein Lovesong. Es war derselbe wie damals. Das Lied, zu dem wir getanzt hatten ... zum allerersten Mal. Plötzlich fühlte es sich an, als wäre ich mit einem Schlag in die Vergangenheit versetzt worden.

»Würdest du mit mir tanzen?«, fragte ich, ohne groß drüber nachzudenken, was falsch und was richtig war. Ich hielt ihr die Hand hin, die sie, ohne zu zögern, nahm. Dann führte ich sie durch die Menschenmenge und sah sie erst wieder an, als ich sie vorsichtig in meine Arme zog. Ich nahm ihre zarte Hand und legte sie auf meine Brust. Dort gehörte sie hin, nur dort. Sie lehnte den Kopf an mich und fühlte sich so leicht an in meinen Armen, sie ließ sich im Takt wiegen, als wären wir eins.

***

Anna

Ich ließ es geschehen. Sog seinen unvergleichlichen Duft ein und lauschte seinem gleichmäßigen Herzschlag, der mich in eine andere Welt versetzte ... eine, die jenseits von dieser und der Welt des Lichts zu existieren schien, solange er nur bei mir war. Ein vertrautes Gefühl von Schwerelosigkeit. Es war so leicht, mich in seinen Bewegungen zu verlieren und einfach nur dem Takt der Musik zu folgen. Alles andere war vergessen.

Und doch wusste ich, dass das nicht die Wahrheit war. Es kostete mich all meine Kraft, aber es gelang mir trotzdem, mich nicht endlos fallen zu lassen. Ganz würde niemand mehr meine so hart erkämpfte Mauer einreißen. Auch Marco Sander nicht. Die Gefahr, an diesem so kostbaren Moment zu zerbrechen, war riesig! Und trotz allem war ich nicht bereit irgendetwas zu verpassen, deshalb ließ ich meine Hand über seinen Rücken gleiten und genoss das Gefühl seiner Muskeln unter meinen Fingerspitzen. Wären wir jetzt allein, dann ... Verstohlen blickte ich zu ihm auf. Warum war er überhaupt hier? Wusste er denn nicht, was es mit mir machte, ihn so nah zu spüren?

Natürlich wusste er es. Sein glühender Blick brannte sich in meinen. Und obwohl die Gefahr darin lauerte, versank ich darin. So lange, bis das Lied zu Ende war.

Die Minuten in seinen Armen waren wie im Flug an mir vorübergerauscht. Und jetzt? Jeden Augenblick würde er meine Hand loslassen.

Was er nicht tat. Stattdessen führte er mich zurück zu unserem Platz. Kurz davor blieb er stehen und wandte sich zu mir um. Seine Augen funkelten im schwachen Licht.

»Darf ich dich nach Hause fahren?«, fragte er.

Verwirrt blickte ich zu ihm auf. Ich war so fest davon überzeugt gewesen, ich würde ihn nur dieses eine Mal wiedersehen, dass ich mit solch einer Frage nicht gerechnet hatte.

»Entschuldige«, bat er sofort.

Bestimmt deutete er meinen Gesichtsausdruck falsch. Mit jeder Sekunde, die ich in seiner Nähe verbrachte, würde es schwieriger werden, ihn wieder gehen zu lassen. Es würde mich Stück für Stück umbringen, mit jedem Herzschlag ein bisschen mehr. Doch diese Gedanken wischte ich im Nullkommanichts zur Seite, denn meine Entscheidung war längst getroffen.

»Nein, nein ... das ist okay«, antwortete ich schnell. »Ich möchte, dass du mich fährst.«

Er lächelte das geliebte schiefe Lächeln, das ich immer noch sah, wenn ich die Augen schloss. Mit Erleichterung dachte ich daran, dass das Bild in meinem Kopf nun nicht mehr verschwommen sein würde. Endlich könnte ich mich wieder erinnern, wenn ... wenn ... Nein! Damit müsste ich später fertig werden. Nicht jetzt.

Als wir uns gemeinsam bei Ben verabschiedeten, war der nicht mal besonders erstaunt. Er grinste nur breit und nickte Marco auf eindeutige Weise zu. Wahrscheinlich dachte er, sein Studienkollege hätte mich zu einem One-Night-Stand überredet. Nun, vielleicht wusste er, dass es nicht mein erster gewesen wäre.

Schon kurz darauf waren Marco und ich auf dem Weg zum Parkplatz. Aus einigen Metern Entfernung drückte er den Knopf seiner Fernbedienung, womit die Lichter eines fetten schwarzen Mercedes aufblinkten. Tja, die Zeit der roten Flitzer war wohl vorbei.

***

Marco

Bens Reaktion nach zu urteilen, war es wohl nichts Neues, dass Anna jemanden mit nach Hause nahm. Wieder war mir aufgefallen, wie fremd sie mir geworden war. Schon ihre Kleidung war mir ein Dorn im Auge. Ein enges, kurzes Kleid. Nachtblau mit vereinzelten Strasssteinchen darauf. Es musste teuer gewesen sein, da kannte ich mich aus. Natürlich sah sie darin fantastisch aus. Es brachte ihre langen Beine zur Geltung, ihre unglaublich schmale Taille. Keine Frau hätte besser in diesem Fetzen ausgesehen als sie. Allerdings kannte ich auch keine Frau, die in einer schlichten engen Jeans eine bessere Figur gemacht hätte. Ich vermisste das einfache, lebensfrohe Mädchen und es tat höllisch weh zu wissen, dass ich es selbst gewesen war, der dieses Bild zerstört hatte. Möglicherweise hatte ich gerade deshalb das Bedürfnis, sie an der Hand zu halten, bis wir am Auto angekommen waren. Es kam mir die ganze Zeit so vor, als könnte sie es sich anders überlegen und sich von mir verabschieden.

Erst als ich ihr die Beifahrertür aufgehalten hatte und sie eingestiegen war, war ich einigermaßen beruhigt. Schnell ging ich um den Wagen herum, setzte mich ans Steuer und fuhr los.

»Woher hast du gewusst, wo ich bin?«, fragte sie während der Fahrt. »Oder wusstest du es gar nicht?«

Ich sah zur ihr rüber und konnte mir ein Grinsen nicht verkneifen. Wie schnell sie mich immer noch durchschaute. »Du denkst, ich habe dich gesucht?«

»Ja. Ist doch irgendwie komisch, dass du auf einmal hier aufkreuzt.«

»Stimmt. Ich habe dich gesucht.« Ich sah, dass meine ehrliche Antwort Fragen aufwarf, doch sie stellte keine. Bald darauf parkte ich den Wagen vor einem kleinen Mehrfamilienhaus in einer der besseren Wohngegenden der Stadt.

»Kommst du noch auf einen Kaffee mit rauf?«, fragte sie schalkhaft grinsend.

War das ihr Standardspruch, wenn sie jemanden mit nach Hause nahm? Verdammt, ich musste dringend meine Eifersucht in den Griff bekommen. »Ja, einen Kaffee nehme ich gern«, antwortete ich ebenfalls grinsend und zeigte ihr, dass ich die Zweideutigkeit verstanden hatte. Dennoch würde ich ab sofort den Spieß umdrehen. Ich war kein Fremder. Und das würde sie schon bald begreifen.

Ich beugte mich zur ihr rüber und griff an ihr vorbei, um ihre Tür zu öffnen. So waren unsere Gesichter nur noch wenige Zentimeter voneinander entfernt. Diesmal hielt sie die Luft an. Endlich! So kannte ich sie. Gefesselt von meinem Blick. Ich müsste nur das Kinn leicht anheben, dann könnte ich mit meinen Lippen ihren Mund berühren. Doch das tat ich nicht.

»Schön dich wiederzusehen«, flüsterte ich, öffnete endlich ihre Tür und entließ sie aus meinem Bann, indem ich mich aufrichtete und aus dem Wagen stieg. Es dauerte einen Augenblick, bis sie mir folgte. Als sie die Haustür ansteuerte, wirkte sie noch immer benommen. Ich verriegelte das Auto und ging ihr nach.

Ihre Wohnung war im zweiten Stockwerk. Nach ihr trat ich in einen langen Flur, wo gleich vorn auf der rechten Seite die Tür zu einem geräumigen Bad offen stand und zur linken die zu einem kleinen Schlafzimmer. Ich folgte ihr bis zum Ende des Ganges, wo wir in ein Wohnzimmer kamen. Von hier aus führte zur rechten Seite eine Tür zu einer modern eingerichteten Küche, die völlig unbenutzt wirkte. Geradeaus vor den großen Balkonfenstern stand eine hellgelbe Ledergarnitur. Außer einem hohen, schmalen Holzschrank mit Bar und Vitrine und dem flachen Couchtisch aus ebensolchem Buchenholz gab es keine weitere Einrichtung. Nicht mal einen Fernseher. Nur eine Stereoanlage und eine schmale Konsole mit einem Computer darauf. Die Wände zierten riesige Bilder, allesamt in Schwarz-Weiß gehalten, mit nackten oder halb nackten Frauen darauf, stark schattiert, sodass man die Gesichter nicht erkennen konnte. Ich wusste trotzdem gleich, wer das war.

»Setz dich doch.« Mit einladender Handbewegung deutete Anna auf die Couch.

Dennoch blieb ich stehen und sah mir die Bilder eines nach dem anderen an. »Die sind richtig gut«, sagte ich dann. »Wo hast du sie machen lassen?« *Stille.* »Das bist doch du auf den Bildern«, half ich nach, ohne mich zu ihr umzudrehen.

»Das hast du erkannt?«, fragte sie.

»Natürlich. Deine Haare sind dort länger, als du sie jetzt trägst. Aber dein Körper ...« Ich wandte mich zu ihr um und sah, dass sie mich stirnrunzelnd betrachtete. Dachte sie denn wirklich, ich hätte ... »Ich habe nicht vergessen, wie du aussiehst«, sprach ich es aus. »Nichts habe ich vergessen. Dein unbeschwertes Lachen ...« Ich konnte nicht anders, als sie so zu sehen, wie ich sie in Erinnerung hatte. Egal ob sie dieses verdammte Kleid trug, ob ihr Gesicht aufwendig geschminkt war oder nicht. »... das kleine Muttermal neben deinem Bauchnabel. Deine Tränen, wenn du es vor Verlangen nicht mehr aushalten konntest.«

Völlig bewegungsunfähig stand sie da, unfähig etwas darauf zu erwidern. Was nicht schlimm war, denn ich war ohnehin noch nicht fertig.

»Ich habe in jeder Nacht die Augen geschlossen. Und ehe ich in Naradon oder wo auch immer ankam, habe ich dich gesehen. Ich hatte dein Lachen im Ohr, als würdest du neben mir stehen. Ich habe dich so wahnsinnig vermisst. Alles habe ich versucht, aber du warst immer in meinem Kopf. Du warst immer da.« Und genau aus diesem Grund war ich hier. Deswegen hatte ich sie sehen wollen. Alles andere waren nur billige Ausreden gewesen. Egal was ich mir eingeredet hatte, egal wie viel Zeit vergangen war, ganz gleich, was ich mir vorgenommen hatte, ich wollte sie zurück.

***

Anna

Sein Blick sprach von einer langen Zeit in Trauer. Trauer, zu der ich bis vor Kurzem nicht einmal mehr fähig gewesen war.

»Ich habe dich auch gesehen, wenn ich die Augen schloss«, gab ich zu. »Aber dein Bild wurde immer undeutlicher. Ich hatte solche Angst, dich zu vergessen. Und ich konnte nichts mehr fühlen. Ich fühle bald gar nichts mehr.«

Tränen brannten in meinen Augen. Und im selben Moment hasste ich ihn dafür, weil er dastand und seine bloße Anwesenheit dafür sorgte, dass ich schwach wurde. Alles, was gerade in mir vorging, konnte er in meinem Gesicht ablesen, so, wie er es immer gekonnt hatte. Ich fühlte mich nackt.

Ich liebte ihn nach wie vor und konnte es nicht länger verbergen.

»Jetzt fühlst du etwas«, sagte er.

»Ja.« Einen kurzen Augenblick zögerte ich. »Aber du wirst wieder gehen. Denn das, was du suchst, findest du hier nicht mehr.« Ich war mir nicht sicher, ob es die richtigen Worte waren. Doch immerhin waren sie aufrichtig. »Das unbeschwerte Lachen, von dem du sprichst ... das gibt es nicht mehr. Deswegen bist du doch gegangen, oder nicht?« Ich sah ihn herausfordernd an. »Oder nicht?«

»Ich wollte, dass du endlich wieder glücklich bist.«

»Das hat aber nicht funktioniert. Und jetzt stehst du hier und erzählst mir, wie sehr du mich vermisst hast.« Ich machte eine kurze Pause. »Warum bist du hier, Marco?« Diese Frage sprach ich leise aus, denn ich war mir ganz und gar nicht sicher gewesen, ob ich es schaffen würde, seinen Namen so abgeklärt in den Mund nehmen zu können. Es hatte besser geklappt, als ich gedacht hätte.

»Ich habe es nicht länger ausgehalten. Ich musste dich sehen.«

»Jetzt hast du mich gesehen. Siehst du, was du vermisst hast?«

Er blickte zu Boden. Dann wieder zu mir. »Außerdem bist du in Gefahr.«

»Wirklich!?« Was sollte das denn jetzt heißen?

»Der Prinz ... er ...«

Mehr musste er nicht sagen! »Ach, das ist es also?«, unterbrach ich ihn wütend. »Du weißt davon, dass wir unterwegs sind nach Mirilon?«

Er nickte. »Ja, aber das ist es nicht. Du verstehst alles falsch, was ich sage.«

»Ich verstehe sehr gut. Willst du mich wieder einmal retten? Ist es das?« Vor lauter Wut schoss mir das Blut in die Wangen. »Weißt du, was? Deine Versuche, mich in Sicherheit zu bringen, haben mich dem Tod näher gebracht, als du es dir vorstellen kannst!«

»Anna, bitte ...«

»Nein!« Ohne ihn eines Blickes zu würdigen, ging ich an ihm vorbei. Und nur, um irgendetwas zu tun, nahm ich Zeitschriften vom Tisch, marschierte damit in die Küche und warf sie in den Müll. Weil das natürlich nichts an meiner desaströsen Lage änderte, atmete ich tief durch und lehnte mich an die Arbeitsplatte. Was war nur los mit mir? Ich war so froh, dass er da war. Der Grund weshalb spielte dabei doch wohl eine eher unwesentliche Rolle. Konnte ich das nicht einfach so hinnehmen? Einfach nur glücklich sein? Den Augenblick genießen? Er konnte schließlich jeden Moment vorbei sein, dann hätte ich noch genug Zeit um ...

O Gott, nein, daran wollte ich nicht denken. Noch nicht. Langsam ging ich zurück ins Wohnzimmer und blieb an den Türrahmen gelehnt stehen. Einen Moment lang betrachtete ich den Mann in der schwarzen Lederjacke und versuchte nicht darüber nachzudenken, was es mit mir machen würde, wenn er sich nun wieder verabschiedete. Und das würde er. Ganz sicher. Doch vorher ...

»Was weißt du über den Prinzen?«, fragte ich. Schließlich gab es ja noch etwas Wichtigeres als mein Verlangen, meine Sehnsüchte und diesen ganzen Herzschmerz, der aus mir nichts weiter als ein seelisches Wrack gemacht hatte, das ich nicht mehr sein wollte.

Stirnrunzelnd sah er mich an. Wahrscheinlich hatte er mir nicht zugetraut, dass ich jetzt daran denken konnte, auf seine Warnung einzugehen.

»Leider nicht genug«, antwortete er. »Er ist gefährlich. Aber ich weiß nicht, was es ist, und ich komme nicht drauf, was es sein könnte. Ich habe versucht im Buch der Bücher etwas über Tirios' Vater herauszufinden. Doch das brachte mich nicht weiter.« Er senkte den Kopf und seufzte. »Er darf auf gar keinen Fall zum König ernannt werden. Magiadir warnte mich vor ihm.« Vorsichtig blickte er wieder auf. »Damals.«

»Damals, hm?« Mit der flachen Hand schlug ich gegen den Türrahmen. Nun war es amtlich. »Wenn du mir noch etwas zu sagen hast, was du *damals* lieber für dich behalten wolltest, dann spuck es gefälligst aus.«

»Wieso *noch etwas*? Was willst du damit sagen?«

»Im Herzen zusammen?«, zitierte ich. »Hat Magiadir das nicht auch zu dir gesagt? *Solange ihr im Herzen zusammenbleibt, ist die Welt sicher …* Oder so ähnlich. Bist du deshalb zurückgekommen? Bevor ich dich völlig vergessen konnte?« Im selben Moment, da ich es aussprach, ahnte ich, wie unfair das war, sah, wie sehr ich ihn damit verletzte.

»Das glaubst du nicht wirklich«, knurrte er.

»O doch!«, zischte ich. »Du tust doch alles, um die Welt zu retten. Ist es nicht immer so gewesen?«

»Ich konnte dir damals nicht alles erzählen, Anna. Aber doch nur weil … du … du warst so besessen … von …«

»Von dir?«, beendete ich leise seinen Satz, weil es genau so gewesen war.

»Das auch«, gab er zu. »Nein, du warst so besessen davon, einen Ausweg zu finden. Wenn ich dir alles gesagt hätte, hättest du womöglich noch selbst versucht diesen Prinzen zu finden. Nur um …!«

»*Nur* um einen Weg zu finden, mit dir zusammen sein zu können.« Diese Worte ließ ich noch einmal auf mich wirken. »Wahrscheinlich hast du recht«, gab ich dann zu. Der ganze Schmerz der verlorenen Zeit bahnte sich den Weg in meine Sinne. Der ganze Schmerz, den ich geglaubt hatte, nicht mehr fühlen zu können. »Vielleicht hätte ich die Geschichte damit verändert.« Hysterisch lachte ich auf. Es tat so schrecklich weh. »Vielleicht aber auch nicht.

Vielleicht hätte ich mir nur länger die Hoffnung bewahren können, dich nicht ganz zu verlieren.« Ich atmete tief durch, ehe ich weitersprach. »Was stand noch in dem Buch?«

»Du meinst ... über uns?«

»Über dich, über mich.«

Er konnte mich kaum ansehen. »Alles«, antwortete er leise. »Aber ich habe es nicht gelesen, nur bis zu unserem gemeinsamen Ende ... und ...« Entschuldigend sah er mich an. Ich konnte mir ziemlich gut vorstellen, wie detailliert das magische Buch jeden einzelnen zerstörerischen Gedanken beschrieb.

»Bist du auch deshalb hier? Um dein Gewissen zu erleichtern?« Er hob eine Hand und wollte widersprechen, aber ich ließ ihn nicht. »Wenn du wieder fort bist, werde ich genau so tot sein wie in all der vergangenen Zeit.«

»Ich gehe nicht wieder fort.«

»Ach nein?«

»Nein. Nicht wenn du mir verzeihen kannst, was ich damals falsch gemacht habe.«

»Es hat sich aber nichts geändert seit *damals*. Es gibt immer noch keinen Ausweg für ...« Ich wollte *uns* sagen, doch es ging nicht. Es gab kein Uns ... sicher nicht.

Marco senkte den Kopf. »Es tut mir leid, Anna.« Sein Blick streifte mich noch einmal kurz, dann ging er an mir vorbei in Richtung Tür.

Ich ergriff seinen Arm. »Was hast du vor?«

»Vielleicht ist wirklich zu viel kaputtgegangen«, antwortete er, ohne sich umzudrehen. »Vielleicht war die Idee herzukommen doch keine so gute.« Über die Schulter hinweg sah er mich an. »Meinst du, du kannst mir irgendwann verzeihen, Anna?«

Darauf konnte ich nicht antworten.

»Glaubst du mir trotzdem, wenn ich sage, dass ich nie aufhören konnte dich zu lieben?«

»Ich weiß es nicht.« Das war die Wahrheit.

Er seufzte und drehte sich nun doch zu mir um. »Es ist aber so. Ich liebe dich wahnsinnig.«

»Du … du …«, stammelte ich, weil ich nach den richtigen Worten suchte. Doch ich fand sie nicht.

Er nahm meine Hand, die noch immer seinen Arm festhielt. Hastig zog ich sie weg. »Ich würde dich gern in die Arme nehmen«, bat er leise.

»Und ich möchte, dass du jetzt gehst.«

»Anna, ich tue alles, was du willst, wenn du nur wieder bei mir bist.«

»Ich kann dir das nicht glauben. Tut mir leid.« Ich sah ihn nicht an, denn ich konnte mir genau vorstellen, wie viel Kraft seine Wunderaugen jetzt hatten. Davon wollte ich mir nicht die Sinne vernebeln lassen.

Allerdings nützte das nichts, denn er legte zwei Finger unter mein Kinn und hob es an. Das war nicht fair. Seine Augen hatten nichts an Kraft eingebüßt. Da waren sie wieder … diese Seen … hell, kalt, tief. Sein Gesicht, viel zu schön. Unwiderstehlich und so wahnsinnig anziehend. Ich zwang mich dazu weiterzuatmen. Aber das brachte gar nichts, denn da war sein Duft. Wenn er sich nun zu mir hinabbeugen würde, wäre es zu spät. Ich würde mich fallen lassen und die Hölle vergessen, durch die ich gegangen war und die garantiert irgendwo in der Zukunft wieder auf mich wartete.

»Hast du Angst?«, fragte er deutlich verwirrt.

»Ja, habe ich«, hauchte ich. »Angst, wieder in den Abgrund zu stürzen. Wenn ich jetzt tue, was ich mir am meisten wünsche, dann überlebe ich es nicht, wenn es wieder vorbei ist.«

»Und was wünschst du dir am meisten?«

»Dass du …« *Nein!* Das wollte ich nicht zulassen! Mit einem Ruck wandte ich mich ab. Auf dem Weg zur Couch zog ich die hochhackigen Schuhe aus, setzte mich hin und wollte die Beine schützend vor meinen Körper ziehen. Allerdings störte das kurze Kleid dabei. Ich zog es etwas hoch. Dann stützte ich das Kinn auf meine Knie und starrte die Wand an. Immer noch besser, als wieder in seinen Augen zu ertrinken.

Mir entging trotzdem nicht, dass er mir folgte und vor mir in die Hocke ging. »Sag mir, was ich tun soll«, forderte er mit so sanfter Stimme, dass mir ein Schauder über den Rücken jagte.

»Versteh mich bitte nicht falsch«, erwiderte ich. »Einerseits möchte ich nicht, dass du gehst. Es würde wehtun. Andererseits habe ich Angst, dass es dir wieder zu viel wird.« Nun wagte ich doch einen Blick zu ihm und zitierte seine Worte: »*Zwei Leben sind eines zu viel.*«

»Jedes Leben ohne dich ist eines zu viel«, erwiderte er. Seine Augen verengten sich, ehe er weitersprach. »Ich weiß, was ich dir angetan habe, und es tut mir unendlich leid. Das hatte es schon getan, noch bevor du damals das Haus verlassen hast. Aber ...« Er atmete tief durch, schloss für einen Moment die Augen. »Ich wusste, du würdest es schaffen. Irgendwann. Und ... ich habe recht behalten.«

Mein Kopf schoss hoch. »Hör auf, Marco!«, fuhr ich ihn an. Dann leiser: »Du weißt genau, was du mir bedeutest. Ich weiß nur nicht, ob ich das will. Irgendwann fällt dir wieder ein, dass einer von uns unglücklich sein könnte. Und dann? Ich schaffe das nicht noch einmal.«

»So wird es nicht noch einmal enden, Anna. Bitte glaub mir.«

»Lass ... lass ...« Ich legte den Zeigefinger auf seine Lippen. Keine gute Idee, denn sie waren weich und ich sehnte mich plötzlich sehr danach, sie zu küssen, deshalb zog ich die Hand schnell wieder zurück und versuchte mich auf etwas anderes zu konzentrieren.

»Was war nun mit dem Prinzen?«, wechselte ich so kühl wie möglich das Thema. »Weißt du etwas über seine Fähigkeiten?«

»Nein, nur dass er ein Falkner sein muss, so wie ...«

»Madras«, ergänzte ich.

»So wie sein Vater, König Ramiro, einer war«, berichtigte Marco.

»Hm. Dann ist es sein Falke, der unseren ständig abwehrt.«

»Sagtest du nicht, Madras sei damals zurück in seine Heimat gegangen?« Sein Ton gefiel mir nicht.

»Sei jetzt bloß nicht auch noch eifersüchtig. Hast *du* nicht gesagt, er sei mein Leben?«, spottete ich.

»Ich habe vieles gesagt, weil ich glaubte es dir einfacher machen zu können. Leicht fiel es mir deshalb nie.«

»Nun ... zumindest habe ich in letzter Zeit oft darüber nachgedacht«, gab ich zu.

»Liebst du ihn?«

»Er ist einer meiner besten Freunde«, antwortete ich gelassen. »In gewisser Weise also schon.«

»Das meine ich nicht. Hat er dein Herz erobert?«

»Mein Herz?«, schnaubte ich verächtlich. Es gab doch gar kein Herz mehr, das intakt genug dafür gewesen wäre. »*Ich* war verloren, Marco. Und er war da für mich. Die ganze Zeit. Verstehst du das?«

Er stand auf. »Vielleicht war es sogar sehr dumm von mir herzukommen«, sagte er resigniert.

»Siehst du? Das meine ich!«, fuhr ich ihn an, sprang ebenfalls auf und stürmte an ihm vorbei. Zumindest wollte ich das. Er streckte den Arm aus und hielt mich an der Hüfte fest, sodass ich zurückstolperte und gegen seine Brust prallte. *Er war zu nah!* Doch bevor ich flüchten konnte, zog er mich noch näher an sich heran, griff mit einer Hand in meinen Nacken und presste den Mund auf meine Lippen. Mit beiden Händen stieß ich mich an seiner Brust ab und zog den Kopf zurück. Tiefe Verzweiflung durchspülte mich. »Bitte tu das nicht«, flüsterte ich.

»Sag es mir, wenn du mich nicht mehr liebst«, forderte er, ohne mich loszulassen.

»Ich habe dich immer mehr geliebt, als gesund für mich war. Und wenn du mich noch einmal verlässt, bringt es mich um.«

»Dann sag mir, was ich tun soll.«

»Ich kann nicht! Hörst du mir überhaupt zu?«

»Versuch es. Bitte mich darum zu bleiben und ich werde es tun.« Die Aufrichtigkeit in seinem Gesicht war mehr als deutlich. Doch ich hatte ihn schon einmal darum gebeten, bei mir zu bleiben. Es hatte ihn damals nicht davon abgehalten, mich zu verlassen.

»Ich kann nicht«, wisperte ich. Es war unmöglich ernsthaft nachzudenken, während er mich ansah. Immer noch hielt er mich, immer noch war er mir viel zu nah. Was, wenn ich einfach nachgab? War es nicht ohnehin zu spät? Würde es nicht die gleichen Qualen bedeuten, wenn er jetzt ging? Könnte ich mich nicht einfach fallen lassen? Wie oft hatte ich mich danach gesehnt? Ich könnte jetzt die Arme heben, meine Finger in seinem dichten Haar vergraben, ihn daran zu mir herunterziehen und die Zeit genießen, die mir mit ihm blieb. Besser kurz, als gar nicht. Warum sollte ich mich noch länger dagegen wehren?

***

Marco

Zu gern hätte ich nochmals versucht sie zu küssen, doch im Augenblick war ich nur dankbar, dass sie sich nicht ganz aus meiner Umarmung zu befreien versuchte. Ich konnte sie ansehen, fühlen ... Das war für den Moment genug. Ich beobachtete ihre Mimik ganz genau. Sie war immer noch unentschlossen. Doch plötzlich blitzte etwas in ihren Augen auf. Verlangen! Dieser Ausdruck war mir so vertraut. Sie liebte mich, wollte mich, kein Zweifel. Ich wusste genau, was sie sich in diesem Moment wünschte, doch ich wollte es aus ihrem Mund hören. »Sag, was du willst, wonach du dich sehnst«, forderte ich leise.

Obwohl sie keinen Ton herausbrachte, war die Antwort so offensichtlich. Deshalb ließ ich sie kurz los, doch nur, um beide Hände um ihr Gesicht zu legen. Dann beugte ich mich zu ihr herab. Immer noch erforschte ich ihr Gesicht. Nichts darin hielt mich noch auf. Sanft berührten meine Lippen ihren Mundwinkel, es war nur der Hauch eines Kusses und ich wusste genau, wie sie darauf reagierte, weil das zu wenig war. Ein Seufzer entfuhr ihr und verriet, wie richtig ich damit lag. Dennoch spürte ich noch immer, wie sie sich wehrte, wie sehr sie sich konzentrierte, um nicht den Boden unter den Füßen zu verlieren. Gott, wie sehr ich es liebte, wenn sie sich fallen ließ, wenn sie sich ergab. Wenn sie mir alles von sich schenkte. Nicht nur ihr Herz, sondern auch ihre Seele. Genau so hatte sie es selbst einmal beschrieben und genau das wollte ich wieder mit ihr erleben.

Doch für den Moment ließ sie einfach nur geschehen, dass ich sie küsste. Zärtlich und leidenschaftlich zugleich, so etwas wie das hier hatte ich niemals wieder erlebt und mir war endgültig klar: Bis in alle Ewigkeit hätte ich nach etwas Vergleichbarem suchen, es aber niemals finden können. Der Drang danach, sie nun einfach auf meine Arme zu heben und ins Bett zu tragen, nahm mich nahezu komplett ein. Nahezu. Denn sie kämpfte noch immer mit aller Macht dagegen an, was hier und jetzt mit uns geschah. Die Zeit hatte ihr die Kraft dazu verliehen, sich zu beherrschen. Etwas, das damals niemals möglich gewesen wäre. Heute war sie stärker. Schaffte es, sich zu kontrollieren, obwohl ich spürte, dass meine Berührungen an ihrem Gleichgewichtssinn zerrten, während sie diesen Kuss mit voller Leidenschaft erwiderte. Sie wollte mehr, immer mehr.

Ich hielt sie nicht auf. Als sie den Kopf hektisch atmend nach hinten nahm, damit ich ihren Hals küssen konnte, startete ich einen neuen Versuch. »Sag es, Anna. Was wünschst du dir am meisten? Jetzt. In diesem Moment.«

»Dass du bei mir bleibst. Dass ich dich spüren kann.« Sie sah mich an. Alles in ihr verlangte nach mir. Sie war wie hypnotisiert. Endlich!

Die Zeit stand still. Sie war völlig außer sich. Genau so, wie ich sie kannte. Alle Last schien von ihren schmalen Schultern zu fallen, ihr Atem ging hektisch. »Ich will mit dir schlafen, Marco. Ich will, dass du mich berührst, damit ich wieder weiß, wie es war.«

Tränen standen in ihren Augen. Zärtlich ließ ich meine Lippen an ihrem Hals hinabgleiten. Mit Leichtigkeit zog ich den Reißverschluss ihres Kleides hinunter, strich die Träger sanft von ihren Schultern, bis es zu Boden fiel. Meine Meinung über ihr Outfit musste ich augenblicklich revidieren, als sie in schwarzer Spitzenunterwäsche vor mir stand. Sie war so unbeschreiblich schön und ich nur ein Mann, der das, was er sah, wahnsinnig begehrte.

***

Anna

Das Funkeln seiner Augen, die Geschmeidigkeit seiner Bewegungen, seine Eleganz raubten mir schlicht den Verstand. Ich wollte nicht länger darüber nachdenken, was auf diese Nacht folgen würde, wollte ihn nur noch fühlen, spüren mit Leib und Seele. Seine Zärtlichkeit war so unbeschreiblich, wie sie immer gewesen war.

Ich liebe dich wahnsinnig, dachte ich. Immer und immer wieder dachte ich es, wagte jedoch nicht es auch auszusprechen. Mein Unterbewusstsein schien diese winzige Barriere der Zeit aufrechtzuerhalten, eine unsichtbare und im Moment so unvorstellbare Schutzmauer, die vollkommen sinnlos war. Da war das Verlangen, die Begierde, die Sucht, von der es so schwer gewesen war loszukommen, deren Wunden nie verheilt waren. Und doch sagte ich nichts. Nur seine Worte drangen durch den schweren Atem zu mir hindurch.

»Ich habe dich so vermisst, Anna. Ich liebe dich.«

Als Antwort ließ ich meine Hände unter sein Shirt gleiten, ertastete gierig die Wölbungen seiner ausgeprägten Muskeln. Schnell gab er meiner Gier nach, hob mein Bein an und legte es um seine Hüfte. Dann hob er mich ganz hoch und trug mich unter Küssen ins Schlafzimmer, wo er mich auf dem Bett ablegte und mich unter seinem Körper begrub. Automatisch schloss ich die Augen und verlor mich in unseren Berührungen, bis unsere Körper ganz miteinander verschmolzen.

Er liebte mich so stürmisch, wie ich es zuließ ... und doch so geduldig und beherrscht, dass es meine Seele weiter und weiter mit neuem Leben füllte. Leben, das ich sicher war, nach dieser Nacht endgültig verloren zu haben.

***

»Eigentlich ist es ein bisschen zu viel, was mir im Moment passiert«, sagte ich, als wir erschöpft nebeneinanderlagen. »Vor einigen Tagen habe ich Kaja und Denido getroffen. Das, dachte ich, hätte mich schon völlig aus der Bahn geworfen. Und dann tauchst du hier auf.« Für einen Moment hielt ich inne und sah ihn an. Sein Blick verriet ihn. »Du bist also doch bei ihnen«, stellte ich fest.

Das schiefe, verschmitzte Lächeln huschte über sein Gesicht. Er nickte zaghaft.

Argwöhnisch betrachtete ich ihn. Dann richtete ich mich auf. Seine Lippen wanderten geschmeidig über meinen Oberschenkel. »Du hast alles gehört, was ich gesagt habe«, stellte ich weiterhin fest.

Durch die langen Wimpern sah er kurz zu mir auf und antwortete durch einen Augenaufschlag mit Ja.

»Und du hast alles gesehen.«

Wieder ein Ja. Seine Lippen, seine Zunge wanderten weiter.

»Hör auf. Das macht mich wahnsinnig.«

»Ich weiß«, hauchte er nur grinsend.

»Dann hast du mich auch mit Madras gesehen. Bist du deshalb hergekommen?«

Noch ein schiefes Lächeln.

»Ich bin hier, weil ich dich liebe. Und du, weil du mich liebst. Und nicht Madras.«

Ich erinnerte mich daran, dass ich vor langer Zeit mal etwas Ähnliches zu ihm gesagt hatte.

Unbeirrt glitten seine Lippen weiter und jagten Blitze in meinen Unterleib. Lange würde ich diese süße Qual nicht aushalten. Ich versuchte es trotzdem.

»Du bist ganz schön von dir selbst überzeugt, Marco Sander«, keuchte ich, ehe er grinste und mich an den Hüften zu sich zog.

»Und du bist wunderschön, Annabel Weber«, flüsterte er. »Sag, dass du mich liebst, Anna.« Er hob meine Beine an und drang in mich ein. »Sag es«, forderte er, zog sich etwas zurück und stieß dann fester zu. »Sag es.«

Mit jedem seiner heftigen Stöße, die nun folgten, bereitete er mir fast Schmerzen. Ich antwortete trotzdem nicht. Meine Finger gruben sich wie von selbst in das Kissen hinter meinem Kopf und mein Becken hob sich seinen Bewegungen entgegen, so heftig sie auch waren, so wütend sie sich auch anfühlten.

»Sag, dass du mich liebst.«

Noch fester. »Du tust mir weh.«

Er hörte trotzdem nicht auf. »Du liebst mich, Anna. Sag es.«

»Du arroganter Mistkerl«, zischte ich. »Glaubst du, du bist der Mittelpunkt des Universums? Glaubst du, ich habe die ganze Zeit nur darauf gewartet, dass du zurückkommst, um dir zu sagen, wie sehr ich dich liebe?«

»Ich weiß genau, dass es so ist. Warum sagst du es nicht?«

»Ich habe schon viel zu viel gesagt.«

»Ich will, dass du es *jetzt* sagst.« Seine Finger bohrten sich in meine Oberschenkel. Jeden Stoß spürte ich im Bauch. Jedes Mal stöhnte ich laut auf … und nicht vor Schmerz.

»Ich liebe dich, Marco«, schoss es aus mir heraus. Sein Griff lockerte sich. »Nein, hör nicht auf«, keuchte ich, und er tat, was ich wollte, bis mich ein heftiger Orgasmus aufschreien ließ. »Ich liebe dich wahnsinnig«, keuchte ich wie von Sinnen. »Ich liebe dich so sehr, wie du es dir nicht vorstellen kannst. Und ich liebe dich mehr als du mich.«

Er hielt mich fest in seinen Armen. »Du glaubst das wirklich, du glaubst es … immer noch. Schon damals hast du so gedacht.«

»Ja. Weil es genau so ist.«

Ein sanfter Kuss traf meine Schulter, dann erst kam er selbst zum Höhepunkt. Erschöpft sank sein Kopf neben meinem ins Kissen. Es dauerte eine Weile, bis er wieder zu Atem kam. »Ich bin nicht schwach geworden bei Medina«, sagte er dann. »Ich habe sie nicht einmal angesehen.«

»Du hast Sina angesehen. Ich war dabei.«

Er seufzte. »Stimmt. Aber das habe ich nur getan, um es dir leichter zu machen. Ich dachte, je mehr ich dich verletze, desto schneller könntest du mich vergessen. Es tut mir so leid. Alles tut mir leid, was ich dir angetan habe.« Er drückte mich fest an sich. »Und dennoch liebe ich dich immer noch mehr als alles andere. Und als ich dich und Madras gesehen habe …« Für einen kurzen Augenblick gab er dem Reflex seines anderen Ichs nach und kniff die Augen fest zusammen. Dann blickte er mich wieder an. »Was ist zwischen dir und Madras? Und was ist hier mit dir und Ben?«

Seine Fragen waren direkt und ich zögerte nicht, sondern äußerte spontan die Wahrheit. Warum auch nicht? »Ben ist … süß.« Okay, seit heute Abend wusste ich selbst nicht mehr so genau, warum ich das so gesehen hatte, aber egal. »Und er hat eine Freundin. Es war also sozusagen eine Herausforderung, an ihn heranzukommen. Ein Spiel. Sonst nichts.«

»Eine Wette?«

»Was? … Nein!« O mein Gott, dass mir die Geschichte von damals noch nachhängen würde, damit hatte ich nicht gerechnet. »Das war etwas völlig anderes!« *Mit ungeahnten Folgen.* »So viel zu dieser Welt«, redete ich weiter.

»Madras ... Er ist ein Freund. Ein wahrer Freund mittlerweile. Trotzdem! Ich habe ihn benutzt. Die Erinnerung an ...« Einen Moment lang sah ich Marco in die Augen. Sie leuchteten, obwohl nur durch die Tür zum Flur Licht hereindrang. Zärtlich strich ich mit den Fingern über seine Wange. Es war auf einmal wieder so unvorstellbar, dass er hier war, hier bei mir. »Die Erinnerung an dich war so schwach. Ich ... ich wollte mich bestrafen dafür, dass ich mich nicht besser erinnern konnte.« Er war so unvorstellbar schön, fast irreal. »Ich liebe dich so sehr.« Wieder stiegen Tränen in meine Augen. Der Gedanke daran, dass ich hier bei ihm sein durfte ... der Gedanke an Madras und was er mir bedeutete ... der Gedanke an die andere Welt, in der ich Domino nicht haben durfte. Immer noch niemals. Und auch, wenn ich ihm glauben wollte, dass er nicht nur hier war, um Magiadirs Rat zu befolgen – *wenn ihr im Herzen zusammenbleibt ...* –, sondern meinetwegen, hatte sich nichts seit damals geändert. Auch wenn Marco jetzt versprach zu bleiben. Niemals würden wir beide damit fertig, niemals könnten wir zwei Leben leben.

»Ich bitte dich zu gehen, Marco. Und in der Welt des Lichts bitte ich dich, mir nicht zu begegnen.« Im selben Moment, in dem ich das aussprach, traf ich meine Entscheidung. Vielleicht war es der Wunsch, seinen Worten zu glauben. Zu glauben, dass er mich noch immer liebte oder auch nie damit aufgehört hatte, was es mir leichter machte, diesen Entschluss ... *leichter?* Vielleicht war mir auch einfach noch nicht klar, was es mir ausmachen würde, wenn er fortginge.

»Was redest du da bloß, Anna? Das bist doch nicht du.«

Nein, das war nicht ich. Nur das, was die Zeit aus mir gemacht hatte. Ich war einfach nicht mehr in der Lage, simplen Worten zu glauben, die mir den Himmel versprachen und in Wahrheit die Hölle bereithielten.

Er sah mich an. Nicht etwa erschrocken, betroffen oder traurig. Nein. Resigniert. »Tu das nicht, Anna.«

Darauf antwortete ich nicht.

»Du meinst es nicht so.«

»Doch, Marco. Genau so.« Ich sah ihm fest in die Augen dabei. »Bitte geh. Glaub mir. Es ist besser so.«

***

»Eines noch …« Die Hand bereits an der Türklinke drehte er sich noch mal zu mir herum. »Spätestens morgen werdet ihr in Mirilon sein.«

Er zögerte. Wenn er glaubte, er könne mir ausreden, dort hinzureiten, hatte er sich geschnitten. Doch zu meiner Überraschung versuchte er das gar nicht erst. »Versprich mir, dass du vorsichtig bist.«

»Keine Sorge. Ich bringe die Welt nicht in Gefahr«, gab ich spöttisch zurück.

»Versprich es mir. Sei vorsichtig … für mich … nicht für Solest.«

Darauf fiel mir nichts ein. Ich stand nur da und sah ihn an, unfähig irgendein Versprechen zu geben. Vor allem eines, das ich nicht halten könnte. Ich war fest entschlossen den Prinzen zu treffen, mein Land zu verteidigen, die Welt. Dafür lebte ich. Das hatte er mir doch schon vor langer Zeit klargemacht.

Er wandte sich wieder ab, drückte die Klinke. Aber dann drehte er sich noch einmal zu mir um. »Anna, wir stehen *so* kurz vor einem Krieg.« Er zeigte mit Daumen und Zeigefinger einen kaum sichtbaren Spalt. »Mirilon ist bewaffnet bis an die Zähne. Aus jedem Mauseloch haben sie kampfbereite Narren gezogen, das ist dir hoffentlich klar.«

Nein, das hörte ich jetzt zum ersten Mal. Trotzdem hob ich den Kopf höher und schob das Kinn vor. Auch das würde mich nicht von meinem Plan abbringen.

»Unsere Truppen stehen direkt hinter der Grenze, überall. Anna … es fehlt nur ein Funke.« Er schnipste mit den Fingern.

»Deshalb sind wir unterwegs zu ihm«, antwortete ich jetzt. Ich war zu allem bereit. »Ich werde herausfinden, was ihn bewegt und was er vorhat.«

»Ich weiß, du vertraust mir nicht. Und nachdem, was ich dir angetan habe, muss ich das akzeptieren.« Er lachte ein bitteres Lächeln. »… aber das trifft es nicht ganz, denn du hattest noch nie Vertrauen zu mir.«

Ich holte Luft. Das stimmt nicht, wollte ich sagen. Aber was würde es noch nützen? Also atmete ich ohne Worte wieder aus. »Leb wohl, Marco«, sagte ich dann.

»Ich werde Kaja schicken. Sie soll mit euch reiten. Sie kennt die Zeichensprache der Späher. Egal in welche Richtung sie die Zeichen gibt, einer von uns wird es sehen können.« Ich kannte ihn zu gut, um nicht herauszuhören, dass er seine Worte genau durchdacht hatte. Der letzte Satz klang wie ein Schwur. »Ich werde alles tun, was in meiner Macht steht.« Mit endloser Zärtlichkeit sah er mir in die Augen. Dann erst öffnete er die Tür, ging hinaus und zog sie hinter sich zu, ohne sich noch mal umzusehen.

Ich lehnte mich gegen die Wand. Eine Träne rann über meine Wange. »Ich liebe dich«, flüsterte ich in mich hinein. Noch eine ganze Weile stand ich so da. Die Lungen schwer. Keine Ahnung, wie lange ... Dann ging ich zurück, legte mich ins Bett und schlief nach scheinbar endloser Zeit weinend ein.

***

Am Sonntagmorgen erwachte ich wie immer viel zu früh. Es war erst sieben. Einige Male wälzte ich mich noch im Bett hin und her. Bilder schossen durch meinen Kopf. Viel zu viele. Wie eine Diashow. Kopfschmerzen breiteten sich hinter meinen Schläfen aus.

Zeit zum Aufstehen. Zeit, um irgendwas zu tun, das mich auf andere Gedanken brachte. Genau so, wie ich es schon seit Langem hier tat. Nichts hatte sich geändert. Nur die Erinnerung war wieder da. Damit ging es mir besser. Hoffte ich. Glaubte ich ... *wusste* ich.

Aber erst gegen Abend klingelte mein Telefon, das ich heute viel öfter in der Hand gehalten hatte als sonst. Aus welchem Grund auch immer.

Mit einem Blick auf das Display wurde meine Laune nicht gerade besser. Augenverdrehend nahm ich das Gespräch trotzdem entgegen. »Hi, Ingo.«

»Ist alles in Ordnung mit dir?«, fragte er.

»Ja, bestens. Wie war's in Holland?« Nicht dass es mich wirklich interessiert hätte.

»Es war super. Und hier? Habe gehört, du warst mit Ben unterwegs.«

Ach, das hatte sich also schon rumgesprochen? Wie es aussah, sorgte Ben wohl selbst für Stress mit seiner Freundin. »Hat Ben nichts Besseres zu tun, als Unfrieden zu stiften?«, murrte ich scheinheilig. »Wenn Christina das rauskriegt, ist sie nicht nur auf ihn sauer. Hat er dich wenigstens noch zu Hause ankommen lassen, um dir das zu erzählen?«

»Hey, langsam. Ben hat gar nichts gesagt. Marco, Marco Sander war bei mir. Das ist ja ein irrer Zufall, dass ihr euch aus der Schule kennt.«

Ich ließ mich auf das Sofa sinken. Das konnte doch wohl nicht wahr sein! »Ja, irrer Zufall. Hast du etwa auch in den USA studiert?«

»Ja, Ben und ich haben ein Auslandssemester dort gemacht.«

»Hat er sonst noch was erzählt?«, fragte ich völlig resigniert.

»Ich glaube, er hat sich ziemlich gefreut dich wiederzusehen.«

Ich holte tief Luft und kniff die Augen fest zusammen.

»Hattet ihr mal was miteinander?«

Ich atmete aus. »Ja. Ist aber schon eine Weile her.« Ohne dass ich es wollte, hatte ich das sehr leise gesagt.

Ingos Aufmerksamkeit entging das nicht. »Sorry, Anna. Ich wollte keine alten Geschichten aufwärmen.«

»Nein. Nein, ist schon okay«, stammelte ich. »Ist ... ist er wieder abgereist?«

»Nein. So, wie es sich anhörte, bleibt er noch ein paar Tage.«

Darauf sagte ich nichts.

»Tja, das wollte ich auch nur erzählen«, fuhr Ingo fort. »Wir sehen uns dann morgen in der Firma?«

Immer noch in einem Ton, den Ingo sicher nicht von mir gewohnt war, stimmte ich zu, verabschiedete mich mit einem knappen »Bis dann« und legte auf.

Nachdenklich starrte ich auf das Display. Dieser Anruf, so unwichtig er auch eigentlich gewesen war, fühlte sich an wie der Rückfall nach einer schweren Krankheit. Beide Welten schienen auf einmal zu klein für uns beide zu sein.

Mirilon

Lunaja

Kurz bevor wir die Waldgrenze erreicht hatten, stieß Kaja zu uns.

»Schön dich zu sehen«, begrüßte ich sie.

»Ja, wie in alten Zeiten«, gab sie gut gelaunt zurück.

Die drei Männer betrachteten den Neuzugang skeptisch und ich hatte auch schon eine Ahnung weshalb. »Du brauchst andere Kleider«, murrte Karas endlich.

»Nette Begrüßung«, witzelte Kaja.

»Aber er hat recht«, stimmte ich zu. »Du siehst aus wie die Späher. Die Hose kannst du anlassen.« Ich sprang vom Pferd und zog ein helles Stoffhemd aus den Satteltaschen.

»Zwecklos«, knurrte Madras. »Sie ist längst beobachtet worden.«

»Na, und wenn schon. Dieser Tirios kann ruhig wissen, wer sie ist. Er weiß doch ohnehin, dass Kariada und Naradon befreundet sind.«

»Ha! Befreundet mit Spähern!«, warf Landos zynisch ein.

»Ja! Ganz genau«, zischte ich und warf ihm einen bösen Blick zu. Wütend stopfte ich das Hemd wieder in die lederne Tasche und sprang aufs Pferd. »Verdammt«, rief ich. Eigentlich wollte ich es auf sich beruhen lassen, aber nun riss ich Devils Zügel herum, um Landos in die Augen sehen zu können. »Wir sind uns nicht einmal untereinander einig. Auf wessen Seite steht Ihr, Landos?«

Er hob den Kopf noch höher und lehnte sich im Sattel weiter zurück, als könnte er so größer wirken. »Kariada. Ich bin für Kariada. Und ich falle für Kariada.« Er zögerte. »Und für meine Königin.« Obwohl ihn der letzte Satz einige Überwindung zu kosten schien, nickte ich.

»Gut.« Dann richtete ich das Wort an alle. »Auf nach Mirilon.«

»Warte, Luna«, hielt Kaja mich auf und blickte nach oben in den Himmel. Der fremde Falke kreiste über uns. Dann flüsterte sie: »Bitte richte deinen Blick kurz auf die Späher.«

Das verstand ich nicht. »Was soll das bringen, ich kann keine Gesichter sehen und hören kann ich sie auch nicht?«

»Du musst die Zeichensprache nachmachen. Du musst sie mir nur zeigen, dann kann ich sie dir übersetzen.«

Ich wusste genau, von wem Kaja sprach. Domino wollte sich dem Feind nicht zeigen. Und das war gut so. Aber er wollte mit mir reden. Nun blickte ich Hilfe suchend zu Kaja und die nickte mir aufmunternd zu, obwohl ich ihr ansah, dass sie mich längst durchschaut hatte.

Ich schloss die Augen. Schnell waren die Späher ausgemacht. Sie waren so nah. Nicht mal zweihundert Meter lagen zwischen ihm und mir. Domino stand ein wenig abseits von den anderen, ich erkannte ihn sofort. »Du wolltest mich sprechen«, flüsterte ich, wohl wissend, dass er es hören konnte.

Mit den Händen formte er Zeichen, ganz langsam, und ich machte sie nach.

»Versprich es mir«, übersetzte Kaja leise.

Sofort riss ich die Augen wieder auf. »Ich verspreche es.« Damit trieb ich mein Pferd voran, aus dem Dickicht des Waldes hinaus auf die Wiesenpfade.

Das Schloss und seine Dörfer rund herum waren schon jetzt wie ein kleiner Punkt in der Ferne zu erkennen. Immer wieder kreiste Tirios' Falke über uns. Madras bereitete es Mühe, seinen eigenen Vogel von ihm fernzuhalten. Zu sehr war der andere darauf bedacht, Cariño anzugreifen.

»Ich kann es ihm nicht verdenken«, seufzte ich, als er wieder von einem seiner Vorstöße zurückkam.

Madras gestikulierte. »Falken haben ein feines Gehör«, sagte er dann ganz beiläufig und strich dem Tier vorsichtig mit drei Fingern über den Kopf. Der andere kreiste weiter über uns. Ich verstand, Tirios würde mithören.

»Ich wollte sein sensibles Gemüt nicht verletzen«, sagte ich grinsend.

»Schon gut, ich will nur nicht, dass er sich zu weiteren Angriffen hinreißen lässt.« Madras sagte das mit einem Zwinkern.

Diese Felder schienen unendlich. Hohes Gras, kurzes Gras ... aber sonst nichts. Grün, so weit das Auge reichte. Und über uns der Falke des Feindes.

Erst nach Stunden, als die Sonne in Richtung Norden zu sinken begann, wurde das Schloss von Mirilon größer und größer. Und endlich kam eine Horde Reiter, offensichtlich eine Art Begrüßung, eine Eskorte. Doch sie wirkten gespenstig und bedrohlich. Die Chromnieten an den Sätteln der Pferde blinkten in der sinkenden Sonne. Ihre orangefarbenen Uniformen mit in hellerem Rot abgesetzten Nähten und Abzeichen und ihre Fahnen mit dem goldenen Falken von Mirilon wirkten zwar sehr förmlich, aber die Geschwindigkeit, mit der die bewaffneten Soldaten auf uns zugestürmt kamen, war Furcht einflößend. Bildete ich es mir ein oder kam mir die Farbe bekannt vor? Kurz bevor sie uns erreicht hatten, schwärmten sie aus und bildeten hinter uns einen Halbkreis.

So wurden wir zum Schloss geleitet. Es gab keine Straße, nur ausgetretene Pfade, die in mehrere Richtungen führten. Das Schloss war ein weißes klotzartiges Gebäude, das schon mehr an eine Villa der anderen Welt erinnerte. Auch die Stallungen und kleineren Nebengebäude waren eckig gebaut und schneeweiß angestrichen. Nur die Strohdächer verrieten, wo wir uns hier zweifellos befanden. Es waren auch keine Gärten mit Bäumen oder Blumenbeeten angelegt worden, das Grün der schlichten Wiesen bestimmte alles.

Kein Wort! – so hatten wir es ausgemacht. Uns war klar, dass wir bespitzelt wurden, nicht nur von dem Falken über uns. Also schritten wir stumm dahin, bis wir die Stufen der Eingangsempore mit ihren kantigen Säulen neben dem riesigen, hölzernen Tor erreichten.

Sieben Personen kamen uns entgegen. In ihrer Mitte breitete ein großer, hagerer Mann in hellem Gewand einladend die Arme aus. Er lächelte übertrieben freundlich, geradezu strahlend. Er musste mindestens ein Meter neunzig groß sein und wenn man ihn genauer betrachtete, ließen die breiten Schultern darauf schließen, dass er doch nicht so dürr war, wie es in dem weiten Gewand auf Anhieb aussah. Seine langen Haare waren im Nacken zusammengebunden und reichten glatt und glänzend bis zur Mitte seines Rückens. Sie waren dunkelblond mit hellen von der Sonne gebleichten Strähnen.

»Meine Freunde, meine Nachbarn!«, rief er. »Ich grüße euch!« Mit seinem Händeklatschen kamen mehrere Stallburschen herangelaufen und griffen nach den Zügeln der Pferde. Ein Page in orangefarbener Livree kam zu Hilfe, als einer der Burschen eine Treppe neben meinem Pferd abzustellen versuchte. Aber Devil sprang mehrmals zur Seite weg. Kein Wunder, selbst ich hatte keine Ahnung, was das sollte. Was hatte Tirios erwartet? Eine pompöse Königin, die es nicht allein vom Pferd herunterschaffte? Was hatte sein Falke die ganze Zeit beobachtet? Demonstrativ richtete ich meine Stute direkt neben der Treppe aus, bis sie still stand, dann sprang ich ab. Ein kurzer prüfender Blick in Tirios' Gesicht verriet mir, dass er begeistert war, auch wenn er versuchte es zu verbergen, indem er an seinem breiten Grinsen nichts änderte.

»Königin Lunaja! Es ist mir eine Freude! Ihr seid genauso bezaubernd, wie man es sich in allen Landen erzählt.« Aus dunkelbraunen Augen strahlte er mich an.

All mein schauspielerisches Talent war jetzt gefordert. Ich legte das charmanteste Lächeln auf, das mir möglich war. »Vielen Dank, Prinz Tirios. Ihr schmeichelt mir. Ich freue mich auch Euch kennenzulernen.« Dann stieg ich die Stufen zu ihm hinauf.

Wie alt er war, konnte ich überhaupt nicht einschätzen. Sein Gesicht wirkte jugendlich, glatt und fein. Doch gleichzeitig strahlte es eine enorme Reife aus. Die gerade, schmale Nase zwischen den recht hohen Wangenknochen und die vollen Lippen waren durchaus attraktiv. Er war keine solche Schönheit wie Domino oder auch Madras, aber auf seine Weise dennoch anmutig.

Sobald er meine Hand geküsst hatte, stellte ich ihm meine Begleiter vor. Zuletzt Kaja als meine Vertraute.

Tirios hob die Augenbrauen und musterte sie skeptisch. »Oh. Und ich dachte schon, Ihr hättet einen Feind mitgebracht«, versuchte er einen Witz zu machen.

Ich stimmte in sein unechtes Lachen ein.

Schnell lud er uns ins Haus ein, wo Bedienstete bereitstanden, um uns zu unseren Unterkünften zu führen.

Das riesige Gemach, was ich betrat, erinnerte mich an einen Tanzsaal mit einem Balkon über die ganze Länge des Raumes. Sehr hell und tatsächlich sehr freundlich eingerichtet – mit Eichenmöbeln, orangefarbenen Teppichen und Wandverzierungen. Eine Tür führte zu Kajas Zimmer. Ich platzte vor Neugierde, als ich an ihre Tür klopfte und um Einlass bat. Doch als ich eintrat, stellte ich fest, dass es mehr eine Abstellkammer mit Pritsche war, in der Kaja hausen sollte.

»Tu mir einen Gefallen und wohne bei mir, Kaja«, sagte ich mit offen stehendem Mund, während ich mich in dem kahlen Gemäuer umsah.

»Ich finde es gar nicht so schlimm hier, wenn ich ehrlich bin. Aber wenn du es schon anbietest …« Sie grinste. »Ich wohne gern bei dir.«

Schnell griff ich nach ihrer Hand und zog sie durch die Tür in meinen Saal. Wir kicherten dabei wie kleine Mädchen.

Kaja inspizierte begeistert jeden Winkel.

»Und was ist das hier?«, fragte sie und zog an der dicken seidenen Kordel am Kopfende des riesigen Ruhelagers. Im Nu stand nach kurzem Klopfen eine Zofe im Zimmer. Kaja starrte sie erstaunt an.

»Das war die Glocke«, beantwortete ich grinsend die Frage. »Aber da du schon mal da bist, wir würden gern baden. Wir brauchen *zwei* Wannen«, fügte ich noch schnell hinzu, ehe das Mädchen sich auf den Weg machte.

»Dann wollen wir doch mal sehen, wie es mit Kleidung aussieht«, sagte ich und öffnete einen Schrank nach dem anderen. »Oh, ich habe es geahnt«, stöhnte ich. »Wenn wir umgezogen sind, passen wir zur Einrichtung.«

Kaja und ich lachten gleichzeitig auf, als ich eines der Gewänder, allesamt in Orange- und Rottönen, aus dem Schrank zog.

***

Kurze Zeit später lagen wir schon in den Badewannen, die man uns gebracht hatte. Endlich – nach Tagen und Wochen – ein sauberes Gefühl. Für Kaja war es sogar das erste richtige Bad seit Monaten.

»War Domino eigentlich die ganze Zeit mit euch unterwegs?«, fragte ich so beiläufig wie möglich.

»Ehrlich gesagt weiß ich nicht, ob ich darüber reden darf«, entgegnete Kaja. »Ich hoffe, du bist nicht böse.«

»Nein, schon gut. Ich werde ihn selbst fragen, wenn ich ihn in der anderen Welt sehe.«

Kaja sah mich mit großen Augen an. »Ich ... ich wusste nicht, dass ihr in der anderen Welt wieder ...«, stammelte sie. »Als er mit dir reden wollte ... ich habe dein Gesicht gesehen. Ich dachte, es verletzt dich, ihn wiederzusehen.«

Ich nickte. »Das tut es«, gestand ich, seufzte und hob dann abwehrend die Handflächen. »Und ehrlich gesagt weiß ich nicht einmal, ob ich ihn in der anderen Welt wiedersehen werde. Vielleicht wünsche ich es mir einfach zu sehr.«

»Dann war er also nicht der Grund, weshalb du ...«

»Weshalb ich von den Toten auferstanden bin, um etwas für mein Land zu tun?«

»*Von den Toten auferstanden?*«, wiederholte Kaja und sah mich mitfühlend an. »Wenn ich gewusst hätte, wie schlimm das alles für dich war, wäre ich nicht gegangen, Luna. Aber du machtest den Eindruck, als wolltest du mit niemandem mehr etwas zu tun haben, deshalb war ich so egoistisch ...«

»Du musstest gehen«, unterbrach ich sie. »Ich hätte es nicht ertragen, wenn du genauso unglücklich geworden wärst wie ich. Du musst dich ganz sicher nicht dafür entschuldigen.«

Für eine ganze Weile sagten wir nichts mehr, hingen unseren eigenen Gedanken nach, bis Kaja sich wieder zu Wort meldete. »Was war es dann? Wie hast du es geschafft, deinen Schmerz zu überwinden?«

Den Schmerz würde ich niemals überwinden. Im Gegenteil, ich hieß ihn willkommen, genoss ihn, so irre das auch war. Kaja würde das nicht verstehen, niemand würde das. Deshalb suchte ich nach einer schlichten und dennoch ehrlichen Antwort und fand sie. »Es war das Land. Der Stolz. Es war die Liebe zu Kariada, die mir neuen Lebensmut gab. Auf einmal spürte ich meinen Stolz wieder ... Und die Ehre, die man mir zuteilwerden ließ. Und ...«

Angespannt starrte ich auf meine Zehen, die hinten aus dem Schaum herauslugten. »Madras«, sagte ich dann bedächtig.

»Madras?«, rief Kaja einigermaßen entsetzt, weshalb ich nun lachen musste.

»Ja, Madras hat mir sehr geholfen. Mehr, als ich es verdiene. Er war schon beinahe mehr als ein Freund.«

»Mehr als ein Freund?«, wiederholte Kaja ungläubig. »Und Domino?«

Ich legte den Kopf zurück. »Domino. Ja, er war etwas mehr als ein Freund, bis Domino wiederauftauchte.« Diesmal starrte ich zur Zimmerdecke. »Eigentlich war er nie weg«, sagte ich dann leise. »Ich hatte nur solche Angst, dass er es bald sein könnte.« Verstohlen blickte ich zu Kaja hinüber. So viel wollte ich eigentlich gar nicht verraten. Allerdings tat es auf seltsame Weise gut, darüber zu reden. Deshalb fuhr ich fort. »Doch dann sah ich ihn in der Welt der Unwissenden. Er wollte mich warnen.« Ich stockte. »Ich weiß es nicht genau, aber ich denke, er ist nur wiedergekommen, um mich davon abzuhalten, den Prinzen zum König zu machen. Er ist überzeugt davon, dass er gefährlich ist. Aber das weißt du sicher besser als ich.«

»Luna. Ich darf nicht darüber reden, aber eines kann ich dir sicher sagen. Er hat nicht über dich gesprochen.«

Das tat weh, obwohl es nichts zu bedeuten haben musste. »Nun ja. Ich glaube ihm, wenn er mir sagt, dass er mich liebt. Irgendwie wenigstens. Wirklich. Ich denke, so ist es. Zurückgekommen ist er jedoch nur aus Sorge. Aus Sorge um die Welt. Um mich. Und doch hoffe ich, ihn wiederzusehen. Wenigstens dort.« Obwohl ich es selbst gewesen war, die ihn fortgeschickt hatte ... Ja, ich sehnte mich nach ihm, auch wenn ich sicher war, er würde mir wieder und wieder das Herz brechen.

»Madras wäre die richtige Wahl gewesen«, meinte Kaja nach einer Weile des Schweigens.

Eigentlich hätte ich ihr recht geben müssen. Stattdessen gewann mein Trotz die Oberhand und genau so blickte ich Kaja nun an.

»Na ja, glaubst du, ihr könntet diesmal glücklich werden?«, verteidigte die sich prompt. »Zwei Welten?«

Ich schürzte die Lippen und zuckte mit den Schultern. »Ich hoffe dennoch, ihm wieder zu begegnen.«

Diesmal widersprach Kaja mir nicht.

Bald darauf standen wir unter lautem Gelächter vor einem großen Spiegel und probierten die zahlreichen Kleider an, um endlich zu dem Schluss zu kommen, dass Lederhose und Stoffhemd die bessere Wahl waren. Es kam überhaupt nicht infrage, die grellen Farben Mirilons zur Schau zu tragen.

Und so trafen wir uns mit Madras, Karas und Landos in unserer eigenen Kleidung auf dem Flur und gingen gemeinsam nach unten, wo der Prinz seine Gäste in einem großen Tafelsaal empfing. Er betrachtete mich naserümpfend, als ich zusammen mit meinem Gefolge den Saal betrat. Der Tisch war reich gedeckt und maß mindestens fünf Meter. Das obere Kopfende mit Blick auf den Eingang überließ er mir. Höflich wartete er, bis ich Platz genommen hatte, dann setzte er sich am anderen Ende der Tafel hin.

»Missfielen Euch die Kleider, die ich in Euer Gemach bringen ließ?«, fragte er kurz darauf.

»Aber nein, Prinz Tirios«, log ich vor Höflichkeit strotzend. »Sie sind wunderschön. Aber Ihr müsst wissen, ich fühle mich in meinen eigenen Kleidern viel wohler.«

Er schürzte die Lippen und wandte sich seinem Teller wieder zu.

Sogleich fiel mein Lächeln in sich zusammen. Mit einer hochgezogenen Augenbraue betrachtete ich ihn noch einen Moment skeptisch, ja, möglicherweise auch feindselig.

»Nun, wie dem auch sei«, sagte der Mann mit dem schneeweißen Igelkopf zu seiner Rechten. Er tupfte sich mit dem Tuch den Mund und ließ es dann auf seinen Teller plumpsen. »Wir sollten zur Sache kommen, Königin Lunaja. Ihr seid gekommen, weil ...« Er machte eine kurze Pause und sah mich herausfordernd an. »... ja, warum eigentlich? Offenbar nehmt Ihr die Überfälle auf Eure Dörfer nicht besonders ernst. Sonst würdet Ihr nicht diese Späherin da Eure Vertraute nennen.« Er warf Kaja einen verächtlichen Blick zu.

»Darf ich fragen, wer Ihr seid, dass Ihr Euch in die Angelegenheiten einer Königin einmischt?«, fragte ich ihn trocken. Bei dem Gedanken an die überfallenen Dörfer und die Gesichter der Menschen überkam mich eine unglaubliche Wut. Ich wusste, dass nicht die Späher daran schuld waren. Und dennoch verbarg ich dieses Gefühl hinter einem zarten Lächeln.

»Ich ... ich ...«, stammelte er wütend und seine ohnehin schon glubschigen Augen schienen noch weiter aus seinem zerfurchten blassen Gesicht hervorzutreten. Sie waren schwarz. Ja, man konnte kaum die Pupillen von der Iris unterscheiden.

»Oh, verzeiht«, mischte sich Tirios jetzt ein. »Ich habe es versäumt, Euch bekannt zu machen. Dies ist Fürst Grolsem, mein Vertrauter und Kriegsberater.«

Wie von selbst hoben sich meine Augenbrauen. *»Kriegsberater?«*, echote ich. »Darf ich fragen, um welchen Krieg es sich handelt, zu dem Ihr Euch beraten lasst?«

Grolsem holte zur Antwort tief Luft, doch ich hob mahnend die Handfläche. »Ich rede mit Prinz Tirios. Immer noch.«

»Ja! Und ich antworte!«, brüllte er und schlug mit der Faust auf den Tisch.

Völlig gelassen blickte ich ihn an und nur durch einen Augenaufschlag wandte ich mich an Tirios. Der starrte nach unten, doch jetzt warf er Grolsem einen bösen Blick zu. »Lasst den Fürsten sprechen«, verteidigte er ihn dennoch. »Ihm gilt mein vollstes Vertrauen.«

Wieder sah ich diesen froschäugigen Kerl an, der hier ja offenbar Narrenfreiheit genoss. »Nun gut. Also sprecht, Fürst Grolsem«, forderte ich gelassen.

»Naradon!« Er stieß den Namen des Landes nur so hervor. »Naradon will den Krieg. Sein nichtsnutziger König, ein Späher, lehnt es ab, Prinz Tirios zum König zu machen.«

»Hm. Und das lässt Euch vermuten, dass König Domino einen Krieg provoziert?« Ich blickte kurz in die Runde und legte die Hände dabei auf den Tisch. »Also gehe ich recht in der Annahme, dass Ihr auch mir Kriegsabsichten andichtet, sollte ich es ablehnen, Euch zum König zu machen?« Das war doch mehr als lächerlich.

»Ach nein. Bitte! Einhalt!«, rief Tirios und sprang von seinem Stuhl auf.

Dieser Mann war riesig. Und er bat um Einhalt? Gespannt lehnte ich mich im Stuhl zurück und wartete auf seine lächerlichen Worte.

»Es spricht für sich. Seine Ablehnung. Die Überfälle auf Kariada. Er will die Herrschaft über die Welt. So, wie sein Vater es bestimmt hat. Ihr wisst doch am besten Bescheid darüber, habt doch selbst vor nicht mal zwei Jahren kurz vor einem Krieg gestanden. Er will die Welt zerstören.« Den letzten Satz sprach er mit fast angstvoller Miene, sodass ich nun ernsthaft überlegte, ob er wirklich glaubte, was er da von sich gab.

»König Gorson war es, der mich zur Königin machte, damit genau das *nicht* geschieht. Und sein Sohn vernichtete die Schattenkrieger. Mit ihm kämpfte ich sogar gegen den dunklen Zauberer. Wir haben ihn besiegt. Wisst Ihr das denn alles nicht?« Meine Worte waren so eindringlich, dass sogar meine Gefolgsleute aufblickten. Nun ja, möglicherweise fanden sie das, was ich gesagt hatte, auch ein wenig übertrieben.

Tirios warf seinem Berater einen Hilfe suchenden Blick zu, dann setzte er sich wieder auf seinen Stuhl.

»Königin Lunaja«, erhob Grolsem die Stimme. Zum ersten Mal klang er ruhig und gefasst. »Ihr glaubt, den Schatten besiegt zu haben, aber er treibt immer noch sein Unwesen. Er hat sich dem Prinzen gezeigt. Er sagte, Domino würde Tirios töten, genauso wie Euch. Ihr müsst ihn zum König machen, sonst ist die Welt verloren.«

Noch nie hatte sich der Schatten einem Prinzen gezeigt. Log Tirios? Und … wenn er nicht log? Was bezweckte der dunkle Zauberer damit? Oder war vielleicht doch alles Lüge, was Tirios und Grolsem hier zum Besten gaben. Möglicherweise benutzten sie diese Geschichten, damit Mirilon so schnell wie möglich einen eigenen König bekam. Warum man dafür allerdings die Dörfer von Nachbarländern niederbrennen musste, wollte mir einfach nicht klar werden. Magiadir hatte Domino schon damals vor dem neuen Prinzen gewarnt und ihm gesagt, dass er gefährlich sein würde. Warum? Ich wusste zu wenig. Viel zu wenig.

»Ich werde gründlich darüber nachdenken«, erwiderte ich. »Es ist eine große Verantwortung. Das versteht Ihr doch sicher.«

Grolsem und Tirios nickten vereint.

»Ich werde viel über Euch erfahren müssen, Prinz Tirios, über das ganze Königreich. Es ist wirklich eine große Verantwortung.« Dann wandte ich mich an Grolsem. »Ich bin sicher, Ihr werdet mich nicht enttäuschen.« Das klang dermaßen aufrichtig, dass sogar Karas mich prüfend musterte. Ich spürte es, reagierte aber nicht.

»Nein, das werden wir sicher nicht«, bestätigte Grolsem in nun beinahe freundschaftlichem Ton.

»Das gilt übrigens auch für mein Gefolge«, bestimmte ich nun. »Ich will, dass jeder meiner Leute ungehinderten Zugang zu allem und jedem hier hat.«

Wachsam wurde ich beobachtet, doch auch dieser Forderung wurde zugestimmt.

»Gut«, sagte ich und lächelte unbeschwert. Dann richtete ich mich an meine Gefolgsleute: »Ihr habt das Wort. Hat jemand erste Fragen?«

Ein einziger Blick reichte, um herauszufinden, dass Madras nur auf diesen Augenblick gewartet hatte. »Ihr seid Falkner?« Seine Frage klang mehr wie eine Feststellung.

»Ja«, antwortete Tirios gelassen.

»Ihr habt meinen Falken abgewehrt, Freundschaft sieht anders aus«, stellte Madras weiter fest.

»Nun ja. Wir sind auf der Hut vor Eindringlingen. Bitte verzeiht«, gab Tirios zurück.

Madras glaubte ihm kein Wort, das stand fest. »Habt Ihr noch weitere Gaben?«, fragte er trotzdem.

Der Prinz schüttelte den Kopf.

»Hättet Ihr Lust, mit mir zu trainieren?«, warf ich ein.

Tirios sah mich fragend an.

»Schwertkampf«, erklärte ich.

»Oh! O nein«, winkte er stark gestikulierend ab. »Ich habe noch nie mit einem Schwert gekämpft.« Er blickte fast angeekelt drein und diesmal log er ganz sicher nicht.

»Ihr habt noch nie gekämpft? Nicht mit dem Schwert und sonst auch nicht?«, fragte Karas nun. »Was habt Ihr dann von Euren königlichen Kräften?«

»Niemand kann ihn töten. Wozu sollte es also gut sein?«, mischte sich Grolsem ein.

»Lunaja und Domino könnten das sehr wohl«, antwortete Kaja gedankenverloren. Erst als sie es ausgesprochen hatte, blickte sie wachsam in die Runde. Alle Augen hafteten auf ihr, aber niemand sagte etwas dazu.

»Warum bat Euer Vater, König Ramiro, damals Maxim Mirilon zu übernehmen?«, fragte Karas. »Wie alt seid Ihr zu jener Zeit gewesen?«

»Es war ähnlich wie bei Königin Lunaja«, antwortete Grolsem.

»Ja, ich bin ebenso kein eheliches Kind«, ergänzte Tirios. »Ich war um die zwanzig, aber ich wusste ja nicht ...«

Kaum zu glauben, er war also schon über vierzig. Nicht nur ich war erstaunt darüber, das sah ich ganz deutlich in den Gesichtern der anderen.

»Na ja. Die Einzelheiten werdet Ihr sicher im Buch der Bücher nachlesen können«, bemerkte Grolsem. Er blickte dabei vor sich auf den Tisch.

»Das Buch der Bücher!«, tat ich erstaunt. »Was wisst Ihr darüber?«

»Mir kam zu Ohren, Ihr hättet es«, gab er nun trocken zurück.

»Ich? Nein! Leider nicht. Wie kommt Ihr darauf? Ehrlich gesagt, war ich nie sicher, ob es das Buch überhaupt gibt. Ihr müsst mir unbedingt alles darüber erzählen.«

»Leider weiß ich nicht sehr viel.« Sein Blick haftete gedankenverloren auf Tirios. »Nun«, sprach er dann ruhig weiter und blickte in die Runde. »Ich könnte Euch das Schloss zeigen. Damit Ihr Euch besser auskennt.«

»Danke, das ist sehr freundlich«, sagte ich lächelnd. »Zunächst würde ich allerdings gern mit Prinz Tirios unter vier Augen reden. Wenn Ihr nichts dagegen habt«, sprach ich ihn dann direkt an.

»Nein.« Er zuckte mit den Schultern. »Gern.«

»Gut, dann lasst uns ein Stück gehen, Prinz. Ihr könntet mir den Garten zeigen.« Ein witziger Vorwand, wie ich fand. Schließlich gab es hier nichts, was auch nur im weitesten Sinne an einen Garten erinnerte.

Tirios lächelte, stand auf und wies mit einladender Handbewegung in Richtung Tür.

***

»Es gibt hier nicht einen Baum«, bemerkte ich, als wir draußen angekommen waren. »Ich finde es …« Nach den richtigen Worten suchend blickte ich mich um.

»Trostlos?«, ergänzte Tirios.

Grinsend sah ich zu ihm auf.

»Hm«, machte er. »Ich bin in Kariada groß geworden. Dort ist es nicht so trostlos wie hier. Die Berge, die Wälder …« Er machte eine kurze Pause. »Aber was rede ich. Ihr wisst ja selbst am besten, wie es in Kariada aussieht. Ein so schönes Land. Längst nicht so traurig wie hier, zumindest in den meisten Gegenden.«

»Ihr kommt also auch aus Kariada. Wann habt Ihr erfahren, dass Ihr ein Prinz seid?«

Er seufzte. »Vor etwa einem Jahr.« Begeisterung sah anders aus.

»Wie alt seid Ihr genau?« Ich musterte ihn neugierig, aber er lachte nur, als er das sah.

»Was denkt Ihr denn?«

Ich zuckte mit den Schultern.

»Nun. Wie alt soll ich sein. Dreißig? Vierzig?«

Als könnte man sich das aussuchen. Stirnrunzelnd betrachtete ich diesen merkwürdigen Riesen neben mir.

Er seufzte wieder. »Ich bin dreiundvierzig. Aber was soll daran schon wichtig sein?«

Dafür hatte er sich verdammt gut gehalten, fand ich.

»Wisst Ihr«, begann er nach einem Moment und ließ den Blick über die endlos weiten Wiesen schweifen. »Wenn auch an dieser Gegend weiß Gott nichts Beeindruckendes ist. Etwas Gutes hat sie doch.« Er grinste, als hätte er den Schalk im Nacken. »Man kann sein Pferd hier im Galopp laufen lassen, bis es selbst genug davon hat«, lachte er dann und ich stimmte mit ein.

»O ja, das macht bestimmt Spaß.«

»Ja, das macht es.« Jetzt blieb er stehen. Seine Augen leuchteten förmlich vor Vergnügen. »Wie ist es, wollen wir morgen ausreiten?«, fragte er.

»Ja, warum nicht.«

»Ich habe Eure Stute gesehen. Ein echter Wildfang. Ich bin gespannt, ob Romeo mit ihr Schritt halten kann.«

»Euer Pferd heißt Romeo?«, fragte ich ungläubig.

»Ja. Ich habe eine Schwäche für Shakespeare«, lachte er.

Ich seufzte. »Womit wir wohl in der Welt der Unwissenden angelangt wären.«

»Ja«, erwiderte er bedächtig. »Was macht Ihr dort?« Er fragte das völlig unbekümmert und schien dabei keine Hintergedanken zu haben.

Egal was Magiadir gemeint haben konnte, dieser Prinz machte keineswegs den Eindruck, gefährlich zu sein. »Ich bin Studentin.« So viel konnte man verraten. »Und Ihr?«

»Oh. Nichts Besonderes. Einfacher Arbeiter«, sagte er lächelnd. »Dort verdränge ich diese Welt immer noch so gut ich kann, damit ich nicht völlig durchdrehe.«

»Ja. Das verstehe ich sehr gut. Mir ist es anfangs auch schwergefallen, das alles zu begreifen.«

Wir kamen jetzt langsam wieder auf dem Schlosshof an.

»Lunaja«, sagte er, blieb stehen und legte mir nur ganz kurz die ausgestreckte Hand auf die Schulter, damit ich ebenfalls anhielt.

Ich drehte mich um und blickte fragend zu ihm auf. Plötzlich wirkte sein Gesicht so vertraut. Merkwürdig, aber vielleicht verstand ich nur allzu gut, wie er sich fühlen musste, wenn er in der Welt der Unwissenden mit niemandem über Solest reden konnte.

Er seufzte. »Ach, ich dachte nur gerade daran, dass ...«, begann er. »Manchmal denke ich, zwei Leben sind eines zu viel.«

Automatisch schluckte ich trocken. Offenbar machte er gerade durch, was ich viel zu gut kannte. »Lasst es nicht so nah an Euch ran«, riet ich ihm. »Im Grunde ist es doch nur *ein* Leben.«

»Ja, sicher habt Ihr recht. Und dennoch ... Es tut gut, mit jemandem zu reden, der weiß, wovon ich spreche.«

Natürlich musste es für ihn die Hölle sein. Wenigstens hatte ich damals Marco und später auch Karl und Caroline gehabt. Aber er?

Gemächlich schlenderten wir weiter bis zum Schlosstor.

»Tja. Danke, dass Ihr so viel Verständnis habt. Ich bin eigentlich nicht so ein Trauerkloß«, grinste er nun.

»Schon gut«, gab ich zurück. »Na ja, ich gehe dann mal nach oben. Der Tag war lang. Ich werde mich ein wenig ausruhen.«

***

Anna

An diesem Morgen erwachte ich nicht so ausgeruht, wie ich es gewohnt war. Ich angelte das Smartphone vom Nachttisch und öffnete das Display – schon acht Uhr. Der nächste Griff galt dem On-Schalter der kleinen Anlage, um die Nachrichten zu hören. Auf das Gerede über Politik hatte ich absolut keine Lust, deswegen drückte ich auf CD: *Just one more moment, that's all that's needed* ... Augenrollend suchte ich nach der nächsten Funktion. Ah! Auf dem Stick waren die alten Heavy-Metal-Songs gespeichert. Schon besser. Ich ließ mich zurück ins Kissen fallen, nickte im Takt ein wenig mit dem Kopf und schloss die Augen – Türkisgrün! Meine Lider flogen auf, weshalb ich nun nichts weiter sehen konnte als die strahlendweiße Zimmerdecke. Trotzdem ... niemals würde ein Tag vergehen, niemals eine Nacht, an dem ich nicht an ihn dachte. Szenen, ganz geringe Kleinigkeiten, vereinzelte Bilder würden immer in meinem Kopf sein. Wenn er die Hand ausstreckte, um eine Haarsträhne aus meinem Gesicht zu streichen, wenn ich zu ihm aufsah und seine Wunderaugen mein Gesicht scannten, wenn er mit verschränkten Armen auf der Motorhaube des roten Porsches saß und mir entgegenlächelte ...

Auch Szenen der vergangenen Nacht waren präsent: Domino, der die Hände zu Zeichen formte ... Allein der Gedanke an sein Gesicht, das ich meiner Vorausschau einfach hinzugefügt hatte, hatte mich dazu gebracht, ihm Vorsicht zu versprechen. Und irgendwann – wer wusste schon, wie lange es diesmal dauern würde – würde ich wieder zu vergessen beginnen. Sein Gesicht, seine Stimme … alles! Tränen brannten in meinen Augen. Das nächste Lied begann … *Deep Inside My Heart* … Ausgerechnet dieser Song! Das reichte.

Schwungvoll sprang ich aus dem Bett, schnappte im Vorbeigehen meinen Morgenmantel vom Haken an der Tür und marschierte mit langen Schritten ins Bad. Dort warf ich nur einen flüchtigen Blick in den Spiegel und stieg dann eilig unter die Dusche. Das Wasser wurde schnell viel zu heiß, genau richtig, um die innere Kälte loszuwerden, die ich empfand. Dabei war es doch jetzt so wichtig, sich um Tirios Gedanken zu machen. Mit diesem Wirrwarr im Kopf würde nichts daraus. Natürlich versuchte ich es trotzdem und kam zu einem einzigen Ergebnis. So unangenehm war das Gespräch mit diesem Prinzen gar nicht gewesen. Im Gegenteil. Er war *nett*. Wer wusste schon, wie Magiadir es gemeint hatte. Vielleicht war es nur eine in Rätseln gesprochene Warnung vor irgendetwas gewesen. Eine Warnung, die dabei geholfen hatte, Marco und mich auseinanderzubringen.

Verdammt! Ich stellte das Wasser ab. Außerdem hatte Magiadir gesagt, dieser Teil des Buches sei noch nicht geschrieben. Und davor: *Es ist alles Schicksal, mein Kind.*

Ich nahm das Handtuch und begann mich abzutrocknen.

Das Buch! Ohne es zu lesen, würde ich nicht erfahren, wie viel jetzt geschrieben stand. Wollte ich das? Es zu lesen bedeutete gleichzeitig, dass ich wieder etwas entdecken könnte, das ich nicht wissen wollte. So wie damals …

Um halb zehn begann die erste Vorlesung an der Uni. Es war Zeit in die Gegenwart zu blicken.

***

Lunaja

»Kann ich dich unter vier Augen sprechen?«, hörte ich Madras sagen. Ich lag zusammengekauert auf dem riesigen Ruhelager. Mein Körper füllte davon nur eine winzige Ecke aus.

»Ich fürchte, sie ist gerade ziemlich … weit weg«, flüsterte Kaja. Dennoch hörte ich, dass sie eilig den Raum verließ und hinter sich sorgfältig die Tür verschloss.

Mühsam richtete ich mich auf. »Was gibt es, Madras?« Meine zerzausten Haare richtete ich einigermaßen, indem ich sie mit den Fingern nach hinten über den Kopf kämmte. Dann streckte ich mich nach dem Lederband aus, das am Fußende lag.

Madras hob es auf und reichte es mir.

»Verzeih, ich war in Gedanken.«

»Kein Problem«, antwortete er beinahe argwöhnisch.

Ich band meine Haare im Nacken fest zusammen und erst als ich fertig war, redete er weiter. »Was hältst du von der Geschichte mit dem dunklen Zauberer … dass er Tirios begegnet sein soll?«

»Schwer zu sagen.«

»Denkst du, der Zauberer sucht einen Prinzen auf?«

»Tja, daran zweifle ich auch. Aber wer weiß?«

»Du glaubst ihm doch nicht etwa?«

»Zumindest glaube ich nicht, dass er so gefährlich ist wie … wie die Späher behaupten.«

Madras schüttelte den Kopf. »Sie haben sicher Gründe, wenn sie das erzählen.«

Und das aus seinem Mund.

»Denk an die Überfälle«, setzte er noch oben drauf.

»Dann frag Tirios nach Einzelheiten. Ihn und diesen Grolsem. Ihn halte ich für viel wesentlicher in dieser Geschichte.«

Madras nickte. »Das werde ich. Dazu sind wir hier.« Er wandte sich schon in Richtung Tür, ehe er doch noch mal innehielt. »Siehst du Domino in der anderen Welt?«

»Vielleicht.« Es klang wie eine Gegenfrage. Seinem Blick wich ich aus.

»Er wird dir sagen, was er weiß.«

»Er hat gesagt, Magiadir warnte ihn vor Tirios«, gab ich zu. »Aber er weiß nicht, was es ist, was ihn so gefährlich macht.«

»Wir werden es herausfinden.« Das sollte wohl zuversichtlich klingen, doch dafür sah er zu besorgt aus. Madras ging einige Schritte bis zur Tür, wandte sich dann aber nochmals zu mir um. »Du reitest heute mit Tirios aus?«, fragte er, als wäre es eine Nebensache.

»Ja.« Es *war* nichts weiter als eine Nebensache.

»Was dagegen, wenn ich mich anschließe?«

»Nein.« *Warum auch?*

Nochmals musterte er mich einen Augenblick skeptisch, bevor er endgültig den Raum verließ.

***

Niemand ließ sich den heutigen Ausritt entgehen. Niemand traute Tirios oder Grolsem über den Weg. Falls Tirios etwas davon bemerkt hatte, war er sehr gut darin, es zu verbergen. Gut gelaunt kam er die Stufen hinuntergelaufen.

»Ich bin gespannt, welches Pferd das schnellste ist«, rief er.

An jeden Einzelnen trat er heran und begrüßte ihn freundschaftlich mit leichter Umarmung oder Schulterklopfen, obwohl es gerade nur wenige Stunden her war, dass wir stumm und schweigend zusammengesessen hatten. Auch wenn diese übertriebene Freundlichkeit allen Unbehagen bereitete, mal abgesehen von Landos, so ging ihm aus Höflichkeit keiner aus dem Weg. Und doch schienen alle erleichtert zu sein, als er mit seiner aufgezwungenen Freundschaftsbekundung fertig war und wir endlich auf unseren Pferden saßen.

Tirios ritt voraus, dicht gefolgt von Grolsem und drei Leibwächtern. Wir folgten ihnen. Nur Kaja stieß erst dazu, als wir uns schon am Fuße der unendlich scheinenden Wiesen in einer Reihe aufgestellt hatten, um den Pferden die Sporen zu geben.

***

Nach diesem Ausritt vergingen die Tage wie im Flug. Kaja gab mehrmals täglich Zeichen an die Späher, um zu zeigen, dass alles in Ordnung war. Um das zu erledigen, ritt sie durch die Felder an den Waldrand, denn die Entfernung war einfach zu groß. An dem Prinzen gab es jedoch nichts auszusetzen. Er war sehr höflich, freundlich, zuvorkommend. Und das war nicht nur meine Meinung.

Selbst Karas war begeistert von ihm. »Du wirst es nicht glauben, Luna. Aber der Prinz ist ein echtes Naturtalent.«

Nur Kaja verstand nicht, wie Karas mit ihm trainieren konnte. »Wie kann man dem Feind Schwertkampf beibringen wollen«, schnaubte sie verächtlich.

Aber als Feind betrachtete ihn niemand mehr. Madras tauschte sich in Sachen Falken mit ihm aus. Landos spielte Schach mit ihm. Gespannt hörte ich ihm zu, wenn er von der anderen Welt sprach. Meistens war Kaja an meiner Seite, was mir zunehmend auf die Nerven ging. Jedes Mal, wenn ich etwas von mir erzählen wollte, unterbrach sie mich. Ja, gewissermaßen hatte sie ja recht, deswegen hielt ich den Mund.

Eine ganze Woche verging, in der wir uns alle wohler und wohler fühlten … hier im Schloss von Mirilon.

Fassade

Anna

An diesem Samstagmorgen wartete ich bis elf Uhr, ehe ich doch endlich zum Telefon griff. Mir fiel einfach die Decke auf den Kopf.

»Hey, Ingo. Geht heute Abend jemand ins *Wichtig*?« Die Frage war eigentlich überflüssig und die Antwort kannte ich schon.

»Ja. Soll ich dich abholen?«

»Sehr gern. Wann bist du hier?«

Wir verabredeten uns für neun Uhr am Abend. Weshalb ich nun den halben Tag damit verbrachte, mich an und auszuziehen, vor dem Spiegel hin- und herzulaufen und lauter andere sinnlose Dinge zu tun, wusste ich nicht so genau. Vielleicht ahnte ich es aber. Na ja, vor allem hoffte ich es. Denn wenn auch alles schon gestorben war, die Hoffnung nicht.

***

Ingo holte mich wie versprochen ab.

»Wow, du siehst toll aus«, waren seine Worte und aus seinem Mund klang ein solches Kompliment plötzlich so überaus ehrlich. Seit langer Zeit trug ich nun mal wieder eine Jeans. Okay, dieses hautenge, mit Nieten verzierte T-Shirt hätte ich vor einiger Zeit wahrscheinlich nicht angezogen, doch es gefiel mir trotzdem und Ingo ja anscheinend auch. Meine Haare hatte ich offen gelassen, sie fielen mir rötlich schimmernd über die Schultern, und meine Augen hatte ich nur mit Kajal betont.

Wenig später betrat ich hinter meinem Freund das *Wichtig*. Kurz überblickte ich das Publikum, was bei meiner Größe gar nicht so einfach war. Dennoch erkannte ich schon von Weitem Christinas langen blonden Zopf.

Daneben standen Ben, Lisa und Thomas. Allesamt wie immer langweilig. Doch in ihrer Mitte erstrahlte das selten schöne Gesicht, dem ich mich nun näherte. Ingo fasste nach meinem Unterarm, um mich in die Richtung zu lenken, die ich längst eingeschlagen hatte. Anders wäre es gar nicht möglich gewesen, denn auch er hatte mich bereits gesehen.

Gerade hatte er noch über irgendetwas gelacht, doch dann sah er mich an. Sein Lachen verstummte. Lisa sprach ihn noch an, doch er reagierte nicht darauf. Dann setzte er sich in Bewegung und steuerte direkt auf mich zu.

Seinen Blick spürte ich wie das Kribbeln der Sonne auf meiner Haut. Ein unbeschreibliches Gefühl! Meine Seele schien davon noch ein bisschen mehr aufzutauen. Völlig hypnotisiert blieb ich stehen und wartete, bis Marco direkt vor mir stand. Dann neigte ich den Kopf ein wenig zur Seite und sah fragend zu ihm auf. Hatte ich ihn nicht darum gebeten, sich von mir fernzuhalten? Himmel, ich war so dankbar, dass er sich nicht daran gehalten hatte.

Er beugte sich zu meinem Ohr. »Tu das nicht«, raunte er so leise, wie es bei der Lautstärke der Musik eben möglich war.

Ich wusste genau, was er meinte. Immer wenn ich den Kopf schräg hielt, brachte ihn das auf seltsame Weise aus der Fassung – nie war ich dahintergekommen, was daran so faszinierend sein sollte. Mit einem angedeuteten Grinsen stellte ich mich aufrechter hin und zauberte ihm damit dieses geliebte schiefe Lächeln ins Gesicht. Es war schon fast töricht, wie sehr ich das an ihm liebte. Ungesund, wie sehr ich *alles* an ihm liebte.

»Ich kann dir nicht aus dem Weg gehen«, sagte er dann vollen Ernstes. »Und ich will es auch nicht.«

»Das … klingt gut«, sagte ich lächelnd, auch wenn ich mich für dieses Hin und Her hasste.

Er nahm mich an die Hand und führte mich zu den anderen. Aber hier begegneten mir nur Blicke der Verachtung. Am liebsten wäre ich gleich wieder abgehauen. Andererseits … was gingen mich diese Leute an? Außerdem grinste Ben mir zu, sobald er sicher sein konnte, dass seine Freundin nichts davon mitbekam. Was für ein Spinner.

»Bestimmt ist mit einer simplen Entschuldigung alles wieder gut«, meinte Ingo fürsorglich.

Ich sollte mich entschuldigen? So weit kam es noch! Mein Blick gab ihm zu verstehen, dass mir garantiert egal war, was die anderen von mir dachten. Glaubte er ernsthaft dieser Zickenkrieg würde mir etwas ausmachen? Christina war sauer, weil ich mit ihrem Freud losgezogen war. Na und?

Allein Ingos Gesicht sprach Bände. Dieser Kerl war so endlos harmoniebedürftig. Furchtbar! Und genau deshalb traf mich nun sein höchst vorwurfsvoller Blick.

Okay! Ich gab mir einen Ruck, trat einen Schritt zu Bens Freundin und sprach sie an. »Was ist los, Christina? Wenn du sauer bist, weil ich am letzten Wochenende mit Ben allein hier war, dann tut es mir ehrlich leid. Ich hatte nur wirklich keine Lust, zu Hause zu bleiben, und habe ihn deshalb gebeten mich zu begleiten, da du ja auch krank warst und er allein daheim.«

Christina warf den Kopf zu mir herum. »Du Schlange«, erwiderte sie sichtlich aufgebracht, »du berechnest doch jeden Schritt, den du tust.« Sie wandte sich gleich wieder ab.

Mit einem unverschämten Grinsen zwinkerte ich Ben zu, drehte mich zu Ingo herum und zuckte die Schultern. Mehr konnte man doch wohl wirklich nicht tun, sagte ich ihm damit und er schüttelte den Kopf. Neben ihm stand Marco, ich konnte gerade nicht deuten, was in ihm vorging.

»Was ist?«, fragte ich ihn grinsend.

Er atmete sichtbar langsam ein und aus und betrachtete mich von oben herab. »Lass uns bitte gehen«, sagte er dann bestimmt.

Auch wenn sein Auftreten gerade etwas ziemlich Machomäßiges hatte, legte ich meine Hand in seine. Er hatte recht. Was sollten wir hier noch?

Wir verabschiedeten uns kurz, dann folgte ich ihm zum Ausgang.

»Zu dir oder zu mir?«, scherzte ich draußen angekommen. Die Nacht war angenehm warm, der Münzplatz in warmes Licht getaucht. Aus den Cafés und Restaurants drang dumpfes Stimmengewirr. Langsam gingen wir die Straße hinunter in Richtung Taxistand. Die Fassaden der Gebäude glichen fast den Gemäuern Solests, den Schlössern und Burgen, den Stadtmauern und ihren märchenhaften Eindrücken, die sie hinterließen.

»Hast du ein Auto dabei?«, fragte Marco tonlos.

»Ich besitze überhaupt kein Auto.«

Aus dem Augenwinkel heraus sah ich, dass er grinste. »Du hast keins?« Er hob die Augenbrauen. »Warum wundert mich das nicht?«

»Du weißt doch«, erwiderte ich und gab ihm einen Knuff in die Seite. »Autofahren gehört nicht zu meinen Stärken.«

»Ach ja, richtig«, witzelte er genussvoll. »Du warst nicht *perfekt* auf diesem Gebiet.«

»Ja, aber wer ist schon perfekt?«, gab ich ebenso höhnisch zurück.

»Deine Fassade ist es«, meinte er völlig ernst. Jeder Spott war aus seiner Stimme verschwunden.

Darauf sagte ich nichts. Nur zu gut wusste ich, was er damit meinte.

»Ich bringe dich nach Hause«, sagte er, als wir schon auf dem Rücksitz des Taxis saßen, und nannte dem Fahrer im gleichen Atemzug meine Adresse.

Ohne einen Einwand lehnte ich den Kopf an seine Schulter. Ein sanfter Kuss strich meinen Scheitel. Dann schwiegen wir, bis der Wagen zwanzig Minuten später vor meiner Haustür anhielt.

»Willst du nicht mit reinkommen?«, fragte ich, weil er keine Anstalten machte, ebenfalls auszusteigen. Ihn anzusehen, traute ich mich nicht. Sofort würde er erkennen, wie sehr ich hoffte, er ginge mit.

»Bist du sicher, dass du das willst?«

Natürlich war ich mir sicher, aber nicht bereit es zuzugeben. »Deine Entscheidung«, antwortete ich.

Zu meiner Erleichterung reichte er dem Fahrer einen Schein und stieg aus.

***

Wieder betrachtete er die Fotos an meinen Wänden. »Du hast mir neulich gar nicht gesagt, wer die gemacht hat«, bemerkte er ziemlich beiläufig.

»Ein Ex-Freund von mir ist Fotograf«, gab ich zurück, setzte mich auf die Couch und streifte die Stiefeletten von meinen Füßen. Dann erst bemerkte ich Marcos prüfenden Blick. »Was ist?«, wollte ich wissen. »Hast du gedacht, ich wäre die ganze Zeit über ...? Dachtest du, ich hätte nie einen ...?« Ich suchte nach der richtigen Formulierung für meine Affären, denen ich gern einen anderen Namen gegeben hätte. »Na, du warst doch sicher auch nicht die ganze Zeit solo«, sagte ich dann.

Er senkte den Kopf ein wenig, verzog den Mund nur kurz, dann betrachtete er wieder eines der Bilder. »Nein. Ich habe versucht nicht allein zu bleiben.« Nun traf sein Blick mich wieder mit so viel Kraft, dass es schwer war, ihm standzuhalten. »Ich konnte aber nichts dagegen tun. Ich war es dennoch.«

Was sollte ich denn darauf erwidern? Am besten gar nichts. »Willst du was trinken?«, fragte ich, stand auf und ging in Richtung Küche. Immer noch besser, als mich von ihm hypnotisieren zu lassen. Niemals würde ich begreifen, wie es ihm gelang, mich nur durch seinen Blick alles vergessen zu lassen ... all die Zeit ... alles.

»Nein, es ist spät. Ich denke, ich sollte jetzt fahren.«

Was? Ruckartig drehte ich mich zu ihm herum. Er starrte auf seine Füße, die Hände in den Hosentaschen vergraben.

»Du ... du hast doch gar kein Auto mit. Und ... na ja, du könntest hierbleiben. Morgen könnte ich Ingo anrufen. Der fährt dich bestimmt.« Mein Vorwand war ein einziges Gestammel.

Er lachte leise in sich hinein. »Schon gut. Ich bleibe gern«, grinste er.

Das machte er doch extra!

»Warum sagst du nicht einfach, dass du mich liebst und nicht möchtest, dass ich gehe?« Es war keine Frage. »Was ist plötzlich so schlimm daran?«

»Nichts ist schlimm daran. Ich ... ich will mich nur nicht so ... so ... verlieren ... hineinsteigern. Ich ...«

»Du traust mir nicht.«

Wie denn auch? Was wollte er denn hören? »Also, bleibst du nun hier oder nicht?«, fragte ich trotzig. »Bis morgen, meine ich.«

»Ja. Ja, ich bleibe.« Sein leises Lachen entging mir nicht. »So lange du willst«, fügte er zu.

»Möchtest du vielleicht jetzt etwas trinken? Wein? Bier?«, bot ich an. »Whiskey?«, ergänzte ich und wusste im selben Moment, dass sich nun seine perfekten Augenbrauen heben würden.

Und genau so war es – mit leichtem Kopfschütteln, den Mund zu einem halben Lächeln verzogen. »Wasser?«

»Klar, Wasser hab ich auch«, grinste ich, ging endlich in die Küche und machte mich ans Werk. Als ich mich mit den gefüllten Gläsern in den Händen umdrehte, stand Marco direkt vor mir, nahm mir eines ab, stieß es kurz an meines und trank einen Schluck. Er wartete nicht, bis ich selbst getrunken hatte, sondern nahm mir das Glas aus der Hand und stellte beide auf den Küchentisch neben uns. Was er nun vorhatte, ahnte ich, deshalb hob ich sein weißes T-Shirt bis zu seiner Brust hoch und begann sie zu küssen. Mit einer fließenden Bewegung zog er es aus, atmete tief durch und blickte dann über mich hinweg ins Leere. Mit einer Hand strich er mir über den Rücken. Er zog mich damit nicht näher an sich, doch das hielt mich nicht davon ab, meine Lippen über sein Schlüsselbein zu seinem Hals hinaufwandern zu lassen. Vorsichtig legte er zwei Finger unter mein Kinn und hob es etwas an. Nicht um mich zu küssen, er sah mir nur in die Augen. Irgendetwas stimmte hier ganz und gar nicht.

»Was ist los mit dir? Bereust du es schon?«, fragte ich.

Langsam neigte er den Kopf zur Seite und schüttelte ihn zu einem klaren Nein.

»Was ist es dann?«

»Erzähl mir von den vergangenen zwei Jahren.«

Schnell senkte ich den Blick, um dem hypnotischen Ausdruck seiner Augen zu entgehen. Meine Hände ruhten an seinen Oberarmen, aber in diesem Moment wurde mein Griff fester. Nicht weil ich Halt suchte, sondern weil ich ihn auf Abstand bringen wollte. »Nein«, sagte ich leise, aber fest.

»Aber wenn ich dich so beobachte ... mit deinen *Freunden* ... Das bist nicht du.«

Was sollte das jetzt? Ruckartig wandte ich mich ab und setzte mich auf einen Stuhl. »Es ist eine Menge Zeit vergangen, Marco«, begann ich in möglichst lockerem Ton. »Man entwickelt sich weiter. Oder willst du mir erzählen, dass du noch der Gleiche bist wie damals?«

»Nein, das sicher nicht. Ich habe viel dazugelernt. Aber doch nicht, wie ich meinen wahren Charakter völlig verstecke?«

»So. Und du meinst, ich tue das? Welchen Charakter verstecke ich denn deiner Meinung nach?«

»Du tust so, als stündest du über den Dingen. Das bist du nicht. Und du kleidest dich wie ein Modepüppchen. Auch das bist du nicht.«

Ich wollte widersprechen.

»Ja, okay«, stoppte er mich mit abwehrender Handbewegung. »Heute siehst du relativ normal aus. Aber letzte Woche ... in diesem engen Kleid?«

»Ich glaube, die Unterwäsche hat dir aber ganz gut gefallen.«

Wenigstens damit entlockte ich ihm ein Grinsen. »Erwischt.« Leider währte es nur kurz, dann sprach er weiter. »Trotzdem bist das nicht du. Selbst deine Wohnung ... sie ist steril und leer. Das bist du nicht. Deine sogenannten Freunde ... passen gar nicht zu dir. Der einzig normale Typ ist Ingo. Und den behandelst du wie ein Hündchen.« Er machte eine Pause und sah mich an.

Wieder wich ich seinem Eisblick aus, zog die Knie an den Körper und fixierte den Fußboden. Ich wollte nicht, dass er die Tränen in meinen Augen sehen konnte.

»Das ist alles meine Schuld, aber ich schwöre, ich werde es wiedergutmachen«, redete er leiser weiter und trat näher.

Vor meinem Stuhl ging er in die Knie und suchte meinen Blick. »Ich bin hier, Anna. Und ich bleibe. Versprochen.«

Verdammt, ich wollte es ihm so gern glauben, deshalb beugte ich mich ihm zu, nahm ihn fest in die Arme und vergrub mein Gesicht in seiner Halsbeuge. Er war *jetzt* da. Keine Sekunde wollte ich auf diesen Moment verzichten, keine Sekunde mehr von der Zeit vergeuden, die uns blieb.

Vorsichtig löste ich mich von ihm und sah ihm ins Gesicht, das so viel Zuversicht versprach. Auch wenn ich noch immer zweifelte, würde ich nicht mehr so verrückt sein und ihn zurückweisen. Und selbst wenn ich das vorgehabt hätte, wäre es nun ohnehin unmöglich gewesen, denn sein Mund kam verwirrend nah. Der Kuss, der nun folgte, wischte alle Bedenken beiseite. Weich und unwiderstehlich bewegten sich seine Lippen an meinen, fanden unsere Zungen sanft zueinander, bis ich diese zarte Zurückhaltung kaum noch aushielt. Ich wollte mehr! Ich *brauchte* mehr! Ja, genau das war das richtige Wort. Ich brauchte ihn so sehr wie die Luft zum Atmen. So war es immer und so würde es immer sein. Egal ob ich es wollte oder nicht, ich verlor mich mal wieder, ließ mich fallen und hoffte darauf, dass er mich auffangen würde, anstatt mich ein weiteres Mal in den Abgrund stürzen zu lassen.

***

Lunaja

»Denkst du immer noch, dass es gut war, Kaja mit herzubringen? Sie ist so maßlos misstrauisch.« Madras und ich blickten ihr nach, als sie aufs Pferd sprang und hinauf in die Wiesen galoppierte, um ihre Zeichen an die Späher zu geben. »Ich nehme an, es war Dominos Wunsch, dass sie uns begleitet«, sagte er, als ich nicht gleich antwortete.

»Ja, das stimmt«, seufzte ich und beantwortete damit beides.

»Ist er da oben bei ihnen?« Sein Blick wanderte in Richtung der weit entfernten Waldgrenze. Ein Blick in mein Gesicht reichte ihm wohl als Antwort. »Das sollten wir trotz allem für uns behalten«, sprach er weiter, als hätte ich seine Frage bereits beantwortet.

»Um den bestehenden Frieden zu wahren, sollten wir das, ja«, stimmte ich zu. Auch mir war nicht entgangen, dass die Späher beinahe rund um die Uhr beobachtet wurden, dass mehrere Kriegertruppen kampfbereit in ihrer Nähe lagerten, um sie notfalls anzugreifen. Wenn Grolsem herausfand, dass der König von Naradon hier war, würden sie versuchen ihn wenigstens außer Gefecht zu setzen. Und vielleicht täten sie sogar gut daran. Denn die neue Freundschaft zu Prinz Tirios durfte nicht gefährdet werden. Er, mit seiner Güte und Liebe zu allen Geschöpfen, war eine echte Bereicherung für die Welt. Aber Domino würde das nicht einsehen. Niemals würde er eingestehen, dass noch andere Späher durch die Lande zogen und über Dörfer herfielen, so, wie sie es schon immer getan hatten. Allerdings würde ein Kampf gegen Domino und seine Männer zahlreichen Soldaten das Leben kosten, so weit durfte es nicht kommen.

»Hast du ihn in der Welt der Unwissenden wiedergesehen?«, fragte Madras nun leise. Dabei blickte er mich von der Seite abschätzend an.

»Nein.« Ich lächelte unbeschwert. Dass ich bereits seit Tagen gar nichts mehr aus der anderen Welt gesehen hatte, fiel mir dabei nicht einmal auf. Ich hatte ihn fortgeschickt, hatte ihm gesagt, dass es für uns keine Zukunft mehr geben konnte. Und er hatte es so hingenommen. »Er ist weit weg. Nicht mehr bei mir.« Die Erinnerung an ihn war glasklar. Aber es tat nicht mehr weh. Und ich empfand auch keine Sehnsucht. Weder fühlte ich Verwirrung noch Irrsinn. Ich war ... zufrieden. So zufrieden wie noch nie zuvor. »Es ist gut, wie es ist«, hauchte ich und sah Madras lächelnd an.

Er nickte. »Dieser Ort scheint uns allen gutzutun.« Jetzt wandte er sich zum Eingang und hielt mir den Arm hin. »Sie spielen Musik. Schenk mir einen Tanz.«

Ohne zu zögern, hakte ich mich unter und ließ mich hineinführen. In dem kleinen Saal waren die Tische im Kreis aufgestellt worden und in ihrer Mitte wirbelten bereits drei Paare im Walzertakt. Schon am Eingang stand ein Page und lud zu einem Krug Wein ein. Süßer, roter, starker Wein, berauschend wie die Musik.

Wir tanzten und tranken und lachten im gedämpften Licht der Fackeln, die ringsherum an den Wänden brannten.

Erschöpft sank ich auf einen der Stühle, immer noch lachend, Madras' Hand in meiner. »Ich weiß gar nicht, wann ich mich das letzte Mal so gut gefühlt habe.« Ich hob meinen Krug und trank ihn bis zur Hälfte leer.

»Vielleicht sollte ich dich lieber zu deinen Gemächern bringen, damit du dich ausruhen kannst, denn ich fürchte, du hast einen Schwips.« Er grinste genüsslich.

»Den hast du auch«, neckte ich ihn. »Aber natürlich hast du wie immer recht. Schließlich soll man gehen, wenn es am schönsten ist.« Erst als ich mich erhob, merkte ich, *wie* recht er hatte. Mir war wirklich schwindelig und das brachte mich zum Lachen. Trotzdem griff ich nach dem Krug und nahm ihn mit.

»Willst du das etwa noch austrinken?«, fragte er grinsend auf dem Weg zur Treppe.

»Du bist ein Spielverderber«, kicherte ich und stieg rückwärts vor ihm die Stufen hinauf. Den Krug hielt ich ihm dabei vor die Nase. »Oder trinkst du auch noch einen Schluck?«

Er nahm ihn mir aus den Händen. »Bevor du mich damit überschüttest.« Er lachte, nahm mich wieder an die Hand und drehte mich herum, indem er an mir vorbeiging und mich die Treppe hochzog. Vor meiner Tür machte er halt. Ich öffnete, ging hinein und wandte mich noch mal zu ihm herum. »Spielverderber«, flüsterte ich gespielt schmollend.

Er lächelte nickend und ging den Flur weiter hinauf.

Ich blickte mich um. Kaja lag auf dem Ruhelager und sah beinahe aus, als schliefe sie. Sorgenfalten auf ihrer Stirn. Das konnte ich jetzt wirklich nicht gebrauchen. Deswegen trat ich schnell wieder hinaus auf den Flur und schloss die Tür von außen. Weiter hinten verschwand gerade Madras in seinen Gemächern. Ich raffte den weiten orangefarbenen Rock hoch und lief den Gang entlang. Nur einmal klopfte ich an, dann drückte ich sofort die Klinke. Es war nicht abgeschlossen.

»Darf ich hereinkommen?«, fragte ich durch einen Spalt und lugte gleich darauf hindurch. Madras stand vor dem Waschtisch am anderen Ende des großen Raumes. Sein Hemd hielt er noch in den Händen. Er drehte sich zu mir herum. Ohne auf eine Antwort zu warten, trat ich ein und verriegelte nun die Tür hinter mir. Langsam schritt ich durch das Zimmer und blickte Madras dabei an, betrachtete anerkennend seinen nackten Oberkörper, seine muskulöse Gestalt und die goldenen Augen, die mich aufmerksam beobachteten. Dann suchte ich stumm den Raum ab, fand den Krug auf einer der Kommoden und lief hin. Ich nahm ihn und setzte meinen Weg fort. Langsam ging ich auf den tatsächlich beeindruckend gut gebauten Mann zu, blieb dann vor ihm stehen und hielt ihm den Wein hin. Er nahm ihn und trank einen Schluck. Dann gab er ihn mir zurück. Nun führte ich den Krug an meine Lippen, trank ebenfalls und streckte die Hand danach unter seinem Arm hindurch, um ihn hinter seinem Rücken abzustellen, das Gesicht nur Zentimeter von seiner Brust entfernt. Anstatt die Hand zurückzuziehen, hob ich sie höher und ließ meine Finger über sein Schulterblatt gleiten. Mit der anderen strich ich über seine nackte Brust. Es war ein befreiendes Gefühl, das zu tun. So lange hatte ich mit mir gekämpft und jetzt kam mir das alles so sinnlos vor. Warum sollte ich noch länger darauf verzichten, begehrt, sogar geliebt zu werden? Erst als ich Madras in die Augen sah, zog er mich an sich, seine Lippen trafen auf meine, fest und leidenschaftlich. Dabei schob er mich einige Schritte rückwärts, doch kurz vor seinem Ruhelager hielt ich ihn auf und löste mich von ihm. Aber das tat ich keinesfalls, um ihn aufzuhalten. Ich sah in das fließende Gold seiner Augen, fasste mit den Händen an meine Schultern und streifte mit einer sanften Bewegung das Kleid hinunter, bis es zu Boden fiel. Er blickte gierig an mir herab, ehe er die Hand in meinen Nacken legte und sich zu mir beugte. Sein Mund eroberte meinen, seine Hände fuhren über meinen Körper, den er hinunter auf das samtene Lager drückte. Wild und forsch, sein schwerer, heißer Atem auf meiner Haut ...

***

Erschrocken riss ich die Augen auf und blickte in eiskaltes Türkis. Mein Gott, wie war es nur möglich, so wunderschön zu sein, wenn man ein so besorgtes Gesicht machte? Marco strich mit einer Hand über meine schweißnasse Stirn. »Was ist passiert?«, fragte er.

Weiß Gott, das war eine berechtigte Frage. Unfähig, mir eine Antwort auszudenken, starrte ich ihn an. Was sollte ich sagen? Was sah er jetzt in meinem Gesicht? Blanke Panik?

Ja, denn genau die hatte ich.

»Anna.« Er fasste mich bei den Schultern. »Was ist passiert dort. Was ist mit Madras?«

Nun sah er wahrscheinlich blankes Entsetzen. »Wieso Madras?«, fragte ich trotzdem.

»Du hast seinen Namen gesagt, als du wach wurdest.«

O Gott, bitte nicht! Indem ich mich mühsam aufrichtete, gelang es mir, seinem Blick auszuweichen.

Mit beiden Händen strich ich mir durchs Gesicht. »Gar nichts«, antwortete ich ausweichend. »Ich ... wir ... wir hatten einen kleinen Streit mit ... mit

Landos«, log ich und starrte vor mich auf die Bettdecke. Glänzendes Pink stach in meine übernächtigten Augen.

»Einen kleinen Streit?« Marco setzte sich ebenfalls hin, fasste unter mein Kinn und drehte so meinen Kopf in seine Richtung.

Mist!

»Anna, du siehst aus, als hättest du einen Geist gesehen. Da ist doch noch mehr.«

Mich diesem Blick zu entziehen, war nahezu unmöglich, ihm in dieser Situation standzuhalten, aber erst recht. Lunas Gedanken, Gefühle, ihre Taten, stimmten nicht mehr im Geringsten mit meinen eigenen überein. Das war völlig unmöglich! Und es war völlig widersinnig, etwas zu rechtfertigen, das ich niemals tun würde, niemals denken würde. Wie sollte ich erklären, was in der Welt des Lichts geschehen war? Nein. Was *würde* in der Welt des Lichts geschehen, wenn ich erklärte, was dort geschah? Gerade in diesem Moment fiel mir Dominos eiskalter, gefährlicher Blick ein. Damals ... auf dem Weg nach Naradon. Als die Eifersucht ihn seine Beherrschung gekostet hatte. Und dazu hatte er weit weniger Grund gehabt als jetzt. Es dauerte keine zehn Sekunden, darüber nachzudenken. Ruckartig wich ich ihm aus, sprang mit einem Satz aus dem Bett, griff nach meinem seidenen Bademantel und hüllte mich darin ein.

»Ich habe alles im Griff, Marco«, sagte ich hart. Seine argwöhnischen Blicke fühlte ich im Rücken.

»Macht Landos Probleme?«

»Nein.«

»Hat der Schatten sich wieder gezeigt?« So erschrocken, wie ich gewesen war, musste er ja so was denken.

»Nein! Marco, bitte«, versuchte ich energisch abzuwiegeln und drehte mich zu ihm um.

Er betrachtete mich ganz genau. »Bisher keine Probleme in Mirilon?«, folgerte er mehr als skeptisch.

»Nein, eigentlich nicht.«

Er hob die Augenbrauen. »Eigentlich?«

Ich zwang mich zu einem Lächeln, irgendwie musste ich ihn überzeugen. »Vertrau mir einfach, Marco. Wir sind dort, um aus dem Prinzen schlau zu werden. Und genau das versuche ich.«

Er sah nicht überzeugt aus. Und er würde keine Ruhe geben, so viel stand fest.

Ich seufzte. »Okay, ich erzähle dir alles aus Mirilon.« Es wunderte mich ohnehin, dass er bisher noch nicht gefragt hatte. Also erzählte ich in allen Einzelheiten von den Gesprächen nach unserer Ankunft bei Tisch, von dem Ausritt, dem Prinzen selbst, von seiner Einsamkeit ... »Er tut mir leid, aber dennoch werde ich aufmerksam sein, darauf kannst du Gift nehmen«, beendete ich meinen Bericht. Denn das war es gewesen, ein ganz sachlicher Bericht, der nur in Teilen der Wahrheit entsprach.

»Okay«, begann er. »Lass es mich mal kurz zusammenfassen.« Er tippte mit dem Zeigefinger an seine Schläfe. »Also, wenn ich es richtig verstanden habe, dann seid ihr alle mit Tirios ausgeritten, weil die schöne Gegend gerade dazu einlädt, anstatt ihn vielleicht mal danach zu fragen, was der Schatten in seinen Träumen zu suchen hat?«

Um zu antworten, holte ich Luft, doch er ließ mich nicht zu Wort kommen.

»Sie erzählen euch die wildesten Sachen, überfallen kariadische Dörfer, und du hast nichts Besseres zu tun, als mit diesem Prinzen Small Talk zu halten?«

Er war immer noch sehr ruhig, sachlich aber nicht mehr. Was bildete er sich eigentlich ein?

»Jetzt halt mal die Luft an, Marco!«, rief ich und versuchte dann friedlicher weiterzureden. »Ich weiß, was ich tue. Ich kann ihm nicht von vornherein zeigen, dass ich ihn verdächtige.«

Er nickte ein paarmal. Für den Moment schien er einzulenken. Doch dann schüttelte er wieder den Kopf. »Von vornherein, ja? Anna, ihr seid jetzt seit einer Woche dort. Und was heißt überhaupt, verdächtigen? Du weißt genau, dass sie es waren.«

»Ich war nicht dabei. Ich kann gar nicht genau wissen, wer es war.«

Mit einem Satz war er auf den Beinen. Ein langer Schritt genügte, dann stand er direkt vor mir. »Willst du damit sagen, dass du dir nicht sicher bist? Dass du glaubst, es könnten Späher gewesen sein?«

»Vieles spricht dafür.« Das sagte ich einfach nur, um ihm nicht recht geben zu müssen.

»Und vieles spricht dagegen«, erwiderte er wütend. »Was ist mit dem Jungen, mit dem du geredet hast?«

»Habt ihr etwa unsere ganze Reise verfolgt? Macht das eigentlich Spaß?«, fragte ich eingeschnappt.

»Was ist bloß aus dir geworden?«, fragte er tief deprimiert. Der Zorn war wie weggewischt. *»Er tut mir leid«*, zitierte er mich zähneknirschend und schüttelte wieder ungläubig den Kopf.

Ich atmete tief durch.

»Wirklich, Anna. Du darfst ihm nicht vertrauen, lass dich nicht von ihm aushorchen«, setzte er noch obendrauf.

Ruckartig drehte ich ihm den Rücken zu. »Für wie blöd hältst du mich eigentlich?« Und dann bitterster Sarkasmus: »Ich werde mich schon nicht umbringen. Und die Mauern der Welt werde ich auch nicht niederreißen.«

»Anna«, beschwor er mich leise besänftigend. »Ich mache mir Sorgen.«

»Dann hör jetzt endlich auf damit. Mir reicht es.« Wenn er auch nur den Hauch einer Ahnung hätte, wie viele Gründe es mittlerweile gab, sich Sorgen zu machen ... Nur ein Augenzwinkern würde reichen, um Hunderten von Männern das Leben zu nehmen. Ein eiskalter Schauder durchfuhr mich. Meine Fantasie ging mit mir durch, indem sie mir Bilder zeigte, auf denen ich selbst mit dem Schwert in der Hand zu sehen war, mit wutentbranntem Gesicht ... Schnell schüttelte ich den Kopf und schlang die Arme schützend um meinen Körper.

»Ich wäre jetzt gern allein, Marco. Lass mir einfach deine Telefonnummer da, dann halte ich dich auf dem Laufenden.« Ich hatte kühl und abgeklärt geklungen, ging aus dem Zimmer und verschwand gegenüber im Bad. Die Tür fiel mit einem Knall hinter mir zu.

Mit beiden Händen stützte ich mich auf das Waschbecken und sah in den Spiegel. Was war bloß in mich gefahren? Und wie sah ich überhaupt aus?

Dunkle Ränder unter den Augen, so, als wäre ich völlig übernächtigt. Und genau so fühlte ich mich auch. Unausgeschlafen. Völlig untypisch für mich. Ich drehte den Wasserhahn auf und spritzte mir kaltes Wasser ins Gesicht. Davon wurde es allerdings auch nicht besser.

***

Es dauerte nicht lange, bis ich die Wohnungstür ins Schloss fallen hörte. Dann erst ging ich duschen.

Als ich fertig war, schritt ich langsam durchs Wohnzimmer, durch die Küche, schließlich noch durchs Schlafzimmer, die Diele ... Nichts! Kein Zettel mit einer Telefonnummer, keine Nachricht, die er hinterlassen hatte. Warum auch? Was sollte er von mir denken? Das, was alle von mir dachten. Das, was sie alle von mir denken sollten – nämlich dass ich nichts weiter als eine gefühlskalte Bitch war.

Ich sank aufs Bett, zog die Knie an die Brust und umschlang sie mit den Armen. Alles wurde immer komplizierter. Immer schlimmer statt besser. Was geschah mit mir? Es ängstigte mich schon beinahe, an die folgende Nacht zu denken. An das, was unausweichlich war. Ich war aufgewacht, bevor ich mit Madras geschlafen hatte, aber ich wusste, genau an dieser Stelle würde es weitergehen, und leider befürchtete ich, dass ich es nicht aufhalten konnte. Mein Leben dort geriet anscheinend gerade völlig aus den Fugen. Warum kamen meine Gedanken und Gefühle, die sich doch immer nur um Marco, um Domino drehten, nicht bei Luna an? Wieso dachte ich nicht an Domino? Gehörte das dazu? Zum Wahnsinnigwerden?

***

Diesen ganzen verflixten Sonntag verbrachte ich bis spät abends mit Wäsche, Putzen und Aufräumen. Doch irgendwann ergab ich mich widerwillig dem Schlaf.

Blind

Anna

Ich stand auf nackten Felsen. Direkt vor meinen Füßen rauschte das Wasser. Der Blick hinunter war schwindelerregend. Auf der anderen Seite der Schlucht tanzten die Äste der riesigen Laubbäume im stürmenden Wind. Aus dieser Entfernung sahen sie aus, als wären es Arme von großen grünen Monstern, die nach mir greifen wollten. Ich ging einen Schritt zurück, stolperte über irgendwas ... und ... erwachte mit einem kräftigen Ruck.

Schlaftrunken richtete ich mich auf. Mein T-Shirt und die Pyjamahose waren feucht vom Schweiß.

Das war alles andere als echt gewesen. Zweifellos nichts weiter als ein Traum. Seit wann, zur Hölle, träumte ich einen ganz normalen Traum?

Zum allerersten Mal – so hieß die Antwort. Noch nie hatte ich geträumt wie alle anderen Menschen. Früher gar nicht, und dann war da nur noch der Blick in die Welt des Lichts gewesen, sobald ich eingeschlafen war. Dies hier dürfte es gar nicht geben. Nicht in meinem Leben.

Angestrengt versuchte ich mich zu erinnern, was vorher gewesen war, vor dem Traum. Madras! O nein, bitte! So weit zurück wollte ich dann lieber doch nicht denken, auch wenn ich augenverdrehend zugeben musste, dass er nicht unbedingt der schlechteste Liebhaber war. Konzentrier dich, schalt ich mich und stieß auf eine Erinnerung, die weitaus wichtiger war. Ein Gespräch mit Kaja. Oder wohl besser ein Streit.

»Bist du wahnsinnig, Kaja? Was hast du dir nur dabei gedacht?«

Meine Freundin saß auf einer der großen, hölzernen Futterkisten. Hinter ihr schob der große Schimmel die Nase zwischen den Stäben hindurch und stubste sie zärtlich an der Schulter. Automatisch hob sie die Hand und streichelte sie. Dann blickte sie mir stur ins Gesicht. Nach Reue sah das ganz und gar nicht aus. Dabei war es gerade erst zwei Minuten her. Der Prinz war rein freundschaftlich an sie herangetreten, wie es halt so seine Art war. Jeder wusste das doch mittlerweile. Er hatte den Arm zu ihrer Schulter ausgestreckt, aber Kaja war wie eine Schlange zusammengezuckt, hatte sich unter seiner Hand weg und blitzschnell hinter ihn gedreht und ihn dann mit einem Messer an seiner Kehle in Schach gehalten.

»Wagt es nie wieder, mich anzufassen. Nie wieder.« Ihre Worte waren genauso scharf gewesen wie die Klinge ihrer Waffe. Noch ehe die Leibwächter reagieren konnten, war sie auf dem Weg nach draußen und ich ebenso flink hinter ihr her.

»Ich kann ihn nicht töten. Er ist ein Prinz«, erinnerte sie mich nun.

»Aber du kannst ihn verletzen. Und überhaupt. Nichts gibt dir das Recht, dich so aufzuführen.« Ich ging näher an sie heran. »Was ist überhaupt in dich gefahren?«

Kaja stand auf und blickte zu Boden. »Ich kann es nicht erklären, Luna. Es tut mir leid.« Offensichtlich suchte sie nach den richtigen Worten. »Leid für dich, für euch alle ... falls ich euch damit in Verlegenheit bringe. Und andererseits verstehe ich euch alle nicht mehr.« Sie zögerte. »Ich meine ... *Luna* ...« Das klang wie ein Vorwurf. »Was machen wir hier eigentlich?«

Ich blickte sie nur fragend an, deshalb redete Kaja weiter. »Wir wissen doch immer noch nicht, was es mit den Überfällen auf sich hat. Und das ist nur ein Beispiel.«

»Ja, schon. Aber alles zu seinerzeit«, spielte ich es herunter. »Karas und Madras haben auch gesagt ...«

»Genau«, unterbrach Kaja mich seufzend.

»Was? Genau.«

»Es ist so ... so ... Irgendwie hat er euch alle um den Finger gewickelt. Ihr wollt ihm doch gar keine unangenehmen Fragen stellen.«

»Das stimmt doch gar nicht.«

»Doch. Karas trainiert mit ihm ... welcher Hohn. Und Madras' Falke fliegt nicht. Könnte ja sein, dass er auf den anderen trifft. Von Landos ganz zu schweigen.« Sie machte eine wegwerfende Handbewegung.

Das war alles, was ich noch wusste. Ein Blick auf die Uhr zeigte mir, dass es bereits halb drei Uhr nachts war. Um in einen frischen Schlafanzug zu schlüpfen, stand ich auf und legte mich dann gleich wieder hin. Falls ich es schaffte, nun noch mal einzuschlafen, würde sich zeigen, was das alles zu bedeuten hatte.

Ich war so müde, dass ich tatsächlich nicht mehr lange wach blieb.

***

Die Türklingel? Was war das? Wirklich die Klingel? Erschrocken stürmte ich aus dem Bett. Wie spät war es? Ein Blick auf die Uhr versicherte mir, dass es schon acht war. Ich rannte zum Türöffner.

»Ingo, komm rauf«, rief ich nach unten. »Ich ... ich hab ... verschlafen«, knurrte ich, als er die Treppe hochgerannt kam.

»Ist doch nicht so schlimm«, meinte er. »Das ist das erste Mal. Und so was passiert doch jedem.«

Nein! Das passierte eben nicht jedem! Nicht *mir*! Ich trat zurück, damit er hereinkommen konnte. Dann lehnte ich mich an die Wand und sank daran herunter. Er hatte ja keine Ahnung, wie unnormal das für mich war!

Schnell schloss er die Tür hinter sich. »Bist du krank, Anna? Soll ich dich zum Arzt bringen?«, fragte er besorgt, kniete sich neben mich und legte eine Hand auf meine Stirn.

»Nein«, widersprach ich kopfschüttelnd. »Ich bin nicht krank.« Aber wahrscheinlich sah ich so aus. Dabei wollte ich wirklich nicht wie eine Irre wirken. Plötzlich kam mir eine Idee. »Können wir uns im Büro trotzdem krankmelden?«, fragte ich vorsichtig und biss mir dann auf die Unterlippe. Es war absolut nicht meine Art zu schwänzen, wahrscheinlich hielt er mich nun endgültig für verrückt.

»Wir?«

»Ja«, antwortete ich kleinlaut. »Würdest du noch mal ... würdest du mich noch mal in meine Vergangenheit begleiten?«

***

Diesmal brauchte ich die Navigation so gut wie gar nicht. Diesen Weg kannte ich einigermaßen, auch wenn ich ihn nur selten als Beifahrerin erlebt hatte. Wie immer stellte Ingo keine Fragen und ich war dankbar dafür.

»Kannst du mich da vorn rauslassen?«, fragte ich. »Wenn du da drüben rechts abbiegst, ist dort ein Café. Ich komme hin, wenn ich hier fertig bin.« Ich blickte Ingo nicht an, sondern starrte auf den gläsernen Eingang des riesigen Bankgebäudes, vor dem er jetzt hielt.

»Ist gut«, stimmte er gelassen zu. Dennoch hörte ich seine Skepsis heraus.

Schnell rang ich mich zu einem Lächeln durch, dann stieg ich aus und marschierte in Richtung Drehtür.

Besser gesagt trugen mich meine Füße Schritt für Schritt vorwärts. Es strengte an, nicht darüber nachzudenken, was ich hier schon alles erlebt hatte und womöglich noch erfahren würde. Bittere Zeilen, Worte und Gedanken der letzten zwei Jahre, falls sie mittlerweile geschrieben standen. Ich musste an das Heute denken, nicht an die Vergangenheit. Die Gegenwart war wichtig. Sonst nichts.

Beinahe professionell meldete ich mich an, ließ mich zu dem kleinen Raum bringen – zusammen mit der Kassette aus meinem Schließfach. Langsam verschloss ich die Tür hinter mir und öffnete den Kasten. Dann nahm ich das dicke, alte Buch heraus, legte es auf den Tisch, zog den Stuhl heran und setzte mich. Ich schlug es auf und blätterte bis zu meiner Geschichte. Auf der Suche nach meinem persönlichen Ende schnappte ich immer wieder Szenen auf, die mir die Tränen in die Augen schießen ließen.

Alles war perfekt, so wie es jetzt war …

Im Moment war er glücklich …

… sie fiel weiter in einen Abgrund …

Das war mein persönliches Ende gewesen. Ich las über den freien Fall in die Tiefe. Und ich las über Marco. Wie sehr auch er gestorben war in diesem Moment und in der Zeit danach. Sicherlich anders. Und doch gleich. Meine

Tränen liefen über. Niemals war ich auf die Idee gekommen, dass er so etwas fühlen konnte.

Ich war gescheitert. Aus fehlendem Vertrauen. Er hatte recht behalten. Ich vertraute ihm nicht. Nicht damals, nicht heute. Dem Menschen, der mir das Wichtigste war in der Welt, in jeder Welt. Seite für Seite verfolgte ich jetzt mein sinnloses Dasein, mein falsches Leben, das ich seit damals führte. Und seins. Alles, was er seitdem getan, was ihn ausgemacht hatte, war auf mich hin ausgerichtet gewesen. Alles stand hier geschrieben. Alles. Auch das, was ich letzte Nacht nicht mehr hatte sehen können.

Der Falke kreiste unaufhörlich über Domino und den Spähern. Doch niemals nahmen sie die Masken ab. Und sie redeten nicht. Kajas Zeichen aus der Ferne waren nur schwer zu erkennen. Nur so viel, dass es ihrerseits bisher keinen Anlass zur Sorge gab.

Luna und ihren Vertrauten ging es gut, so viel stand fest. Die Soldaten, die unweit von ihnen auf der Lauer lagen, bargen für sie keine Bedrohung. Nichts wäre leichter, als sie abzuwehren, wenn es nötig werden würde.

Lunas Tag war unbeschwert. Eigentlich war ihre Zeit hier am Hofe von Mirilon beinahe perfekt. Sie hatte ja nicht einmal bemerkt, dass der Blick in die andere Welt mehr und mehr verschwunden war. Noch immer fühlte sie sich hin- und hergerissen. Noch immer war sie sicher, dass Domino aus bekannten Gründen zurück in ihr Leben getreten war. Daran, dass er sie um ihretwillen aufgesucht hatte, glaubte sie nicht. Es ging ihm einzig und allein um Solest, so war es immer gewesen. Es tat weh, das zu begreifen. Aber nicht so sehr. Nicht so weh wie in der vergangenen Zeit. Sie fühlte keinen Kampf in sich, es gab kein Ziel, das zu erreichen sich lohnte. So musste sich Ausgeglichenheit anfühlen. Etwas, das sie nie zuvor kennengelernt hatte. Nichts musste besiegt werden, nicht sie selbst, nichts anderes. Das war nicht Lunaja von früher. Aber auch das blieb unbemerkt und deshalb störte es nicht.

»Lunaja, ich würde gern etwas mit Euch besprechen«, sagte Tirios, der wie alle anderen bereits an seinem Platz im Tafelsaal saß. Luna war als Letzte hereingekommen.

Sie lächelte gut gelaunt. »Gern. Nur zu.« Dann setzte sie sich. Alle machten zufriedene Gesichter. Nur Kaja blinzelte angespannt zu ihr herüber.

»Gut«, begann er verlegen. »Ich weiß gar nicht, wie ich anfangen soll.«

Luna nickte ihm ermutigend zu.

»Na ja … also … Ihr seid ja nun seit einigen Tagen hier … und …« Sein Blick umschloss auch die anderen Gäste. »Deshalb habe ich mir gedacht, Ihr habt sicher schon den Einblick bekommen, den Ihr Euch gewünscht hattet.«

»Tirios ist gespannt auf Euer Urteil, Königin Lunaja«, unterbrach Grolsem in völliger Selbstsicherheit.

»O ja. Ja, natürlich«, antwortete Luna. »Ich würde es allerdings gern zunächst mit meinen Vertrauten besprechen.« Unsicher schaute sie in die Runde, aber alle nickten ihr freundlich entgegen. Alle, außer Kaja. Sie schnaubte verächtlich, warf die Serviette wütend vor sich auf den Teller, stand polternd auf und verließ den Saal. Schon wieder so ein Fauxpas! Dabei war es schon schwierig genug gewesen, ihren letzten Ausrutscher zu entschuldigen.

Luna rückte ihren Stuhl zurück und erhob sich ebenfalls. »Bitte verzeiht«, sagte sie knapp und folgte ihr.

Kaja stand auf der äußeren Mauer des Balkons und gab offensichtlich Zeichen an die Späher.

»Was machst du da?«, rief Luna ihr zu und schloss die Tür zu ihren Gemächern.

Ihre Freundin sprang zurück auf den Balkon und kam wieder herein. »Was wohl, Luna?« Sie klang herablassend. »Ich habe versucht zu berichten, was du vorhast. Nur ist die Entfernung von hier aus leider viel zu groß.«

»Ach, Kaja, wir beraten doch erst noch alle.«

»Ja, sicher. Ihr werdet euch schnell einigen, davon bin ich überzeugt. Zu einem echten Urteil seid Ihr doch alle gar nicht mehr fähig. Ihr solltet euch sehen. Jeden Einzelnen.« Sie blickte Luna ins Gesicht. »Und schau mich nicht so unschuldig an. Dieser Tirios muss ein Magier sein oder so etwas.« Wieder versuchte sie Luna eine Reaktion abzugewinnen, aber die blickte ihr fast mitleidig entgegen. »Was hat er nur aus euch gemacht?«

Luna neigte den Kopf zur Seite. »Ich weiß nicht, was du meinst.«

»Ja, genau das ist das Problem.« Kaja schnappte sich ihre Weste und die Satteltaschen. »Ich reite jetzt zu Domino.«

Selbst jetzt lächelte Luna nur teilnahmslos.

»Soll ich ihm irgendetwas ausrichten?«

»Grüß ihn. Sag ihm, so gut wie im Moment ging es mir schon sehr lange nicht mehr.« Sie dachte kurz nach. Wann war es ihr so gut gegangen wie jetzt?

»Sonst nichts?« Kaja setzte sich auf die untere Kante des Ruhelagers und legte die Satteltaschen vor sich zu Boden. »Seit wann ist Domino so unwichtig für dich? Was ist in der Welt der Unwissenden geschehen, Luna? Ich meine … ist es das? Hat er dich wieder verlassen? Ist das der Grund, weshalb du aufgehört hast zu kämpfen?«

»In der anderen Welt ist alles wie immer«, antwortete Luna schnell. Doch wenn sie ehrlich war … sie wusste nicht im Geringsten, was dort vor sich ging. Nichts sah sie davon, schon seit einer ganzen Weile nicht mehr. »Ich habe dir doch erzählt von der anderen Welt. Und du weißt, wie es um Domino und mich steht. Du selbst hast gesagt, Madras sei die bessere Wahl.«

Resigniert griff Kaja nach ihren Sachen und stand auf. »Ich bin spätestens morgen wieder zurück. Bis dahin wartet ihr bitte mit sämtlichen Verhandlungen.« Das war alles andere als eine Bitte, sondern eher der Befehl einer Kommandantin, mit dem sie nun schnellen Schrittes auf den Balkon trat und sich über die steinerne Brüstung schwang.

Ich schlug das Buch zu. Staub wirbelte im Neonlicht vor mir auf. Es war verrückt, was dort geschah. Wenn ich nun nicht mehr an Luna herankam, schlimmer, wenn ich die Welt des Lichts nicht einmal mehr sehen konnte – und wenn das so blieb … Ich hatte keinen Einfluss mehr darauf, was dort vor sich ging. Diese Tatsache erkannte ich viel zu spät.

Es war an der Zeit zu vertrauen. Marco zu vertrauen. Er war jetzt der Einzige, der verhindern konnte, was Luna offensichtlich nicht länger verhindern wollte. Nämlich die Krönung dieses Tirios, der es irgendwie geschafft hatte, aus mir und meinen Vertrauten folgsame Lämmchen zu machen. Ich rückte den Stuhl zurück, stand auf und verstaute das Buch wieder in dem Kasten. Hektisch verschloss ich ihn und drückte gleichzeitig die Klingel, damit der Bankangestellte ihn schnell entgegennehmen konnte.

Schon kurz darauf verließ ich eilig das Gebäude und rannte die Straße entlang zu dem Café, wo Ingo auf mich wartete. Er saß draußen an einem kleinen Tisch und winkte mir schon von Weitem zu. Das Wetter war herrlich heute. Ich blinzelte gegen das Licht der Sonne. Erst jetzt bemerkte ich den blauen Himmel, die sommerliche Brise, den Duft von frisch gemahlenem Kaffee. Ein krasser Gegensatz zu dem schweren Geruch der vorbeifahrenden Autos. Hinter dem freien Stuhl blieb ich stehen und umfasste seine Lehne mit beiden Händen.

»Lass mich raten«, meinte Ingo. »Du musst sofort hier weg.«

Durchschaut! Ich neigte den Kopf ein wenig zur Seite und blickte entschuldigend auf seine Cappuccino-Tasse. Sie war noch voll. Schließlich ging ich um den Stuhl herum und setzte mich. Wo ich schon mal in der Gegend war, müsste ich mich wenigstens kurz bei meiner Mutter sehen lassen, dachte ich. Andererseits war sie jetzt bestimmt noch bei der Arbeit und ich hatte keine Zeit, darauf zu warten, bis sie zu Hause wäre. Abgesehen davon würde sie mir sofort ansehen, dass etwas nicht stimmte und ich wäre mal wieder nicht in der Lage, ihr zu erklären, was mit mir los war. Es war besser sie nicht zu besuchen, sie hatte sich in den Monaten, bevor ich nach Koblenz gezogen war, schon genug Sorgen um mich gemacht.

»Na so was, heute mal nicht auf der Flucht?«, scherzte Ingo.

»Doch, ein bisschen schon«, gestand ich.

»Ah, wieder die Mafia?«

»Sehr witzig«, entgegnete ich augenverdrehend und ließ den Blick dann auf die vielbefahrene Straße gleiten. Ich musste dringend mit Marco reden. »Hast du die Telefonnummer von Marco Sander?«, fragte ich.

»Nein.«

Das war nicht gut, denn ich musste ihn unbedingt heute noch sehen, ehe Kaja in seinen Träumen ankommen würde, um von unserer Unfähigkeit zu berichten.

»Hat er was mit deinem ›vorigen Leben‹ zu tun?« Die Anführungszeichen malte Ingo mit den Fingern in die Luft.

Ich seufzte. »Ja.«

»Das wundert mich nicht. Er ist genauso merkwürdig wie du. Als wäre er nicht wirklich anwesend. Als wäre er nicht *er*. So wie du eben.«

Verstohlen sah ich zu Ingo hinüber. Wahrscheinlich war es genauso, wie er sagte. Seit dem Tag, als Marco mich vor die Tür gesetzt hatte, wandelten wir beide wie unvollständige Geister über diesen Planeten.

Wie oft hatte ich mir gewünscht normal zu sein, die andere Welt nicht sehen zu müssen. Und jetzt, da es so war, machte es mir Angst. Und Marco? Ich würde ihm alles erzählen müssen. Alles. Seine Reaktion darauf war überhaupt nicht einzuschätzen.

»Wollen wir los?«, weckte Ingo mich aus der Melancholie.

***

»Anna?« Ingo sprach mich erst wieder an, als wir längst auf der Autobahn unterwegs waren. Und es klang ernster und vorsichtiger als sonst.

»Hm?«

»Hast du Probleme, Anna?«

Stirnrunzelnd blickte ich zu ihm rüber. Er starrte durch die Windschutzscheibe.

»Na ja ... hast du finanzielle Probleme? Ich meine ...« Oh, er versuchte eins und eins zusammenzuzählen. Die Bank, der vermögende Marco Sander ... Wie er das Fünfsternehotel im Sauerland noch hinzurechnete, wollte ich lieber gar nicht wissen. »Nein, Ingo, es ist alles in Ordnung. Ehrlich«, versicherte ich schnell.

»Keine Geldprobleme.«

»Absolut nicht.«

Er sagte zwar gerade nichts weiter dazu, aber er machte sich Gedanken, das war deutlich zu sehen. Deswegen drehte ich mich zu ihm. »Ingo, es ist wirklich superlieb von dir, dass du mit mir losgefahren bist. Genauso wie bei meiner verrückten Idee, ins Sauerland zu fahren. Aber ...«

»Aber erklären kannst und willst du es nicht«, beendete er meinen Satz.

»Ingo, ich *kann* es nicht erklären.«

»Nichts Ungesetzliches?«

»Ingo!«

»Schon gut, ich frage nicht mehr.«

Das hoffte ich.

***

»Die Telefonnummer brauchst du jedenfalls nicht mehr«, meinte er grinsend, als er in meine Straße einbog. Es war schon Abend und die Sonne hinter den Häuserreihen verschwunden. Er deutete auf die große schwarze Limousine. »Der Prinz aus deiner Vergangenheit wartet mit seinem schwarzen Ross schon auf dich«, witzelte er genüsslich.

Treffender hätte er es nicht ausdrücken können.

»Danke, Ingo«, sagte ich, sobald er am Straßenrand angehalten hatte.

»Viel Glück, Anna.« Das sagte er aus ganzem Herzen, es war nicht zu übersehen.

Ich biss vor Verlegenheit auf meine Unterlippe und stieg aus. Als ich die Tür geschlossen hatte, drehte ich mich zu dem Mercedes um. Marco stand inzwischen daneben. Das Herz schlug mir bis zum Hals. Ein kurzes Räuspern, dann ging ich zu ihm hinüber.

Von oben herab sah er mich an. Das reichte schon, um zu erahnen, dass ich möglicherweise zu spät kam. »Ich muss mit dir reden.«

Ich nickte und kramte den Schlüssel aus meiner Tasche. »Lass uns nach oben gehen.«

Erst als wir in meinem Wohnzimmer angekommen waren, drehte ich mich zu ihm herum.

Sein Gesicht war zu einer harten Maske erstarrt.

»Du hast Kaja in deinem letzten Traum getroffen?«, fragte ich, um es nicht noch spannender zu machen.

»Als wüsstest du das nicht. Seit heute Morgen versuche ich schon dich zu erreichen.«

»Ich weiß, dass sie zu dir wollte. Mehr stand noch nicht geschrieben.«

Er zog die Stirn kraus. »Geschrieben? Sag jetzt nicht, du warst mit Ingo beim Bankschließfach.«

Nur kurz sah ich zu ihm auf. »Er hat mich gefahren, sonst nichts.«

»Wie kannst du nur jemanden da mit reinziehen, der die Welt des Lichts nicht sehen kann!«, rief er wütend.

»Er hat mich nur *gefahren*!«, wiederholte ich nun ebenso forsch.

»Und wozu überhaupt?«

Verstohlen wandte ich mich ab. »Willst du was trinken?«

»Nein!«

»Dann setz dich wenigstens.«

»Ich stehe lieber.«

Vor Nervosität biss ich mir auf der Unterlippe herum. Wo ich mit meinen Händen hin sollte, wusste ich auch nicht, deswegen schob ich sie zwischen die Knie, als ich mich auf die Couch gesetzt hatte. »Ich sehe sie nicht mehr«, gestand ich dann kleinlaut.

Er kam näher und drehte ein Ohr in meine Richtung. »Wen siehst du nicht mehr.«

»Luna ... Solest. Ich sehe gar nichts mehr.«

»Sondern?«

»Letzte Nacht habe ich geträumt ... einen ganz normalen Traum. Vielleicht sollte es auch ein Albtraum sein. Ich weiß nicht, ich habe ja vorher noch nie geträumt.« Noch mal versuchte ich ihn anzusehen. Die versteinerte Maske war nicht aufgeweicht, nur verändert.

»Das kann gar nicht sein.«

»Nein. Aber es ist so.«

»Warum?«

»Wenn ich das wüsste ... ich habe keine Ahnung. Deshalb musste ich das Buch ja lesen«, rechtfertigte ich mich.

»Kannst du wenigstens erklären, warum du der Krönung Tirios' zustimmst?«

»Wir beraten erst noch«, wollte ich mich zunächst herausreden. Purer Reflex. »Aber ich fürchte, darauf wird es hinauslaufen«, gab ich dann zu und malträtierte wieder meine Unterlippe.

»Ich fasse es nicht.« Er kniff zwei Finger über dem Nasenbein zusammen. »Erklär es mir, bitte«, knurrte er.

»In den letzten Tagen sind ziemlich merkwürdige Dinge passiert.«

Stöhnend nahm er die Hand wieder runter. »Anna, ich war gestern noch hier. Du hast behauptet, es sei alles in Ordnung.« Wutentbrannt starrte er mich aus eiskaltem Türkis an.

»Ich weiß.« Es war nur noch ein Piepston, den ich herausbrachte.

»Also?«

»Ich dachte, ich hätte alles im Griff«, antwortete ich nun fester. »Ich wollte nicht, dass du dir Sorgen machst. Ich meine, deine ständige Sorge um mich hat uns noch nie weit gebracht. Und ich dachte doch ohnehin, du seiest nur wegen Solest zu mir zurückgekommen. Ich wusste ja nicht, dass du wirklich meinetwegen hier bist.«

Alles in seinem Gesicht verwandelte sich in weniger als einer Sekunde von Wut zu tiefer Enttäuschung. »Aber jetzt weißt du es. Weil du es gelesen hast.« Seine Stimme war leise.

Tja, so war es. Eine Verteidigung war zwecklos.

»Ich habe dir gesagt, was ich für dich empfinde. Aber du glaubst es erst dem allwissenden Buch.« Er machte eine Pause. »Ich war hier, Anna. Wir haben miteinander geschlafen. Wieso, wenn du mir nicht geglaubt hast?«

»Ich wollte den Augenblick mit dir. Ich wollte mich erinnern können, wenn … wenn du wieder fortgegangen wärst.«

»Dass du mir nicht vertraust, habe ich immer gewusst. Aber …« Er wandte sich ab und ging Richtung Diele davon.

Hektisch sprang ich auf, rannte an ihm vorbei und versperrte ihm den Weg zur Wohnungstür. »Marco, bleib! Ich muss dir erzählen, was passiert ist. Alles!« Auch wenn er danach garantiert noch schneller von hier verschwunden sein würde.

Sein Blick war leer. Doch wenigstens nickte er knapp und ging dann zurück. In der Küche setzte er sich auf einen der Stühle und vermied es, mich anzusehen, während ich mir den anderen zurechtrückte, um ihm gegenüber Platz zu nehmen.

Dann begann ich mit meiner Geschichte bei dem Moment, als wir den Plan schmiedeten, zu Tirios zu reisen. Ich versuchte nichts auszulassen. Vielleicht konnte er so ein bisschen verstehen, welcher Irrsinn in mir herrschte. Ich berichtete auch von meinem Leben in dieser Welt, der Suche nach Madras oder besser Michelle Fauquet. Bei meinem letzten Traum endete ich, ließ aber auch den Abend mit Madras nicht aus.

Marco blickte vor sich auf die Tischplatte oder auf einen der Küchenschränke. An manchen Stellen ausdruckslos, mal fassungslos, an manchen kniff er die Augen fest zusammen, als hätte er Angst, damit Schaden anrichten zu können. Trotzdem unterbrach er mich kein einziges Mal, sondern ließ jedes verhasste Wort über sich ergehen. Und auch als ich fertig war, blieb er zunächst stumm.

Vorsichtig musterte ich ihn, aber aus seiner Mimik wurde ich nicht schlau. »Sag was«, bat ich leise.

Nur kurz streifte sein Blick mich. Es war eine Mischung aus Abscheu und Mitleid. »Ich kann nicht«, antwortete er knapp, legte die Hände flach auf den Tisch und stieß sich im selben Moment zum Aufstehen daran ab. »Ich muss nachdenken«, murmelte er und wandte sich zur Tür.

Schnell sprang ich ebenfalls auf, doch er richtete eine flache Hand in meine Richtung, ohne mich dabei anzusehen. »Allein«, sagte er lauter und ging weiter, verschwand um die Ecke. Direkt darauf fiel die Wohnungstür ins Schloss.

Ich ging zurück in die Küche und konnte aus dem Fenster beobachten, wie er in seine Limousine stieg und davonraste.

***

Marco

Es war einen Versuch wert, nun einfach wahllos durch die Gegend zu fahren, zu grübeln, zu versuchen mich irgendwie abzulenken. Alles, nur nicht schlafen, um in Solest nicht alles noch schlimmer zu machen.

Blanker Hohn, denn ein kurzer Blick in diese Welt würde reichen und mein anderes Ich wüsste alles. Ich würde auch dort diese, genau diese Wut spüren. Diesen Hass, diese Hilflosigkeit. Diese atemlose Hilflosigkeit, wie wenn man unter Wasser gezogen wurde. Als würden die Wellen über dem Kopf zusammenschlagen. Wellen, die mich nicht schlimmer verletzen konnten, als es bereits geschehen war.

Wenn ich könnte, jetzt, hier in dieser Welt, ich würde den Wagen vor mir einfach mit meinem Blick einfrieren, wenn er nicht endlich die linke Spur freimachte.

»Madras«, knurrte ich wütend. Automatisch umklammerten meine Finger das Lenkrad fester. Das Kopfkino erledigte den Rest. Bilder, Szenen, die ich lieber nicht sehen mochte. Übelkeit überkam mich dabei. An einem Parkplatz bog ich ab und stoppte den Wagen. Mit beiden Fäusten schlug ich auf das Lenkrad ein. Dann stieg ich aus. Die Luft war frisch und kühl. Tief atmete ich durch und ging einige Schritte um den Wagen herum. Davor blieb ich stehen. Es war meine Schuld, was passierte. Allein meine Schuld. Herrgott, sie war mein Leben und ich selbst hatte es auf dem Gewissen. Niemals hätte ich sie allein lassen dürfen. Niemals! Schatten hin oder her. Ich war ein Feigling gewesen! Und jetzt bezahlte ich dafür. Es geschah mir recht. Mit voller Wucht rastete meine Faust auf der Motorhaube ein. Der Schmerz, der darauf folgte, war viel zu erträglich für das, was ich verdiente. Ich hatte so viele Fehler gemacht, so verdammt viele Fehler. Und genau deren Konsequenzen musste ich mich nun stellen. Es war sinnlos, noch weiter auf einen unschuldigen Gegenstand einzuschlagen. Das Fass war bereits übergelaufen. Nun galt es, weiteren Schaden aufzuhalten. Ohnehin würde ich irgendwann schlafen müssen! Inzwischen war ich beinahe einen Tag auf den Beinen. Irgendwann würde ich mich meinen Gefühlen in der anderen Welt stellen müssen, die so viel intensiver waren als in dieser.

***

Anna

Tiefer Sand. Und nackter Fels. Entweder es war schwer, einen Fuß vor den anderen zu setzen, weil ich knöcheltief im Boden versank, oder aber ich rutschte auf den Felsen aus, auf denen ich versuchte endlich schneller voranzukommen. Und alles, um vor der Schwärze zu flüchten, die sich hinter mir ausbreitete. Das Nichts kam näher und näher, es verdrängte die sengende Hitze. Es wurde kalt.

Als ich endgültig ausrutschte und fiel, am Boden lag und vor Erschöpfung nicht weiterkam, als ich aufgab … erwachte ich. Schweißnass. Keine meiner Visionen der anderen Welt hätte diesen Albtraum toppen können.

Mit dem Pyjamaärmel wischte ich mir durchs Gesicht und starrte gegen die weiß schimmernde Zimmerdecke. Was geschah jetzt gerade in der Welt des Lichts? Welche absurden Dinge? Wie reagierte Domino auf das, was er aus dieser Welt vielleicht bereits erfahren hatte? Kämpften sie womöglich schon? Bilder von Kriegern in Orangerot und von Spähern bahnten sich den Weg in meine Fantasie. Es war noch dunkel draußen, wahrscheinlich war es noch mitten in der Nacht. Ich nahm mein Handy und wischte übers Display. Die Uhrzeit leuchtete hell auf. Vier Uhr morgens. Ich stand auf, ging zum Kleiderschrank und holte einen frischen Pyjama hervor. Warum, zur Hölle, besaß ich eigentlich noch immer keine Telefonnummer von Marco?

Kaum hatte ich das zu Ende gedacht, hörte ich ein Auto vorfahren. Ohne nachzusehen, zog ich mich schnell um und rannte dann sofort zur Haustür. Ich wartete auch kein Klingeln ab, sondern drückte gleich den Summer.

Kurz darauf trat Marco ein. Ohne ein Wort. Nur ein flüchtiger Blick streifte mich. Erst als ich schon Luft holte, um etwas zu sagen, sah er mich streng an und legte den Zeigefinger auf meine Lippen. Langsam schüttelte er den Kopf. »Ich will nicht reden. Nicht darüber.« Er seufzte. »Lass mir etwas Zeit, um das alles zu sortieren. Es ist nicht deine Schuld.«

Zu gern hätte ich etwas dazu gesagt, aber im Augenblick war es wohl besser, den Mund zu halten. Immerhin war er zurückgekommen und es würde noch genügend passendere Momente geben, um zu reden. Alle Lasten lagen gerade auf seinen Schultern und wie es aussah, war er nicht bereit, sie abzulegen. Er nahm alle Schuld auf sich. Das war so typisch für ihn.

Trotz allem ging er absolut aufrecht bis ins Wohnzimmer. Auch das sah ihm ähnlich. Dieser Mann konnte gar nicht anders, als unbesiegbar zu wirken. Ich kannte ihn einfach zu gut, um zu wissen, wie es tatsächlich in ihm aussah.

Er wandte sich zu mir um. »Eines müssen wir klären, Anna«, begann er nun. »Du warst nie besonders glücklich mit zwei Welten.«

Ich wollte mich verteidigen, aber er redete einfach weiter.

»Ich möchte nur wissen, ob du vielleicht glücklicher damit bist, so, wie es jetzt ist. Vielleicht solltest du auch erst darüber nachdenken, ob du die Welt des Lichts überhaupt sehen willst. Ich meine … ich kann es mir zwar nicht vorstellen, aber, nach allem, was du mir erzählt hast ... Vielleicht hast du es irgendwie geschafft, dein anderes Leben auszublenden.«

Von dieser Warte aus hatte ich es noch gar nicht betrachtet. Allerdings war diese Theorie absurd. Ich lachte kurz verwirrt auf. »Nein! Das halte ich für absolut unmöglich.«

»Gut. Aber ... willst du es überhaupt noch sehen?«

»Ja.« *Natürlich wollte ich das!*

Er nickte einige Male leicht. »Na gut«, murmelte er und setzte sich auf die Couch. Wahrscheinlich war er todmüde. Als er sich zurücklehnte, sah er so aus, als würden ihm jeden Moment die Augen zufallen. Er richtete sich schnell wieder auf und fuhr sich mit den Händen über das Gesicht und dann durch die Haare.

Am liebsten hätte ich ihm gesagt, er solle sich hinlegen, nur leider ahnte ich, dass er den Schlaf vorerst umgehen wollte. »Ich bin froh, dass du zurückgekommen bist«, sagte ich stattdessen kleinlaut und nahm im Sessel schräg gegenüber Platz. Eine Entschuldigung würde er jetzt nicht hören wollen, da war ich sicher.

Marco hob den Blick nicht. Völlig versunken starrte er ins Leere. »Magiadir meinte damals, Tirios sei sehr anpassungsfähig. Vielleicht ist genau das seine Gabe.«

Ich verdrehte die Augen. »Er ist Falkner, Marco. Sonst nichts.«

»Falkner wie sein Vater. Doch das war nicht Ramiros einzige Gabe«, erklärte er unbeirrt weiter. »Er hat nur nicht alles genutzt, was er konnte.«

Ich betrachtete Marco skeptisch, erst recht, als er plötzlich hektisch aufsprang. »Komm, zieh dir etwas an, wir fahren nach Hause.«

»Wohin *nach Hause*? Was hast du vor?«

»Vielleicht habe ich was übersehen. Ich will es noch mal nachlesen. Vielleicht kommen wir darauf, welche Fähigkeiten er besaß.«

Keine gute Idee. Kopfschüttelnd zog ich demonstrativ die Beine hoch und setzte mich im Schneidersitz in den Sessel. Es war Zeit, ihm zu widersprechen. Auch wenn er das, was ich zu sagen hatte, ganz bestimmt nicht hören wollte. »Du kannst in deinem Zustand gar nicht fahren. Du bist todmüde.«

Ich machte eine kurze Pause, um seine Reaktion abzuwarten, doch es kam keine. »Marco, du musst schlafen.«

Durch einen kurzen Augenaufschlag blitzte er mich wütend an. »Willst du noch wissen, was in Solest passiert, Anna?« Das klang spöttisch. Und es war unfair.

»Natürlich will ich das wissen«, verteidigte ich mich. »Aber, sieh dich doch an! Du bist total übermüdet. Ich weiß, dass du verletzt bist, dass du gerade nicht in Dominos Haut stecken möchtest. Doch früher oder später …« Ich seufzte.

»Schon gut, schon gut. Du hast ja recht.« Er murmelte nur noch und ging in Richtung Flur. »Du hast recht, ich muss schlafen.«

Schnell sprang ich auf und stellte mich ihm mal wieder in den Weg. »Bleib hier, Marco. Bitte!« Das sagte ich nicht nur, weil ich Angst hatte, er könnte in diesem Zustand nicht mehr Auto fahren. »Bleib bitte. Es macht mir Angst, dass ich nichts mehr sehe. Und diese Albträume. Ich kann verstehen, wenn du nicht bei mir sein willst. Es tut mir so leid. Aber …«

»Nicht«, unterbrach er mich und schloss mich in seine Arme. »Es ist allein meine Schuld. Ohne mich wäre das alles nicht passiert.«

»Dann bleibst du?« Ich rückte etwas von ihm ab, damit ich zu ihm aufsehen konnte.

»Ja.« Sofort wich er meinem Blick aus. »Bin kurz im Bad«, sagte er schnell, ließ mich los und ging an mir vorbei.

Sobald er um die Ecke verschwunden war, ging ich ins Schlafzimmer und tippte schnell eine Nachricht an Ingo: *Sorry, mir geht es immer noch nicht so gut. Würdest du mich heute bitte noch einmal krankmelden? Danke.*

Irgendwie würde Ingo schon verstehen. Außerdem ging es ja nur um den heutigen Arbeitstag. Den Rest der Woche müsste ich zur Uni. Kein Problem, die ausnahmsweise ausfallen zu lassen. Es war besser, bei Marco zu bleiben und später oder morgen mit ihm gemeinsam zum Schließfach zu fahren. Seine stetige Beherrschung war gerade mehr als brüchig. Und wenn ihn das hier schon seine ganze Kraft kostete, wie wäre es dann erst in Solest? Auch wenn er sich selbst gerade die Schuld dafür gab, so war es doch fraglich, ob er mir die Sache mit Madras verzeihen konnte. Ich schüttelte den Kopf. Wie hatte es nur so weit kommen können? Ohne auf Marco zu warten, kroch ich unter die Bettdecke. Es dauerte nicht lange, bis er hereinkam. Er sah so müde aus, so … hilflos. Nein. Das war nicht das richtige Wort. Gedemütigt. Er war tief verletzt. Und er musste sich beherrschen wie niemals zuvor. Im Vorbeigehen löschte er das Licht und legte sich wortlos neben mich.

»Pass auf dich auf«, sagte ich leise, denn er würde bald einschlafen.

***

Domino

Denido beugte sich zu Kaja hinab und gab ihr einen flüchtigen Kuss zum Abschied, indem er die Maske eben so weit anhob wie nötig. Ich beneidete die beiden. Sie führten eine platonische Beziehung voller Ehre, Stolz und Respekt. Vor der Hochzeitsnacht würde Kaja sich ihrem Liebsten niemals hingeben. Dies war eine andere Welt als die der Träumer. Hier galt das Eheversprechen noch etwas. Ich hingegen war verroht von jener Welt … genauso wie Luna. Aber war es deshalb richtig? Und doch sehnte ich mich nach ihr, nach genau diesen Momenten, diesen Stunden mit ihr, die wir eigentlich gar nicht hätten teilen dürfen. Zumindest nicht hier.

Stumm blickte Kaja in seine leuchtend blauen Augen, sie wirkte fasziniert wie am ersten Tag. Sie verließ ihn nicht gern so schnell wieder, doch Luna brauchte sie, davon war nicht nur sie überzeugt. Der Schimmel stand gesattelt bereit. Coron und Thorn saßen ein Stück weiter am Lagerfeuer. Ich selbst lehnte etwas abseits an einer stattlichen Eiche. Keiner von uns nahm in diesen Tagen die Maske vom Gesicht.

»Bleib vorsichtig.« Denidos Worte waren so leise geflüstert, dass es für normale Ohren kaum zu verstehen war. Kaja nickte. Die Liebe zwischen den beiden war greifbar. Und genau in diesem Moment geschah es. Bilder, Worte der anderen Welt überspülten all meine Sinne. Alles, was um mich herum geschah, nahm ich nur noch schemenhaft wahr. Meine Beine schienen mir den Dienst zu versagen.

Ein wütendes Knirschen zerbrach die Stille, noch lauter als ein vom Sturm gebogener Baum, kurz bevor er zerbirst.

»Haltet ihn auf«, hörte ich Kajas Stimme. Nur sie traute sich das Schweigen zu brechen, nur ihre Stimme durfte der Falke hören, nur ihr Gesicht sehen. Erst jetzt begriff ich, dass ich vor einem meterstarken, riesigen Baum kniete, der mittlerweile fast bis zur Krone zu tiefstem Eis gefroren war. Es wäre ein Kinderspiel, ihn zu zerschlagen, das Holz würde mit tosendem Lärm wie Glas zerspringen und die Scherben in alle Richtungen fliegen. Nicht nur, dass jeder im Umkreis von mehreren Metern von den messerscharfen Geschossen verletzt werden könnte, es würde mit Sicherheit auch den Feind zum Angriff verleiten. Doch an all das dachte ich nicht und ehe ich meine Faust in das gefrorene Holz schlagen konnte, packte mich jemand an den Schultern und schleuderte mich zur Seite. Ich ließ es geschehen, kniff die Augen fest zusammen und presste den Kopf gegen den eisigen Waldboden. »Kaja bleibt hier«, knurrte ich, so leise es eben ging. Aufblicken und die anderen ansehen konnte ich noch nicht.

Pures Adrenalin schoss durch meine Adern. Bilder, Gefühle, Worte und Gespräche der anderen Welt erdrückten gerade jeden klaren Gedanken und breiteten sich aus, in jedem Muskel, im Blut, in jeder Zelle. Schmerzten, als wollte mein Körper sich dagegen wehren. Nur langsam wurde mir klar, dass das nicht sein durfte. Ich brachte die anderen in Gefahr. Nicht auszudenken, was der Schlag in das Holz angerichtet hätte. Doch mein Puls wollte sich nicht beruhigen, die wilden Wellen des Schmerzes nicht weichen. Ich biss, so fest es ging, die Zähne aufeinander, versuchte zu atmen. Versuchte ruhiger zu atmen. Und das half ein wenig. Langsam öffnete ich die Augen.

Meine drei Freunde standen um mich herum, um im Zweifelsfall das Schlimmste zu verhindern. Sie wussten, wie schwer die Beherrschung oft fiel. »Sattel die Pferde. Rückzug!«, befahl Denido knapp. Coron und Thorn folgten wortlos.

»Nein«, knurrte ich. Ich wollte mich zu Denido herumdrehen, doch er ließ mich nicht, sondern stemmte mich wieder zu Boden. Es wäre leicht gewesen, ihn abzuschütteln, aber ich wehrte mich auch diesmal nicht. Wieder versuchte ich ruhiger zu atmen. Wieder brachte das etwas Erleichterung. Wahrscheinlich hatte Denido recht. Im Moment war ein Rückzug besser. Damit erreichte mich der erste vernünftige Gedanke seit dem Blick in die Welt der Unwissenden. Denido musste gespürt haben, dass ich mich etwas beruhigt hatte, denn er löste seinen Griff.

Langsam stand ich auf und sah mich ein erstes Mal vorsichtig um. Die Pferde waren bereit. Mit gesenktem Blick ging ich zu Aragon und stieg auf. Die anderen folgten. Ein eisiger letzter Blick auf das Lagerfeuer – es erlosch mit lautem Zischen. Dann jagten wir davon.

***

Ich wusste nicht, wie lange wir galoppiert waren, wie lange wir anschließend wortlos langsamer geritten waren, um die Pferde zu schonen. Es war nur gut, dass ich nicht reden musste, denn es kostete mich all meine Kraft, die Gedanken zu sortieren. Von der Anspannung tat mir jeder Muskel weh. Ich sah Anna vor mir stehen. Sie sah so zerbrechlich aus. Dabei hatte sie nichts mit dem zu tun, was hier gerade passierte. Ich musste herausfinden, was im Schloss von Mirilon vor sich ging. Das konnte ich nur mithilfe des Buches. Hier in Solest konnte ich gerade nichts tun. Jeder Durchbruch zum Schloss würde böse enden. Davor hatten die anderen uns gerade erst bewahrt. Denn genau das wäre mir recht gewesen, vorhin, als mich der Tag der anderen Welt mit voller Wucht überfiel. Mir gelang sogar jetzt noch ein Lächeln bei dem Gedanken daran, den Falken vom Himmel zu holen oder diesen Prinzen erstarren zu lassen. Ganz zu schweigen von Madras ... Wieder kniff ich die Augen fest zusammen. Wieder rang ich um Fassung. Wieder sah ich vor meinem inneren Auge, wie Madras und Luna ... Wieder musste ich ruhiger atmen. Und wieder wusste ich, dass ich genau das heraufbeschworen hatte ... damals. Mein Plan war jedoch nur beinahe aufgegangen. Wenn ich nicht hierhergekommen wäre, nicht zu Luna, nicht zu Anna ... Was würde sie jetzt wohl machen? Was wäre wohl jetzt ihr Schicksal? Oder meines?

Allerdings war es sinnlos darüber nachzudenken, denn wir gehörten zusammen. Vom ersten Moment an war mir das klar gewesen. Seit ich sie zum ersten Mal gesehen hatte. Zum ersten Mal *bewusst* gesehen hatte. Und als ich sie verlassen hatte, war mir klar gewesen, dass ich ein Nichts sein würde. Ein unvollständiges Wesen. Mehr nicht.

Die anderen hatten noch immer keine Ahnung, was mit mir los war, und sie fragten auch nicht. Es würde dauern, bis ich ihnen irgendetwas erklären könnte. Sie kannten das sehr gut, denn schließlich war ich wie sie. Wenn etwas so Außergewöhnliches geschah, brauchten wir eine Weile, um uns wirklich wieder kontrollieren zu können.

***

Marco

Ich schlug die Augen auf in der Welt der Unwissenden. Sonnenlicht stach mir in die Augen. Wie immer war ich sofort hellwach. Anna lag auf der Seite und schlief noch. Im Moment sah sie so friedlich und entspannt aus. Sie konnte nichts dafür. Eine Weile sah ich sie nur an, dann beugte ich mich hinüber und küsste sanft ihre Schulter. Jetzt drehte sie sich auf den Rücken und begann zu erwachen. Schlaftrunken öffnete sie die müden Augen. Völlig untypisch für uns. Nun tat es mir leid, dass ich sie geweckt hatte. Denn sofort, als sie mich ansah, war da wieder diese Scham in ihrem Gesicht. Nicht doch, dachte ich und sah ihr fest in die Augen. Prompt rang sie um Fassung. Wie so oft, wenn ich sie ansah. Ich lächelte darüber, aber das machte es für sie nur noch schlimmer. Wie hypnotisiert richtete sie sich etwas auf und kam mir näher. Sehr nah. Ich senkte meinen Blick und wandte mich ab. Beinahe gleichzeitig setzten wir uns auf.

»Was ist passiert?«, fragte sie nun.

»Rückzug. Wir sind unterwegs nach Naradon.« Ich überlegte. Weit konnte es bis zur Grenze nicht mehr sein. Wir waren seit Stunden ohne Pause unterwegs und würden vor dem Erreichen auch keinen Halt machen.

»Ihr seid weg? Und Kaja?«

Ich hörte das Beben in ihrer Stimme. Aber sie sagte es dennoch leise und ruhig.

»Kaja ist bei uns.« Sie erwiderte nichts weiter darauf, doch ich wusste, meine Antwort war zu knapp gewesen. »Damit war sie ganz und gar nicht einverstanden«, erklärte ich deshalb. »Aber ich habe ihr verboten zurückzureiten. Wir können Kaja nicht der Gefahr aussetzen.« Anna antwortete nicht. »Das verstehst du doch.« Jetzt drehte ich mich zu ihr um.

Sie saß im Schneidersitz und starrte vor sich auf die Bettdecke.

»Ja. Ja sicher.« Sie seufzte. »Ich wüsste nur gern, was die anderen aushecken, wenn nicht mal mehr Kaja Einwände erheben kann. Was ich jetzt wohl mache?« Ihre sonst so makellos glatte Stirn legte sich in sanfte Fältchen. Ich spürte, dass sie gern mehr dazu gesagt hätte. Aber sie traute sich nicht. Sie kannte mich sehr gut und wollte mich nicht daran erinnern, was sie mir gestern erzählt hatte. Das war gut. Denn obwohl mir klar war, dass mich allein die Schuld traf, so musste ich doch schmerzlich erkennen, dass ich nicht damit klarkam, was sie getan hatte. Wenn ich sie ansah, sah ich Luna. Luna und Madras.

»Ich glaube nicht, dass Kajas Einwände noch irgendeinen Nutzen hätten.« Ich stand auf und ging ins Bad. Vielleicht würde eine kalte Dusche meine Sinne ordnen.

***

»Ich dachte, ihr hättet das Haus verkauft.« Anna lehnte sich nach vorn und starrte durch die Windschutzscheibe, als wir die Schottereinfahrt zum Gutshaus hinauffuhren. Das Gebäude war umringt von bunt blühender Pracht. Es sah so aus wie eh und je, als wären wir nie weg gewesen.

»Nein. Ingrid ist hiergeblieben. Sie kümmert sich um alles. Meine Eltern kommen noch ab und zu her.«

»Und du?« Plötzlich klang sie wieder so schwach.

»Ich war seit ...«, nur kurz sah ich zu ihr rüber, »... seit damals kein einziges Mal mehr hier.« Ich merkte selbst, wie deprimiert das klang.

Ingrid öffnete schon die Tür, als ich gerade erst den Wagen vor der breiten Treppe parkte.

Anna sah sich zögernd um, während sie ausstieg. Auf die Treppe zum Gutshaus folgte sie mir schweigend, unsere Hände fest umschlossen.

Alles sah hier aus wie damals, selbst Ingrid. Ich war zu Hause, und trotzdem fühlte es sich an, als wäre ich nur zu Besuch.

»Es ist so schön, euch wiederzusehen«, begrüßte Ingrid uns herzlich und umarmte mich fest. Sie tätschelte meinen Rücken, als wäre ich immer noch ein kleiner Junge. Dann wandte sie sich Anna zu und umarmte sie nicht weniger innig. »Geht nur hinauf, es ist alles hergerichtet. Ich hoffe, ihr habt Hunger. In einer Stunde gibt es Essen.« Damit verschwand sie in Richtung Küche.

Wir betraten die Stufen nach oben. Anna umfasste meine Hand noch fester. Ihr Puls ging schneller, ich fühlte ihn zwischen meinen Fingern. Mir fiel ein, was sie von ihren Erinnerungen erzählt hatte, wie schwach sie geworden waren und dass sie befürchtet hatte, ganz zu vergessen. Es musste ihr gerade die Kehle zuschnüren zu sehen, dass hier alles so war wie damals, zu spüren, dass sie sich erst jetzt wieder genau daran erinnern konnte.

Aufrecht hielt sie mit mir Schritt, den langen Flur entlang, bis wir an der Tür zu meiner Wohnung angelangt waren. Ich öffnete und ließ sie vorangehen. Langsam ging sie bis zur Mitte des Raumes. Ihr Blick fiel auf die Bilder an den Wänden, schweifte über die schwarze Couch, den langen Esstisch, bis hin zum Schlafzimmer. Zwei Jahre unterdrückte Sehnsucht ließ sie gerade hinter sich. Dabei rang sie hörbar nach Luft.

Zwei Jahre zogen auch in meinem Kopf gerade wie im Zeitraffer vorbei, rasend schnell, bis zu dem Abend, als sie diesen Raum verlassen hatte. Ich sah mich selbst, wie ich ihr hatte hinterhergehen wollen, als sich die Tür geschlossen hatte, wie ich die Klinke in der Hand gehalten hatte. Aber dann war ich stehen geblieben. Den Kopf an das Holz gelehnt. Ich war so sicher gewesen, das Richtige zu tun. So sicher. Ich war ein verdammter Narr gewesen.

Und jetzt in diesem Moment hasste ich mich wieder dafür. Ich dachte an die letzten Zeilen im allwissenden Buch und betrachtete Anna. Wie gefesselt stand sie da. So, wie sie aussah, fühlte sie sogar wieder die Wellen der Taubheit ihren Körper durchfluten. Nun begann sie sogar zu schwanken, doch diesmal stand ich sicher hinter ihr. Im nächsten Moment hob ich sie auf meine Arme und trug sie zum Bett. Sie schlang sich fest um meinen Hals und vergrub das Gesicht an meiner Schulter, sodass sie nicht einmal losließ, als ich sie sanft hinlegte. Dann weinte sie. So sehr, dass sie kaum Luft bekam. Ich versuchte erst gar nicht sie von mir zu lösen, sondern legte mich einfach mit ihr hin und hielt sie. Nie hätte ich damit gerechnet, dass sie so reagieren würde. Ich hatte geahnt, dass ich sie würde auffangen müssen, dass ich an ihrer Seite würde sein müssen. Aber ich … hielt sie nur. So tief war ich in meiner Eitelkeit gekränkt, so umfassend in meinem Stolz getroffen. *Ich werde dich nie wieder allein lassen,* hätte ich gern gesagt. Aber ich … sagte es nicht. Für mich waren sie und Luna dieselbe Person. Immer noch. Auch wenn es verrückt war, das zu glauben. Gerade jetzt. Wie konnte ich? Sie würde immer nur mich lieben, mehr als das Land, mehr als die Welt. Was gerade mit Luna geschah, wusste auch sie nicht. Doch ich hielt sie in meinen Armen und konnte nicht teilnehmen an dem, was ich erlebte.

Sie hob den Kopf zu mir und blickte mich durch die tränenverschwommenen Augen an. »Ich will nie wieder ohne dich leben.« Das Schluchzen ließ allmählich nach. »Ich kann nicht ohne dich sein, Marco. Verstehst du das? Ich überlebe es nicht noch mal, wenn du es dir mal wieder anders überlegen solltest …«

Indem ich einen Zeigefinger sanft auf ihre Lippen legte, unterbrach ich sie endlich. »Ich verlasse dich nicht.« Auch wenn ich mir dessen im Moment nicht so sicher war, meiner Verantwortung ihr gegenüber war ich mir bewusst. Diesmal schon. Diesmal wäre es erst vorbei, wenn *sie* sich dafür entschied. Wenn ich hätte klar denken können, ohne Vorbehalte, dann hätte ich gesehen, dass es ihr längst nicht mehr möglich war, ihre Gefühle unter Kontrolle zu bringen, so, wie sie es gelernt hatte in der Zeit ohne mich. Es war, als hätte jemand heißes Wasser über das Eis ihrer Seele gegossen. Sie lag jetzt völlig frei und war so verletzlich, wie sie damals gewesen war.

Nur langsam kam sie zu sich, die Tränen ließen nach und sie hob den Kopf höher. Ich sah, wie ihr Blick aufklarte, wie sie mich ansah, als wäre endlich alles wieder gut. Als würde sie zu neuer Hoffnung streben. Sie lebte wieder. Und ich sah in ihre klaren grünen Augen und wusste, dass sie ab sofort alles tun würde, damit dies für immer so blieb. Damit *ich* für immer blieb. In diesem Anblick würde mein Zorn endlich sterben können. In genau diesem Anblick könnte mein Leben wieder einen Sinn bekommen, in diesem einzigartigen Moment.

»Du musst mich für total bescheuert halten«, meinte sie.

»Nein. Sicher nicht.«

»Ich liebe dich so sehr, dass du es dir nicht vorstellen kannst.«

»Ich kann es mir vorstellen.« Ich atmete tief durch.

Kein Widerspruch. Nur ein vorsichtiges Lächeln in ihrem blassen Gesicht. »Ich will nie wieder ohne dich sein.«

Ganz sanft küsste ich ihre Stirn. »Wir sollten Ingrid nicht warten lassen.« Um sicherzugehen, dass sie mir meine Reserviertheit verzieh, blickte ich sie noch mal an. Leider wurde ich nicht schlau draus. »Außerdem müssen wir uns beeilen. Die Bank schließt in drei Stunden.«

Jetzt nickte sie, lächelte sogar, stand einfach auf und verschwand im Bad.

Neue Erkenntnisse

Marco

Anna starrte eine Weile auf die weiße Tischdecke. »Dein Vater hat mal gesagt, es sei gut, über manche Leute immer Bescheid zu wissen.«

Ich lachte auf. »Dass du dir ausgerechnet an ihm ein Beispiel nimmst, sollte mir zu denken geben«, spottete ich. »Worauf genau willst du hinaus?«

»Grolsem. Ist das Buch der Fürsten noch hier im Haus?«

Ich nickte.

»Lass uns mal nur spaßeshalber nachsehen, wo er herkommt.« Sie grinste teuflisch.

»Ja, was für ein Spaß«, erwiderte ich seufzend, rückte aber meinen Stuhl zurück und stand auf.

Anna folgte mir durch den Flur, bis in Vaters Arbeitszimmer. Ein leichter Handgriff unter den wuchtigen Schreibtisch und die Bücherwand öffnete sich. Der eiserne Tresor kam ächzend zum Vorschein. Ich tippte schnell die Kombination in die Tastatur, bis sich die Panzertür abhob, ging hin und entnahm das Buch der Fürsten und die kleine Maschine, die einer antiken Uhr ähnelte. Vorsichtig platzierte ich beides auf dem schweren Schreibtisch. »Nur zu.« Mit einer Handbewegung forderte ich Anna auf, sich auf den breiten Ledersessel zu setzen.

Sie folgte meiner Einladung. »Und jetzt?«

Ich stellte mich neben sie und schlug das Buch auf. Die Namen darin waren alphabetisch sortiert. Schnell stand fest, dass Grolsem noch nicht verzeichnet war. Dann griff ich nach einem leeren Blatt Papier und platzierte das Gerät darauf. Danach drückte ich die Tasten nacheinander, bis sie den Namen »Grolsem Mirilon« ergaben. Das Maschinchen begann zu schnurren, dann zu rattern. Ich drückte es leicht aufs Papier, bis die Zeiger wieder in die Ursprungsposition zurückfielen. Doch schon jetzt erkannte ich den Misserfolg und schüttelte den Kopf. Ich hob das Gerät an, sobald es völlig still stand. Nichts. Es hatte nichts auf dem Papier hinterlassen.

»Hm. Seltsam«, meinte Anna. »Gib mal nur Grolsem ein. Vielleicht ist er ja Fürst eines anderen Landes?«

»Einer, den wir beide nicht kennen?« Ich hob skeptisch die Augenbrauen. Für sie mochte das möglich sein, nicht alle Fürsten zu kennen. Für mich eher weniger. Dennoch versuchte ich es nur mit dem einfachen Namen und vorsichtshalber auch mit den anderen Ländern. Erfolglos. »Er ist kein Fürst.« Das Gerät log nie.

»Kein Zweifel?«, fragte sie stirnrunzelnd. »Ich meine ... Tirios stellte ihn ausdrücklich als Fürsten vor. Warum sollte er das tun?«

Ich zog die Schultern hoch. »Kein Zweifel. Wir haben bisher jeden Fürsten gefunden. Er ist keiner.«

Anna zuliebe gab ich Karas ein, um ihr zu beweisen, dass das Gerät noch funktionierte. Ganz deutlich brannte es Namen und Ort dieser Welt auf das Papier.

»Kein Fürst«, murmelte sie nachdenklich. »Na ja, Esra ist auch keine Fürstin und stand meinem Vater sehr nahe. So was soll es geben«, meinte sie dann.

»Komm, Anna, lass uns herausfinden, was Magiadir mit ›anpassungsfähig‹ gemeint hat.«

***

Wir waren spät dran. Nur zwei Stunden vor Geschäftsschluss kamen wir bei der Bank an. Schnell holte der Angestellte den Metallkasten und wies uns den Weg zu einem abgeriegelten Raum. Es war etwas stickig hier drin. Ich schloss die Tür ab und Anna holte das magische Buch hervor. Sie legte es vor sich auf den Tisch und wartete, bis ich auf dem Stuhl neben ihr saß. Aus dem Augenwinkel heraus sah sie mich an.

Ich zog das Buch etwas zu mir herüber, weil sie keine Anstalten machte, es aufzuschlagen. Wer wusste schon, ob die Szenen der letzten Nacht inzwischen hier geschrieben standen oder sogar meine Gedankengänge aufgezeichnet waren? Auf gar keinen Fall wollte ich sie nun auch noch damit belasten. Und so, wie sie aussah, hatte sie ebenfalls nicht den Drang danach. Sehr deutlich erkannte ich, wie viel Angst sie davor hatte zu erfahren, was geschehen war.

»Gut. Also nur die Geschichte von Ramiro von Mirilon.« Dann schlug ich das Buch auf und begann in den Seiten zu blättern, um mich zurechtzufinden.

Die Zeit verging wie im Flug.

Anna zog den leichten Blazer aus. Darunter trug sie eine ärmellose, tief ausgeschnittene Bluse, die hier absolut ausreichte. Trotz Klimaanlage schien es immer wärmer zu werden. Vielleicht lag es auch daran, dass wir nun schon fast eine Stunde über der Geschichte von Ramiro brüteten. Dazu kam noch, dass in seinem Leben kaum etwas Aufregendes passiert war.

Anna begann schon zu gähnen. Wahrscheinlich aus Langeweile, vielleicht war es auch der Sauerstoffmangel hier drin. Ich sah sie an. An ihr herab. Sie war so schön. Selbst jetzt, wenn sie so angestrengt auf die öden Zeilen blickte. Selbst jetzt, unter der Anspannung, etwas finden zu müssen. Ihr Anblick lenkte mich zugegeben etwas ab, weshalb ich mich wieder über das Buch beugte und mich zu konzentrieren versuchte. »Okay. Was haben wir bis jetzt?«, begann ich.

»Nichts«, gab sie mürrisch zurück.

»Das ist ja nicht ganz richtig. Also … Ramiro war zwar Falkner, aber seine Gaben nutzte er nicht.«

»Nein.« Sie deutete auf das Buch. »Da stand, er nutzte sie so gut wie nicht.« Sie klang gelangweilt. »Womit wir immer noch nicht wissen, welche Fähigkeit er *nicht* nutzte.« Sie seufzte. »Es war eine Zeit voller Frieden. Warum hätte er auch irgendwas nutzen sollen?«

Ich blätterte weiter.

Anna zog den Kasten ein Stückchen an sich heran und holte die Loseblattsammlung ihres Vaters heraus. Es waren Notizen und der Brief, den er ihr hinterlassen hatte. Die meisten Blätter waren die Seiten seines Tagebuchs, das er in Solest geschrieben hatte. Nur vereinzelte Tage darin fehlten, nämlich genau diese hier. Zeilen, die er nur hier verfasst hatte, damit sie niemand in Solest zu lesen bekam.

»Ramiro starb im Alter von fünfundneunzig Jahren«, murmelte sie anerkennend. »Große Güte. Wie alt war denn Tirios' Mutter? Sie muss sich mit einem Opa eingelassen haben. Als er geboren wurde, war Ramiro ja dann schon über siebzig.«

Ich dachte nach und blätterte wieder zurück in den Seiten »Hat dein Vater nichts über ihn geschrieben?« Mein Blick fuhr nur kurz über die Blätter in ihren Händen.

»Nein. Nur etwas über den Streit mit Gorson wegen Mirilon. Das meiste hat Esra mir erzählt. Als Ramiro gestorben war, bat man Maxim nach Mirilon. Da erst wurde ihm Ramiros Wunsch vorgetragen, dass er Mirilon übernehmen sollte. Das alles steht ausführlich in seinem Tagebuch. Aber ich bezweifle, dass mein Vater überhaupt wusste, welche Gaben Ramiro hatte.«

»Hm«, machte ich nur und überflog wieder Zeile für Zeile. Eine ganze Weile war es nun still im Raum. Doch plötzlich erkannte ich den Haken an der Geschichte. »Hier steht, dass sie jung waren und verliebt. Er durfte sie nicht heiraten, weil sie nicht einmal eine Fürstin war. Und er fand sie nicht in dieser Welt. Trotzdem zieht sich die Beziehung zu ihr durch sein ganzes Leben. Mal waren sie getrennt, mal wieder zusammen.«

Anna blätterte immer noch in den losen Seiten ihres Vaters. Aber jetzt sah sie über meinen Arm hinweg auf das Buch. »Und Tirios? Ist er das Kind einer anderen Frau?«

»Nein, hier ist überhaupt nirgends der Hinweis auf einen Nachkommen.« Noch zögerte ich, aber plötzlich ergab alles einen Sinn. »Anna, Ramiro hatte keine Kinder.«

Sie legte das Papier zurück in den Kasten und rückte den Stuhl wieder näher heran. »Das ist unmöglich.« Ihr Blick flog über die Zeilen, als könnte sie mehr herauslesen, etwas finden, das ich übersehen haben musste.

»Kurz bevor er starb, wurde sie schwer krank«, fuhr ich fort. »Er hat sie noch einmal besucht und als er wieder auf dem Heimweg war, erholte sie sich. Doch als er zurück in Mirilon war, starb er und sie sahen sich nicht wieder.« Ich knallte die flache Hand auf den Tisch.

Anna fasste hinüber und blätterte in den Seiten zurück. »Was genau sagt das Buch darüber. Sie war alt und krank und erholte sich? Es ist doch ohnehin ein stolzes Alter gewesen, wenn sie so alt war wie er.«

Ich half ihr beim Blättern und fand die Stelle schnell wieder. Ramiros letzter Besuch bei seiner Geliebten. Sie las aufmerksam.

Er gab ihr so viel Jugend, wie in seiner Macht stand. Es nahm viel seiner Kraft, mehr noch, als er besaß, und er wusste, dies kostete sicher sein Leben. Aber was konnte er ihr sonst geben? Sie opferte doch bereits, seit sie sich kannten, das ihre. Also. Es war das Einzige, was er für sie tun konnte, und er würde alles für sie tun.

Anna starrte noch auf die Zeilen und versuchte sie zu verstehen, aber ich blickte auf und sah sie an. »Das ist es. Genau das ist es.« Fragend betrachtete sie mich. Sie verstand mich nicht, deshalb half ich nach. »*Er* hat ihr Jugend gegeben. *Seine Jugend.* So viel er davon noch hatte.«

»Ah«, sagte sie endlich zaghaft. »Ja. Ja, das ist es. Er konnte seine Eigenschaften weitergeben.«

Ich nickte ungeduldig. »Und wahrscheinlich konnte er Eigenschaften auch von jemandem *nehmen.*«

»Und erkennen.« Sie wusste nun ganz genau, wovon sie sprach. »Tirios«, flüsterte sie jetzt. »Kaja. Als er Kaja berührte, sagte er ganz spontan: *Sie hat keine Kraft in den Augen.*« Sie erhob sich von ihrem Stuhl und ging nun hektisch in dem kleinen Raum auf und ab. »Ich habe nicht zugehört, nicht wirklich. Ich fand Kajas Betragen so unmöglich, dass ich ihr sofort nachgegangen bin. Aber ich erinnere mich an seine Worte. Er hat sie berührt und festgestellt, dass sie kein Späher ist. Klar. Er hatte zuvor noch nie einen Späher gesehen, deshalb dachte er, sie müsse einer sein.«

»Er stiehlt Eigenschaften. Ja, Magiadir, das nenne ich anpassungsfähig, auf ganzer Linie.«

»Das erklärt auch alles andere.«

»Ja. Du bist dort nicht mehr du selbst. Deshalb nimmst du dein Ich nicht mehr wahr, erst recht nicht, wenn es aus der Welt der Unwissenden zu dir dringt.«

»Wir sind alle nicht mehr wir selbst ... außer Kaja.« Sie starrte auf ihre Füße, die Hände im Nacken gefaltet. »Aber ... wenn er gar nicht Ramiros Sohn ist ... wie ...«

Genau diesen Gedanken verfolgte auch ich gerade, deshalb blätterte ich weiter zurück.

Sie sah mir dabei über die Schulter. »Was suchst du?«

»Ramiros Eltern.«

Da war die Geschichte. Ramiros Geburt. Ich las laut:

»Sie gebar einen Sohn. Endlich waren sie stolze Eltern, ebenso stolz wie ...«

Ich stockte.

»... wie bei der Geburt von Ramiro.«

»Hä?« Anna rückte mit lautem Quietschen den Stuhl wieder an meine Seite.

»Gorian.« Ich blickte zu ihr rüber. »Gorian, der Zweitgeborene. Ramiro hatte einen Bruder.«

»Ah.«

Das klang erst einmal geschockt. Erst stützte sie die Ellenbogen auf die Knie und verbarg das Gesicht in den Händen. Dann strich sie die Haare über die Stirn nach hinten, blickte wieder auf. »Ah, ja, ja logisch.« Ihre Stimme zitterte aufgedreht. »Grolsem!« Anscheinend fiel ihr die Antwort wie Schuppen von den Augen. »Gorian ... Grolsem ... Er ist Tirios Vater ... logisch.« Sie stand wieder auf. »Vielleicht hat er nicht die Kräfte geerbt, aber bei Tirios sind sie wieder durchgeschlagen. Er ist der rechtmäßige Nachfolger. Und seinen richtigen Namen kann er nicht nutzen. Es würde immer noch Leute geben, die sich an Ramiros Bruder erinnerten.«

Wieder wanderte sie aufgebracht hin und her. Mein Blick verfolgte sie dabei. Nichts in der Welt wollte ich zwischen uns kommen lassen. Sie, hier, hatte nichts mit dem zu tun, was dort geschah. Und dort war sie zu Tirios'

Marionette geworden. Unschuldig. Nie wäre das mit … – ich klammerte seinen Namen diesmal lieber aus – passiert. Sie hatte immer nur mich gewollt, so wie ich sie. Ich liebte sie. Ich durfte sie nicht länger abweisen.

Abrupt blieb sie stehen und sah mich an. Alle Wut, jede Regung war aus ihrem Gesicht gewichen.

»Was ist, was denkst du?«, wollte ich wissen.

Aber es dauerte etwas, ehe sie antworten konnte, irgendetwas verschlug ihr gerade die Sprache. Sie wirkte verwirrt, gefesselt. »Du bist … so … so … unglaublich«, stammelte sie leise. »Ich liebe dich.«

Jetzt erst verstand ich, dass sie wieder um Fassung rang. Meinetwegen. Wie so oft. Und ich genoss das Wissen darum, dass ich sie mit einem einzigen Augenaufschlag, einem einzigen Lächeln jederzeit um den Verstand bringen konnte. Ich senkte den Blick und sie holte in diesem Moment tief Luft.

»Er hatte so ein leichtes Spiel mit mir«, sagte sie leise. »Meine Gefühlswelt dort war ohnehin so durcheinander und …« Für einen Augenblick senkte sie die Lider. Als sie die Augen wieder aufschlug, schien sie in weite Ferne zu blicken. »… ich wollte nicht ich selbst sein. Es war so leicht für ihn, an mein Innerstes zu gelangen.«

Dann erzählte sie ausführlich von dem Moment, da Tirios ihr die Hand auf die Schulter gelegt hatte. Nur eine kurze Berührung und ihm war schon eröffnet gewesen, dass sie zwei verschiedene Leben quälten.

Endlich stand ich auf und nahm sie in die Arme.

»Und Madras.« Den Kopf an meine Brust gepresst, redete sie weiter. »Ich habe auch ihn völlig verwirrt mit meinem … meinem Irrsinn.« Leise Wut klang durch. »Es muss ein Kinderspiel gewesen sein, an uns heranzukommen. Und Karas! Bestimmt war er anfangs bloß mir zuliebe höflich. Und jetzt? Jetzt hat dieser hinterhältige Prinz uns alle in der Hand. In seinem Kopf! Wir alle werden von seinem Kopf gesteuert wie Marionetten.«

»Wie kriege ich euch bloß da raus?« Ich kniff die Augen reflexartig zusammen. Zorn und Verzweiflung machten sich wieder in meinen Gliedern breit.

Sie löste sich, um mich ansehen zu können. »Marco, wenn du mit den Spähern anrücken willst, gibt es eine Schlacht. Ihr würdet gegen seine Krieger kämpfen müssen und sie würden alle sterben. Und … es sind viele. Deine Männer würden vielleicht auch nicht alle …«

Sie kannte mich gut. Denn im Geiste ging ich den Weg zwischen den Fronten durch und erfror alles, was sich mir in den Weg stellte.

»Ganz zu schweigen von meinen Leuten. Ich weiß nicht mal mehr, auf welcher Seite wir stehen … ich stehe.«

Ich wandte mich ab und schlug die flachen Hände auf den Tisch. Die Vorstellung gegen die Krieger zu kämpfen, bereitete mir die geringsten Probleme. Aber sie hatte recht. Es war durchaus möglich, dass Luna auf der falschen Seite kämpfte. Ihr auf dem Schlachtfeld gegenüberstehen? Unmöglich. Ich atmete tief durch und blickte auf das Buch. Wenn ich es mir genau überlegte, gab es noch ein Problem. Abermals schlug ich die Seite auf, wo geschrieben stand, dass Ramiro seiner Gefährtin Jugend geschenkt hatte. »Tirios darf nicht sterben«, erkannte ich. »Nicht ehe er euch eure Eigenschaften zurückgegeben hat.«

»Warum? Was meinst du damit?«

»Ramiro starb. Aber hier steht nichts davon geschrieben, dass dies auch das Todesurteil seiner Frau war. Die Jugend, die er ihr zuvor geschenkt hatte, blieb.«

Ein Klopfen an die Tür lenkte mich ab. »Wir schließen gleich«, drang eine zarte, weibliche Stimme hindurch. Ich ging zur Tür und öffnete. Eine junge Bankangestellte in Rock und Bluse stand vor mir. Ich probte meinen bei Anna so beliebten Augenaufschlag. »Zehn Minuten«, bat ich und lächelte halb.

»Na…natürlich. Ähm. Kein … kein Problem«, stammelte sie.

»Vielen Dank.« Die Tür verschloss ich wieder, obwohl die Frau noch davorstand, und drehte mich zu Anna herum. Mit zusammengeschobenen Augenbrauen sah sie mich skeptisch an. »Ehrlich gesagt hoffe ich, es muss niemand sterben. Mich muss nur irgendjemand davon abhalten, diesen Prinzen zum König zu machen.«

»Ja, es muss einen anderen Weg geben, dich zur Vernunft zu bringen«, bestätigte ich.

»Wenn es dafür nicht sogar schon zu spät ist. Vielleicht habe ich ihm längst meine Erlaubnis gegeben.«

Ich glaubte nicht, dass sie dann noch am Leben wäre. Hätte Tirios die Macht, sie zu töten, dann würde er es tun, davon war ich überzeugt. Ich sprach es nicht aus, doch allein der Gedanke versetzte mich in die altbekannte Panik. So fest es ging, kniff ich die Augen zusammen, um mich zu beherrschen.

»Wenn ich wenigstens nur irgendetwas aus Solest mitbekommen würde«, stöhnte Anna. Sie setzte sich wieder hin und blätterte das Buch bis ans Ende. Dann schüttelte sie den Kopf. »Es steht nicht mehr geschrieben als beim letzten Mal«, sagte sie und verschloss es gleich wieder. Einen Herzschlag lang blickte sie mich verschämt an, doch dann hob sie den Kopf und sagte mit fester Zuversicht: »Wir schaffen das, du wirst sehen.« Schnell sprang sie auf. Sie legte den Kopf leicht schräg und lächelte. »Lass uns gehen. Es ist viel zu heiß hier drin und Hunger habe ich auch.«

Ich runzelte die Stirn. Das war meine Anna. So, wie ich sie kannte. Ganz und gar. Durch und durch. Da war die Bereitschaft zum Kampf, zum Sieg, die sie in dieser Leichtigkeit verbarg, um mich nicht zu ängstigen. Da war sie endlich wieder. Jetzt musste ich nur noch Luna zurückerobern.

»Ja, nichts wie raus hier«, stimmte ich zu und drückte den Knopf, um die Bankangestellte zu rufen, damit sie uns den Kasten wieder abnahm. Dann öffnete ich schon mal die Tür. Die junge Frau von vorhin stand noch immer da, sie lehnte gelangweilt an der Wand.

»Sie sind noch da«, stellte ich fest, nahm Anna den Metallkasten ab und übergab ihn ihr. »Vielen Dank.« Dann erfasste ich Annas Hand und wir gingen in Richtung Ausgang.

Es war ein außergewöhnlich heißer Tag. Die Sonne brannte sich in den Asphalt, obwohl es schon später Nachmittag war. Die Klimaanlage der schwarzen Karosse brauchte zum Glück nicht lange, bis sie die Hitze draußen nur noch erahnen ließ.

»Fahren wir direkt nach Hause oder bleiben wir noch eine Nacht?«, fragte Anna leichthin.

»Denkst du nicht, du solltest dich bei deiner Mutter melden, wenn du schon mal hier bist?« Offensichtlich war ich immer noch der Vernünftigere von uns beiden.

»Ja. Ja, das stimmt.« Sie sah nachdenklich aus. Es war klar erkennbar, wie unwohl ihr bei dem Gedanken war.

»Ich kann dich einfach an der Ecke rauslassen«, bot ich an. »Dann musst du nichts erklären. Deine Mutter wäre sicher nicht begeistert mich zu sehen.«

»*Nicht begeistert*«, spottete sie augenrollend. »Das ist ziemlich untertrieben.«

Dennoch setzte ich die Route zu ihrer Mutter einfach fort.

»Nein, du kommst mit«, sagte sie dann energisch und setzte ihre typische Sturkopfmiene auf.

»Bist du sicher?«, hakte ich nach, sobald wir angekommen waren und ich den Wagen rückwärts in eine Lücke manövriert hatte.

»Natürlich gehst du mit.« Sie sah mich herausfordernd an. »Wie gesagt. Meine Mutter wird nicht begeistert sein.«

Kurz darauf folgte ich ihr die schmale Treppe hinauf zur Haustür.

Sie klingelte. Als der Summer ertönte, stemmte Anna sich gegen die Tür und hielt mir die Hand hin. Ich zögerte nicht, nahm sie, aber blieb auf dem Weg durchs Treppenhaus etwas hinter ihr.

Ihre Mutter strahlte so sehr vor Freude, dass sie mich gar nicht bemerkte. Zumindest so lange, bis sie es nicht mehr vermeiden konnte. Feindselig blitzte sie mich an, während sie Anna innig umarmte. Dann erst wandte sie sich mir zu und das glückselige Lachen war im selben Moment wie weggewischt. Förmlich reichte sie mir die Hand. Immerhin. »Marco.« Ohne Ton sagte sie meinen Namen.

Mir war klar, dass sie in mir den Schurken sah, der ihre Tochter aufs Tiefste verletzt hatte. Und genau der war ich auch. Und nun musste ich beweisen, dass ich genau der niemals hatte sein wollen.

»Guten Tag, Frau Weber«, sagte ich höflich und versuchte dabei so charmant wie möglich zu sein. Und zugleich demütig. Weil ich wusste, wie viel Überwindung sie dies hier kosten musste.

Annas Mutter seufzte. Meinem so aufrichtigen Blick wich sie aus. »Na, kommt schon rein und setzt euch.« Sie wies auf die offene Tür zum Wohnzimmer, aber Anna war schon auf dem Weg in die Küche.

Eine Angewohnheit von früher. Hier war es gemütlicher, auch wenn es nur zwei Stühle gab. Ich folgte ihr, ging an ihr vorbei und setzte mich, die Arme ausgebreitet, damit sie auf meinem Schoß Platz nehmen konnte, so, wie wir es immer gemacht hatten.

Das Seufzen ihrer Mutter hörte sich nun beinahe wie ein Schnauben an. Sie rückte ihren Stuhl zurück und ließ sich darauf nieder. »Ihr seid also wieder zusammen«, folgerte sie murrend.

»Hmhm«, machte Anna und sah mich an. Nein. Sie himmelte mich an. Ein flüchtiger Kuss auf meine Wange untermalte ihre Gefühle.

Frau Weber verdrehte die Augen und starrte mir feindselig entgegen. »Dann hat dein Vater jetzt nichts mehr dagegen? Oder hast du ihn diesmal nicht um Erlaubnis gebeten?«

So erklärte sie sich also mein plötzliches Verschwinden von damals.

»Mama, davon war nie die Rede«, erwiderte Anna empört.

»Nein. Aber so war es doch.« Sie blickte mich immer noch stur an.

Die Erklärung war gut. Beinahe zu gut. Eine andere wäre mir selbst so schnell nicht eingefallen. Auch wenn es meinem Vater gegenüber ein kleines bisschen unfair war. Meine Entscheidung hatte er damals durchaus vernünftig gefunden, doch sein Mitgefühl war größer gewesen, als es ihm jeder zugetraut hätte. »Gewissermaßen«, lenkte ich also ein. »Aber ich denke, ich bin inzwischen alt genug, um selbst zu entscheiden.«

Mein Telefon schrillte in der Hosentasche. Ich zog es heraus. Karl leuchtete auf dem Display – wie passend. Anna sah es ebenfalls und machte sofort Platz, damit ich aufstehen konnte, um zu telefonieren.

Ich ging bis ins Wohnzimmer, ehe ich das Gespräch annahm. »Vater?«

»Ich fürchte, deine Nacht war nicht wirklich gut, Junge.« Das klang höchst spöttisch. Ich hätte ihn ohrfeigen können dafür.

»Was willst du und was hast du gehört?«

»Ich hörte, ihr seid auf dem Weg nach Hause.« Jeglicher Spott war nun aus seiner Stimme verschwunden. Er machte eine kurze Pause. Darauf folgte ein Befehl. »Magiadir hat uns eine Nachricht zukommen lassen. Also werdet ihr euren Weg dorthin fortsetzen. Er will dich sehen. Dringend.«

»In Ordnung.« Es bedurfte keiner Rückfrage. Dennoch hakte ich nach. »Aber du bist zu Hause?« Es hatte keinen Sinn, wenn er das heimische Schloss verließ und sich in Gefahr brachte. Allerdings wusste ich, wie aufgebracht er war in diesen Zeiten. Alles, was mit Mirilon zu tun hatte, regte ihn auf. So wie früher.

»Ja, ich bin zu Hause, Junge. Wo sonst?« Das war wieder mehr als spöttisch. »Ich soll dir Grüße von deiner Mutter ausrichten. Ach! Und von Medina.«

Dann war die Leitung tot und ich schlecht gelaunt. Den letzten Satz hätte er sich sparen können. Schnell konzentrierte ich mich auf das Wesentliche und ging zurück in die Küche.

»Ich weiß nichts ... Besonderes«, hörte ich Anna sagen.

Ihre Mutter beugte sich zu ihr rüber und legte die Hände auf Annas. »Nichts Besonderes? Wir haben uns eine halbe Ewigkeit nicht gesehen. Da musst du in der Zwischenzeit doch irgendwas erlebt haben.«

Anna blickte an ihr vorbei. Sie sah mich an, als wäre ich die Antwort auf ihre Frage. Dann stand sie auf, damit ich mich setzen konnte, um sich danach wieder auf meinem Schoß niederzulassen. Verlegen wandte sie sich ihrer Mutter zu. Ihr konnte sie nicht erzählen, dass ihr Leben erst jetzt wieder begann. Dass ihr Leben in den letzten zwei Jahren in Koblenz so unwirklich, so unecht, nicht wirklich ihr Leben gewesen war. Jetzt war es so, als wäre ein Vorhang gefallen. Gestern. Vielleicht auch erst heute. Aber ich wusste, dass es genau so war.

Letztlich berichtete Anna einige Belanglosigkeiten aus der Uni und der Firma. Als sie erzählte, wie zufällig wir uns über den Weg gelaufen waren, geriet sie ins Schwärmen.

Ihre Mutter ertrug es tapfer. Sie ging darüber hinweg, als würde sie es gar nicht merken. »Na, dann hoffen wir mal, dass *er* es diesmal genau so sieht wie du«, sagte sie provozierend und blitzte mich wieder an.

»Ich meine es sehr ernst. Todernst, um genau zu sein.« Zum Lächeln war mir dabei nicht zumute. Dann erst hob ich das Kinn, machte mich größer auf dem Stuhl, legte die Arme fester um Anna und sah sie an. Genau in diesem Moment wusste ich, *wie* ernst ich es meinte. Sie gehörte mir und nichts sollte uns mehr trennen. Egal wie, egal wo. Jetzt war mir zum Lächeln zumute und Anna versank gerade darin. »Und da Sie es so direkt ansprechen ...«, ich sah Anna bei meinen Worten genau an, »... ich würde Ihre Tochter gern heiraten, wenn ... wenn sie es auch will.«

Anna riss die Augen auf. »War das ein Antrag?« Ihre Stimme schob sich eine Oktave höher als da, wo sie hingehörte.

»Ja. Und nicht der erste«, flüsterte ich ihr ins Ohr, sodass nur sie es hören konnte.

Ihr standen die Fragezeichen förmlich auf der Stirn geschrieben und gleichzeitig war sie tief berührt. »Natürlich will ich«, quietschte sie, warf die Arme um meinen Hals und zog mich an sich.

Ich griff in die Hosentasche und holte den weißgoldenen Ring hervor, den ich schon seit damals mit mir herumtrug. Erst in der Geldbörse und in den letzten Wochen hatte ich ihn von einer Jeans in die andere gesteckt. Im Licht, das durch das Küchenfenster drang, funkelte der Stein in allen Farben des Regenbogens. Ich nahm Annas Hand. »Darf ich?«

Sie nickte und ich schob ihr den Ring auf den Finger. Genau dort hatte er immer hingehört, so wie ich zu der Frau, die ihn nun trug. Ich fühlte ihr Herz rasen, sah das Glück in ihren Augen ... und die tausend Fragen, die sie mir am liebsten jetzt sofort stellen würde. Was nicht möglich war, denn schließlich waren wir nicht allein. Sie drehte sich zu ihrer nichts ahnenden Mutter herum, die sichtbar geschockt war. Ehrlich, sie sah aus wie kurz vor einem Nervenzusammenbruch. Im Moment war ich der Einzige, der von Ruhe geradezu durchströmt wurde. Denn ich war sicher, endlich das Richtige zu tun.

»Mama, geht's dir gut?«, fragte Anna und sprang auf.

Ihre Mutter war kreideweiß geworden. Nun schnappte sie nach Luft. »Gut? Na ja!«, stieß sie hervor. »Da kommst du nach Monaten nach Hause und feierst gleich deine Verlobung an meinem Küchentisch.« Sie hörte sich seltsam an. Dann kicherte sie hysterisch auf, bis daraus ein Schluchzen wurde.

Anna ging um den kleinen Tisch herum und umarmte sie. »Mama, freu dich doch für mich!«, sagte sie leise.

»Ja, das tue ich ja. Es ist nur so … so viel auf einmal. Ich … ich habe mir solche Sorgen um dich gemacht. Und jetzt …« Jetzt sah sie mich wieder an, als müsste sie ein Schimpfwort unterdrücken. »… und jetzt wird alles gut.«

Sie würde es mit Sicherheit erst glauben, wenn wir beim Standesamt beide Ja gesagt hätten und die Heiratsurkunde unterschrieben wäre. Zum Glück wurde sie trotzdem endlich ruhiger, ließ Anna los und zog ein Taschentuch aus der Hosentasche, um die Tränen fortzuwischen. »Wirklich. Ich freue mich für euch«, sagte sie dann und schniefte. »Zeig mir mal den Ring.« Diesmal lächelte sie sogar. »Wow, ist der schön.« Der Stein funkelte ihr entgegen.

»Aber dein Studium machst du doch zu Ende«, sagte sie vorwurfsvoll. »Und dieser Job. Du kannst da sicher noch viel lernen.«

»Mama. Ich bin genauso überrascht wie du.«

Ich grinste. »Keine Sorge, Frau Weber.«

Sie stand auf. »O nein, Marco.« Kam jetzt eine Moralpredigt? Eine Schimpftirade? »Mit diesen Förmlichkeiten ist jetzt Schluss. Ich bin Martina.« Sie kam einen Schritt auf mich zu und winkte mich zu sich.

Erleichtert stand ich auf, damit sie mich in die Arme schließen konnte.

***

»Das war einfach«, sagte Anna, als wir wieder im Auto saßen.

Ich lächelte zu ihr hinüber und fuhr los. »Ja, deine Mutter ist ein Schatz. Das hast du von ihr geerbt.«

»Ha! Aber deine Ich-hypnotisiere-dich-mit-meinem-unwiderstehlichen-Augenaufschlag-Blick-Taktik hat bei ihr gar nicht funktioniert.« Sie lachte.

»Meine *Taktik*?«, stellte ich mich dumm.

»Ja. Hat wohl nicht geklappt. Nicht so gut wie bei der Bankangestellten vorhin.« Sie grinste mich höhnisch aus dem Augenwinkel an.

Grüblerisch zog ich die Stirn kraus. Natürlich war mir bewusst, wie ich auf das weibliche Geschlecht wirkte. Irgendwie jedenfalls. Aber die Dame bei der Bank?

Anna drehte den Ring an ihrem Finger hin und her. »Wann hast du den besorgt?«, fragte sie.

»Das ist schon eine Weile her.« Ich starrte durch die Windschutzscheibe.

»Also schon damals.«

»Ja.« Damals ... als alles so einfach schien.

»Und jetzt?«

»Und jetzt heiraten wir endlich.« So, wie es immer hatte sein sollen. Ich lächelte wieder.

»Aber ... was ist mit der anderen Welt?«

Für einen winzigen Moment kniff ich die Augen fest zusammen. Darauf hatte ich keine Antwort. »Das wird sich finden«, sagte ich. Es waren Magiadirs Worte gewesen. Damals. Schließlich war doch alles Schicksal. Man könnte doch ohnehin nicht davon abweichen. Egal was man tat. So war es doch. Oder nicht?

Anna blickte geradeaus auf die Straße, bestimmt ahnte sie, dass es nicht meine Worte gewesen waren.

Wir fuhren die Einfahrt zum Gutshof hinauf und ich parkte den Wagen in der Garage. Dann beugte ich mich hinüber, um meiner Verlobten die Tür zu öffnen. Ich konnte sehen, welche Zweifel in ihrem Kopf herumspukten.

»Es wird alles gut, Anna«, versprach ich leise. »Gib es zu. Wenn deine Mutter nicht da gewesen wäre, hättest du mich mit Fragen bombardiert, anstatt einfach Ja zu sagen«, vermutete ich grinsend.

Ertappt biss sie sich auf die Unterlippe. »Hast du mich deshalb bei Mama gefragt?«

Ich lächelte breiter und schüttelte nur ganz leicht den Kopf, denn es war schließlich eine eher spontane Idee gewesen. Etwas, das nicht zu mir passte, denn normalerweise überdachte ich alles, was ich tat, sehr genau. »Mir war nur plötzlich klar, dass es keinen Grund gibt, diese Frage noch weiter aufzuschieben. Damit habe ich ohnehin viel zu lange gewartet.«

Ihr Puls ging wieder schneller, das Herz stolperte, dessen war ich mir sicher, auch wenn ich es hier nicht so überdeutlich hören konnte wie in Solest. Sie wollte bestimmt noch etwas erwidern, aber nun schienen ihr die Worte zu fehlen. Stattdessen suchte ihr Mund meine Lippen.

»Lass uns hinaufgehen«, flüsterte ich an ihrem Mundwinkel und zog endlich den Türöffner.

Widerwillig stieg sie aus.

Ich lachte leise. Es war egal, ob ich eine Bankangestellte um den Verstand bringen konnte oder nicht. Anna würde ich jedenfalls immer wieder aus der Fassung bringen.

Wortlos folgte sie mir hinauf in die Wohnung, ging schnurstracks zum Kühlschrank und holte eine Flasche Mineralwasser hervor. Dann setzte sie sich auf einen der Esszimmerstühle und streifte die Schuhe von den Füßen. Wie eine Balletttänzerin bewegte sie sich. Gedankenverloren betrachtete ich sie eine Weile. Sie spürte das und wandte sich zu mir um. »Woran denkst du?«

»Daran, dass wir heiraten werden.«

Sie suchte wieder in meinem Blick nach Antworten. Doch wie es aussah, fand sie keine. »Und dort?«

Ich hockte mich vor den Stuhl, auf dem sie saß. Dann hob ich die Hand und strich eine Haarsträhne von ihrer Wange hinters Ohr. »Dort sehen wir erst einmal, wie wir dich aus Tirios' Fängen befreien können …« Die Sorgenfalten auf meiner Stirn konnte ich nicht verbergen. Auch nicht die Wut, die mich wieder bei dem Gedanken überkam, dass sie dort nicht mehr sie selbst war. Ich machte die Augen schmal. Meine Gedanken rutschten noch weiter ab in die andere Welt – Bilder, die ich nicht sehen wollte.

»Und dann sehen wir weiter«, beendete sie meine Sorge. »Ich finde, wir sollten unsere Verlobung feiern«, meinte sie dann und legte das Kinn auf mein Haar.

»Ja, wenn du willst.« Bilder von tanzenden Paaren, Girlanden und Blumen überdeckten die von tiefgefrorenen Soldaten. »Wen willst du denn alles einladen?«

»Nein, nicht so eine Feier, bitte.« Sie lachte und sah mich wieder an. »Nur wir zwei? Geht das?«

»Alles, was du willst. Wir können in ein paar Stunden auf den Kanaren sein oder in …«

»Nein. Nein, das auch nicht«, unterbrach sie mich.

Ich runzelte die Stirn. Warum war sie nur immer so bescheiden?

»Können wir nicht einfach nur hier ... nur wir ... so wie ...« Jetzt sah sie beinahe wehmütig zu mir herab.

»So wie früher?«

Sie nickte.

»Essen am Pool?« Ich lächelte sanft.

Sie nickte erneut.

»Wein trinken im Bett?«

»Und mit dir schlafen bis morgen früh«, ergänzte sie.

Ich nahm ihren Kopf zwischen meine Hände und zog ihn näher zu mir herunter. »Nichts lieber als das«, flüsterte ich dann mit den Lippen an ihrem Ohr.

***

Einzuschlafen bedeutete für uns beide in dieser Nacht Abschied zu nehmen von einem viel zu perfekten Tag. Auch wenn er so nicht begonnen hatte. Wir waren wieder zusammen. Ich war mir ihrer so sicher wie schon lange nicht mehr. Zumindest hier.

***

Domino

Die Gegend um uns herum wurde allmählich hügeliger, die Wälder waren dichter bewachsen. Nach der ersten Bergkette würden wir Naradon erreichen. Mit dem Wissen der anderen Welt hätte mir wohler sein müssen. Aber ich war meilenweit von Luna entfernt, meilenweit entfernt von einer Lösung all unserer Probleme. Und das machte mich nervös.

Kaja war übel gelaunt. Sie war der Meinung, es sei nicht richtig, dass sie bei uns geblieben war. Ohne viele Worte gab ich ihr zu verstehen, wie sehr ich hinter meiner Entscheidung stand. Jetzt erst recht, da ich wusste, welche Gefahr drohte. Natürlich war sie mürrisch. Vielleicht hätte ihr eine Erklärung geholfen, aber andererseits war es egal, was ich ihr sagte. Mich mochte sie ohnehin nicht besonders. Was sicher daran lag, dass ich sie in all der Zeit, seit sie bei uns war, gern übergangen hatte. Stetig erinnerte sie mich an Luna. An alles, was ich nicht haben konnte. Das machte mich ungerecht ihr gegenüber. Dabei war sie eine faszinierende Person und hätte durchaus eine von uns sein können. Sie war schnell und wendig wie ein Fisch. Und sie besaß die einzigartige Fähigkeit, jeden Einzelnen von uns genau einschätzen zu können. Egal welche Reibereien es gab, sie reagierte mit enormer Ruhe darauf. Angst hatte sie vor keinem von uns. Immer wusste sie genau, was in uns vorging. Und genau diese Gabe war es bestimmt gewesen, die sie vor Tirios' Berührung hatte zurückschrecken lassen.

***

Der Aufstieg war geschafft. Von hier aus blickten wir über ein Tal. Ein Bach schlängelte sich durch seine Mitte. Das war schon Naradon. Wir würden von hier aus weiter nordöstlich gehen, direkt auf die Berge von Karanot zu. Die Männer freuten sich darüber. Sie würden dort ihre Familien wiedersehen.

Wir galoppierten los, um das Wasser schneller zu erreichen. Der Bach bot uns die Gelegenheit, unsere Wasservorräte aufzufüllen. Wir konnten die Pferde tränken und in dem satten Grün an den Ufern grasen lassen. Außerdem bot er die einzigartige Chance auf ein Bad, das für die meisten von uns längst überfällig war.

Ich legte mich ins Gras, den Kopf auf meinen Sattel. Das Ich der anderen Welt war wieder ganz nah. Dort waren wir zurück nach Koblenz gefahren. Es war in Ordnung, wenn mein Studium im Moment auf Eis lag. Aber es war nicht nötig, dass auch noch Anna ihre Pflichten vernachlässigte. Natürlich war sie nicht dieser Meinung. Schließlich habe sie gerade andere Sorgen, beteuerte sie, und könne sich ohnehin nicht auf die Arbeit konzentrieren. Es machte sie wahnsinnig, nichts aus Solest mitzubekommen. Deshalb bombardierte sie mich mit Fragen. Massenweise Fragen, auf die ich keinerlei Antworten fand. Was sollte ich ihr erzählen? Dass wir ritten und ritten und ritten? Denn genau das machten wir.

Bisher waren wir noch keiner Menschenseele begegnet. Nur von Weitem hatten wir einige der Kämpfer gesehen, die über alle Lande verteilt waren wie eine Nachrichtenkette. Sämtliche Grenzen nach Naradon und auch nach Kariada wurden überwacht von Soldaten und Kriegern, Kämpfern und Spionen – mein Vater hatte nichts ausgelassen, damit er stets mit den wichtigsten Informationen versorgt wurde.

Doch erste wirkliche Antworten würden wir erst wieder bei Magiadir bekommen. Und bis dahin war es noch ein weiter Weg.

»Es gibt Fisch.«

Mit den Worten holte Kaja mich zurück in ihre Welt. Sie setzte sich auf einen Stein neben mich und sah mich neugierig an. Bestimmt wusste sie sehr genau, wo ich mit meinen Gedanken war. Ganz zu Anfang, als sie gerade zu uns gestoßen war, hatte sie mal versucht mich auf die andere Welt anzusprechen. Doch damals war ich nur wütend geworden. Sie hatte etwas über Luna erfahren wollen, und ich hatte sie angeschrien, sie solle mich in Ruhe lassen. Das war nur geschehen, weil ich seinerzeit selbst daran zugrunde gegangen war, nichts zu wissen. Nichts über Anna, nichts über Luna.

Aber jetzt schlug ich die Augen zu ihr auf und grinste. »Was willst du wissen?«

Sie hob den Kopf zur Seite und lächelte Denido zu. »Wie geht es Luna? Hast du sie in der anderen Welt wiedergesehen?«

Das sollte wohl beiläufig klingen, ging aber schief.

»Ich habe Anna wiedergesehen, ja.« Ich seufzte und setzte mich auf in einen Schneidersitz.

»Oh.« Jetzt beobachtete sie mich ganz genau.

»Und wir sind wieder zusammen. Wenn es das ist, was du wissen willst.«

»Das ist schön.« Sie räusperte sich ein wenig, wich meinem Blick erst aus und sah mich dann doch wieder an. Offensichtlich überlegte sie, wie viel sie mir zumuten konnte. »Es wäre nur besser gewesen, du hättest dich eher dazu entschieden. Dann wäre uns hier nämlich eine Menge erspart geblieben.«

»Wie meinst du das?«, fragte ich, obwohl ich es mir denken konnte.

»Luna hat sich so sehr gewünscht, dass ihr euch dort wiederseht. Aber sie wusste nicht, ob es je dazu kommen würde. Sie war deinetwegen völlig verwirrt. Vieles wäre nicht passiert, wenn ...«

»So einfach war das leider nicht«, widersprach ich ihr. »Und wenn ich gewusst hätte, was dieser Prinz im Schilde führt, hätte ich niemanden dorthin gehen lassen.« Meine Hände ballten sich zu Fäusten. »Ich habe sie gewarnt. Mehr als einmal.«

»Ja, das hast du. Allerdings. Das hast du.« Sie klang leise und ruhig. Dann wartete sie einen Moment, bevor sie weitersprach. »Was genau führt der Prinz denn im Schilde? Was war es, das dich ...?«

Ich atmete tief durch und versuchte ihre Frage nicht so nah an mich heranzulassen. Doch mir war klar, dass ich nicht nur Kaja eine Antwort schuldig war, sondern allen anderen auch. Deshalb stand ich auf und bat die Männer ebenfalls darum herzukommen, um ihnen endlich einen Bericht zu liefern. Mit großer Anstrengung schaffte ich es, alles zu erzählen. Niemand unterbrach mich, niemand stellte Fragen. Und als ich fertig war, verteilten sie sich wieder und machten einfach da weiter, wo sie aufgehört hatten. Es war so leicht, unter ihnen zu leben. Niemand verstand mich besser als sie. Nur Kaja blieb neben mir sitzen. Aber auch sie ließ mir reichlich Zeit, damit ich mich beruhigen konnte.

»Luna liebt dich sehr, Domino. Sie weiß es nur gerade nicht«, sagte sie dann leise und mitfühlend. Damit stand sie auf und wandte sich ab.

Ihre Laune besserte sich von nun an nicht. Auch wenn sie endlich die Erklärung hatte, die sie unbedingt wollte. Vielleicht war es auch, weil sie selbst nicht darauf gekommen war, was Tirios mit ihren Freunden gemacht hatte. Schließlich konnte sie sich normalerweise auf ihre Menschenkenntnis verlassen. Dabei hätte sie froh sein müssen, dass sie ihn wenigstens insoweit durchschaut hatte, um nicht selbst in seine Fänge zu geraten.

Es gab eine Frage, die ich mir immer wieder stellte. Auf keinen Fall hätte ich Kaja fragen können, denn es kostete mich all meine Beherrschung, wenn ich nur darüber nachdachte. Liebte Luna Madras? Oder was hatte sie dazu bewogen, mit ihm zu schlafen? Ein Spiel? So wie in der anderen Welt? Hier? Das konnte ich mir nicht vorstellen. Und ... was war inzwischen passiert?

Anna wusste es nicht. Vielleicht wusste sie deshalb nicht, dass sie sich in ihn verliebt hatte. Was, wenn wir es schafften, dass sie ihre Eigenschaften zurückbekam und sie wieder sehen und spüren könnte, was Luna fühlte? Selbst wenn sie in der anderen Welt nun wieder mir gehörte, wenn ich mir ihrer absolut sicher sein konnte, in dieser Welt, in Solest, war es vielleicht wirklich zu spät für uns. Und wenn sie dieses Ich nun wiedertraf, wie würde sie sich entscheiden? Immer noch mit dem Fluch, der über uns lag.

Es war noch lange nicht vorbei. Ich hatte sie noch längst nicht zurückgewonnen. Diese Erkenntnis machte mich krank. Und das, obwohl mir klar war, dass dies längst nicht das einzige Problem war, das uns im Moment erwartete.

Karanot

Domino
Das Wetter wurde besser. Die Wolkendecke über uns war immer noch dicht. Aber wenigstens regnete es nicht mehr so unaufhörlich. Das machte unsere Reise angenehmer. Nach zwei Wochen erreichten wir Karanot.

Wir wurden feierlich begrüßt. Nicht so, wie wenn ein König und sein Gefolge in den Städten und Dörfern des Landes begrüßt wurde, das nicht. Eher wie Freunde, die man nach langer Zeit wiedertraf. Man zollte mir allenfalls Respekt, als wäre ich ein Anführer.

Diesen Respekt hatte ich mir schon vor Jahren bitter erkämpft. Damals war ich ein sehr junger Prinz gewesen. Meinen Vater hatten sie verehrt, weil er ihnen Schutz gewährt hatte, weil er sie mit allem versorgt hatte, was sie zum Leben brauchten, damit sie nicht weiter als Diebe durch die Lande hatten ziehen müssen. Ich hingegen war für sie nur der Knabe gewesen, der sich für einen Späher gehalten hatte und doch nicht wirklich einer gewesen war. Mehr als eine Wunde hatte ich mir bei den verschiedensten Kämpfen zugezogen. Es war ihnen egal gewesen, ob sie mich hätten töten können oder nicht. Aber selbst wenn sie es gekonnt hätten, wären sie gescheitert. Ich war schnell gewesen, meine Technik sehr gut, stark, wie eben nur ein Prinz es hatte sein können. Und das Eis ihrer Augen hatte mir so wenig ausgemacht wie ihnen selbst auch. Ich hatte ihre stärksten Männer bezwungen, ehe ich hier als das akzeptiert worden war, was ich bis heute war. Ein Späher.

Meine Gefährten wurden herzlich von ihren Familien in Empfang genommen. Denido und Kaja baten mich, mit ihnen zu kommen. Dem folgte ich gern. Schon um Kaja einen gewissen Schutz zu bieten, denn sie wurde nicht von allen akzeptiert. Es war, als würde man einen Polizisten ins Gefängnis zu Hunderten Verbrechern stecken, denn im Grunde war sie nichts anderes als eine kariadische Kriegerin, die für Ordnung und Recht eingestanden hatte, bevor sie zu uns gekommen war. Nur Denidos Familie stand fest und aufrecht hinter ihr.

Wir traten ein in das kleine Haus seiner Eltern. Sie waren auf unsere Ankunft schon vorbereitet, der Tisch war üppig gedeckt und der beste Wein hervorgeholt worden. Und doch fühlte ich mich wie ein Störenfried in dieser familiären Idylle.

Also machte ich mich nach dem Essen noch einmal auf, um durch die Stadt zu ziehen und den ein oder anderen aufzusuchen, den ich hier kannte. Am einfachsten erschien es mir, in das große Wirtshaus an der Durchgangsstraße zu gehen, dort fand ich sicher die Leute, nach denen ich suchte.

Ich stieß die hölzerne Tür auf und sah mich um. Die Männer und Frauen an den Tischen blickten auf, und die, die ich nicht so gut kannte, ignorierten mich schnell wieder. Ich war hier absolut nichts Besonderes. Auch die Frauen waren niemals so fasziniert von mir gewesen wie anderswo, was wahrscheinlich daran lag, dass ich mich allein durch die Farbe meiner Augen von den anderen Männern unterschied. Nicht eine von ihnen erstarrte bei meinem Anblick. Hier musste ich mich schon richtig ins Zeug legen, um eine Frau zu beeindrucken, oder eben eine Dirne für ihre Dienste bezahlen. Als ich so dastand und nach bekannten Gesichtern suchte, musste ich schmunzeln.

»He! Domino! Komm rüber zu uns«, rief einer aus der Menge. Ich erkannte einen alten Freund und noch einige andere, mit denen ich hier immer gern zusammen gewesen war, und steuerte den Tisch an, an dem sie saßen. Im Vorbeigehen bestellte ich eine Runde Wein für alle, ehe ich sie mit Handschlag begrüßte und mich zu ihnen setzte. Wir tauschten einige Belanglosigkeiten aus. Diese Gesellschaft war Balsam für meine Seele. Es tat gut, nicht länger grübeln zu müssen. Wir lachten über sinnloses Zeug.

»Ach, wenn das nicht der Mann mit den türkisfarbenen Augen ist«, ertönte eine glockenhelle Stimme hinter mir. Die anderen am Tisch lachten schallend und schon schwang sich die schöne Selda auf meinen Schoß. Ihr üppiger Busen lugte aus der tief ausgeschnittenen Korsage hervor.

»He, Selda«, rief einer der anderen lachend. »Jetzt, da er hier ist, hast du wohl keine Augen mehr für mich. Wann reitest du weiter, Domino, damit ich sie wieder für mich habe?«

Sie lächelte mich schalkhaft an. Dann stand sie auf und huschte zu dem anderen hinüber, schwang sich auf seinen Schoß und küsste ihn wild. Doch sofort danach kam sie zurück zu mir. Rittlings setzte sie sich auf meinen Schoß und nahm meinen Kopf in ihre Hände. Doch ehe ihre Lippen meine trafen, ergriff ich ihr Kinn und hielt sie auf Abstand. Wütend blitzte sie mich an und stand wieder auf. »Was denn, mein König, wieso denn auf einmal so schüchtern? Bin ich dir nicht mehr gut genug?«

Ich antwortete nicht und ich sah sie auch nicht an.

»Ich weiß, was es ist«, meinte sie dann gereizt. »Du hast in den letzten Wochen die kleine kariadische Königin beobachtet, nicht wahr?«

Damit traf sie gerade einen verdammt wunden Punkt. Jetzt blickte ich zu ihr auf. Wütend.

Und sie grinste breit.

»Ach komm schon, Domino, frier jemand anderen ein«, lachte sie und beugte sich zu mir. Ihre Hand strich über meine Wange. »Nicht böse sein«, bat sie frech und herausfordernd.

Ich packte sie am Arm und zog sie zu mir. Fest und wild küsste ich ihren Mund. Es war so belanglos, was ich da tat. Nur um meinen Zorn zu bändigen. So wie damals, wenn wir hierhergekommen waren.

Damals hatte ich mir sehr viel Mühe gegeben, um sie für mich zu gewinnen. Um mich von ihr ablenken zu lassen. Mehr als einmal hatte sie mir geholfen den Schmerz um diese und jene Welt zu lindern. Sie war so rücksichtslos und kühl wie die meisten hier. So wie ich. Doch das war jetzt vorbei. Ich brauchte sie nicht mehr, sie half mir nicht mehr dabei, mich zu beherrschen. Schlimmer noch. Ich fühlte mich furchtbar bei dem, was ich hier tat. Also löste ich sie wieder von mir.

»War das alles?«, spottete sie.

Ich schob sie von mir. »Du kannst sie haben«, sagte ich dem anderen.

Selda spuckte mir vor die Füße, wandte sich ab und ging wieder zu dem anderen, um nun ihrem Zorn Luft zu machen. Sie stürzte sich auf ihn, küsste und verführte ihn nach allen Regeln der Kunst, bis er aufstand und mit ihr ging.

Ich hoffte bald in der anderen Welt zu erwachen, um mich da wiederzufinden, wo ich hingehörte. Nämlich zu meiner kariadischen Königin.

Aber erst als ich auf dem Ruhelager lag, das mir Denidos Mutter hergerichtet hatte, mit dem dumpfen Gefühl im Kopf, das mir der süße rote Wein beschert hatte, gelang mir der Blick zu Anna und ich hoffte, ihn auch noch so klar und deutlich festhalten zu können, wenn der Schlaf vorüber wäre.

***

Marco

Ich erwachte wie immer frisch und ausgeruht. Dennoch sehnte ich mich nach einer Dusche. Ich fühlte mich schmutzig und begriff, dass es nicht nur an der mangelnden Hygiene in Solest lag. Auch wegen Selda empfand ich so. Ich drehte mich auf die Seite.

Anna schlief noch tief und fest. Ein Blick auf die Uhr sagte mir, es war erst halb sechs. Das war in letzter Zeit eindeutig zu früh für sie. Morgens war sie kaum ansprechbar. Ein echter Morgenmuffel. Ich lächelte darüber und stand auf. Die Zeit konnte ich nutzen, um duschen zu gehen.

Das Wasser prasselte heiß auf mich herab. Ich dachte nach. Darüber, dass sie Ja gesagt hatte, dass sie mich heiraten wollte. Würde sie das noch genauso sehen, sobald der Blick in die andere Welt wieder möglich wäre? Dort waren wir noch immer nicht frei, noch immer hing der Fluch des dunklen Zauberers wie ein Damoklesschwert über uns. Über ihr. Und wenn wir uns wiedertrafen, nahm ich dann mit meiner schlichten Anwesenheit leichtfertig in Kauf, dass ihr Leben bedroht war? Ich wusste nicht, wie der Schatten es anstellen wollte, dass ich gefährlich für sie werden konnte. Aber er würde einen Weg finden, davon war ich überzeugt.

Ich stoppte die Dusche, nahm das Badetuch und trocknete mich notdürftig ab, ehe ich zurück zu Anna ins Schlafzimmer ging. Müde blickte sie mir entgegen. Das Plätschern des Wassers musste sie geweckt haben. Mühsam setzte sie sich auf. Dann schien sie von meinem Anblick endgültig wach zu werden. Ich sah es überdeutlich in ihrem Gesicht. Niemand würde mich jemals mehr lieben, als sie es tat. Ich war ihr Leben und sie meins. Wenn sie sterben müsste, würde auch ich sterben. Die Welt war mir egal. Besser tot, als noch einmal lebendig zu sterben – so wie damals.

Mein Verlangen nach ihr war gerade jetzt in diesem Moment so übermächtig. Ich wollte sie fühlen, in ihr sein. Ihren Atem hören, die Tränen in ihren Augen sehen. Spüren, wenn sie es nicht mehr aushielt. Nur kurz ließ ich ihr Zeit, weil sie unbedingt ins Bad wollte. Doch als sie wieder hereinkam, brachte ich sie allein damit um den Verstand, dass ich sie ansah. Es war so leicht, das zu tun. Langsam kam sie zu mir und ließ sich in meine Arme sinken, ohne den Blick von meinen Augen abwenden zu können. In solchen Momenten wirkte sie unschuldig, völlig benommen und so überaus sinnlich. Jede meiner Berührungen ließ sie erzittern, mit jedem Kuss wurde sie leidenschaftlicher. Und auch wenn ich es liebte, meine stetige Beherrschtheit an ihr auszuspielen, war ich jetzt nicht mehr fähig dazu. Ich konnte sie nur noch ohne Verstand lieben, ohne zu denken. Nur noch gierig ihren feinen, zerbrechlichen Körper fühlen. So sanft es ging und zum Glück doch so fest, wie sie es liebte. Süß und berauschend und heftig und rasend, bis wir uns endlich erschöpft und zufrieden nur noch in den Armen hielten.

»Ist letzte Nacht irgendetwas Besonderes passiert?«, fragte sie schließlich leise.

Ich konnte ihr nichts vormachen. »Wir sind heute in Karanot angekommen«, antwortete ich.

»Das ist alles?« Ihren prüfenden Blick konnte ich fühlen, obwohl ich sie nicht ansah.

»Ich dachte, ich hätte meine Beherrschung wieder völlig im Griff«, gestand ich. »Aber die Wahrheit ist, dass ich immer wieder darum kämpfen muss. Das habe ich heute wieder deutlich gespürt. Es macht mir Angst, wenn ich daran denke, dich wiederzusehen. Weil ich nicht weiß, was mich erwartet.«

»Und das ist alles meine Schuld.«

Ich sah sie an. Da war wieder diese unendliche Scham in ihrem Gesicht.

Das wollte ich nicht. »Nein. Nein, das ist nicht deine Schuld«, sagte ich schnell und nahm sie wieder fest in die Arme.

***

Domino

Wir hielten uns ganze drei Tage in Karanot auf. Neuigkeiten erfuhren wir nicht. Das Wichtigste konnte ich mit meinem Vater in der anderen Welt besprechen. So wusste er am letzten Tag unseres Aufenthaltes zu berichten, dass Luna und der Prinz mit ihrem ganzen Gefolge unterwegs zu Magiadir waren. Außerdem wurden sie begleitet von einem mirilonischen Heer und einem aus Kariada. Spione berichteten, es mussten wenigstens tausend Kämpfer unterwegs sein. Unfassbar. Sie ließen es wirklich auf einen Krieg ankommen. Aus dem Grund hatte auch mein Vater inzwischen alle kampfbereiten Soldaten auf den Weg geschickt. Sie würden etwa zur gleichen Zeit eintreffen.

Was das alles zu bedeuten hatte? Wir gingen davon aus, dass Luna Magiadir darum gebeten hatte, Tirios' Krönung zu vollziehen. Vater wusste nicht, weshalb sie nun zu ihm unterwegs waren und nicht umgekehrt, erklärte es sich aber damit, dass Magiadir mit der Krönung nicht einverstanden war. Etwas, das es noch nie gegeben hatte. Bald würde ich erfahren, ob diese Theorie wirklich stimmte. Unser Vorsprung war nicht sehr groß. Ich würde maximal einen Tag vor Tirios dort sein.

Wir fanden hier in Karanot zwanzig Späher, die mit uns weiterreiten wollten. Zwanzig weitere würden uns einen Tag später folgen. Es meldeten sich weitaus mehr für diesen Einsatz, doch wir suchten sorgfältig aus. Zum einen gab es die, die sich nicht unterordnen konnten – unzivilisiertes Pack. Solche Männer würden uns nur im Weg stehen, wenn sie sich nicht leiten ließen. Zum anderen sollten aber auch die, die Familie hatten, zu Hause bleiben. Ich wusste, dass keiner der normalen Soldaten mit fairen Mitteln gegen unsereins kämpfen würde. Auch wenn wir ihnen durch unsere Kräfte überlegen waren, so würden wir einfach zu wenige sein, um das ausspielen zu können. Es war also egal, ob es vierzig oder achtzig Späher gab. Gegen zweitausend

Kämpfer hätten wir ohnehin keine Chance. Warum also auch noch die opfern, die das Wichtigste zurücklassen müssten.

Noch immer hoffte ich auf eine friedliche Lösung. Aber Vater hatte recht. Darauf konnten wir nicht tatenlos warten. Und so brachen wir in Ungewissheit zu den Bergen von Karanot auf. Wiedermal erhoffte ich mir von Magiadir die Einzelheiten zu erfahren, die ich brauchte, um einen Ausweg zu finden. Diesmal würde ich seine Ratschläge befolgen.

Doch wiedermal sollte alles anders kommen.

Das Ende

Domino

Wir ritten am Fluss ihrer Tränen entlang bis hin zum großen See. Die Sonne stieg gerade erst empor. Das Wasser und das riesige karge und steinige Plateau rundherum lagen in dichtem Nebel. Trotzdem erkannten wir schon aus großer Entfernung ein gigantisches Rundzelt. Es stand am Ufer des Sees, direkt am Fuße der Berge von Karanot, und war von verwaschener weißer Farbe. Seine Spitze ragte aus dem Nebel hervor. »Da hat Magiadir sich ein ungemütliches Plätzchen ausgesucht«, bemerkte Denido.

»Seht ihr schon was?« Kaja klang aufgeregt. Sie starrte in die gleiche Richtung, doch mit ihren Augen war aus dieser Entfernung gar nichts zu erkennen.

»Wenn wir unten sind, teilen wir uns auf«, befahl ich. »Am Fuße der Berge werden unsere Kräfte schwinden. Also werden nur Kaja, Denido und ich dorthin reiten. Die anderen folgen Coron und Thorn um den See herum. Wir treffen uns dann später auf der anderen Seite.«

Dort würden wir Tirios in Empfang nehmen. Es war die Richtung, aus der sie eintreffen mussten, wenn sie keine Umwege in Kauf nehmen wollten. Und das wollten sie sicher nicht.

Die Männer waren einverstanden. Einige von ihnen waren damals in den Bergen von Karanot dabei gewesen. Sie erinnerten sich noch gut an den Verlust der Kraft in ihren Augen. Auf diese Erfahrung waren sie nicht sonderlich scharf.

Der Nebel unten war so dicht, dass es uns die gute Sicht nahm und die Geräusche verschluckte. Ich war jetzt schon nicht mehr Herr meiner Sinne. Auf den letzten hundert Metern vor dem Zelt, das wir nun endlich in seiner vollen Größe erkennen konnten, war meine Kraft endgültig versiegt. Ich sah zu Denido hinüber und er nickte mir sorgenvoll zu. Auch seine Kraft war fort.

»Endlich mal gleiches Recht für alle«, witzelte Kaja, aber von uns fand das niemand besonders lustig.

Eine Gestalt in weißem Gewand trat vor das Zelt und winkte uns zu. Nach einigen Metern erkannte ich den knochigen alten Diener, der stets an Magiadirs Seite reiste.

»Ihr reitet weiter um den See herum, bis alles wieder normal ist.«

Denido nickte.

Ich sprang vom Pferd und übergab es dem Alten.

»Seid willkommen, König Domino. Seid willkommen. Der Herr erwartet Euch.« Damit wies er mir den Weg hinein.

Magiadir stand in der Mitte des geräumigen Baldachins. »Du bist spät dran, Junge.« Er sah mich streng an und setzte sich dann auf einen üppig gepolsterten Stuhl. Er strahlte die Weisheit einer ganzen Epoche aus. Sein langer weißer Bart ragte bis auf seinen Schoß.

Ich nickte ihm höflich zu. »Ihr wolltet mich sehen.«

»Kommt näher. Lasst Euch anschauen«, bat er mit einladender Handbewegung, was ich umgehend befolgte.

»Hmm«, machte er nur abschätzend. »Du siehst gut aus, Junge. Besser, als jemand aussehen müsste, der gewillt ist in seine erste und letzte Schlacht zu ziehen.« Er machte eine Pause und seufzte rau. »Jemand, der den Tod vor Augen hat, der das Ende der Welt in seinen Händen hält.«

Ich wollte widersprechen.

»Nein. Nein, setz dich hierher.« Er deutete auf einen hölzernen Stuhl ihm gegenüber. »Und dann hör gut zu.«

Wortlos machte ich, was er sagte, während draußen der Himmel zu grollen begann. Automatisch blickten wir beide nach oben.

»Das ist nur das Wetter, der Berg ist sehr still in diesen Tagen.«

Ich hatte keine Ahnung, was er damit meinte.

Einen winzigen Moment horchte er noch mal genauer auf, dann fuhr er fort. »Nun ja. Lassen wir uns nicht ablenken von ein bisschen Donner.« Er sah mich scharf an. »Du hast Fehler gemacht. Ihr! Lunaja und du. Ihr habt nicht aufgepasst auf das, was euch gegeben ist. Ich sagte euch, ihr solltet im Herzen zusammenbleiben. Und nun sieh dir an, was geschehen ist. Ich habe dich auch gewarnt vor dem neuen Prinzen. Du hättest es ihr sagen müssen, Domino. Sie war so voller Energie. Sie war bereit zu jedem Kampf.«

Dazu erwiderte ich nichts, denn ich ahnte, er wusste ohnehin, dass gerade das mir damals Angst gemacht hatte.

»Nun ja«, sagte er wieder. »Das ist alles längst geschrieben.« Er seufzte. »Das Ende ist erreicht, nur wenige Seiten fehlen noch.«

»Wie meint Ihr das?«, hakte ich nach. »Hat Luna ihre Einwilligung bereits gegeben, Tirios zum König zu machen?«

»Nein, die Entscheidung hat sie bisher mir überlassen.«

Bestimmt sah er, wie erleichtert ich war.

»Darüber machst du dir Sorgen?«, fragte er. »So kurz vor dem alles entscheidenden Finale.«

Das klang so, als sei bereits alles verloren. »Ich bin hier, um Luna aufzuhalten, um sie aus Tirios' Fängen zu befreien. Aber Ihr sagt mir gerade nichts weiter, als dass es zu spät ist?«

»Es ist niemals zu spät«, erwiderte er. »Ihr habt es in der Hand. Ihr könnt jetzt immer noch eure eigene Geschichte schreiben.«

»Wie?«

»Mit Vertrauen. Mit Glauben. Und natürlich mit Liebe.«

Mehr würde er nicht sagen, das war mir bewusst. Mehr als Rätsel würde ich niemals erfahren. So war es immer gewesen.

»Und nun geh hin und tu das, was du tun musst, Domino.« Er stand auf und ich tat es ihm gleich.

Wir reichten uns die Hände, dann wandte ich mich ab. »Auf bald«, verabschiedete ich mich und verließ das Zelt. Mit einem Satz sprang ich auf mein Pferd und ritt los.

Einige Hundert Meter weiter wartete Kaja auf mich. Ich wollte Aragon anhalten, doch sie drehte ihr Pferd herum und trieb es an. »Du musst kommen, Domino. Sie sind zu früh.«

Wir galoppierten beide an und jagten den Rest des Weges, um unsere Leute zu erreichen. Auf halber Strecke schlossen wir zu Denido auf. »Der Prinz und sein Gefolge sind da. Unsere Männer versperrten ihnen den Weg. Sie wussten nicht, wie sie sich verhalten sollten.«

Ich nickte ihm zu und trieb Aragon noch weiter an. Die Sicht war schlecht. Feuchter Nebel verschluckte das Geräusch der Hufe auf dem steinigen Boden. Nur gedämpft konnte ich die Stimmen in der Ferne hören, mir war dennoch klar, dass meine Gaben hier wieder funktionierten. Wir ritten noch wenigstens zehn Minuten, bis wir unsere Reiter erkannten, die sich rings um Tirios' Leibgarde verteilt hatten. Einige Meter vor ihnen stoppten wir.

»Ich will mit Königin Lunaja sprechen«, rief ich in ihre Mitte. »*Nur* mit ihr.«

»Sie kommt nur mit Geleitschutz hervor!« Die Stimme kannte ich nicht.

»Nein«, hörte ich ihre Stimme. Sie sprach mit den Leuten um sich herum. »Was sollte das nützen? Ich gehe allein.«

»Lasst sie durch!« Das war Karas. »Und haltet den Mund. Er hört euch.«

Dann trat sie aus der Menge. Ihr Haar hing lang und seidig nach vorn über die Schultern. In dem weißen Gewand, das sie trug, sah sie aus wie ein Engel ... wieder einmal. Das Gesicht blass, aber die Wangen und Lippen rosig. Doch ihr Gesicht sprach nicht. Nicht so wie sonst.

Ich stieg ab und übergab Denido Aragons Zügel. Dann ging ich langsam auf sie zu. Höchstens zehn Schritte trennten mich noch von ihr.

»Schön dich zu sehen«, sagte sie leise und ich blieb stehen. In ihren Augen fand ich nichts weiter als absolute Gleichgültigkeit, ihr Herz schlug vollkommen ruhig und gleichmäßig. Ich hörte es laut und deutlich.

»Luna«, begann ich. »Es ist schade, dass du uns nicht in der Welt der Unwissenden sehen kannst.«

Sehr kurz schien sie zu überlegen. »Warum bist du diesmal hier, Domino? Aus Sorge?«, fragte sie dann. Ein bitteres Lächeln zog über ihr Gesicht. »Dann kann ich dich beruhigen. Ich bin zum ersten Mal in meinem Leben wirklich glücklich und zufrieden. Nimm mir das nicht!« Einen Moment lang wartete sie meine Reaktion ab, dann sprach sie ruhig weiter: »Lasst uns durch. Lasst uns zu Magiadir, damit er die Krönung vollziehen kann.«

»Das kann ich nicht. Und wenn du noch du selbst wärst, dann könntest du das auch nicht.«

Jetzt hob sie den Kopf und schob das Kinn etwas vor. »Wenn du meinetwegen hier wärst, dann würdest du der Krönung zustimmen. Dann würdest du wissen, dass dies auch eine Chance für uns sein könnte.«

Ein Funke Verstand war ihr ganz sicher noch geblieben, denn sonst hätte sie längst selbst ihre Einwilligung gegeben und würde nicht auf Magiadirs Entscheidung warten. Doch auf diese Idee wollte ich sie gar nicht erst bringen, deswegen schüttelte ich den Kopf. »Tirios hat eure Eigenschaften gestohlen, Luna. Deshalb siehst du dein anderes Ich nicht mehr. Du weißt überhaupt nicht mehr, was richtig ist oder falsch.«

»Das wird ja immer besser. Sei doch einfach froh, dass es mir gut geht. Gönn mir das Glück!«

»Versuch die andere Welt zu sehen, Luna. Versuch es. Bitte. Damit du weißt, was Glück wirklich ist.«

»Ich weiß gar nicht, ob ich das sehen will. Dort ist mein Leben eine Farce. Das bin nicht ich. Und du selbst hast gewollt, dass ich mein Leben leben kann. Ich denke, das tue ich wenigstens hier endlich, mit den Menschen, denen ich etwas bedeute.« Sie sprach von Madras, ganz sicher.

Ich spürte, wie sinnlos das hier war. Alle meine Fehler waren mir genau jetzt ganz klar. Ich hätte sie heiraten sollen, damals, noch bevor sie zurück nach Kariada gegangen war. Meine Hände ballten sich wie von selbst zu Fäusten. Meine ganze Konzentration versuchte ich auf Luna zu lenken, doch mein Kopf gehorchte mir nicht. Ohne dass ich es wollte, hörte ich den leise sprechenden Stimmen ihrer Gefährten zu. In einer, die ich nicht kannte, dachte ich etwas zu erkennen, an das ich mich erinnerte, wusste es aber nicht zuzuordnen. Dann war da wieder Karas' Stimme. Und ... Madras. Ich musste mich beruhigen. Dringend beruhigen. »Luna, ich liebe dich«, versuchte ich es.

Sie sah mich wehmütig an. »Nein. Ich weiß, worum es dir geht, Domino. Aber du brauchst dich vor Tirios nicht zu fürchten. Er will ja nur das Land, das ihm zusteht. Er ist der rechtmäßige Nachfolger von Ramiro. Mehr nicht.«

Es würde nichts nützen. Kein Liebesgeständnis dieser oder jener Welt würde sie überzeugen. Ich könnte weiter und weiter auf sie einreden, sie würde es nicht glauben. Genauso, wie sie mir in der anderen Welt nicht geglaubt hatte, bis sie das Buch gelesen hatte. Der leise Zorn stieg noch weiter in mir auf. Das Eis meiner Augen ließ sich für einen Moment nicht aufhalten. Der Nebel zwischen uns gefror. Millionen Eiskristalle glitzerten in der Sonne.

Wie versteinert sah sie mich an. Ihr Puls ging schneller, aber es war keine Angst in ihren Augen zu finden. Es war etwas anderes, nur konnte ich es nicht deuten.

»Domino, lass uns durch«, sagte sie dann kalt.

»Nein. Niemals.«

»Bitte.« Sie blickte sich zu den anderen um. »Wir werden kämpfen bis zum letzten Mann, Domino. Lass es nicht darauf ankommen.«

Ich kniff die Augen zusammen. »Du und ich, Luna ... wir werden nicht kämpfen.« Ich sagte das – Wort für Wort – zwischen zusammengebissenen Zähnen. Doch sie wandte sich ganz von mir ab und strebte zurück zu ihren Leuten. Immer mehr Wut stieg in mir auf. Nichts, was ich hätte sagen können, würde ihr wahres Ich wieder zurückbringen. Was wollte dieser verdammte Prinz von uns? Von ihr?

»Tirios«, brüllte ich.

Luna drehte sich noch einmal zu mir um, aber ich beachtete sie nicht weiter, sondern starrte auf den Pulk vor mir, aus dem der Prinz sofort hervortrat, als hätte er nur darauf gewartet. Ein genussvolles Lächeln breitete sich auf seinem Gesicht aus.

»Domino, König von Naradon! Lasst uns doch Freunde sein!«, rief er, breitete die Arme aus und machte einen weiteren Schritt auf mich zu.

»Bleibt stehen.« Meine Worte waren ebenso eisig wie mein Blick.

»Also gut, also gut«, schien er einzulenken. Ich sah, wie wachsam er war und dass er nach einem Ausweg suchte.

»Gib Luna und ihren Männern wieder, was du ihnen genommen hast«, befahl ich.

Luna rückte wieder näher heran. »Was redest du da?«, mischte sie sich ein.

»Bleib zurück!«, herrschte ich sie an. Und genau diese kleine Unaufmerksamkeit nutzte er.

Mit blitzschnellen gedrehten Sprüngen und gezogenem Schwert kam er auf mich zu. Jeden meiner folgenden Blicke wusste er sofort auszuweichen. Das war nicht seine Kunst! Es war all das, was er den anderen geraubt hatte.

Unsere Schwerter krachten aneinander, wieder und wieder. Ich erkannte schnell Lunas Taktiken wieder. Und einige Manöver waren sogar so viel besser, dass sie nur von ihrem Lehrer stammen konnten. Von Karas. Ein verdammt guter Kämpfer, beinahe unbesiegbar. Dennoch erwischte ich Tirios mehrmals mit meinem Blick. Leider nie so heftig, dass er gezwungen gewesen wäre, die Waffe fallen zu lassen. Doch je länger unser Kampf andauerte, desto schwieriger wurde es für ihn, dieses Tempo beizubehalten. Seine Kräfte waren von Kämpfern gestohlen, die wenigstens zwei Köpfe kleiner waren als er. Auch mich überragte er um einiges und das machte ihn unbeweglicher und weniger ausdauernd. Er kam immer mehr außer Atem. Mehr und mehr wurde es ein ungleicher Kampf. Ich erkannte sehr deutlich, wie er sich auf seine Vorausschau konzentrierte. Und doch war er zu langsam meinem Blick auszuweichen. Endlich traf ich seine Hand so stark, dass er keine Kontrolle mehr darüber hatte. Das Schwert fiel zu Boden. Es wäre ein Leichtes gewesen, ihn jetzt zu töten, doch er musste leben, um die gestohlenen Eigenschaften zurückgeben zu können. Mit der Spitze meiner Waffe an seiner Kehle stolperte er rückwärts und fiel. Jetzt stand ich als Sieger über ihm. Doch genau in diesem Moment stürmte ein anderer auf mich zu.

Madras.

Der Kampf mit Tirios hatte mich nicht im Geringsten die Beherrschung gekostet. Ich war ihm überlegen gewesen, jeder Gedanke war klar und deutlich in mir abgelaufen. Das war jetzt vorbei.

Madras! Voller Abscheu sah ich ihn an. Voller Wut. Voll von all dieser Wut, die ich dabei empfand, wenn ich nur seinen Namen dachte. Jetzt fühlte ich nur noch das, was so schwer zu beherrschen gewesen war. Nur noch blanken Hass. Wie ein unsichtbarer kalter Schleier umgab er mein Herz, blendete meinen Verstand aus. Ich blickte ihn an für den Bruchteil einer Sekunde. Zerstörend kalt musste es seine Mitte treffen, sein Herz. Musste sich ausdehnen in seinem ganzen Körper. Und in genau derselben Geschwindigkeit warf sich jemand vor ihn und erstarrte im selben Moment zu brüchigem Eis. Der Körper riss Madras zu Boden und fiel krachend über ihm zusammen. Es schien endlos zu dauern, ehe ich sie erkannte.

»Nein! Nein, Luna, nein!«, hörte ich Madras' Schreie. Wie in Trance spürte ich, wie Tirios sich aus seiner misslichen Lage befreite, sich zur Seite wegrollte. Doch ehe er an sein Schwert gelangte, setzte ich einen Hieb auf ihn an. Mein Schwert durchbohrte seine Brust. Blut quoll tief rot und schwallweise aus ihm heraus. Es war egal. Nichts konnte er jetzt noch irgendwem zurückgeben. Doch das war nun nicht mehr wichtig. Nichts in dieser Welt war noch wichtig. Nichts. Nur der tote, zerbrochene Körper, den Madras in seinen Armen hielt. Der einzige Sonnenstrahl meines Lebens. Lag da. In Scherben aus Eis, um den ein anderer Mann weinte wie ein kleiner Junge. Ich sah auch noch, dass eine wütende Meute aufeinander losging. Soldaten in Orange und Rot, in Leder, mit Masken ... Aber ich wandte mich ab, schwang mich auf mein Pferd und jagte in Richtung der Berge von Karanot davon.

Auch wenn ich mich taub fühlte, hörte ich hinter mir am weit entfernten Fluss, wie Tausende Schwerter aneinander krachten, wie Männer schrien im Kampf und wimmerten im Schmerz.

Diese Welt war verloren. So oder so.

Ich ritt zu der Bergkette, trieb Aragon die steinigen Pfade hinauf, bis ich von hier oben die glühenden Mauern erblickte. Ich sah mich nicht um, sondern gab meinem Pferd die Sporen, galoppierte den Abhang hinunter. Bald darauf lag das Gebirge hinter mir, vor mir die weite Ebene, wo in der Ferne die Flammen gigantisch tobten. Hier erhöhte ich abermals das Tempo, bis mein geliebter Hengst die Hitze scheute. Aragon stoppte und stieg, ruderte mit den Vorderfüßen in der Luft. Sein aufgeregtes Wiehern erstarb im lauten Knistern der Flammen.

Ich sprang ab und er jagte davon, rannte um sein Leben. Aber ich ging weiter, immer weiter und weiter, bis die Mauern glühend direkt vor mir aufragten. Nur dieses eine Ziel hatte ich noch, gehüllt in die unbändige Kraft des einzigen Königs dieser Welt. Dieser verdammten, gottlosen Welt! Ich grub meine Hände in das fließend heiße Gestein, kletterte daran empor, um die Feuermauer herunterzureißen, damit diese sinnlose, verlorene Welt, damit *meine* verlorene Welt, *meine* zerstörte Seele endlich ein Ende fand. Es brauchte nicht viel, dann kam die Schwärze zum Vorschein. Sie drückte sich mir entgegen. Ich kletterte weiter empor auf festeren Felsen über der Feuerwand und hielt inne. Unter mir breitete sich der Schatten aus. Tosend und grollend, als würde man sein Gelächter hören. Langsam sank ich tiefer in das Schwarz, in den Schatten, der über das Land vor mir kroch und alles in seinem Nichts verschluckte. Ich würde einen Weg finden zu sterben, hier zwischen Tag und Nacht. Bald wäre ich tot, so tot wie sie. So tot wie wir alle. So, wie es immer prophezeit gewesen war.

Rasend schnell zogen die Bilder meines Lebens an mir vorbei. Und es war leicht. Denn bald wären wir für immer vereint.

***

Marco

Ich schlug die Augen auf. Jetzt, als alles vorbei war.

»Was ist denn los mit dir? So hast du dich im Schlaf noch nie hin und her gewälzt.« Mit einem Tuch wischte Anna den Schweiß von meiner Stirn.

Im Nu saß ich aufrecht und umschlang ihren Körper. Sie lebte! Sie war hier! Wir waren hier! Aber ... wie lange noch?

»Nicht erdrücken«, keuchte sie.

Ich ließ sie los und sah sie an. Erst jetzt konnte ich denken. Nachdenken. Erst jetzt kam ich dazu. »Anna, du bist tot.«

Sie runzelte die Stirn.

Ich begriff, dass dies kein guter Anfang für all das war, was ich erklären musste. In den vergangenen Tagen hatte ich sie mit allem, was wir taten und planten, auf dem Laufenden gehalten und darüber, dass wir uns dort unter nicht den besten Voraussetzungen begegnen würden, war sie im Bilde, aber ...

»Es gab einen Kampf zwischen Tirios und mir«, begann ich noch mal neu. »Madras mischte sich ein. Und ... und ...«

Angst breitete sich in ihrem Gesicht aus. »Ist er tot?«

»Sie sind alle tot. *Wir* sind alle tot.« Ich machte nur eine kurze Pause. »Der Schatten verschlingt gerade alles, was es je gegeben hat. Es ging alles so schnell, Anna. Ich wollte ihn treffen, aber ich traf dich. Ich konnte nicht mehr denken und tötete auch Tirios. Plötzlich war ich von dieser Kraft besessen, von diesem einen Ziel, die Mauern fallen zu sehen. Ich habe alles zerstört.«

Sie sah mich nur völlig entgeistert an.

Bleierne Müdigkeit überfiel mich. Ich ahnte, dass ich nicht mehr lange bei Bewusstsein sein würde. »Du musst zur Bank, Anna.«

Nun sah sie mich an, als hätte ich den Verstand verloren.

»Ich weiß nicht, wie viel Zeit dir bleibt. Du musst sofort da hin. Du musst das Buch selbst weiterschreiben. Du musst es so schreiben, dass all dies nicht geschehen kann.« Erst jetzt begriff ich Magiadirs Worte. »Du musst daran glauben, was du schreibst. Und du musst mir vertrauen. Und deine ganze Liebe musst du dafür einsetzen.« Die Müdigkeit wurde immer schlimmer. »Du musst dich beeilen, Anna. Wer weiß, bis wohin es schon geschrieben steht. Du musst dich beeilen.«

***

Anna

»Marco! Was ist los? Wach auf!«, rief ich hysterisch und rüttelte wie wild an ihm. Er konnte mich jetzt unmöglich allein lassen! Ich legte mein Ohr an seine Brust. Sein Herz schlug gleichmäßig, sein Atem war ruhig und leise. Diese Art von Schlaf kannte ich. Damals, als wir in der Höhle des Schattens gewesen waren. Die Ärzte hatten es einen nie gekannten Dornröschenschlaf genannt, als ich fast zwei Wochen lang so im Krankenhaus verbracht hatte – mit künstlicher Flüssigkeits- und Nahrungszufuhr, um diesen so langen Schlaf überleben zu können.

Zumindest hatte ich ungefähr verstanden, was nun zu tun war. Wie es aussah, müsste ich nach Hause fahren und in die Bank gehen, um das Buch zu manipulieren. Ich erinnerte mich. Schon einmal hatte ich einen Satz in das Buch geschrieben. Aber ... war er wirklich noch da? War es überhaupt möglich, selbst zu schreiben? Nur … wie zum Teufel sollte ich überhaupt so schnell dorthin kommen? Ich sprang aus dem Bett, schnappte nach meinem Handy und wählte.

»Anna, was ist denn los?«

»Ingo, komm bitte sofort zu mir. So schnell du kannst.«

»Was ist passiert?«

»Frag nicht. Bitte komm einfach.« Damit legte ich wieder auf und griff nach meinen Sachen, die ich am Vortag getragen hatte. Hektisch zog ich mich an. Es schienen wertvolle Minuten zu verstreichen, während ich mich wusch, mir die Zähne putzte und meine Haare kämmte. Doch erst, als ich fertig war, hörte ich ein Auto vorfahren. Ich lief zum Fenster. *Ingo.* Ich wollte nur noch meine Tasche vom Sessel nehmen und meine Jacke holen, um Ingo direkt entgegenzurennen. Doch als ich an der offenen Schlafzimmertür vorbeikam, fiel mein Blick auf Marco. Was, wenn ich es nicht schaffte? Was, wenn ich nicht zurückkam? Was, wenn der Tod schneller war als ich? Er würde mich sein Leben lang dafür hassen. Und er würde sich selbst hassen – noch mehr als mich. Trotzdem könnte er all das überleben. Er hätte die Macht, die Hoffnungen der Menschen zu kontrollieren. Zumindest wenn es stimmte, was der Schatten stets behauptet hatte. Bei Marco, bei Domino, wären die Hoffnungen der Unwissenden in sicheren Händen.

Ich ging zur Tür und öffnete, damit Ingo heraufkommen konnte. Dann ging ich wieder ins Wohnzimmer, kramte ein Blatt und einen Stift hervor und schrieb: »Egal was passiert, Marco, sei stark. Übernimm die Verantwortung, die dir gegeben ist. Ich werde dich immer lieben. Ich vertraue dir!«

Dann faltete ich das Papier einmal, ging ins Schlafzimmer und stellte es neben ihm auf dem Nachttischchen auf. Danach setzte ich mich auf die Bettkante und streichelte ihm mit der Hand über das Gesicht.

»Anna?«, hörte ich Ingo schon im Flur.

Ich stand schnell auf und ging ihm entgegen.

»Was ist passiert?« Er kam näher, sein Blick fiel dabei direkt auf Marco. »Was ist mit ihm?«

»Er schläft.« Ich biss mir auf die Unterlippe. Wie sollte ich das hier erklären? Ich entschied mich dafür, es gar nicht erst zu versuchen. »Ingo, bleib bitte bei ihm. Eigentlich wollte ich, dass du mich noch mal zur Bank fährst. Aber ich werde selbst fahren. Mit Marcos Auto. Wenn ich bis heute Abend nicht zurück bin und er noch nicht aufgewacht ist, musst du einen Krankenwagen rufen.«

Ingo blickte mich mit aufgerissenen Augen an, doch das übersah ich großzügig. Ich wusste einfach, dass ich mich auf ihn verlassen konnte, auch ohne lange Erklärungen.

Wenig später rannte ich dem großen schwarzen Mercedes entgegen. Er stand in einer Parklücke am Straßenrand. Marco hatte ihn passgenau dort hineinmanövriert. Sollte ich diesen Tag wirklich überleben, würde ich als Nächstes wegen Fahrerflucht angezeigt, denn niemals könnte ich hier ausparken, ohne die anderen Fahrzeuge zu beschädigen. Und überhaupt! Wie konnte ich nur so verrückt sein selbst fahren zu wollen? Trotzdem atmete ich tief durch und stieg ein. Das Navigationssystem würde mir womöglich noch die geringsten Schwierigkeiten bereiten. Kaiserfelden war eingespeichert, das war doch zumindest schon mal die grobe Richtung.

Ich hatte das Gefühl, es dauerte eine kleine Ewigkeit, bis ich endlich den Hebel für den Sitz fand und alles andere, was nötig war, um dieses Vehikel überhaupt von der Stelle zu bewegen. Doch irgendwann schaffte ich es – dermaßen aufgeregt, dass ich glaubte, mein Herz würde jeden Moment aus meiner Brust springen. Und wahrscheinlich war genau das der Grund, aus dem es mir gelang, den Wagen eilig und doch unbeschadet auf die Straße zu lenken und wie eine Irre in Richtung Autobahn zu fahren.

Das Navigationsgerät machte mich wahnsinnig. Links halten, rechts halten. Furchtbar. Zu allem Überfluss regnete es auch noch in Strömen. Als würde es mich nicht genug Überwindung kosten, überhaupt ein Auto von der Stelle zu bewegen. Aber irgendwie konnte ich nicht darüber nachdenken, denn immer wieder hatte ich Bilder vor Augen, die mir aus Marcos kurzer Zusammenfassung in den Kopf gepflanzt waren. Ich durfte keine Zeit verlieren.

Die Sache mit Madras hatte ihn so sehr aus der Bahn geworfen, dass er ihn hatte umbringen wollen? Das war doch total verrückt. Ich dachte, er hätte mir verziehen. Aber vielleicht nur hier? Nur mir? Weil er wusste, dass ich Luna nicht sah und sie nicht in meine Welt blicken konnte? Und er meinte, ich sei damals besessen von *ihm* gewesen? Was war er denn dann jetzt? Oder war es gar Lunas Schuld gewesen, dass er seine Beherrschung verloren hatte?

Endlich erreichte ich den Autobahnzubringer. Dunkel erinnerte ich mich an meine Fahrschulzeit. Hier hörte es dann auch schon auf mit den Erfahrungen, denn seitdem war ich nie mehr auf der Autobahn gefahren. Allerdings erinnerte ich mich auch daran, dass dies damals noch die leichteste Übung von allen gewesen war. Mutig gab ich also noch mehr Gas. Tatsächlich kam mir in den Sinn, dass es heute an der Uni eine Vorlesung gab, die ich nicht verpassen durfte. Als wäre das nicht egal in dieser Situation. Und Ingo? Er fehlte heute schon wieder meinetwegen im Büro. Das würde ich gar nicht wiedergutmachen können. Erst recht nicht, wenn ich gleich starb. Schlimmer noch. Ich würde ihn zurücklassen mit einem wahnsinnigen Selbstmörder, zu dem Marco zweifellos würde – in einer Welt ohne Hoffnung. Auf der rechten Spur tummelten sich die Lastwagen im Schneckentempo. Ich setzte den Blinker und überholte alles und jeden. Endgültig wollte ich schneller sein als der Tod.

***

Ich parkte unerlaubt am Straßenrand, direkt vor dem Eingang des Bankgebäudes, stieg aus und rannte. Die üblichen freundlichen Floskeln meines Sachbearbeiters überhörte ich. »Bitte, ich habe es heute ziemlich eilig«, entgegnete ich nur. Nun begleitete er mich schnelleren Schrittes zu meinem Schließfach und dem kleinen Raum, den ich in Windeseile hinter mir abschloss.

Hektisch riss ich den Kasten auf, holte das Buch heraus und schlug es auf. Die letzte Seite. Der letzte Satz:

Er ballte die Hände zu Fäusten. »Luna, ich liebe dich.« Ein verzweifelter letzter Versuch.

Ha! Ich lebte also noch. Schnell zog ich meine Jacke aus und hängte sie hinter mir über den Stuhl. Dann rückte ich mit ihm näher an den Tisch. Doch meine Freude war zu voreilig. Denn langsam, aber sicher erschien ein Wort nach dem anderen mehr auf dem Papier. Ich hätte gern ein bisschen was von dem gelesen, was ich verpasst hatte, aber dazu blieb offensichtlich keine Zeit.

Wehmütig sah sie ihn an. »Nein. Ich weiß, worum es dir geht, Domino.

Wie eine Irre kramte ich in dem Kasten. Ich wusste, irgendwo darin war ein Stift. Warum fand ich ihn jetzt nur nicht so schnell, wie ich wollte?

Aber du brauchst dich vor Tirios nicht zu fürchten.

Endlich. Ich hatte ihn in der Hand und jagte seine Spitze auf das Papier, indem ich den Satz mit einem Punkt beendete. Doch sobald ich den Stift vom Papier hob, erschienen weitere Worte.

Er will ja nur das Land, das ihm zusteht. Er ist der rechtmäßige Nachfolger von Ramiro. Mehr nicht.

Es würde nichts nützen. Kein Liebesgeständnis dieser oder jener Welt würde sie überzeugen.

Verdammt! Was sollte ich denn auch schreiben? Ich atmete tief durch.

»Konzentrier dich«, sagte ich laut. Dann setzte ich den Stift einfach wieder auf. »Du musst daran glauben, einfühlen, vertrauen«, redete ich mir gut zu. Und plötzlich zog der Stift meine Hand über das Papier. Erschrocken wollte ich sie wegziehen, aber es ging nicht. Nein, nein, nein, dachte ich. Ich musste schreiben, was *ich* wollte, nicht, was *es* wollte! Doch es wurde noch verrückter.

Ich starrte auf die Zeilen. Die Buchstaben verschwammen zu Bildern vor meinen Augen. Immer deutlicher sah ich alles vor mir. Nicht so, wie wenn man ein fesselndes Buch liest, sondern so, als wäre ich dabei. Als stünde ich

Luna gegenüber. So, als könnte ich zu ihr gehen, sie am Arm packen und sagen, sie solle endlich den Mund halten. Und genau das erschien mir in meinem Eifer gerade die beste Idee.

Schnurstracks marschierte ich zu ihr hin und streckte den Arm aus. Dummerweise griff ich dabei durch sie hindurch. Meine Bewegung sah aus wie ein Griff ins Wasser. Nicht mehr. Und doch sollte es noch besser kommen. Denn ich fühlte plötzlich ihre Zerrissenheit. Ich fühlte ihre fehlende Kraft. Es war kein Wunder, dass Domino sie mit nur einem Blick töten konnte, denn sie war beinahe so verwundbar wie ein normaler Mensch.

Ich blickte mich zu Domino um. Der dichte Nebel verschleierte sein Antlitz. Er war dennoch unglaublich schön. Seine Haare waren im Nacken zu einem Zopf gebunden, aber eine dunkle Locke überdeckte seine Stirn. Er würde immer nur Lunaja lieben, nur sie, so, wie er sie ansah. Flehend, damit sie ihm glaubte, und hilflos, weil er wusste, sie würde es nicht tun.

Und doch wankte sie. Ich fühlte, wie sehr sie um Fassung rang. Und wie sie gewann. Denn nichts an ihrer aufrechten Haltung und dem vorgeschobenen Kinn änderte sich. Beinahe kalt blickte sie ihm entgegen. Ich wusste, wie sehr ihn das schmerzen musste. Und so war es. Denn in diesem Moment war sein Blick so eisig, dass der Nebel – die winzigen Wasserteilchen, die schwer in der Luft lagen – zwischen ihnen gefror. Erschrocken starrte ich zu Luna. Ich fühlte den kalten Schauder auf ihrer Haut. Und dann ... pures Glück. Ihr Puls schlug dadurch einen Takt schneller. Das begriff ich nicht sofort. Erst als ich mich wieder Domino zuwandte. Millionen winziger Eiskristalle glitzerten in der Sonne. Sie umrahmten ihn wie einen Gott. Seine Haut schimmerte golden. Seine Augen waren so klar wie funkelnde Diamanten. Niemals war er schöner gewesen als jetzt.

Er war so anders als Marco und doch gleich. Ich würde immer nur ihn lieben – über alle Maßen, ohne jeden Vorbehalt, ohne Grenzen. So sehr wie er mich. Und nichts und niemand würde daran je etwas ändern können.

Ich war so gefesselt von seinem Anblick, so gefesselt von dem Pulsieren meines Herzens, dass ich gar nicht merkte, wie schnell diese Reaktion in Luna nachließ.

»Domino, lass uns durch«, sagte sie jetzt kühl.

»Nein, niemals«, entgegnete er.

Wieso konnte sie nicht fühlen, was ich fühlte? Verärgert drehte ich mich wieder zu ihr herum. Ich wollte ihre Schultern packen. Sie schütteln. Damit sie endlich wach wurde. Damit sie die Lügen erkannte, die Tirios in ihr eingepflanzt hatte. Damit sie endlich merkte, was er ihr alles gestohlen hatte. Den Kampfgeist. Die Leidenschaft. Die Liebe. Und noch so vieles mehr. Aber ich stolperte nur dumm durch sie hindurch. Doch das machte mich nur noch wütender. Immer wieder versuchte ich es.

»Du musst mich doch sehen, du blöde Kuh!«, schrie ich sie an.

»Bitte«, sagte sie nun halbherzig. Sie stockte, legte den Kopf leicht schräg und blickte vor sich auf den Boden. Ich spürte, wie ihr Innerstes versuchte ein Gefühl niederzukämpfen. Dann sah sie sich kurz zu den anderen um. »Wir werden kämpfen bis zum letzten Mann, Domino. Lass es nicht darauf ankommen.« Dabei sah sie ihn wieder an.

Wütend kniff er die Augen zusammen. »Du und ich, Luna ... wir werden nicht kämpfen.« Er sagte das – Wort für Wort – zwischen zusammengebissenen Zähnen.

Sie wollte sich abwenden und ich sprang wie eine Bescheuerte vor ihr auf und ab. »Werd wach! Werd doch endlich wach!«, brüllte ich sie an.

Sie runzelte die Stirn. Auch sie wäre nicht imstande gegen ihn zu kämpfen. Ein Schwert erheben? Im Kampf gegen Domino? Niemals. Sie legte den Kopf wieder schräg.

In diesem Moment wusste ich, ich konnte etwas in ihr bewirken. Mein Einfluss auf ihre Reaktion war stärker, als ich vermutet hatte. Wir brauchten Zeit. Mehr Zeit. Ich musste mich bei ihren Leuten umsehen können. Musste wissen, was Tirios im Schilde führte. Ich musste Madras von hier verschwinden lassen, damit er Domino nicht unter die Augen kam. Das schien viel verlangt. Aber ich wusste jetzt, ich konnte das schaffen.

»Lass mir Zeit, bis die Sonne am höchsten Punkt steht«, sagte sie unvermittelt. »Du hast mein Wort, dass wir uns bis dahin ruhig verhalten. Kein Krieger wird seine Waffe erheben.«

Domino nickte. »Also gut. Wenn die Sonne über uns steht, treffen wir uns genau hier wieder.«

Ich sah ihm an, dass er nicht nachgeben würde. Aber er war nicht dumm. Wenn die Sonne am Mittagspunkt stand, würde sie den Nebel vertrieben haben. Die Sicht der Späher würde perfekt klar sein und er würde viel besser hören können als jetzt.

»Rückzug!«, befahl er nur kurz. Dann wandte er sich ab, ging Kaja und Denido entgegen, die mit seinem Pferd auf ihn warteten. Er schwang sich hinauf und im Nu folgten ihnen die Späher in Richtung See, bis sie nicht mehr zu erkennen waren.

Immerhin. Ich würde jetzt mindestens drei Stunden Zeit haben.

Luna blickte ihnen noch immer nach, obwohl längst nichts mehr zu sehen war. Die anderen kamen und scharten sich um uns. Besser gesagt um sie. Denn ich war schließlich nicht hier. Sie gingen achtlos durch mich hindurch.

Der Erste bei Luna war Madras. Sofort schlang sie sich um seine Mitte. Ich spürte die Geborgenheit, die sie bei ihm fand, ehe die anderen auf sie einredeten.

»Wir sollten uns zurückziehen in den Schutz des Heeres«, sagte Karas.

»Wieso dieser Aufschub, Königin Lunaja?«, fragte Grolsem grimmig. »Wir wären schon mit ihnen fertig geworden.«

»Das stimmt, Luna. Wieso hast du nicht sofort gehandelt?« Das war Tirios' Vorwurf, der aber sanft und freundlich klang.

Die beiden sah ich mir nun genauer an. Man konnte wirklich nicht auf Idee kommen, dass sie Vater und Sohn waren. Sie sahen sich nicht ein bisschen ähnlich.

»Domino war furchtbar wütend«, verteidigte sich Luna. »Ich wollte nicht, dass diese Begegnung aus dem Ruder gerät.«

»Das war völlig richtig«, stand Madras ihr bei. »Es waren wenigstens zwanzig Späher. Wir hätten keine Chance gegen sie gehabt.«

Ich sah mich um. Bei ihrer Leibgarde handelte es sich um wenigstens vierzig Soldaten. Damit befand ich seine Einschätzung ebenfalls als realistisch. Gegen zwanzig Späher hätten sie keine Chance.

Mir kam gelegen, was Karas gesagt hatte. Rückzug in die Deckung der Krieger, die in den Bergen langsam aufschlossen. Zumindest was die Verwundbaren unter uns anbelangte. Und vor allem Madras.

»Karas hat recht«, sagte Luna. »Nur Tirios und ich sollten heute Mittag hier sein. Domino wird einverstanden sein, wenn ich ihn darum bitte, dass wir nur unter uns verhandeln. Da bin ich sicher.«

»Allein?« Grolsem war empört. »Das lasse ich auf gar keinen Fall zu. Tirios kann sich nicht gegen Domino wehren.«

Dieser Lügner!

»Wir wollen verhandeln, Fürst Grolsem«, wandte Luna ein. »Und wenn es so kommt, wie ihr denkt, dann wäre es auch besser, wenn alle Sterblichen außer Reichweite wären.«

»Ich würde dich auch nur ungern allein lassen«, wandte Madras nun ein.

Ich fand es super, dass sie prompt meine Gedanken ausführte. Aber sie sollte mich doch bitte mal zu Ende denken lassen. Denn schließlich musste Tirios im Endeffekt allen anderen ihre Eigenschaften zurückgeben. Das ging wohl eher schlecht, wenn sie sich alle in den Bergen verschanzten. Andererseits durfte Madras auf gar keinen Fall hierbleiben.

»Also gut«, gab sie prompt nach. Unsere engsten Begleiter bleiben.« Einen Moment lang sah sie Madras nachdenklich an. »Ich möchte aber, dass jemand von uns mit den Soldaten in die Berge reitet. Die kariadischen Krieger sollten von diesen Verhandlungen wissen, damit es nicht zu unkontrollierten Handlungen kommt.«

Die anderen nickten zustimmend, auch wenn Grolsem noch wütend schnaubte.

»Madras, du bist der beste Reiter. Ich möchte, dass du gehst.«

Er war der beste Reiter? Seit wann das? Aber okay. Wenn er deshalb von hier weggelotst werden konnte, war das der richtige Text.

Er schüttelte den Kopf. Doch ehe er etwas einwenden konnte, nahm sie seine Hand und redete weiter: »Bitte. Ich vertraue dir. Und ... sollte es hier Schwierigkeiten geben, ist Karas ja da. Mit ihm habe ich so viel trainiert, wir verstehen uns blind.« Sie sah ihn nochmals beschwörend an. »Außerdem wüsste ich dich gern in Sicherheit«, sagte sie leise.

Es funktionierte.

Er nickte zustimmend, wenn auch widerwillig. »Ich will aber, dass wir jemanden zu Domino schicken, damit er seine Leute ebenso zurücklässt.«

Dagegen war nichts einzuwenden. So schickten sie also einen Reiter zum See, um den Vorschlag zu überbringen. Und sobald er mit Dominos Einverständnis wieder da war, ritten Madras und die Soldaten zurück in die Berge. Bei uns blieben jetzt nur noch Karas, Landos und vier der engsten Vertrauten von Tirios und Grolsem.

Alle waren damit beschäftigt, ihre Sachen zu ordnen, Waffen zu kontrollieren, ihre Pferde zu versorgen oder die Kleidung zu wechseln. Auch Luna war in einen der Wagen gestiegen und kam in Lederhose und Leinenhemd wieder heraus. Der Waffengürtel hing über ihrer Schulter. Sie ging damit zu Karas, ehe sie ihn umschnallte und wieder zu Tirios schlenderte. Er saß auf einem der Felsbrocken und Luna lehnte sich an einen der höheren Steine nicht weit von ihm.

Inzwischen sah ich mich weiter um.

Ich beobachtete Tirios so genau wie möglich, entdeckte jedoch nichts Besonderes an ihm. Dann versuchte ich wieder Ähnlichkeiten zwischen ihm und seinem Vater zu suchen. Absurd. Äußerlich waren sie so unterschiedlich, wie man nur sein konnte. Tirios war groß mit vollem Haar und schmalem Gesicht. Und Grolsem, oder besser Gorian, war klein, dick und seine letzten weißen Haare auf dem kugelrunden Kopf waren kurz rasiert. Beide hatten sehr dunkle Augen, wobei die von Tirios von einem satten Kaffeebraun waren und Gorians schon beinahe schwarz. Aber das war es dann auch schon. Selbst ihre Bewegungen ähnelten sich nicht. Gorian behäbig und polternd, Tirios eher elegant.

Die Sonne kämpfte sich durch den restlichen Nebel. Langsam, aber sicher rückte sie höher. Viel Zeit blieb nicht. Und ich erkannte mit Schrecken, dass ich keinen Plan hatte, wie es weitergehen sollte. Also versuchte ich noch mal über das Kräfteverhältnis nachzudenken. Tirios bewegte sich flott und geschmeidig. An diese Eigenschaft konnte ich mich nicht erinnern. Wahrscheinlich war sie also gestohlen. Ich erinnerte mich an sein Kampftraining mit Karas oder zumindest daran, dass Kaja mir davon erzählt hatte. Er war also stärker, als hier alle glaubten. Und Luna? Oder Karas? War ihr Können nun überhaupt noch vorhanden?

Über Gorian wusste ich nicht viel. Aber schließlich war er als Prinz aufgewachsen. Eine Ausbildung hatte er seinerzeit also mit Sicherheit genossen. Ich konnte ihn mir beim besten Willen nicht im Kampf vorstellen. Auch wenn es unangebracht war, musste ich bei der Vorstellung lachen. Immerhin besaß er die Kraft eines Prinzen, das war momentan mehr, als Luna zu bieten hatte. Als ich ihn nun betrachtete, sah ich etwas Merkwürdiges an ihm. Irgendetwas stimmte nicht. Ich kam nicht drauf, was es war.

Jetzt stieg auch er in einen der Wagen. Es dauerte eine Weile, bis er wieder herauskam, gekleidet in Lederhose und Kettenhemd – und mit einem Waffengürtel bestückt. Seine Arme waren stämmig, das hatte man bereits trotz der Gewänder erahnen können. Sie waren keineswegs fett, sondern muskulöser, als ich es für möglich gehalten hätte.

Die Sonne stand schon fast mittig über uns. Und genau das war der Schlüssel zu meinem Rätsel. Wie blind mussten wir alle gewesen sein in all den Tagen.

Selbst wenn man davon ausging, dass heute der erste sonnige Tag seit Langem war, so musste es doch auch andere Orte gegeben haben, an denen unsere Körper Schatten geworfen hatten. Und seiner war in diesem Moment viel zu lang und zuckte, als würde blitzschnell das Licht ein- und ausgeschaltet. Außerdem stand er nicht in der richtigen Richtung. Nicht so wie damals bei Gorson. Sein Schatten war von dem dunklen Zauberer gestohlen worden. Doch Gorians Schatten war da, nur verändert.

»Was hat der Schatten mit Euch gemacht?«, fragte Luna Tirios, als wäre es die belangloseste Frage der Welt.

Er blickte erschrocken auf. Aber er fing sich schnell, als er sah, dass Luna beinahe verträumt in eine ganz andere Richtung blickte, und antwortete ganz ruhig. »Er hat mich zwischen den Welten aufgesucht.«

Nun sah sie ihn an. »Nur Euch?« Doch dann stand sie auf.

Es war so weit.

Fünf Reiter kamen auf sie zu. Domino, Denido, Kaja und die beiden anderen Späher, die immer an seiner Seite waren. Mehr nicht.

Einige Meter vor uns blieben sie stehen.

»Königin Lunaja!«, rief Domino. »Ich möchte, dass Ihr mit Kaja zu Magiadir reitet, um ihn zunächst allein zu sprechen. Ihr könnt Euer Anliegen vortragen und inzwischen wäre ich bereit, mit dem Prinzen von Mirilon zu sprechen.«

Ja, ja, ja, dachte ich. Die Idee war genial. So war wenigstens Kaja erst mal in Sicherheit – und Luna ebenfalls.

»Gut«, stimmte sie zu. »Das klingt fair.« Dann wandte sie sich zu Tirios herum. »Macht Euch keine Sorgen. Er wird sich auch Euch gegenüber fair verhalten. Auch er will Frieden. Sonst würde er solch ein Angebot nicht machen.«

Tirios sah nicht besorgt aus. »Ja, Ihr habt sicher recht, Lunaja. Aber bitte bleibt nicht so lang fort. Ich traue ihm nicht wirklich.«

Sie nickte. Dann stand Karas mit ihrem Pferd bereit. Sie stieg auf und ritt davon. Bei Domino machte sie kurz halt. Ich fühlte ein Kribbeln auf der Haut, dann galoppierte sie an Kajas Seite los.

Jetzt stieg Domino vom Pferd und kam allein näher heran. Tirios ging ihm langsam entgegen. Ich blieb an seiner Seite, um nichts zu verpassen. Ein genussvolles Lächeln breitete sich auf Tirios' Gesicht aus. Auf diesen Moment schien er nur gewartet zu haben. Kurz hielt er inne. »König von Naradon! Lasst uns doch Freunde sein!« Er breitete die Arme aus und machte einen weiteren Schritt auf Domino zu.

»Bleibt stehen.« Dominos Worte waren ebenso kalt wie sein Blick.

»Also gut, also gut«, lenkte Tirios ein, als er die Kälte spürte, die ihm entgegenschlug. Ich sah, wie wachsam er war, und dabei nach einem Ausweg suchte.

»Gib Luna und ihren Männern zurück, was du ihnen genommen hast.«

»Ich weiß nicht, was du meinst.«

Gorian schloss nun mit schnellen Schritten zu Tirios auf. »Ihr redet Unsinn, König von Naradon! Gebt uns unser Land! Das ist die Forderung!«

Domino war nur einen winzigen Moment von Tirios abgelenkt, aber genau diesen nutzte er.

Mit blitzschnellen gedrehten Sprüngen und gezogenem Schwert ging er auf ihn los.

Ich war fassungslos. Das war nicht seine Kunst. Es war all das, was er den anderen gestohlen hatte.

Ihre Schwerter krachten aneinander. Wieder und wieder. Domino kam mit seinem Blick nicht schnell genug dazu, ihn einzufrieren. Und jetzt war Gorian da. Zu zweit griffen sie Domino an.

Die Späher nahmen unsere Begleiter ins Visier. Denido stellte sich tapfer an Dominos Seite. Die anderen beiden stürzten sich auf Karas, Landos und die vier verbliebenen mirilonischen Soldaten. Doch die wussten sich kaum zu wehren. Schnell erkannten sie, dass sie keine Chance hatten, und legten die Waffen nieder, ehe sie zu Eisblöcken gefroren wurden.

Denido war viel schwächer als Gorian. Entweder er war immun gegen die eisigen Blicke oder verstand sich bestens darin, sie mit seinem riesigen Schild abzuwehren. Doch Denido gab nicht auf und kämpfte mutig, sodass es ihm zumindest möglich war, Gorian von Domino abzulenken. Der hatte genug mit Tirios zu tun.

Doch plötzlich traf Gorians Schwert Denidos Oberschenkel und hinterließ eine klaffende Wunde. Er stolperte zurück und fiel. Es war sein Glück, dass Gorian ihn links liegen ließ, um sich gleich mit ganzer Kraft gegen Domino zu wenden. Der kämpfte nun allein gegen zwei. Noch schlug er sich gut. Doch Tirios legte ein wahnsinniges Tempo vor. Wie lange sollte er das durchhalten? Ich bekam Panik. Was, wenn Domino hier verlor? Der Gedanke schnürte mir die Kehle zu. Ich wollte ihm helfen, aber ich war Luft. Ich wollte, dass sie mich trafen. Nicht ihn! Natürlich wollte ich nicht sterben, aber noch schlimmer wäre es, ihn sterben zu sehen.

Und wahrscheinlich brachten genau diese Gedanken Luna zu uns zurück. Meine Angst musste sie dazu veranlasst haben umzudrehen. In vollem Tempo kam sie auf uns zugaloppiert. Verdammt. Sie sprang mit gezogenem Schwert vom Pferd und schlug damit auf Gorian ein. Leider reichte ihre Kraft nicht aus. Und auch nicht ihre Technik. Aber ich war hier. Ich wusste, wie es ging! Plötzlich war ich dankbar für Karl Sanders Beharrlichkeit, der Marco und mich immer wieder daran erinnert hatte, dass es nicht schaden könnte, mit Holzschwertern zu trainieren. Es half. Luna führte alle meine Gedanken aus. Trotzdem. Es würde nicht reichen, denn meine Trainingsstunden waren verdammt lange her. Ich brauchte dringend einen Plan B, um das Kräfteverhältnis hier auszugleichen. Der Gedanke an Marcos … ähm … Dominos Vater war gar nicht so verkehrt gewesen, denn er war der einzige mit Kräften, die denen von Gorian gleichkamen. Nun … leider hatte er versprochen zu Hause zu bleiben.

Wie auch immer, es nützte nichts. Und ich durfte mich nicht ablenken lassen. Sonst hätten wir hier gar keine Chance.

Als ich noch meinen Gedanken nachhing, kam wie aus dem Nichts ein Reiter herangeprescht. Es ging rasend schnell. Ich hörte ein Zischen, sah nur aus dem Augenwinkel, wie ein Speer auf uns zuflog. Nur wenige Zentimeter an Lunas Kopf vorbei. Schnell wie ein Blitz durchbohrte er Gorians Schulter und riss ihn rücklings zu Boden. Im selben Moment, wie Kaja bei Luna war und sie zur Seite riss und Domino diese Sekunde nutzte, um Tirios das Schwert aus der Hand zu katapultieren, war Gorson über Gorian und beendete diesen ungleichen Kampf.

»Schluss jetzt!«, brüllte er. »Schluss mit dieser Farce!«

»Pass auf, Vater! Lass ihn nicht aus den Augen«, sagte Domino ruhig. Die Spitze seines Schwertes zeigte auf Tirios' Kehle. »Sein Schatten. Er ist mit dem dunklen Zauberer im Bunde.«

Luna sah ihn ebenso staunend an wie ich. Er war neben mir der Einzige, dem das so schnell aufgefallen war.

»Dann töte mich doch endlich.« Gorian lachte höhnisch.

Aber Gorson sah ihn nur ausdruckslos an. »Nur mit einem König und durch einen König, du Schattentyrann.«

»Nein! Nein, nehmt ihm nicht das Leben«, flehte Tirios panisch. Er versuchte sich zu winden, um zu seinem Vater blicken zu können. Aber Dominos Schwert versagte ihm jede Bewegung.

»Sei still«, forderte Domino forsch. »Gib Lunaja und ihren Leuten zurück, was ihnen gehört. Dann werden wir weitersehen.«

»Nur wenn ihr ihn freilasst.«

Domino schob das Schwert unter sein Kinn. »Du bist nicht in der Position, Forderungen zu stellen. Ich kann dich auch sofort töten. Dann gehen die Eigenschaften vielleicht auch ohne deine Hilfe dahin zurück, wo sie hingehören.«

»Das werden sie nicht. Dann sind sie verloren.«

»Und wenn ich dir nicht glaube?« Domino zeigte sich kalt und spöttisch, obwohl er doch genau wusste, dass Tirios die Wahrheit sagte.

»Also gut. Ich tue, was Ihr wollt. Wenn Ihr Euer Wort gebt, dass meinem Vater und mir die Freiheit geschenkt wird.«

»Ihr seid Verbrecher. Alle beide. Über Euch soll fair gerichtet werden. In Eurem eigenen Land, in Mirilon. Ich bin überzeugt, dass der Hofrat dort gerecht sein wird, wenn er erfährt, was Ihr getan habt.«

Tirios starrte ihn ängstlich an, widersprach jedoch nicht.

»Los, Tirios. Lunaja ist hier. Karas, Landos.« Domino blickte sich nicht um. Er wusste, dass einer fehlte.

»Nein! Tu das nicht!«, rief Gorian. Dann schrie er auf, weil Gorson den Speer ergriff, der immer noch in seiner Schulter steckte.

Tirios kniff die Augen zusammen. »Sie müssen herkommen. Ich muss ihre Hand halten.«

Domino nickte auffordernd in Lunas Richtung, ohne ihn dabei aus den Augen zu lassen. »Keine Dummheiten, ich warne dich«, drohte er.

Luna stand auf und ging gerade so nah heran, dass sie seine Hand berühren konnte. Auch ich rückte näher, um es mir genau anzusehen. Es war gänzlich unspektakulär, in nur einigen Sekunden floss all das zu ihr zurück, was ihr gehörte. Ich fühlte die königliche Kraft sofort erstarken. Die Beweglichkeit. Den Ehrgeiz. Den Stolz. Die Leidenschaft. Die Liebe. Den Schmerz. Die Verwirrung. Den Irrsinn.

Dermaßen schnell war alles wieder da. Er ließ sie los und Luna taumelte zurück, immer noch in der Hocke, direkt in Kajas Arme, die sie auffingen und dann beiseite zogen.

»Was ist mit ihr?« Dominos Stimme klang rau und voller unterdrückter Panik. Er hörte zweifellos ihr Herz rasen und wie ihr Atem stockte.

»Luna? Luna, wie geht es dir?«, fragte auch Kaja besorgt.

»Alles gut. Mir geht es gut.« Sie stammelte aufgeregt. »Alles fühlt sich an wie vor unserer Ankunft in Mirilon.« Das war nicht unbedingt gut. Denn uns fehlten ungefähr vier Wochen der Erinnerung aneinander. Und im Moment war es, als würden unsere Seelen wieder miteinander verschmelzen. So, wie es sein sollte. Langsam, aber sicher konnte ich wieder sehen, was sie sah. Und umgekehrt. Und in diesem Moment sah sie sich selbst, wenn sie durch meine Augen blickte, denn ich starrte sie gerade an – wie versteinert. Aber nur für einen kurzen Moment.

Ich stand nicht länger nur daneben, ich sah wieder durch ihre Augen. Ich erinnerte mich an all das, was ich verpasst hatte. Die Geschehnisse überschlugen sich in meinem Kopf. Die Erinnerung an diese und jene Welt prallten wie ungebremste Züge aufeinander. Ich spürte die Zuneigung zu Madras, die tatsächlich mehr angewachsen war, als ich es je für möglich gehalten hätte. Mit Erleichterung stellte ich fest, dass es bei diesem einen Abend mit ihm, an den ich mich noch erinnerte, trotz allem geblieben war. Denn die Leere und die Enttäuschung, die ich durch Domino erfahren musste, waren immer noch da. Wie ein Schlag traf mich die Erkenntnis, dass er niemals zu mir gehören würde, und verschmolz mit der Gewissheit der anderen Welt, ihn niemals mehr zu verlieren. Das Schlimmste aber war, dass ich den Ausgang dieser Geschichte kannte, oder zumindest den, der noch nicht geschrieben gewesen war, als ich das Buch in die Hand genommen hatte.

Eigentlich war ich zu diesem Zeitpunkt längst tot gewesen, erfroren durch Dominos eiskalten Blick, weil ich Madras hatte aufhalten wollen. Ich wusste sogar, wie ich mich dabei gefühlt hatte, wie weh es getan hatte. Ich kannte sogar meinen allerletzten Gedanken. Dieses Schicksal war nun abgewendet. Ich lebte, wir alle lebten. Es war zu viel auf einmal und ich hatte Mühe, bei

Bewusstsein zu bleiben. Eine Ohnmacht hätte vielleicht geholfen zu begreifen, was ich gerade nicht begreifen konnte. Aber ich kämpfte wie wild dagegen an.

Dennoch bekam ich nur am Rande mit, wie auch Karas und Landos ihre Eigenschaften zurückerhielten. Ich hörte, wie Karas schimpfte und Landos sich immer wieder entschuldigte. Er schämte sich, weil er Tirios' größter Befürworter gewesen war.

»Was ist mit Madras? Wo ist er?« Domino klang tonlos.

»Er ist bei den Truppen in den Bergen«, antwortete Karas. »Landos wird ihn herholen.«

Gorian wandte sich wie ein Käfer auf dem Rücken hin und her. Immer wieder verdrehten sich seine Augen, als wäre er wahnsinnig. »Damit kommst du nicht durch, Domino.« Seine Stimme war verändert, heiser und schallend zugleich. Dann lachte er wieder. Es war der dunkle Zauberer, der aus ihm sprach.

»Sei still, Schatten. Für dich fällt uns auch noch was ein«, raunte Gorson ihn an und ergriff noch einmal den Speer in seiner Schulter.

Gorian schrie wieder auf und raunte atemlos: »Kommt und gebt mir die kleine kariadische Königin, damit ich ihr den Hals umdrehen kann. Oder willst du das selbst machen, Domino? Sie liebt dich nicht mehr. Sie liebt den Fürsten, dem du die Eigenschaften zurückgeben willst. Madras.«

»Halt endlich dein Maul«, herrschte Gorson ihn an.

Domino umfasste das Schwert in seiner Hand jetzt so fest, dass die Knöchel weiß hervortraten.

»Frier die beiden ein, Domino«, stieß ich hervor.

»Bist du wahnsinnig? Das überleben sie nicht«, mischte Kaja sich ein.

»Dann lass sie von deinen Männern einfrieren. Die können sie nicht töten. Es dauert eine Weile, bis ... bis Landos wieder hier ist. Bis dahin können sie dann zumindest keine Scherereien machen. Denidos Wunde muss versorgt werden. Er verblutet sonst.« Ich sah hinüber zu Denido, der immer wieder einen Blick auf seine Wunde warf. »Kühlen allein hilft da nicht. Es blutet zu stark. Er muss zu Magiadir.«

»Du hast recht … Coron?« Domino winkte den Rothaarigen heran.

Tirios und Gorian wollten noch widersprechen, aber in Sekundenschnelle waren sie still und starr.

»Spüren sie noch irgendetwas? Können sie noch sehen und hören?«, fragte Kaja.

»Alles. Sie können sich nur nicht mehr bewegen«, antwortete Domino, der jetzt endlich sein Schwert wegsteckte. »Kannst du reiten, Denido?«

»Ja, ich denke schon.« Er war weiß wie Kalk.

Ich stand endlich fest auf meinen Füßen. Der erste Schock war vorbei. »Reite du mit ihm, Domino. Ich schaffe das hier. Meine Kräfte sind wieder da. Ich werde mit Tirios schon fertig.«

Er sah mich argwöhnisch an. Ein Augenaufschlag zu mir, der mich eine Sekunde lang frieren ließ. »Einverstanden«, antwortete er nur knapp.

***

Die Stille war bedrückend, als sie weg waren. Niemand sagte ein Wort.

»Stimmt es, was der Schatten gesagt hat?« Kaja stand ganz dicht neben mir. Bei der Frage blickte sie stur geradeaus. Erst als ich nicht antwortete, sah sie mich an. »Luna?«

Zuerst schüttelte ich den Kopf, dann hob ich die Schultern nach oben, um sie ruckartig wieder fallen zu lassen.

»Ich weiß es nicht, Kaja.«

Das war die erschreckende Wahrheit, die mir selbst gerade erst bewusst wurde. In meinem Kopf preschten immer wieder die Bilder der vergangenen Wochen aufeinander. Marcos Heiratsantrag. Madras' Küsse. Der Halt und die Geborgenheit bei ihm. Marcos Zärtlichkeiten, das Verlangen nach ihm. Domino in weiter Ferne. Domino hier, die Angst um ihn. Ihn zu verlieren. Die Angst um Madras, weil Domino ihm begegnen könnte. Dominos Blick vorhin, der mir deutlich zu verstehen gegeben hatte, dass seine Beherrschung kurz vor der Zerreißprobe stand. Der Wahnsinn schien kein Ende nehmen zu wollen.

»Sie tauen langsam auf«, rief der Späher herüber.

»Frier nur Gorian wieder ein«, antwortete Kaja. »Landos und Madras müssen jeden Moment hier sein.«

Es war noch nicht ganz ausgesprochen, als die zwei um die letzte Kurve bogen. Madras stieg ab und kam schnell auf uns zu. Im Vorbeigehen verneigte er sich kurz vor Gorson, machte aber erst direkt vor mir halt. »Landos hat mir alles erzählt.« In seine Arme schloss er mich nicht. Wer wusste schon, was er in meinem Gesicht sah.

»Tirios kann sich gleich wieder bewegen, Luna«, rief der Rothaarige. »Besser, du kommst her.«

»Komm mit«, forderte ich Madras auf, ergriff mein Schwert und ging so nah an Tirios heran, dass ich ihn notfalls in Schach halten konnte.

»Ihr Wahnsinnigen«, murrte der jetzt.

»Sei still. Madras ist hier. Gib ihm die Hand.« Mit dem Schwert tuschierte ich seine Brust.

Auch bei ihm dauerte es nur wenige Sekunden, dann war alles wieder so, wie es sein sollte.

Zufrieden blickte Madras nach oben. Bestimmt sah er gerade erleichtert durch die Augen seines Falken. »Kaum zu glauben, dass wir nicht gemerkt haben, was mit uns geschieht«, sagte er benommen. Dann erst blickte er wütend auf Tirios herab. »Das wirst du büßen.«

»Pass du lieber auf …«

»Frier ihn wieder ein«, unterbrach Madras ihn forsch.

»Nein, warte«, widersprach ich. »Erst will ich wissen, was wirklich mit deinem Vater passiert ist, Tirios. Wie hat der Schatten das geschafft?« Ich deutete auf Gorian.

»Das ist doch unwichtig, Königin Lunaja. Ihr werdet alle sterben. So, wie er es will. Oder glaubt Ihr, Ihr könntet dem dunklen Zauberer entkommen? Niemand kann das.« Purer Spott trat in sein Gesicht.

»Frier ihn wieder ein«, befahl ich dem Späher. Doch genau in diesem kurzen Moment, in dem unsere Blicke sich trafen, trat er mit seinem Bein zur Seite gegen die Beine des Spähers. Coron stürzte. Tirios rollte unter meinem Schwert weg. Gorson sprang auf ihn zu. Ich wollte einen Hieb auf Tirios ansetzen. Der Blick des Spähers war schnell wieder auf ihn gerichtet. Und doch schaffte er es, auf die Füße zu kommen und Kaja an sich zu reißen. Sein Arm umschloss ihren Hals.

»Waffen runter oder sie stirbt«, drohte er.

Wir blieben alle wie angewurzelt stehen und taten, was er wollte.

»So ist es gut. Und nun holt die Kutsche. Los, macht schon!«

Die vier mirilonischen Soldaten machten sich an die Arbeit und spannten die Pferde an.

»Du kommst nicht weit, Tirios. Wir finden dich«, drohte ich ihm.

Darauf reagierte er nicht, sondern hielt Kaja umklammert und wartete, bis seine Leute mit dem Wagen und ihren Pferden neben uns standen. »Hebt meinen Vater hinein. Los. Und vorsichtig, sonst ist die Kleine hier tot.«

Karas und Landos taten, wie ihnen befohlen. Er schleppte Kaja mit sich auf den Kutschbock. Sie würgte, weil sie kaum Luft bekam. Dann trieb er die Pferde an und sie jagten in Richtung See davon.

Wir rannten sofort zu unseren Tieren, um die Verfolgung aufzunehmen. Schnell waren sie gesattelt, dann galoppierten wir hinterher.

»Was hat er vor?«, fragte einer der Späher. »Weiter als bis zu den Bergen von Karanot kommt er in dieser Richtung nicht.«

»Und genau da will er hin«, antwortete Gorson.

Auch ich begriff sofort, was er vorhatte. »Er will den dunklen Zauberer in die Berge bringen. In seine Höhle, in den Schatten, wo ihm nichts zustoßen kann.«

»Mit ein bisschen Glück fahren sie geradewegs den Spähern in die Arme«, meinte Gorson.

Doch so war es nicht. Denn wir überschritten die unsichtbare Grenze, an der unsere Kräfte schwanden, und sahen schon von Weitem, wie Domino und Kaja allein gegen sechs Männer kämpften. Im ersten Moment war ich erleichtert. Offensichtlich hatte Kaja sich befreien können und ihr war auch sonst nichts zugestoßen. Bis jetzt. Dann kamen meine Bedenken wegen Madras wieder auf. Schließlich war er hier bei uns und würde auf Domino stoßen. Doch das war jetzt egal. Wir mussten helfen. Dringend. Schnell begriffen wir, dass hier niemand mehr Herr über seine Gaben war. Außer Gorian. Er war viel stärker als alle anderen. Und Tirios hatte bei Karas offensichtlich mehr gelernt, als uns lieb war. Kaja war fast am Ende ihrer Kräfte und Domino kämpfte um ihr beider Leben. Mir schlug direkt das Schwert eines Soldaten entgegen, dem ich schnell ausweichen konnte. Ich drehte mich um ihn herum und versetzte ihm einen Hieb ins Bein, sodass er sofort fiel. Dann stürzte ich mich gleich dem nächsten entgegen. Ich sah, wie Madras Kaja zur Hilfe kam, sie herausholte aus der Gefahrenzone. Nun kämpfte er Rücken an Rücken mit Domino.

»Danke«, hörte ich Dominos Stimme. »Aber wenn das hier vorbei ist, bringe ich dich um.«

»Ha! Versuch's nur ... ohne deine königlichen Kräfte«, antwortete er.

Die vier Soldaten waren erledigt. Zwei tot, zwei so sehr verletzt, dass sie nicht mehr stehen konnten. Der zweite Späher an unserer Seite schien auch getroffen worden zu sein. Aber immerhin waren wir jetzt in der Lage, uns mit ganzer Kraft gegen Gorian zu wenden. Gorson stürzte sich wütend auf Tirios. Wir beschränkten uns darauf, Gorian abzuwehren. Seine Kraft war übermächtig. Ein Schlag von ihm durfte nicht durchgehen. Doch plötzlich sprang er einige Meter vor uns zurück. Er schrie aus vollem Leib. Es war seine eigene Stimme. Ich sah, weshalb.

Tirios lag am Boden. Tot. Blut quoll schwallweise aus seiner Brust, aus seinem Mund.

Jetzt fasste Gorian das Schwert wie einen Dolch und rannte in blinder Wut auf Gorson zu. Doch blitzschnell änderte er seine Richtung und nahm mich zum Ziel.

Ich war nur fähig erschrocken die Augen aufzureißen. Völlig geschockt sah ich, dass Domino ihm nun mit ganzer Kraft entgegenrannte, hochsprang ...

Nicht er, dachte ich, töte mich! Nicht ihn. Nur nicht ihn! Ich hielt den Atem an.

»Ich gewähre Euch Euer Land, Prinz Gorian!«, brüllte Domino ihm entgegen. »Ihr seid der neue König von Mirilon!« Damit rammte er das Schwert in seine Mitte. Die Wucht seines Sprunges riss sie beide zu Boden. Domino rollte sich über ihn hinweg und stand sofort wieder.

Ich atmete aus.

Gorian krümmte sich vor Schmerz. Die Klinge steckte noch in seinem Bauch.

»Vergebt mir, König Gorian.« Alle Wut war aus Dominos Augen verschwunden. »Ihr sterbt nicht umsonst. Ihr besiegt den Schatten mit Eurem Tod.«

Damit zog er mit schnellem Ruck das Schwert heraus und stach sofort wieder zu, mitten in das Herz seines Widersachers. Mit seinem letzten Atemzug stieß er etwas aus, das wie feine Asche erschien, die mit dem Wind davongetragen wurde. Die Augen waren weit geöffnet und der dunkle Schleier fort. Seine Iriden waren jetzt von einem satten Braun.

Der Schatten war endgültig besiegt.

Domino zog das Schwert heraus und warf es zu Boden. Er ging neben ihm in die Knie. Seine Hand strich über das starre Gesicht und schloss ihm die Augenlider. Dann blickte er erst wieder auf. Sah sich um. An mir blieb sein Blick haften. Die Lippen leicht geöffnet. Jetzt schloss er sie. Er sah nicht aus wie ein Krieger. Nicht wie ein Kämpfer, der gewonnen hatte. Irgendetwas schien gerade in ihm zu zerbrechen.

Aber das war nicht richtig. Denn er war der Sieger. Mehr noch. Ein Held. Mein Held. Die Welt war gerettet. Durch ihn. Er war der Mann, der uns alle von dem Schattentyrann befreit hatte. Der Mann, für den ich bereit gewesen war mein Leben aufs Spiel zu setzen.

Doch ... Sah er überhaupt nur mich an? Ich blickte mich um und wusste sofort, was es war. Madras stand halb hinter mir.

Kaja kam näher heran, auch Karas. Sie gingen in die Knie und verbeugten sich tief vor Domino. Coron, der rothaarige Späher, tat es ihnen gleich. Selbst Gorson kniete nieder vor seinem Sohn. Und Madras.

Langsam ging ich auf Domino zu. Er stand auf und kam mir entgegen. Ich strich ihm mit den Fingern die lange braune Locke aus dem Gesicht. Sein Blick durchbohrte mich dabei, aber ich wurde nicht schlau aus seiner Mimik.

Kurz hielt er meine Hand an seiner Wange fest, dann nahm er sie runter und umfasste sie ganz.

Dann erst blickte er den anderen entgegen. »Bitte, steht auf«, bat er sie. Es klang beschämt.

Unendlich

Anna

Aus dem Anblick unserer Gefährten, dem Gefühl von Dominos rauer Hand, die meine fest umschloss, dem Geruch von Staub und Schweiß wurden nun langsam, aber sicher wieder Buchstaben vor meinen Augen. Buchstaben in der schönen geschwungenen Schrift des magischen Buches. Wie auch immer sie dort hingekommen waren, ich war jedenfalls nicht dazu in der Lage gewesen, auch nur ein einziges Wort aufzuschreiben. Und trotzdem war es mir irgendwie gelungen, die Geschichte zu ändern.

Benommen legte ich den Stift zur Seite und las die letzten Zeilen noch einmal. Ich konnte es kaum fassen. Wir lebten. Der Schatten war besiegt, mein persönlicher Fluch für immer gebrochen. Mit Dominos einzigartigem Einfall, Gorian zum König zu machen, in dem Moment, da er der rechtmäßige Erbe der Krone geworden war. *Nur mit einem König und durch einen König.*

Und Domino hatte es geschafft. Wir waren frei. Nichts stand uns mehr im Wege.

Ich lehnte mich im Stuhl zurück, breitete die Arme aus und hätte für den Moment am liebsten laut losgeschrien. Doch dann hörte ich das Klopfen an der Tür, das mich endgültig wieder in diese Welt, in diesen kleinen sauerstoffarmen Raum zurückholte.

»Frau Weber? Ist alles in Ordnung bei Ihnen?«

Uups, mein Sachbearbeiter. Ein schneller Blick auf meine Uhr verriet mir, dass ich nun schon seit fast fünf Stunden hier drin war. »Alles bestens!«, rief ich und schlug das Buch zu. »Bin auch sofort fertig!« Ich räumte alles wieder ordentlich in den Metallkasten, nahm meine Jacke und öffnete die Tür. »Hat ein bisschen länger gedauert«, grinste ich ihn demütig an.

»Ich habe mir jetzt doch ein wenig Sorgen gemacht«, meinte er zerknirscht. Während er weitersprach, begleitete ich ihn zurück zu den Schließfächern und dann zum Ausgang. »Ich dachte, Sie seien längst weg, als ich von meiner Mittagspause zurückkam. Weil ja auch der Wagen vor der Tür weg war. Aber dann sagte die Kollegin vorhin, der sei abgeschleppt worden. Und da kam ich erst auf die Idee, dass Sie noch hier sein könnten.«

Ich runzelte die Stirn. »Abgeschleppt?«

Na super. Ich blickte durch die riesige Glasfront nach draußen. Es regnete wie aus Eimern.

»Dürfte ich bitte hier noch kurz auf ein Taxi warten?«, fragte ich und zog mein Handy aus der Tasche. Der freundliche Mann wies mir den Weg zum Wartebereich direkt neben dem Eingang, während ich schon wählte. Dann setzte ich mich und drückte den kleinen roten Hörer. Zuerst wollte ich wissen, was mit Marco los war, und wählte Ingos Nummer.

»Frag sie, ob alles in Ordnung ist«, hörte ich Marcos Stimme aus dem Hintergrund, noch ehe Ingo sich melden konnte.

»Anna? Ist alles in Ordnung bei dir? Wo bist du?«, fragte Ingo jetzt.

Ich lachte erleichtert. »Alles in Ordnung. Ich bin noch bei der Bank und warte auf ein Taxi.«

»Ein Taxi? Wieso?«

»Marcos Wagen wurde abgeschleppt«, gestand ich.

»Der Wagen wurde abgeschleppt«, sagte Ingo.

»Ihr ist aber nichts passiert?«, hörte ich Marco.

»Wieso sollte mir dabei was passiert sein?«, fragte ich, ohne auf Ingos Wiederholung zu warten.

»Du hast ihn also nicht zu Schrott gefahren?«, fragte Ingo.

»Nein, nur falsch geparkt«, erwiderte ich entrüstet.

»Dann ist ja gut«, meinte Marco.

Offenbar hatte Ingo den Lautsprecher angestellt, damit Marco mithören konnte.

»Wie lange hast du geschlafen, Marco?« Schließlich konnte ich ihn jetzt auch direkt fragen.

»Er ist vorhin erst wach geworden«, antwortete Ingo für ihn. »Und dann ist er wie ein Verrückter aus dem Bett gesprungen, hat sich angezogen und wollte sofort losfahren. Und ... Anna! Du glaubst ja nicht, was er getan hat.«

»Sag schon.«

»Er hat mich geküsst.«

Ich lachte laut auf. »Bild dir mal nichts ein, Ingo.«

Darüber musste er auch lachen. »Jedenfalls sind wir auf dem Weg zu dir. Er fährt.« Jetzt redete er leiser weiter, so, als sollte nur ich das hören. »Du glaubst ja gar nicht, wie er fährt. Wie ein Irrer.«

»Sei nicht so ein Mädchen«, spottete Marco.

»Fahr vernünftig, Marco, ich will dich heil wiedersehen«, sagte ich.

»Das wirst du. Wir treffen uns in Kaiserfelden?«

»Ja, machen wir. Ich freu mich auf dich. Ich liebe dich.«

»Ich liebe dich auch. Bis gleich.«

Ich legte auf und rief mir endlich ein Taxi.

***

Nach nicht mal einer Stunde kam ich am Gutshaus an. Ingrid öffnete mir die Tür und umarmte mich. Und schon kurz darauf war ich in Marcos Wohnung. Ich ließ die Tür hinter mir ins Schloss fallen, zog die Schuhe aus und tanzte barfuß weiter zur Couch.

Es war egal, dass meine Sachen feucht vom Regen waren, dass ich mich fühlte, als hätte ich seit einer Woche nicht geduscht. Egal, dass ich vor Hunger, Durst und Müdigkeit schon förmlich auf dem Zahnfleisch ging. Ich war einfach nur unendlich glücklich und erleichtert.

Jubelnd ließ ich mich auf die Couch fallen. Es war unvorstellbar, dass dieses Glücksgefühl noch stärker werden konnte. Doch es konnte. Denn als die Tür aufging und ich in Marcos leuchtende Wahnsinnsaugen blickte, war alles andere nur noch Nebensache. Ich sprang auf und rannte ihm entgegen. Er fing mich auf, drückte mich an sich. So fest, dass es mir die Luft nahm.

»Nicht erdrücken«, keuchte ich und er stellte mich sanft wieder auf die Füße.

»Wie hast du es geschafft?«, fragte er. »Konntest du einfach in das Buch hineinschreiben? Hast du dir das alles ausgedacht?«

Ich stutzte. Hätte ich es mir ausdenken können, dass zwei Menschen sterben mussten? Tote und Verletzte wären sicher niemals meiner Fantasie entsprungen.

»Nein«, antwortete ich entsetzt. »So einfach war das nicht. Ich konnte nicht einfach weiterschreiben.« Und dann erzählte ich ihm, wie ich zunächst als bloßer Beobachter danebengestanden hatte und dann wieder zu Luna geworden war. Absolut verrückt. Mein Vater hatte in seinem Brief an mich erwähnt, dass es zu großen Verwirrungen führte, wenn das Buch in falsche Hände geraten würde, und dass es magische Kräfte hätte. Nun konnte ich mir ungefähr vorstellen, was damit gemeint war.

»Jedenfalls hast du es geschafft, die Geschichte zu ändern, ehe alles zu spät war.« Wieder schloss er mich fest in seine Arme. »Ich hätte nicht weiterleben können ohne dich.«

»Und genau das müssen wir nie wieder, Marco«, murmelte ich an seiner Brust.

Ich hatte nicht mehr an Ingo gedacht oder ans Essen, ans Trinken, an den abgeschleppten Wagen ... Marco schon. Vernünftig wie immer kümmerte er sich um alles.

Ingo wartete unten im Esszimmer auf uns, wo Ingrid ihn schon versorgt hatte. Wir aßen noch gemeinsam mit ihm, ehe er allein wieder zurück nach Koblenz fuhr. Der Chauffeur kümmerte sich darum, dass Marcos Wagen zurückgebracht wurde.

***

Es war schon spät, als alles endlich erledigt war. Ich betrat vor Marco die Wohnung und freute mich jetzt doch auf eine Dusche. Die Tür fiel hinter uns ins Schloss und im selben Moment fasste er vorsichtig nach meinem Ellenbogen und drehte mich zu sich herum. Ich erwartete einen Kuss oder dass er mich in die Arme nahm. Schließlich waren wir endlich frei und endlich allein. Stattdessen sah ich in sein Gesicht und wusste sofort, da war etwas, das ihn nicht losließ. Da war diese Zerrissenheit, die ich schon in der Welt des Lichts in ihm gesehen hatte.

»Anna«, begann er zaghaft. »Wir sollten reden.«

Ich wusste sofort, was er meinte. Mit langen Schritten ging ich geradewegs zur Couch und setzte mich. Mit einladender Handbewegung forderte ich ihn auf, sich mir gegenüber in den Sessel zu setzen, und er folgte wortlos.

»Frag bitte nicht wieder, worüber«, sagte er tonlos.

»Nein.« Ich zögerte noch. Aber dann fasste ich mich. »Ich weiß, worüber du reden willst.« Ich sah ihn noch mal prüfend an. »Madras«, sagte ich dann. »Ich bin mit *dir* zusammen, Marco. Ganz ehrlich, ich weiß nicht, wieso du dir Gedanken machst.«

Er verzog den Mund zu einem halben Lächeln, das allenfalls spöttisch war. »Ich glaube nicht, dass du das alles schon zu Ende gedacht hast.«

»Da gibt es nichts zu Ende zu denken«, gab ich trotzig zurück.

Nun beugte er sich etwas weiter zu mir. »O doch, Anna, du bist nur noch nicht dazu gekommen.«

Ich zog die Brauen verständnislos hoch.

»Was empfindest du für ihn? Du weißt jetzt wieder, was Luna fühlt. Also denk nach. Was empfindest du wirklich für ihn?«

»Was soll das, Marco?«

Doch er wartete schlicht auf meine Antwort. Auf eine Frage, die ich mir selbst noch gar nicht gestellt hatte. Wieso auch? Wir waren hier. Frei. Für immer. Nichts würde uns je mehr im Weg stehen. Immer schon gehörten wir zusammen.

»Ich weiß wirklich nicht, was das soll«, beteuerte ich noch mal entnervt. »Bist du immer noch eifersüchtig? Ist es das?«

»Ja, das auch«, gab er zu. Dann war da wieder dieser Ausdruck in seinem Gesicht. Viele Momente in unserer Zeit hatte es gegeben, in denen er Schmerz und Trauer offenbart hatte, aber das hier war neu. »Ich habe dich umgebracht deswegen«, sagte er dann leise. »Und als du es geschafft hattest, die Geschichte zu ändern, war ich wieder beinahe so weit gewesen meine Beherrschung zu verlieren.« Er atmete tief durch. »Genau das, Anna, war es, was der Schatten gegen dich nutzen wollte. Diese Fehler. All die Fehler, die ich gemacht habe und von denen Magiadir gesprochen hatte.« Er machte eine kurze Pause, ehe er eindringlich weitersprach. »Ich muss es wissen, Anna. Schlaf drüber, wenn du dir nicht sicher bist. Sprich mit Madras, solange wir noch an den Bergen von Karanot sind. Damit ich meine Kräfte nicht ausspielen kann.«

Ich starrte ihn mit großen Augen an. »Du hast Angst, jemanden von uns umzubringen?«, fragte ich frei heraus.

Er nickte kaum sichtbar. »Ich will nur wissen, woran ich bin, und dir, wenn nötig, aus dem Weg gehen können«, sagte er dann.

»Du spinnst ja total«, erwiderte ich spontan gereizt, machte eine kurze Pause und redete dann schnippisch weiter. »Ich liebe *dich*. Aber wenn du mir nicht glaubst, dann nützt das ja wohl nichts.«

»Aber ihn liebst du auch. Und es wäre viel einfacher für dich, wenn er ... und du ...«

Ich wollte direkt widersprechen, aber er ließ mich nicht.

»Bitte denk in Ruhe drüber nach, Anna«, beendete er dieses Gespräch, indem er aufstand und sofort im Bad verschwand.

Auch wenn ich wütend war. Immerhin hatte er es geschafft, dass ich tatsächlich nachdenken musste. Ich wusste genau, was er meinte. Aber ich wollte nicht. Auf diesen Augenblick hatte ich so lange gewartet, auf diese endgültige Freiheit. Und er machte meine Freude darüber im Handumdrehen zunichte.

Trotzdem gab es an diesem Abend nichts mehr zu besprechen und so gingen wir früh schlafen. In dieser Nacht konnte ich endlich wieder in Solest sein. In meiner Welt, die nun frei war. So wie ich, wie Domino. So, wie es sein sollte.

***

Lunaja

Bei dem Blick in die Welt des Lichtes fühlte ich mich ihm wieder so nah wie schon lange nicht mehr. Ich fühlte wieder, was Anna fühlte. Endlich. Auch wenn ich seine Bitte im Ohr hatte. *Denk drüber nach!* Ich wollte nicht. Und doch spürte ich seinen Blick immer wieder sonderbar still auf mir haften, während wir alle miteinander den Verletzten halfen und die Toten begruben.

»Wir werden eine Menge zu erklären haben«, sagte Karas, während wir die Leichen von Gorian und Tirios in Decken gehüllt in der Kutsche verstauten.

Wir waren uns einig. Wir mussten sie nach Hause, nach Mirilon, bringen. Keiner von uns würde je erfahren, wie sie in die Fänge des dunklen Zauberers gelangen konnten. Ob sie selbst schuld daran gewesen oder einfach nur Opfer seiner Rachepläne geworden waren.

Karas hatte recht. Es war fraglich, ob man uns überhaupt glauben würde. Mirilon stand ab sofort wieder unter Naradons Herrschaft. Aber in Zukunft wäre das ohne Bedeutung, wenn Domino und ich ... Ich sah verstohlen zu ihm hinüber. Er schaufelte noch an einem der Gräber. Würde er mir überhaupt verzeihen können? Und in der anderen Welt? Jetzt, da ich wieder eins war mit Anna?

Und Madras? Die letzten Wochen zogen in meinem Kopf an mir vorbei. Die letzten Jahre. Würde Madras mir diesen Wahnsinn verzeihen? Sicher hatte ich auch ihn tief verletzt. Ich liebte ihn. Ja, das tat ich. Doch mein Leben gehörte Domino. Schon immer. Nichts in dieser Welt würde das ändern. Ich sah mich nach Madras um. Unsere Blicke trafen sich, doch er wandte sich gleich wieder anderen Dingen zu.

Leise Panik machte sich in mir breit. Verlor ich sie gerade beide? Ich dachte an Marco. Domino. Jetzt endlich hatte er mich so weit! Jetzt dachte ich darüber nach. Musste darüber nachdenken. Wieso nur war er mir immer einen Schritt voraus, wenn es darum ging, den Tatsachen ins Auge zu blicken. Denn selbst, wenn wir frei waren, so war das hier alles doch noch lange nicht ausgestanden.

Ich war so in Gedanken versunken, dass ich gar nicht merkte, dass Domino plötzlich hinter mir stand. Erst als er mich zu sich herumdrehte. »Woran denkst du?«, fragte er mit einem dieser atemberaubenden Augenaufschläge. Mein Herz stolperte schon wieder bei seinem Anblick.

»Daran, was noch alles vor uns liegt«, antwortete ich. »Es wird nicht leicht, die Menschen in Mirilon von dieser Geschichte zu überzeugen.«

Er nickte. »Und das ist nur ein Bruchteil von dem, was vor uns liegt.« Mit rauen, schmutzigen Händen strich er über meine Arme. »Ich würde dir dabei natürlich gern zur Seite stehen«, sagte er dann und verzog die Stirn sorgenvoll.

Mir war klar, dass er damit bereits unser nächstes Problem aussprach. Denn ich musste mit meinen Leuten allein nach Mirilon zurückkehren. Wenn Domino bei uns wäre, würden sie uns gleich lynchen. Zu sehr waren die Späher verhasst. Und das galt nicht nur für Mirilon. Auch in Kariada würde ich erst einiges in die richtigen Bahnen lenken müssen, bevor Domino sich irgendwo blicken lassen konnte. Erst recht nach den Überfällen auf unsere Dörfer, die sie immer noch den Spähern zuschrieben. Wir würden die wahren Täter finden müssen, die Männer vor Gericht stellen, die für Gorian und Tirios diese Taten vollbracht hatten.

»Ich weiß, ich muss da allein durch«, beantwortete ich ihm unsere wortlosen Gedanken.

»Denk weiter nach, Luna«, forderte er nun eindringlich und sah über mich hinweg.

Auch diesmal wusste ich, was oder besser wen er meinte. Und doch sah ich nun in sein viel zu perfektes Gesicht und war mir sicher, dass seine Sorgen unbegründet waren. Ich wollte ihn. Nur ihn. Für immer und ewig. Wenn auch er mich noch wollte.

***

Karas fuhr die Kutsche zurück in Richtung Mirilon. Landos ritt ihm voraus, damit er schon vor ihm bei den Truppen in den Bergen sein konnte, um Bericht zu erstatten. Nicht nur unseren eigenen Soldaten würden sie den Rückzug befehlen müssen. Kaja bot uns ihre Hilfe an. Sie kannte viele der kariadischen Krieger und genoss auch immer noch das Vertrauen einiger von ihnen. Gern nahmen wir ihr Angebot an. So würde sich Landos nur um die mirilonischen Soldaten kümmern müssen. Auch Gorson stellte sich ihm zur Seite, um als Zeichen dafür einzutreten, dass Mirilon nun wieder unter naradonischer Herrschaft stand.

Ehe Kaja aufbrach, ritt sie mit uns und den Verletzten zu Magiadir, wo auch Denido noch immer war. So hatte sie die Möglichkeit, sich von ihrem Liebsten zu verabschieden. Später würden wir gemeinsam zurückreiten und Karas einholen, um ihn zu begleiten.

Sie ritt neben mir, machte aber Platz und ließ sich zurückfallen, als Madras zu uns aufschloss. Er sah mich nicht an. »Weiß Domino von ... uns?«, fragte er nur.

»Ja, alles«, gab ich zurück.

Er grinste.

Kam es mir jetzt nur so vor oder sah er herausfordernd in seine Richtung?

»Das ist keineswegs lustig«, sagte ich ihm. »Damit gewinnst du ihn nicht gerade als Freund.«

»Nein, aber jetzt weiß er wenigstens, dass er damals falsch gehandelt hat.«

Ich sah ihn entgeistert an.

»Ich an seiner Stelle hätte dich sofort geheiratet, in diesem Winter in Naradon.«

Er gab Domino die Schuld, die eigentlich doch meine gewesen war. »Du tust ihm unrecht«, erwiderte ich.

Er musterte mich von der Seite. »Vielleicht«, seufzte er dann. Nach einem Moment sprach er erst weiter. »Was wirst du jetzt tun, Luna? Wirst du deinem Herzen folgen?«

»*Meinem Herzen folgen?*« Seine Frage machte mich traurig. Es klang so endgültig für uns. »Weißt du denn, für wen es schlägt?«

Er nickte. »Auch wenn ich weiß, dass du mich liebst ... irgendwie jedenfalls ... Für ihn würdest du sterben. Ihm gehört dein Leben.«

Ich musste nicht über seine Worte nachdenken. Es war genau das, was ich fühlte. »Werde ich dich als Freund verlieren, wenn ich meinem Herzen folge?«, fragte ich.

»Nun ja. Unsere Freundschaft ist durch all das, was war, ziemlich aus dem Ruder geraten. Aber auch ich wollte sie nie aufs Spiel setzen. Ich habe immer gewusst, dass ...«

»*... dass ich seine Frau bin?*« Genau das waren doch seine Worte gewesen.

»So ist es.« Er machte wieder eine kurze Pause, ehe er weitersprach. »Und doch bereue ich nichts. Nicht eine Sekunde mit dir. Daran sollte er sich irgendwie gewöhnen.« Er blickte wieder in Dominos Richtung.

Ich dachte daran, wie viel Kraft Domino die Beherrschung kostete. An solch einen Gedanken würde er sich nie gewöhnen. Ich seufzte. Dann trieb ich Devil zur Seite und direkt auf Domino zu.

»Halte bitte an!«, forderte ich. »Lass die anderen vorgehen, ich muss mit dir reden.«

Ohne mich großartig zu beachten, wandte er Aragon herum und ritt an den anderen vorbei ans Ende der Kolonne. Ich folgte ihm. Dann stiegen wir ab.

Jetzt sah er mich an. Auf alles gefasst, angestrengt, traurig … und doch von oben herab.

»Liebst du mich, Domino?«

Sofort wurde sein Blick weich. So weich, dass es mir den Atem nahm.

»Was ist denn das für eine Frage? Natürlich liebe ich dich.«

»Willst du mich immer noch heiraten? Ich meine … also … auch hier?«, stammelte ich.

Das geliebte schiefe Lächeln zog über sein Gesicht. »Den Antrag überlässt du aber bitte mir«, sagte er, ehe er mein Kinn in seine Richtung zog und mich sanft küsste.

***

Anna

Ich erwachte mit einem Kribbeln auf der Haut. Schon bevor ich die Augen öffnete, wusste ich, dass er mich ansah. Und doch beschäftigte ihn noch immer etwas. Sein Blick war so warm und doch so eisig, dass er mich wieder völlig fesselte. Erst als ich es schaffte, die Hand zu heben, und mit allen Fingern über seine Wange strich, fasste er sich ein Herz und begann zu reden.

»Wirst du es denn schaffen, Madras zu vergessen?«

Diesmal wich er meinem Blick aus, indem er sich auf den Rücken drehte. Vielleicht auch nur, damit es mir leichter fiel zu antworten.

Ich begriff, dass ich ihm nichts verheimlichen konnte. Die ganze Zeit hatte er gewusst, wie zerrissen ich in der Welt des Lichts gewesen war. Wie viel Angst ich auch um Madras gehabt hatte. Ich stützte meinen Kopf auf meine Hand und sah ihn an. »Nein«, antwortete ich wahrheitsgemäß. »Aber es gibt auch nichts, was ich vergessen müsste. Das mit Madras ist nur geschehen, weil ich dich liebe. Weil ich dachte, ich hätte dich verloren, und aufgegeben hatte. Diese Gleichgültigkeit, die durch Tirios' Einfluss entstand, war nur noch der Tropfen auf dem heißen Stein.« Dessen war ich mir nun ganz bewusst.

»Madras sagte, er wüsste, dass du ihn liebst, aber für mich würdest du sterben.«

So war es, was sollte ich darauf erwidern?

»Anna, für ihn *bist* du gestorben, ich war dabei.«

»Ich auch«, gab ich zu. »Ich weiß, was geschehen ist, kenne das Ende in jeder Einzelheit. Und ...« *Sollte ich ihm verraten, was mein letzter Gedanke gewesen war?* »Ich wollte ihn aufhalten, ich wollte nicht, dass ihr miteinander kämpft. Dass ich mich damit selbst in Gefahr bringen könnte, daran dachte ich nicht in jenem Moment. Und als ich begriff, dass ich sterben würde ... rasten mir Naliessas Worte durch den Kopf.«

»Wenn ich durch deinen Blick den Tod fände, wäre dies ein Ende, das ich ersehne«, sprachen wir ihre Worte unisono aus und ich konnte in Marcos Augen sehen, dass er sie genau so ehrlich meinte wie ich. Allerdings auch, dass er so schnell nicht darüber hinwegkommen würde, was geschehen war.

»Ich liebe Madras auf eine andere Weise«, erklärte ich. »Ich liebe ihn für die Zeit, die er mir geschenkt hat, obwohl er wusste, dass ich immer nur dir gehören würde.« Ich sah in seine Wunderaugen und verlor mich schon wieder fast darin. »Verzeihst du mir?«, fragte ich.

»Da gibt es nichts zu verzeihen.«

»Ich habe dich aber sehr verletzt. Ich weiß das. Verzeihst du mir?«

Langsam richtete er sich auf und blickte ins Leere. »Die Frage ist, ob ich mir das verzeihe. Es schmerzt mich noch immer. Der Gedanke an ihn und ... dich. Weil ich zu feige war. Weil ich nicht zu dir gestanden habe.« Er drehte sich zu mir herum. In seinem Blick standen die Wut und die Leidenschaft der anderen Welt. »Ich habe dich entehrt. Ich hätte die Pflicht gehabt, dich zu heiraten.«

Mir stand der Mund offen und ich bekam ihn auch nicht wieder zu. Das war es also, was ihn quälte? *Hallo?*

»Wir sind hier? Im einundzwanzigsten Jahrhundert!«, erwiderte ich empört. »Du auch, Marco Sander«, erinnerte ich ihn. »Wen – vor mir – hättest du dann schon alles heiraten müssen?«, spottete ich. »Wollen wir die hübschen Damen mal aufzählen?«

»Das ist etwas anderes. Und das war nur hier.«

»Und in Solest niemals?« *Wer's glaubt ...*

»Das waren Dirnen.«

»O bitte! So genau will ich das, glaube ich, gar nicht wissen!« Ich griff nach meinem Kissen und hielt es mir vors Gesicht, ehe ich vorsichtig darüber hinweglugte. »Oder ist es, weil ich eine Frau bin? Weil sich das für eine Frau dort nicht gehört?« Ich wusste, dass es stimmte, denn er antwortete nicht sofort. »Oh, Marco. Du bist altmodisch. Du ... du Macho!«

Nun musste auch er lachen. Endlich. Er riss mir das Kissen aus den Händen und beugte sich über mich. »Ja, ich bin altmodisch. Du musst mich endlich heiraten. Ich kann dich nicht länger in Sünde leben lassen.«

Dann verschmolzen unsere Lippen auf wunderbare Weise miteinander – in der Gewissheit, die Vergangenheit hinter uns lassen und die Zukunft meistern zu können. Wir gehörten zusammen und nichts würde uns je wieder trennen.

Ende

Impress
Die Macht der Gefühle

Impress
Ein Imprint der CARLSEN Verlag GmbH
März 2020

Lektorat: Julia Feldbaum
Umschlagbild: shutterstock.com / © IvaFoto / © conrado / © agsandrew
Umschlaggestaltung: formlabor
Satz und Umsetzung: readbox publishing, Dortmund
Druck und Bindung: CPI Books GmbH, Birkach
ISBN 978-3-551-30248-9
Printed in Germany
www.carlsen.de/impress

Alle Bücher im Internet: www.carlsen.de